ZHANG
HENG
ZUO PIN
YAN JIU

马燕鑫 著

张衡作品研究

商务印书馆
The Commercial Press

2019年·北京

目 录

导论 …………………………………………………………………… 1

上 编

第一章　文资 ………………………………………………… 17
第一节　取资于典籍 …………………………………………… 18
第二节　取资于世俗 …………………………………………… 26

第二章　摹拟 ………………………………………………… 36
第一节　立意之摹拟 …………………………………………… 36
第二节　布局结构之摹拟 ……………………………………… 52
第三节　字句之摹拟 …………………………………………… 62

第三章　文术 ………………………………………………… 72
第一节　精思傅会 ……………………………………………… 72
第二节　繁类成艳 ……………………………………………… 80
第三节　赋者铺也 ……………………………………………… 92

第四章　文风 ………………………………………………… 103
第一节　崇典与爱俗 …………………………………………… 103
第二节　好奇 …………………………………………………… 118

第三节　尚文藻 …… 131

第五章　文序、文病与文用 …… 146
第一节　文序 …… 146
第二节　文病 …… 157
第三节　文用 …… 164

小结 …… 176

下　编

第一章　张衡文章著作辑补考辨 …… 181

第二章　张衡作品校理 …… 206
第一节　《西京赋》校理 …… 207
第二节　《东京赋》校理 …… 243
第三节　《南都赋》校理 …… 277
第四节　《思玄赋》校理 …… 291
第五节　《归田赋》《四愁诗》校理 …… 322

参考文献 …… 327

附录：张衡作品取资典籍详目 …… 335

后记 …… 367

导论

东汉是中国文学史上一个特殊的时代，同时也是文化史上大放异彩的时代。作为这个时代的杰出人物，张衡无疑有着璀璨的光芒和丰富的内涵。在文学上，他是两汉最具有代表性的作家之一，而且取得了创造性的成就；在天文学上，他有非凡的造诣；在机械制造上，他有浑仪、候风地动仪等精妙之作；在术数上，他对阴阳、历算覃思致意，探赜究玄。面对这样一位多才多艺的学者，其丰富性与典型性是很值得深入分析的。对于历史上的重要人物，再多的研究都是不够的。这也是本书选取张衡作品作为研究对象的一个原因。

一

古代关于张衡的相关资料，生平方面最主要的是范晔《后汉书·张衡传》，此外为其他几种后汉书，以及《太平御览》《玉海》等类书，还有就是《河南通志》《南阳府志》等地方志。著述方面，本传列有诗赋文等共三十二篇。后世选录或著录张作的总集、类书等史籍有《昭明文选》《玉台新咏》《乐府诗集》《艺文类聚》《初学记》《北堂书钞》《太平御览》《古文苑》《后汉纪》《通典》《开元占经》《古诗源》，以及《隋书·经籍志》《唐书·艺文志》《宋史·艺文志》《通志》《文献通考》

等。张衡作品原集久佚，后世辑录本有明代张溥《汉魏六朝百三家集》中的《张河间集》，清严可均《全后汉文》中的张衡文，二者所收作品虽有不确之处，但均比较全备。在人物评价方面，主要有崔瑗《河间相张平子碑》、祢衡《吊张衡文》、夏侯湛《张平子碑》、范晔《后汉书》张衡的本传。文学方面的评价则有《文心雕龙》中的《诠赋》《明诗》《体性》等篇中的相关内容，还有散见于"赋话""诗话"等著作中的评论。

近现代对于张衡研究，从时间上来看，大致可分四个阶段。

（一）发轫期：20世纪20年代到1949年。从现代意义上来研究张衡，开始于这一时期。此时主要成果为张荫麟1924年在《东方杂志》及1925年在《学衡》上分别发表了《纪元后二世纪间我国第一位大科学家——张衡》和《张衡别传》两文来介绍其贡献和考求其生平，肯定了张衡在中国文化史上的重要地位，是"我国第一位大科学家"，但其侧重点在张衡的科学成就。此后30年代初的孙文青《张衡年谱》是全面梳理张衡生平、著作的一部力作。该谱初刊于1932年《北师大月刊》、1933年《金陵学报》，1935年9月由商务印书馆初版，1956年9月有修订版。此谱征引材料丰富，推理精细，对张衡的生平、仕宦、文学活动作了系统而详细的考辨，并对张衡的诗文作品进行了系年，至今仍是研究张衡生平经历最为翔实的著作。该时期从文学角度对张衡辞赋进行了较为深入研究的著作是陶秋英的《汉赋之史的研究》（中华书局1939年出版）。该书第三篇第三章第七节论述了张衡，内容包括：张衡事略、作品列目、作品示例、作品略论。其中作品略论部分最有参考价值。作者首先从修辞与风格两方面分析了《二京赋》与《思玄赋》，其次指出了《归田赋》的价值，即"以述事写理之赋体，来代替了'自来以骚体抒情'的事象"。以上著作，虽犹显简朴，但开创与奠基之功不可埋没。

（二）偏宕期：20世纪50至70年代。因为社会环境等客观原因，该时期对张衡的研究主要专注和集中于其科学成就方面，力图表现其唯物主义的立场。而对张衡的文学作品研究则论述很少。因为仅片面地关注张衡的一个方面，而未能加以全面研究，所以称这一时期为偏宕期。

本阶段出版的关于张衡的著作，依时间先后顺序，分别有澄明《大科学家张衡》（上海四联出版社1954年出版）、赖家度《张衡》（上海人民出版社1956年出版）、曹增祥《张衡》（中华书局1960年出版）、徐光烈《张衡》（香港育英书局1961年出版）、叶敏《张衡》（香港上海书局1968年出版）等五种。这些书基本上是介绍张衡生平事迹与科学成就的小册子，其中以澄明与赖家度的著作为代表。澄明的《大科学家张衡》一书用通俗活泼的语言介绍了张衡的生平事迹，并特别地说明了他在科学上的不朽成绩。书中主要内容包括："破落的地主家庭"；"文学的天才"；"从三辅到京师"；"'主簿'的生活"；"二京赋"；"平子读书台"；"开始了科学研究"（该节叙述张衡研究《太玄经》之事）；"天文学上的成就"；"浑天仪"；"数学和历法"；"候风地动仪""巧妙的机械"（此两节简述并解释了地动仪及其原理）；"史学、地理和绘画"；"晚年"。该书的主要目的在于普及张衡生平，因此比较浅白。比起澄明的书，赖家度的《张衡》学术气息较为浓郁。该书在严谨考证的基础上评述了张衡的生平经历和学术成就。其内容如次：一、张衡的家世和时代；二、游学长安和洛阳；三、从文学转向哲学的研究；四、浑天仪的创制和天文学上的新成就；五、木制机械方面的创造（包括器械、数学、地理学等方面）；六、卓越的发明——候风地动仪；七、在学术上坚持反图谶的斗争；八、晚年政治生活中的悲愤。该书学术价值较高，富有参考意义，在同类著作中有着重要的地位。

此外曹增祥之作在讲述张衡辞赋写作与研究《太玄经》、反对图谶的斗争、晚年政治经历等部分与赖家度的《张衡》多有相似之处。徐光烈的书大体因袭赖著。而叶敏编的《张衡》则基本沿袭澄明《大科学家张衡》的内容，且有不同程度的简化。兹不赘述。

同专著的情况相同，本期的研究论文也是主要集中于张衡的科技成就方面。据王志尧等编《张衡评传》附录二《张衡研究论著目录索引》所列，从1951年到1979年之间，共有46篇论文，其中42篇是关于科技方面的。其余四篇中，除杨清龙《张衡著作系年考》与廖国栋《张衡生平及其赋之研究》见于台湾刊物外，大陆仅有韩亮《张衡数术穷天地诗文誉千秋》(《中原文献》1969年10月)与周寅宾《张衡的科学发明和文学贡献》(《湖南师院学报》1977年4期)两篇文章，而且还均牵涉张衡的科技成就。①

简而言之，本时期的研究有意突出张衡的科学成就，在显示了片面性的同时，也掺杂了一定成分的成见，甚至有违背历史事实之处，比如对张衡反图谶的动机和意义的看法，通行观点认为是反对迷信、坚持科学的表现，实际上张衡反图谶是出于政治理性，而非为科学。在古代科技史的研究上，本阶段的著作有其值得肯定的价值和应得的地位，但若从文学角度来看，相关研究未免显得冷落。

（三）振兴期：20世纪80年代。这一时期在张衡研究史上属于新旧交替时期。上一阶段偏重张衡科学成就的研究仍在继续，而开启下一阶段多元繁荣时期的新潮流已经涌动。

该阶段延续上一时期的研究成果，包括先后出版的三本介绍张衡的小册子，分别为谭一寰《张衡》(贵州人民出版社1980年出版)、王兆彤《张衡》(江苏人民出版社1983年出版)、邓文宽《我国古代的伟大科学家张衡》(书目文献出版社1984年出版)，这三本书仍为介绍张

---

① 王志尧等：《张衡评传》，河南大学出版社1997年版，第322—325页。

衡的普及性读物，其中王、邓二书的学术价值较高，谭书采用的是故事形式，可以不论。王兆彤的书分十二小节描述了张衡的生平情况。其中第一至三节介绍了张衡的早期生活，包括故乡与时代、勤勉向学、京都赋等创作；第四节简述了张衡在《太玄经》《墨经》和地理学上的修养；第五至八节叙述了张衡天文学、器械制造、地震方面的科学成就。第九、十两节写其辟谶纬及任侍中期间的政治情况；第十一节列叙了张衡晚年的文学创作；第十二节概述他对后世的影响。邓文宽的书从三大方面介绍了张衡：一、"张衡的家世和生平"，分四个阶段；二、"卓越的科学成就"，列叙了张衡在天文学、地震学和气象学、木制机械、数学、模拟实验上的贡献；三、"坚持科学真理的大无畏精神"，讲述了张衡痛斥谶纬迷信的坚定态度，以及誓为科学献身的追求。该书虽然以澄明、赖家度、曹增祥等人之作为基础，但也有独到之处，比如提出"浑仪"与"浑象"的区别，即是一例。上述两书沿承上阶段的风习，均将张衡主要作为一位科学家来推崇，邓文宽《我国古代的伟大科学家张衡》一书的书名尤能说明此点。同上一时期一样，这三部书，受前期意识形态的影响较大，有意无意中简化了张衡思想的复杂性。

在此同时，开启了张衡研究新局面的是本时期出现的三部对张衡研究有影响的著作：首先应当提出的是1986年出版的张震泽的《张衡诗文集校注》。张书以严可均《全后汉文》与逯钦立《先秦汉魏晋南北朝诗》为依据，并参考他书，删补并合，辑得文学作品共41篇，而《灵宪》《浑仪图注》《漏水转浑天仪注》《玄图》等四篇天文学著作则未收入，因此实际收录韵散诗文37篇。书中每篇均先叙述前代著录情况，然后再在古注的基础上加以较为详细的注解。该书材料详赡，考订严密，首次对张衡的文学作品进行了全面的整理，具有较高的学术参考价值。《张衡诗文集校注》虽属文献考订类的校注著作，但为张衡的文学成就而作，从而改变了以往研究者忽视张氏文学成就的偏见而导引了张衡研究向文学方面的转型。其次是1983年由山东教育出版社出版的《中国历代著名文学家评传》，其中载有龚克昌所著《张衡》一篇评传。本传较为全面地介绍了张衡的个人经历、政治思想状况、诗赋的思想内容及艺术特色。值得注意的是，龚书较早地对张衡的文学成就予以了特别的关注。第三是1987年上海古籍出版社出版的马积高的《赋史》，该书着眼于整个的辞赋流变历史，将张衡作为东汉中叶代表性的赋家予以介绍。在作者看来，张衡的大赋《二京赋》《思玄赋》在艺术上缺乏独创性，辞繁而意少。最有价值的只有《归田赋》一篇，该赋是我国第一篇写田园隐居之乐的作品，也是第一篇较成熟的骈赋，是现存的东汉第一篇完整的抒情小赋。另外还提到了《髑髅赋》。

另外山东文艺出版社1984年9月出版的龚克昌《汉赋研究》，其中《张衡赋论》篇，首先简要叙述了张衡的生平思想，接着指出张衡赋作具有较深厚的思想性和较强烈的批判性。再次分析了张衡赋的艺术特点，即开始意识到人物性格的刻画，虚构夸张的浪漫主义笔墨，以及讲究气势、注重叙事、崇尚华饰、富有文采等。篇末又简略讨论了张衡赋取得成就的主要原因。再有黑龙江教育出版社1988年9月出版的高光复《汉魏六朝四十家赋述论》，其中《张衡赋》篇，首先概括地介绍了张衡的作品，接着着重分析《二京赋》，指出其创作动机上讽谕的意义，还有艺术上以铺排描绘的手法所形成的场景宏阔与描写细致的成就。其次又简述了《思玄赋》与《温泉赋》。最后举出《归田赋》，揭示了其艺术的优长之处及文学史意义。

同时本期关于张衡研究的专篇学术论文在数量上也有了明显的增加，可统计的大约有10篇。这些文章或进行赋作系年，或加以行年考辨，或探析艺术特色，或概述文学成就。其中比较重要的有，刘周堂1987年在《中国文学研究》第4期发表的《论张衡〈二京赋〉对汉大赋讽谏艺术发展的贡献》。文章认为，相对于枚乘、司马相如、班固等大赋失败的讽谏，《二京赋》从六个方面进行了创新，首先在内容安排上进行了改造，否定与肯定的内容一目了然；其次在上、下篇中采用了对比手法；第三，在夸张中寓讽谏；第四，赋中无论否定还是肯定的事物，作者都力求于史有证，使人信而不疑，从而加强了赋作的讽谏力；第五，在《西京赋》中用揭露阴暗面的方式来冲断铺排的气势；第六，以直接议论突出题旨。还有周健撰写的《论张衡的文学成就》，发表于《暨南学报》1988年第3期。该文比较全面地论述了张衡赋、文、上书、诗歌等作品的文学成就，它将张衡创作分为前后两个时期，分别从题材、主题、内容、形式、风格等方面对其作品进行了较为深入而确当的分析和评述。

这一时期的亮点是，对张衡的作品分别进行了文献的整理和文学的分析。这不仅是对上一时期研究的丰富，从愈加客观全面的角度认识了张衡的历史地位和文化贡献，而且更由此使张衡文学研究蔚为大观。

（四）多元期：20世纪90年代至今。这一时期，沿着第三期的研究道路，张衡研究有了进一步的开拓和发展。该专题已被时贤所广泛关注，对张衡思想及文学著作的研究方面取得了丰硕的成果，而且更从文化学、艺术史等角度展开了新层面的深入探析，同时对其机械制造、天文理论、地震预测等科学成就也有着进一步的关注，总之呈现出了一种多元化的繁荣面貌。

在该时期的研究著作中，刘永平等《科圣张衡》（河南人民出版社1996年出版）和王志尧等《张衡评传》（河南大学出版社1997年出版）是较早全面论述张衡的著作。《科圣张衡》在介绍张衡科技成就的同时，对张衡的文学艺术给予了较多的关注，并且还选译了张衡的37篇作品。《张衡评传》分为三部分：上编"政治生涯"，介绍了张衡的家世、反对迷信的科学态度、政治上的作为及积极进取和忧国忧民的品性。中编"文学创作",概述了张衡的文学道路,同时详细分析了他的赋(包括《二京赋》《南都赋》《应间》《思玄赋》《归田赋》)与诗(主要为《同声歌》《四愁诗》)的思想内容和艺术特色,并简论了张衡在文学史上的地位和影响。下编"科技成就",分别叙述了张衡在天文学、机械制造、历法与算学方面所取得的众多成绩,另外还总结了张衡的科技理论和方法论。最后附录《张衡年谱》《张衡研究论著目录索引》《古今中外评赞张衡的诗文》。其中《张衡研究论著目录索引》参考价值较大。

此后许结的《张衡评传》(南京大学出版社 1999 年出版)也是一部全面研究且富于学术价值的著作。许著以思想家的张衡为着眼点,全面探讨了张衡一生的方方面面,结构宏大,考证翔实,新见迭出。书共八章,除了第一、二章概括介绍张衡所处的时代背景与其生平、著述、学养外,后六章分别从人生哲学与婉曲心迹、政治改良思想、自然哲学观、天文学理论、科技创造、文学成就等方面对张衡这位罕见"通才"的思想与成就做了融通而深入的论述,并由此阐发了张衡处于经学与玄学之间所表现的新思想与新精神。然而许著限于《中国思想家评传丛书》的体例,其论述着眼于张衡的全部人生,因此文学研究仅是其中的一个侧面。

单篇论文方面,该阶段的研究大约可分为以下三类:一是作品研究,包括单篇作品研究、整体作品研究,这些研究的角度多种多样,比如文学、经学、艺术、考据等多视角的透析。方法上则既有文体、风格等方面的分析,也有比较或影响研究;二是张衡的思想、心态,及其与文学创作之间关系的研究。如就张衡思想来源而言,有道家、儒家、太玄,或其他如楚辞、纵横家、墨家等说。再如张衡的美学思想、政治思想,以及某时期的人生心态等,以及它们与其文学创作之间的深层联系,并且给予作品的影响;三是张衡对文学传统的贡献,如他对诗赋形制的创新、对汉魏文学传统的贡献等。因篇目繁多,兹不具列。

由于张衡集文学家、史学家、科学家等多重身份为一身的丰富内涵和多重的文化光彩,对于他的研究早已超越了国界,不仅在中国受到重视,国外也有不少学者致力于这一研究。早在20世纪50年代,英国著名学者李约瑟(Joseph Needham)在《中国科学技术史》一书中就屡屡提及并详细介绍了张衡的科技发明。80年代美国的康达维(David R. Knechtges)将张衡的部分诗文翻译介绍到了国外。90年代崔瑞德(Denis Twitchett)等编著了《剑桥中国秦汉史》(中国社会科学出版社1992年出版)其中在巫术、占卜及天文等部分曾提及张衡,但言之简略。鲁惟一(Michael Loewe)在《通往仙境之路:中国人对长生的追求》(*Ways to Paradise*:*The Chinese Quest for Immortality*. London 1979)、《中国人的生死观:汉代的信仰、神话和理性》(*Chinese Ideas of Life and Death*:*Faith, Myth and Reason in the Han Period*(202B.C.-A.D.220). Allen and Unwin 1982)、《中国汉代的占卜、神话与君主制》(*Divination, Mythology and Monarchy in Han China*. University of Cambridge 1994)等著作中探讨了汉代的宗教与文化,对张衡的文化背景做了深入而详细的说明。另有艾伯华(Wolfram Eberhard)的《汉代天文学的政治功能》(*The Political Function of Astronomy in Han China*. 收入 Fairbank 编 *China Thought And Institutions*. Chicago 1957)认为,汉代天文学活动都归于政治谋略,科学研究的动机就是限于它的政治作用。尽管艾氏的研究是以西汉为主,并没有提及张衡,但他的观点仍富有参考意义。不仅如此,德克·卜德(Derk Bodde)还在其《古代中国的节日:公元前206—公元220年汉代的新年及其他节日礼仪》(*Festivals in Classical China*:*New Year and other Annual Observances During the Han Dynasty, 206B. C.-A.D.220*. Princeton 1975)一书中探讨了张衡与中国古代宗教神话的关系,根据《后汉书》与《东京赋》来阐明大傩中被驱逐的鬼怪,并认为张衡对该宗教仪式的描述是相当细致的。日本也有一批学者研究关注张衡,如富永一登统计了张衡《思玄赋》中所引的经典,结果显示其中所用《楚辞》的资料远远过于《老》《庄》《淮南》等书,这就说明张衡从《楚辞》那里接受的因素最多,同时也说明《思玄赋》反映了道家思想这一说法的不确切(《大阪教育大学纪要》1986年第8期)。新井晋司对《浑仪注》《浑天仪注》作了精细的考辨(见山田庆儿编《中国古代科学史论》,京大人文出版社1989出版)。南泽良彦对张衡宇宙论与其政治侧面进行了考察,认为张衡深信的天人感应思想是其求索科学知识的动机(《东方学》1994年第89期)。其他如小尾郊一在《中国文学中所表现的自然与自然观》中表示张衡受到当时隐遁的、厌世的、道家的思潮影响最大(上海古籍出版社1989年出版)。能田忠良《东洋天文史论丛》对《灵宪》的解说做了研究(恒星社1943年出版)。[1]上述国外学者因自身学术传统和文化背景与中国学者不同,从而提供了一些新的研究视角。从中可以看出,欧美学者倾向于从文化与宗教的角度来宏观地关照问题,而日本学者则擅长运用笃实精细的方法来掘微剔隐。

此外自20世纪七八十年代以来,以张衡为研究对象的学位论文也逐渐多了起来,其中以王渭清《张衡诗文研究》(中国社会科学出版社2010年出版)较为全面。该书首先叙述了张衡诗文创作的时代政治与学术的背景,以及其心路的历程。其次论述了张衡诗文创作对南北文化的吸纳与融通,还有创作上观念、风格、文体形态的嬗变。最后说明了张衡诗文中的风俗文化景观。该书对张衡现存诗文进行了较为全面深入

---

[1] 本段详见雷立柏:《探讨张衡研究的现在情况》,《中国文化》2001年Z1期,第249—255页。

的探究，展示了张衡诗文创作的丰富文化内涵，以及在中国古代文学发展史上所具有的界标性的承启作用。

二

通过上述的考察，尽管对张衡的研究已经十分丰富，但专门从文章学的角度来研究的著作或论文则尚未见到。文章学亦名辞章学，它与文学史方法之侧重于史、文学理论方法之侧重理论不同，它侧重的是从具体的创作实践来探讨文章的写作情况，包括文章的材料来源、内容的组织方式、结构布局的安排、色彩声韵的修饰、境界风格的特色等诸多方面的问题，这些均是极有学术价值的研究对象。因为时代的原因，古代的多数文体在现今时代已经成为陈迹，不再有当年的鲜活生命力。由此在学术研究上造成了一种"高坐壁上观"式的姿态，也就是多从历史、文化等外围来观照作品的意义、评判作品的价值，而非"沉潜涵泳"式地研寻作品创作的匠心及其写作的方法。前者的最大优点是能从极开阔的视野中来整体把握具体文学现象的源流、意义和历史地位。后者所擅长的则是对具体作品创作整个过程中的每一个环节有着清晰而深入的体察。对作品的理解，甚至对文学的理解，上述两种方法可以视为车之两轮、人之双足，是相辅相成、不可或缺的。若有偏废，必然行之不远。令人遗憾的是，目今的研究正存在着某种偏废的状况。

在汉代以前，"文学"一词包含"文章"与"博学"两层含义。为何博学之士极为常见，而文章之士却并没有那么容易成就？二者均以博学为本，他们之间的区别何在呢？其中关键之处就在于文章写作须要有匠心。博学属于积材，文章则需巧意。叶燮《原诗》对此论述道："世固有成诵古人之诗数万首，涉略经史言亦不下数十万言，逮落笔则有俚俗庸腐、窒板拘牵、隘小肤冗种种诸习；此非不足于材，有其材而无匠心，不能用而枉之之故也。"① 叶氏之语对博学与文章的特征区别分析得很精要。既然为文需要匠心，那么具体表现在哪些方面？其方法又是什么呢？刘勰《文心雕龙·序志》对他撰写此书的宗旨加以说明道："夫文心者，言为文之用心也。"② 从其书中四十九篇内容可以看出，"为文之用心"，从大的方面讲，包括文章本宗、文体分辨，从细的方面讲，则包括创作中的神思、风骨、定势、情采、声律、比兴、丽词、练字等等，还有鉴赏中的时序、程器、知音等。这些内容不仅有实用的意义和价值，而且也极具研究的趣味。如果仅仅从文章的思想内容和艺术特色来分析一篇作品，所得已在文章之外，而不在文章本身，且很容易流于肤廓。文章之妙，不唯体现于思想内容；文章之美，也不全在于艺术特色。文章的优劣高低，只有从文章学的角度来分析才能得到最精微贴切的衡量。16世纪意大利批评家卡斯特维特罗（Castelvetro）曾说过一句名言："欣赏艺术，就是欣赏困难的克服。"文学和艺术创作中的困难，从小处而言，是一字一句的选用和锻炼，从大处而言，则是关乎立意的新变与谋篇的经营。作者与读者的关系犹如猜谜射覆，作者的意匠惨淡便相当于出了一个谜语，读者唯有细心体味方能心领神会其中的奥秘，只有如此二者才能相视一笑、莫逆于心。如果读者连作者的谜语尚未猜出，却侈谈谜语之妙，真不免盲人摸象之诮了。吴敬梓《儒林外史》第七回也曾说："做文章的人，凡事要看出人的细心。"③ 所谓的"细心"，即作者的用意所在，也就是作者克服困难的巧妙之处。其实何尝只有做文章的人应当如此，读文章的人也须如此。明清以来的评点派，虽然有着捕风捉影的八股弊病，但其过人之处正得益于能洞见作者为文

---

① 叶燮：《原诗》，载王夫之等撰：《清诗话》，上海古籍出版社1978年版，第573页。
② 范文澜：《文心雕龙注》，人民文学出版社1962年版，第725页。
③ 吴敬梓：《儒林外史》（会校会评本），上海古籍出版社1984年版，第104页。

的细心精意。诸葛亮读书只观其大意，这是为学的妙法，但却不是鉴文的正路。一篇文章固然也有其大意，但若仅止于知其大意，则所得犹嫌太浅。正因为一篇文章不仅仅是要表达某个意思，还有立意章法、修辞润饰的巧妙。《世说新语》记载潘岳为乐广所作辞官表便是极好的例子。身为一代名士，乐广善于言谈，潘岳妙于辞笔，在辞让河南尹一职时，"乐为述己所以为让，标位二百许语。潘直取错综，便成名笔"①。所谓"错综"，错以成文章之势，综以练文章之辞，正是为文匠心之运用。如果只观大意，乐广的"二百许语"已足，又何须潘岳劳神费事加以"错综"呢！由此可见文章之道的重要性了。

或许有人会像扬雄或曹植一样认为文章学也只是"雕虫小技""小道"。这种看法实为误解。斤斤于一字一词的修饰，不过是一种纤巧的作风，这才是雕虫小技。真正的文章学研究应当如庖丁解牛一样，要"技进乎道"，不仅仅满足于一枝一节技艺的探求，更要放眼于一体文章之大端、一代文章之风习，甚至整个文学之通例。这是文章学的最高使命，同时也是本书"虽不能至，心向往之"的一个目标。

张衡是东汉文学史上一位重要的作家，研究他的作品，不仅可以对其本身有深刻的理解，同时还可以对东汉文学甚至汉魏文学的流变有一个全新的认识。然而近百年的文学研究大都倾向于文学与历史的结合考察，基本停留在外部或宏观的层面，而对其作品缺少细致的文本分析。汉代文学以大赋为主要特色，其创作理念、写作方法、文章风格均有其固有而独特的追求。汉代作家为什么不约而同地选择辞赋作为其创作体裁？在辞赋写作时，其材料取资于哪里？材料的组织运用的方法是什么？汉赋崇尚摹拟，这体现在哪些方面、有什么特点？在写作过程中，对于辞藻、声韵、典故的选求推敲遵循哪些原则？同时，辞赋在整体的

---

① 余嘉锡：《世说新语笺疏》，中华书局1983年版，第253页。

风格有哪些表现和追求？文章写作是否仍有瑕疵可议？这些内容对于了解汉赋的写作方法与体裁特质，皆有十分重要的意义。因此从文章学的角度来入手，这样不仅能对研究对象有新的认识，而且对当时时代的文学创作也会有一个别开生面的认识。

再者张衡是东汉文坛的一位转折性的标志人物。从班固历张衡到蔡邕，文人个体意识越来越明显，他们对国家机器的依附越来越不紧密。尽管他们的文学活动与政治仍有很大的内在关联，但在自我心理上，文人已不再是政治的附属物，而是有着独立地位和意义的现实存在。其中一个突出的例子就是文章中的个人色彩日渐明显。同时作品重"文"的成分也日渐突出，也就是在文章的实用功能之外，对于文章的美感有了新的发现和关注，对文章的修辞也出现了自觉而积极的实践。另外文士在文化趣味上，也逐渐由国家政治向世俗民间转变，呈现出了雅俗共存的局面。于是文学的内容以及创作方式都出现了新变。张衡作为中间环节的一位文学家，他的这种典型意义是值得深入发掘的。

张衡重要的诗赋曾收入《文选》，而《文选》的版本又极其繁多，导致异文丛生，至今尚无一种校理完善的文本。而完善的文本是研究的基础，文献整理是文本细读的前提，因此张衡作品的校理也是本书的一项重要部分。《文选》的版本除了宋代以来常见的刻本外，近年来在日本陆续发现了一些珍稀的古代抄本残卷，保留了早期《文选》的原貌，校勘价值极高。本书充分利用这些抄本，对张衡作品进行校勘，并对异文作了是非优劣的辨析，从而整理出一部比较符合作品原貌的文本。因校勘之故，为避免理解混乱，相关繁、异体字保留了各本原貌。

通过对张衡作品的文献整理和文章学研究，希望能推进张衡研究的深度，开拓张衡研究的新空间。同时，也希望能对其他古代作家的研究提供一些有益的借鉴。

上 编

第一章　文资

　　文资，即文章取资，有资于书本、资于见识、资于经验之别，包括文章材料、文章立意等方面。张衡的文章，尤其是大赋，其取资之广博，既有与前人相同之处，也有其独特之处。

　　古代"文学"一词的含义是文章与博学。博学之人不一定能操翰作文，但文章之士却必然需要博学。西汉以前的文人往往兼具学者与文士的双重身份，自从东汉以来，二者出现明显的分流，范晔《后汉书》分设《儒林传》与《文苑传》[1]即是这种历史演变的生动说明。从文章博学到文章的嬗变过程可以看出，文章必自学术而来。这也就决定了文章的取资也必然是经史百家。作为东汉的一位史官，张衡文章资材之宏富是一个引人瞩目的特点。

---

[1]《儒林传》为沿用《史记》《汉书》之体例，《文苑传》则为《后汉书》首创，除此之外，还新增《皇后纪》《党锢传》《宦者传》《独行传》《方术传》《逸民传》《列女传》，亦均据东汉历史的实际情况而立。

第一节　取资于典籍

张衡"通五经，贯六艺"①，通观他的赋与文，其所取资的典籍，范围广博，采摭宏富。其中最重要的是六经（《诗经》《尚书》《左传》《周易》《周礼》《礼记》），其次是旧史、诸子。而且因为文章内容的不同，其所取资也会出现不同的偏重。为了直观地揭示出张衡文章取资的情形，下文依照六经以及《论语》《孟子》《老子》《庄子》《楚辞》《国语》《山海经》的顺序，将其文中所引用、化用的典籍一一排列出来。至于出自其他古书中的单词片语，毕竟太过零散，可以忽略不计。同时需要说明的是，此处钩稽用典，仅限于文章对典故"辞意兼用"的情况，若用其辞而不用其意的，则不复列举。

张衡文章在征引援用六经子史以及前人辞赋时，在六经之中，以《诗经》《左传》《周礼》为最重要，《周易》《尚书》次之，史部则《国语》为较多，《山海经》次之，子部则《论语》与《老子》较多，辞赋则以《楚辞》，尤其是《离骚》为主。

通过具体统计，张衡赋文引用《诗经》152处，《左传》60处，《尚书》44处，《周易》32处，《周礼》36处，《礼记》11处，《论语》22处，《孟子》10处，《老子》14处，《庄子》5处，《楚辞》77处，《国语》12处，《山海经》13处（统计详见附录）。其取资之法，既有原文成句的袭用、化用，也有文物制度的援据，还有事例、事义的引用，更有意象、意境的镕裁。从上述统计可以看出，《诗经》《左传》《楚辞》是三部对张衡影

---

① 范晔：《后汉书》卷五九《张衡传》，中华书局1965年版，第1897页。

响最深的典籍,其次是《尚书》《周礼》《周易》三部经书。由此也可以看出张衡思想与文学的儒家色彩比道家色彩浓厚得多,而且也受到了楚风的深刻浸染。当然,由于张衡作品散佚较多,上述统计也仅就其现存文章而言,不过,由此也可以从大体上说明张衡文章资材的渊薮所在。

此外,张衡的大赋受到司马相如与扬雄辞赋的影响很深,其中一字一句因袭之处甚多,势难枚举。再者,张衡赋对扬、马辞赋的模拟之处,更应当关注其结构与内容以及思想的流变异同之处,至于某一词汇的相同,某一句子的相似,也不必拘泥来看。张衡赋对扬雄《甘泉赋》的借鉴较多,如:

《西京赋》:

90 曾仿佛其若梦。《甘泉赋》:犹仿佛其若梦。①

《东京赋》:

123 六玄虬之奕奕。《甘泉赋》:六玄虬。

148 然后凌天池,绝飞梁。《甘泉赋》:历倒景而绝飞梁。

《思玄赋》:

221 仰矫首以遥望兮。《甘泉赋》:仰矫首以高视。

230 涉清霄而升遐兮,浮蠛蠓而上征。《甘泉赋》:腾清霄而轶浮景。又:浮蠛蠓而撇天。

230 叫帝阍使辟扉兮。《甘泉赋》:选巫咸兮叫帝阍。

230 集太微之阆阖。《甘泉赋》:阆阖其寥廓。

而《南都赋》则专注于扬雄的《蜀都赋》,如:

《南都赋》:

171 幽谷嶜岑,夏含霜雪。《蜀都赋》:玉石嶜岑。又:霜雪终夏

---

① 句前数字为张震泽《张衡诗文集校注》(上海古籍出版社 1986 年版)一书页码。下同。

（李善注作夏含霜雪）。

  171 鞠巍巍其隐天。《蜀都赋》：苍山隐天。

  183 袚于阳濒。《蜀都赋》：相与如乎阳濒。

  此外，《二京赋》对司马相如《子虚赋》《上林赋》、班固《两都赋》的借鉴，《思玄赋》对《大人赋》的点化也较多，不过更侧重于场景与结构的模拟上。

  另外，张衡对《史记》《汉书》的取资问题，虽然后人的注释往往以班、马之作取为引证，但不是从语汇方面来寻找出处，而更多是引用二书所载的史事作为张衡文章的事证，类似于我们现在所说的"详参某某书"。张衡对于《史记》曾加观览，他在《应间》中说："故一介之策，各有攸建，子长谍之，烂然有第。"这是一个证据。至于他对《汉书》了解的程度如何，没有明确的证据。《汉书》作成时在章帝建初（76—84）年中，也就是张衡出生不久。据史传载"当世甚重其书，学者莫不讽诵焉"①，而且张衡也曾"条上司马迁、班固所叙与典籍不合者十余事"②，可见他对《汉书》下过功夫。但像《史》《汉》这样的史书，提供给张衡的更多属于史事方面的内容，而非修辞方面的技巧，因此从文章学的角度而言，班、马之书对张衡的影响自然不如《诗经》《左传》《楚辞》等典籍深巨了。

  从张衡的学术渊源来探讨其文章取资，无疑是一个更有意义的问题。通过上文统计，对张衡有深刻影响的典籍主要有《诗经》《左传》《楚辞》《尚书》《周礼》《周易》等。其中可以分为两大类，《楚辞》为一类，其余儒学经典为一类。我们先来分析张衡取资这些儒学经典的学术背景上的原因，然后再论《楚辞》对他的影响。

---

① 《后汉书》卷四〇上《班固传》，第 1334 页。
② 《后汉书》卷五九《张衡传》，第 1940 页。

若结合汉代经学背景来看,张衡在学术上持奉的是古文经学。众所周知,经学今古文之争是汉代学术史上的一大公案。其论争的本末情形,不必详述。简要而言,今文经学在西汉因立为博士,成为官学,而显赫一时。古文经学从西汉末年至东汉章帝之间,多次奋起与今文经学争一席之地,虽屡受排压,但终于渐渐得势,得到社会多数人的认同。并且随着纸张的发明,书籍传播的便利,今文家学术垄断的森严壁垒终被打破,于是学术的普及出现了前所未有的兴盛局面。从整个经学发展趋势来看,西汉时独研一经的情况到东汉基本绝迹,东汉儒生多是兼通数经,甚至博通五经之士。而且很多经师开始泯除今古文之间的鸿沟,不复抱残守缺,而是博综兼览,一些硕儒如贾逵、郑玄等古文经师即为兼治今文经的突出代表。张衡倾向于古文经学,与时代风气有着密切的关系。

张衡治古文经学,首先受到了贾逵的影响。贾逵在章、和两帝时,以博学获宠,并成为当时的"儒宗"。又因为他在太学教授诸经,四方学子游学洛阳时,每每向他访学问疑。张衡的挚友崔瑗,"年十八,至京师,从侍中贾逵质正大义,逵善待之,瑗因留游学,遂明天官、历数、京房易传、六日七分"[①]。就在崔瑗游学京师的同时,张衡也从三辅游历后,"因入京师,观太学,遂通五经,贯六艺"[②]。尽管本传未明言张衡观太学时受业于何人,但从他与崔瑗的亲密交游,以及贾逵在当时学界的声望来看,张衡问学于贾逵当是可以确定的。

贾逵的学术传自其父贾徽,据《后汉书》本传载:"父徽,从刘歆受《左氏春秋》,兼习《国语》《周官》,又受《古文尚书》于涂恽,学《毛诗》于谢曼卿,作《左氏条例》二十一篇。……逵悉传父业。"[③]观

---

① 《后汉书》卷五二《崔瑗传》,第1722页。
② 《后汉书》卷五九《张衡传》,第1897页。
③ 《后汉书》卷三六《贾逵传》,第1234—1235页。

其家学渊源，贾逵完全是一纯正的古文经学家。而且他"尤明《左氏传》《国语》，为之解诂五十一篇"，又"作《周官解诂》"。① 值得注意的是，张衡也曾"著《周官训诂》"②。胡广《王隆汉官篇解诂叙》亦曰："至顺帝时，平子为侍中，典校书，方作《周官解说》。"③《周官解说》当即《周官训诂》。同时，他还对出自《左传》的"三坟""五典""八索""九丘"作过阐释。④ 并且在他的作品中，也多次引用到了《国语》一书。张衡钻研的典籍与贾逵的专长如出一辙，这应当不是巧合，说明张衡的经学在早年时即受贾逵的深刻影响，并由此确定了他一生的学术取向。当然贾逵以《左传》附会图谶，是当时今古文经学之争中古文经学家邀取荣利的一种功利性手段。张衡在这一点上从未如此曲学阿世。

与张衡同为崔瑗"特相友好"的马融也"尝欲训《左氏春秋》"，不过因看到贾逵、郑众之注后，乃曰："贾君精而不博，郑君博而不精。既精既博，吾何加焉！"⑤ 东汉中期《左氏春秋》受到如此广泛的关注，经师大儒争相为之训诂传注，最直接的原因便是由于汉章帝本人对《左传》的"特好"，加之贾逵多年致力于《左传》的教授，于是逐渐使《左传》成为当世的一门显学。张衡对《左传》的精熟，正是这一时代风气的反映。

张衡古文经学的学术取向，除了上述时代背景及师承关系的影响外，还有其自身的深层原因。从现存资料看，张衡本人主要治古文经，比如他所精熟的《左传》和《周礼》便是古文经的代表。在今古文之争中，并非每部经典皆有激烈的交锋，其中以两部典籍为焦点，即《左氏

---

① 《后汉书》卷三六《贾逵传》，第 1235、1239 页。
② 《后汉书》卷五九《张衡传》，第 1939 页。
③ 《后汉书》志二四《百官一》，第 3556 页。
④ 《春秋左传正义》，载阮元校刻：《十三经注疏》，中华书局 1980 年版，第 2064 页。
⑤ 《后汉书》卷六〇上《马融传》，第 1972 页。

春秋》与《周官》。① 今文家以二书非圣人所传，而古文家则以为其渊源有自。尽管张衡五经师承的全部情形现已不能一一指明，但从其精研《左传》和《周礼》来看，其经学取向在古文一派则毫无疑问。

张衡倾向于古文经学出于其本身自觉的学术追求。他也是东汉通五经、贯六艺的硕儒之一，他对今文经是否有研究，因文献不足，已难论定。但有一点可以肯定的是，他无今文家牵附谶纬的习气，这与他本人反对谶纬的理性精神密切相关。因此作为今文经学典型代表的公羊学派的学说，不见于他的作品之中。而为今文家所排斥的古文经《左氏春秋》《周礼》却频繁密集地出现于其各体文章内。今古文的区别，不仅仅是文字的异同，而在于其根本不同的学术思想。钱穆先生指出两汉今古文经学的不同在于"今文诸家，上承诸子遗绪，用世之意为多。古文诸家，下开朴学先河，求是之心为切"②。这个区别大体可信。我们从张衡的经历来看，他的仕途并不平顺，"所居之官，辄积年不徙"，一生仕宦的大部分时间任职史官。他从容淡静，不慕当世，沉浸于丰富多彩的学术研究之中。他在科技上有着迈越凡流的突出成就，这造就了他的科学精神。他的性格使他不趋荣利，他的学养使他实事求是，他对国家政权没有紧密的依附，这些共同决定了张衡不会像今文家那样侈谈谶纬，颂美帝王，也不会像一些古文家那样附会俗学，媚主求荣。张衡崇尚古文经学，正是他求真务实的理性精神的表现。

另外，从上文统计可见，张衡对《诗经》《尚书》《周易》也有很深的用功，可考的如"又欲继孔子《易》说《彖》《象》残缺者"③。从其师承渊源来看，贾逵治《毛诗》《古文尚书》，可以推测张衡的这两

---

① 钱穆：《国学概论》，商务印书馆1997年版，第118—119页。
② 同上书，第120页。
③ 《后汉书》卷五九《张衡传》，第1939页。

门经学当亦为古文学。至于《周易》所学，当是古文家费氏《易》。① 有学者指出，《思玄赋》涉及《周易》语九处，仅一处用今文经学，言象数之方，余八处皆古文易，而其中言天地之道、修身之理，刘师培谓之"析理精微，精义曲隐，其道杳冥而有常，则《系辞》之遗义也"（《论文杂记》）②。不过在今古文之争中，除《左传》《公羊》相攻特甚外，"四家《易》之于费氏《易》，三家《尚书》之于《古文尚书》，三家《诗》之于《毛诗》，虽不并行，未闻其相攻击"③。因此，由《左传》和《周礼》知其所治为古文经学，并知其求真务实的理性精神，便可把握张衡的学术思想，及对其文学的内在影响。至于其他几种经学，则可存而不论了。

其次，我们再看张衡文章中取资于《楚辞》的学术背景。《楚辞》为西汉后期刘向所编，以屈原辞赋为主，并附后人的一些作品，共十六卷。它与经学不同之处在于，经学目的在于经世致用，而《楚辞》则有着浓厚的情感色彩。《楚辞》的感情基调为"伤不遇"，不论是屈原的作品，还是后人追吊屈原的拟作，均以哀悼其不遇的情感为本。这种时代的悲剧情感，在两汉大一统国家政权下的士人心灵之中，激发出了深久的同情与共鸣。像冯衍的《显志赋》、崔篆的《慰志赋》、梁竦的《悼骚赋》、张衡的《思玄赋》，无不浸染着浓郁的楚骚之意。可以说，《楚辞》是两汉士子情感的寄托、灵魂的慰藉。王逸《离骚经章句序》言及该篇的影响时曾说"凡百君子，莫不慕其清高，嘉其文采，哀其不遇，而愍其志焉"④。其实全部《楚辞》所表现出的明丽幽怨的风情骨韵，一

---

① 康有为：《新学伪经考》"伪经传授表上"于费氏《易》一栏中列有张衡，中华书局1956年版，第252页。
② 许结：《"玄"与"礼"的交织——论张衡的宇宙人生观》，《中州学刊》2001年第5期。
③ 皮锡瑞：《经学通论·四·春秋》"论公羊左氏相攻最甚何郑二家分左右祖皆未尽得二传之旨"条，中华书局1954年版，第51页。
④ 洪兴祖：《楚辞补注》，中华书局1983年版，第3页。

直以来是文采遭抑的士人精神的归宿。这种哀怨的楚风在东汉之初十分普遍，不仅风靡于不遇的士人阶层中，甚至还影响到了闺中的妇女，如明德马皇后好读《春秋》《楚辞》便是一例，说明《楚辞》流行之广泛，而且与六经并成为上层社会的重要典籍。

除了创作上对《楚辞》的热烈追摹外，东汉时对《楚辞》的整理研究著作也多有涌现。章帝时，班固作《离骚序》，批评了刘安《离骚传》对《离骚》的无上推崇，但他并非否定屈原，而是用更冷静的眼光审视了这位周秦间的诗人，并称其文"弘博丽雅"，最后评之为"虽非明智之器，可谓妙才者也"。班固又有《离骚赞序》，简述了屈原的遭遇及《离骚》《九章》的写作背景。另外，班固与贾逵还曾"各作《离骚经章句》"（见《楚辞章句叙》），惜今已不传。此后顺帝时，出生楚地、与屈原"同土共国"的王逸，有鉴于班固、贾逵之作仅有《离骚》章句，其余十五卷则阙而不说，于是他"稽之旧章，合之经传"，作十六卷《楚辞》章句。于中训诂字词，发明大旨，是一部空前的《楚辞》学名著。与王逸大约同时的马融，也曾为《离骚》作注①，但同班、贾之作一样久已散佚。

张衡对《楚辞》的喜好，自然与时代风气有着紧密的关系。他的经师贾逵，不仅以《左传》《周官》引导他走上古文经学的道路，而且还作《离骚经章句》，这或许对少年的张衡也曾有过一定的影响。王逸在安帝元初（114—120）年间为校书郎，张衡此时为太史令。此后顺帝时，王逸为侍中，具体年代不详，张衡在阳嘉（132—135）年间也曾任侍中。二人或许有过学术的交流，因为从仕宦经历来看，他们当时完全有机会相见。马融也曾注《离骚》，他在安帝永初四年（110）为校书郎中，后于元初二年（115）上《广成颂》忤外戚邓氏，自此"滞于东观，

---

① 《后汉书》卷六〇上《马融传》，第 1972 页。

十年不得调"。可知马融与王逸元初中曾为同事,他们当就《离骚》有过探讨。作为马融的朋友,张衡对《楚辞》的熟稔喜好,或许与王逸也有着某种联系。

当然,更根本的原因在于张衡的人生经历及心态情感与屈原及《楚辞》有着灵犀相通的契合。张衡学博才富,志在有为,然而身当安、顺两帝时动荡溷浊的政局,不免郁郁不得志,这正与《楚辞》的哀怨之情相符。详见第二章"立意之摹拟"一节,此不赘述。

从以上的分析可以看出,张衡文章作品资于典籍之富,是他学术背景的直观反映。这不仅与东汉前中期的学术风气有着千丝万缕的紧密关系,而且又与他本人的学术理想及人生经历存在着直接的因果联系。

第二节 取资于世俗

张衡学术之富已如上述,而资于经籍百家以摛文乃是东汉的风尚,亦即追求"典"的风格。在这方面,张衡自然毫不逊色,但他与前人的最大不同,或者也可以说张衡本人新开拓的领域,就是喜用世俗事物入文,对民间文化怀着浓厚的赏好之情。

最著名的便是《西京赋》中描写平乐观百戏一节,其中各种杂技、剧曲、幻术均是汉代流行的娱乐方式。百戏既有中土原有的节目,也有西域传入的种类。作为惊险新奇的事物,不仅帝王臣民以之取乐,而且还是外宾使节宴会时的重要内容。① 赋中写杂技之骇目惊心:

---

① 《盐铁论·散不足》有"戏倡儛像",《崇礼》有"倡优奇变之乐",均用之娱宾取乐。又《汉书·武帝纪》:元丰三年春,"作角抵戏,三百里内皆来观"。又《西域传赞》:"孝武之世……开玉门,通西域……设酒池肉林以飨四夷之客,作巴俞都卢、海中砀极、漫衍鱼龙、角抵之戏,以观视之。"

> 临迥望之广场,程角觝之妙戏。乌获扛鼎,都卢寻橦。冲狭燕濯,胸突铦锋。跳丸剑之挥霍,走索上而相逢。……尔乃建戏车,树修旃。侲僮程材,上下翩翻。突倒投而跟絓,譬陨绝而复联。百马同辔,骋足并驰。橦末之伎,态不可弥。弯弓射乎西羌,又顾发乎鲜卑。①

写剧曲之引人入胜:

> 华岳峨峨,冈峦参差。神木灵草,朱实离离。总会仙倡,戏豹舞罴。白虎鼓瑟,苍龙吹篪。女娥坐而长歌,声清畅而蜲蛇。洪涯立而指麾,被毛羽之襳襹。

有学者拈举出该段,并说:"后世搬演戏剧所谓布景与化妆者,见诸文字始此。"②"见诸文字"并不表示事实也以此为最早,却可以此说明张衡是最早对这种世俗文化加以关注者之一。

写幻术之光怪陆离:

> 度曲未终,云起雪飞。初若飘飘,后遂霏霏。复陆重阁,转石成雷。礔砺激而增响,磅礚象乎天威。巨兽百寻,是为曼延。神山崔巍,欻从背见。熊虎升而拏攫,猨狖超而高援。怪兽陆梁,大雀踆踆。白象行孕,垂鼻辒辒。海鳞变而成龙,状蜿蜿以蝹蝹。舍利颭颭,化为仙车。骊驾四鹿,芝盖九葩。

---

① "上编"所引张衡诗文皆据张震泽《张衡诗文集校注》。
② 钱锺书:《管锥编》,生活·读书·新知三联书店 2008 年版,第 1602 页。

蟾蜍与龟，水人弄蛇。奇幻倏忽，易貌分形。吞刀吐火，云雾杳冥。画地成川，流渭通泾。东海黄公，赤刀粤祝。冀厌白虎，卒不能救。挟邪作蛊，于是不售。

李尤《平乐观赋》、蔡质《汉仪》均曾记述百戏情形，可参看。在经学盛行的时代，奇技淫巧是不登雅文化之堂的，张衡大赋对其加以详细描写，不仅是他爱俗尚奇的一个表现，更可由此看出民间世俗文化逐渐向庙堂高雅文化的浸染之势。

除了对世俗事物的详细描写外，还有一种情况是将其用作借代，作为修辞法之一，如《西京赋》中写歌舞靡丽时提及的"展季桑门"。桑门即沙门，也就是僧人。如果汉明帝时佛教东来之传言可信的话，那么佛教传播到张衡所处的和帝、安帝之时，也仅三四十年的时间，仍是流通于民间的文化，因此作为宗室的楚王刘英信奉佛教便被视为一件新奇的事情而被记载了下来。① 展季以坐怀不乱著称，而沙门则以严持戒律为本，展季自是本地风光，桑门则有异国风采，张衡关注到这些世俗的事物，将古今两种人物相提并论，也是其爱俗尚奇的一种表现。

《东京赋》中描写的大傩礼也是一种世俗文化。《后汉书·礼仪志》曰："先腊一日，大傩，谓之逐疫。"② 《和熹邓后纪》也载："旧事，岁终当飨，遣卫士大傩逐疫。"③ 按照史书的惯例，所谓"旧事"，即本朝制度之先例。再者《东京赋》所叙各种典礼，如郊祀、明堂、耕藉、大射、大阅等，均是实写东汉明帝时的制度，所以依照该赋的写法，也可以断定大傩礼是述事实。但是大傩与郊祀诸典礼不同之处，在于郊祀诸

---

① 详见《后汉书》卷四二《楚王英传》，第1428页。
② 《后汉书》志五《礼仪中》"大傩"条，第3127页。
③ 《后汉书》卷十上《和熹邓后纪》，第424页。

礼属于庙堂之制，其用意在敬天尊祖、爱民教士，完全是在政治方面用心。而大傩礼则所熏染的民间宗教色彩更浓厚，其施用场合仅限于皇宫内苑，因此与庙堂之礼比较来看，它尚属于世俗或民俗的事物。

《南都赋》中所写暮春修禊之事也是汉代流行的一种风俗。《后汉书·礼仪志》载：三月"上巳，官民皆洁于东流水上，曰洗濯祓除去宿垢疢为大洁"①。东汉初年的杜笃有《祓禊赋》，是现存最早对这一风俗的文字描绘。春日祓禊本具有宗教意味，但在演进过程中，逐渐淡化了宗教的色彩，而变成了一种民间聚会的形式。正如春秋社日，本为祭祀后土，祈求丰年，后来祭祀的成分减弱，而逐渐成为民间邻里聚会的重要日子。因此在这样的节日里，娱乐成了最主要的内容。一旦娱乐代替了原有的宗教或礼仪的内涵，那么，世俗文化的色彩便愈加浓厚。赋中写车马之华美缤纷，士女之姣服丽姿，以及齐僮唱、赵女舞，体态妖娆，新声悲艳，"坐者凄欷，荡魂伤精"，完全是一种世俗的娱情快意。张衡下笔之际也只是注目于祓禊的实际内容，即世俗娱乐，而不是其原始形式，即祓除垢疢。

《归田赋》中写游猎，虽仅寥寥数笔，却具有民俗意义。为什么这么说呢？因为汉人喜猎，《两都赋》《二京赋》《子虚赋》《七发》，皆说一段猎事。②其实文字不过是整个时代文化的一斑，汉代画像石、铜镜、器皿上的图画，往往以游猎为题材。看着一幅幅骏马轻车、怒兽翔禽，猎者弯弓飞矢、意气自雄，我们会感觉到汉人阳刚豪健的气息扑面而来。《二京赋》中写游猎的浩大场景，此处不详述，仅看《归田赋》中的一段，赋中写道：

---

① 《后汉书》志四《礼仪上》"祓禊"，第3110页。
② 参见陆友仁：《研北杂志》卷下。转引自刘志伟主编：《文选资料汇编·赋类卷》，中华书局2013年版，第69页。

> 尔乃龙吟方泽,虎啸山丘。仰飞纤缴,俯钓长流。触矢而毙,贪饵吞钩。落云间之逸禽,悬渊沈之魦鰡。于时曜灵俄景,系以望舒。极般游之至乐,虽日夕而忘劬。

此处所写的猎事,已经从大赋中驰骋游畋的壮观雄迈简化为弋钓的优游闲适,但仍不脱汉代人醉心田猎的色彩。这种风俗习气到汉末依然流衍不泯,《归田赋》中的弋钓之乐也成了世外田园的样本,仲长统自写其乐道:"蹰躇畦苑,游戏平林,濯清水,追凉风,钓游鲤,弋高鸿。讽于舞雩之下,咏归高堂之上。"甚至其"安神闺房,思老氏之玄虚,呼吸精和,求至人之仿佛。与达者数子,论道讲书,俯仰二仪,错综人物。弹《南风》之雅操,发清商之妙曲。消摇一世之上,睥睨天地之间。不受当时之责,永保性命之期"①,也与《归田赋》末段所抒写的人生乐事同出一辙。到了嵇康《赠兄秀才入军诗》依然满怀歆慕地高咏道:"携我好仇,载我轻车。南凌长阜,北厉清渠。仰落惊鸿,俯引渊鱼。盘于游田,其乐只且。"②这种俯仰自得的魏晋风流,其远源正是汉代游猎弋钓之乐。叶梦得对《归田赋》中所写的钓弋之乐很不以为然,他认为:"人生天地之间,要与万物各得其欲,不但适一己也。必残暴禽鱼以自快,此与驰骋田猎何异!"③这源于他不知汉代人的世俗之乐,而以宋代的理学观念评价古人,遂致此误解。

对当世文化风俗的描绘固然是爱俗的表现,此外,张衡还将民间流传的一些里巷传闻、寓言逸事织入文章之中,与古籍中的雅言故典并列

---

① 《后汉书》卷四九《仲长统传》,第1644页。
② 逯钦立:《先秦汉魏晋南北朝诗》,中华书局1988年版,第483页。
③ 叶梦得:《避暑录话》卷上,商务印书馆1939年版,第8页。

骈置于一处。这也是一种爱俗的体现。如《思玄赋》中"或辇贿而违车兮,孕行产而为对"。关于该句的本事,《文选》李善引旧注云:

> 昔有周犨者,家甚贫,夫妇夜田。天帝见而矜之,问司命曰:此可富乎?司命曰:命当贫。有张车子财,可以假之。乃借而与之。期曰:车子生,急还之。田者稍富,致赀巨万。及期,忌司命之言,夫妇辇其贿以逃。与行旅者同宿,逢夫妻寄车下宿,夜生子。问名于夫,夫曰:生车间,名车子也。从是所向失利,遂便贫困。

从引文可以看出,该事也是"缙绅先生难言之"的"不雅驯"之语了,而李善更进一步指出此事见《鬼神志》及《搜神记》,这愈加说明张衡所用的是世俗流传的小说家言。不特如此,除了爱俗之外,张衡还尚奇,如《思玄赋》中所举的古事,牛哀病而成虎、鳖令殪而尸亡、穆负天以悦牛、梁叟患夫黎丘等,虽出自《淮南子》《蜀王本纪》《左传》《吕氏春秋》等典籍,但事体荒忽怪诞,与班固《幽通赋》中所举全为典雅之事相比,非常鲜明地凸显出张衡为文好奇的特征。而爱俗与好奇又是一体之两面,均是突破汉代典重雅正之风,而向世俗民间的转移开拓。建安(196—220)、黄初(220—226)之际,爱俗尚奇的世风文风泛衍盛行,而张衡便是开此风气的人物之一。

再如《应间》:"吾感去鼀附鸥,悲尔先笑而后号也。"章怀太子李贤仅注:"鼀,蝦蟇也。"[1] 王先谦《后汉书集解》引沈钦韩释为"若使附逐嗜腐鼠之鸥,必为所食",仍不得要领。这是因为取用里巷琐语,

---

[1] 《后汉书》卷五九《张衡传》,第1907页。

却从典籍中寻求来历,再加附会穿凿,自然不能惬人心意。关于这句的含义,钱锺书先生认为:"窃疑当时或有俗传,谓虾蟆正如《易林》之龟及蝤蚧厌居水中,亦欲舍去而旷观漫游,遂附鸥腾空,致陨身失命。"① 这种"去鼋附鸥"也应是当时流传的寓言故事,平子因而援用人文,以为讽刺。它正与《思玄赋》中"辇赇违车"一样,都是张衡爱俗好奇的表现。

张衡爱俗的特征不仅表现在长篇的赋与文中,而且在其短制如诗歌中也喜用世俗事物,比如《四愁诗》中的各种珍宝,序中说:"依屈原以美人为君子,以珍宝为仁义云云",其实它与《楚辞》还是有区别的。最大的不同之处即在于所谓的珍宝,如"金错刀""金琅玕""貂襜褕""锦绣段"等,均为当时的极常见的世俗物事。金错刀是以错金为装饰的名刀,这在东汉常用作赏赐馈赠。《东观汉记》卷九"邓遵"条,邓遵破诸羌,诏赐之物中就有"金错刀五十"②。班固《与弟超书》记窦侍御遗仲升(即班超)之物中也有"金错半垂刀一枚"③。

再如金琅玕。琅玕是似珠玉的美石,古人常作为佩饰,曹植《美女篇》"腰佩翠琅玕"就是最形象的说明。既然是佩饰,自然可以相互赠遗以达情意。关于这一点,《流沙坠简·简牍遗文考释》中收录的木简有七条提到"琅玕",比如第二十八:"王母谨以琅玕一致问。"第三十二:"大子癸夫人叩头,谨以琅玕一致问。"第三十四:"苏且谨以黄琅玕一致问。"第三十五:"奉谨以琅玕一致问(面)。春君挈毋相忘(背)。"④

---

① 钱锺书:《管锥编》,第847—848页。
② 吴树平:《东观汉记校注》,中华书局2008年版,第310页。
③ 严可均:《全上古三代秦汉三国六朝文》,中华书局1955年版,第609页。
④ 罗振玉、王国维:《流沙坠简》,中华书局1993年版,第223—224页。另第三十二条中"癸夫人",点校本误作"吴夫人"。具体释文参见陈槃:《汉晋遗简识小七种》(一)之七,上海古籍出版社2009年版,第17页。

此外还有第三十、三十一、三十三条，除了称谓不同外，词句基本相同。尽管片语只词，却为我们记录了汉代风俗的吉光片羽，因此弥足珍贵。

襜褕是东汉时一种极为常见的服饰，其形制为"衣""裳"连在一起的长衣。① 襜褕的相关记载甚多，比如两汉之际，耿纯率领宗族宾客二千余人，迎接光武帝刘秀，"皆衣缣襜褕"。鲍永"好文德，虽行将军，常衣皂襜褕"。段颎灭羌，"诏赐钱十万，七尺绛襜褕一具"。② 可见襜褕是当时上下通用的服饰之一。《四愁诗》中所说的"貂襜褕"，只不过是用貂皮所制，更显珍贵罢了，大约就像清代赏赐功臣的黄马褂一样。

至于锦绣段，也是当时馈赠之常礼。《古诗十九首》："客从远方来，遗我一端绮。"不论是锦绣段，还是绮，都是珍贵的丝布织物。通过上述史料可以看出，张衡《四愁诗》中所举的诸种珍宝其实均是现实世俗之物。因此，屈原所称"美人香草"，是比兴手法；而张衡所称之"珍宝"，则是赋的手法。另外像《同声歌》中所记的"鞮芬以狄香"正是当时从西域传入中土的胡香或胡粉。马融《奏记李固》说李固"胡粉饰貌，搔头弄姿"，便是这种新异的事物。而"列图"，又是当时流行的养生学说影响下的一种印迹。

除了取材的世俗，张衡在体裁上也勇于从民间借鉴新的体式。张衡今存的五七言诗，以《四愁诗》与《同声歌》最重要，此外还有《思玄赋》篇末"系词"以及"浩浩阳春发"四句残篇。在汉代仍以四言诗为雅制，五七言诗还是民间的东西，其品位尚低。甚至到了西晋，挚虞

---

① 详见方诗铭《襜褕考》，收入《方诗铭文集》卷三《读史札记》，上海社会科学院出版社2010年版，第172—177页。
② 分别见吴树平：《东观汉记校注》卷十一、十四、十七，第400、565—566、779页。

《文章流别论》还说五七言诗,"俳谐倡乐多用之"①。西晋傅玄《拟四愁诗》序中说:"昔张平子作《四愁诗》,体小而俗,七言类也。"②所指的"俗",正是针对其"七言类"之"体"而言的。七言体西汉人还是偶一为之,东方朔即有"七言"上下篇。③刘向七言之作今尚有残句留存,《文选·思玄赋》李善注引刘向《七言》"竭来归耕永自疏"④。但到了东汉时作七言的人便多了起来,像东平宪王刘苍、崔寔、马融、杜笃等,其《后汉书》本传均有作"七言"的记载。⑤马融《长笛赋》篇末叙笛之缘起,纯用七言;篇中叙笛音"屈平适乐国"以下,则用五言,有学者由此认为二者皆受民间乐府之浸染。⑥

《同声歌》不仅体制是源自"俳谐倡乐"的五言之作,而且内容也是写世俗情事,即新婚之夜的情景,其内容正如蔡邕的《协和婚赋》。历来论家皆用"美人香草"的成见而视之为"以喻臣子之事君"之作,不免郢书燕说。试想既然喻臣子之事君,那么诗中的"素女"又当作何解释呢!这都是因为未能从"爱俗"的角度来理解这首诗所致。再如张衡的《髑髅赋》《冢赋》,所写的内容是如此鄙俗,汉末曹植的《蝙蝠赋》《令禽恶鸟论》与之一脉相承,均是东汉民间世俗文化逐渐兴起的文化潮流影响之下的产物。

以上从时代风俗、奇谈轶闻、世俗事物、诗歌体裁等方面说明了张衡文章中取资于民俗文化的特征。张衡固然湛深经史百家等典籍,对传统的典雅文化服膺至深,但他同时也注意于民间市井的人情风俗、言谈

---

① 严可均:《全上古三代秦汉三国六朝文》,中华书局1958年版,第1905页。
② 徐陵编:《玉台新咏笺注》,吴兆宜注,中华书局1985年版,第404页。
③ 《汉书》卷六五《东方朔传》,中华书局1962年版,第2873页。
④ 萧统编:《文选》,李善注,中华书局1977年版,第222页。
⑤ 分别见《后汉书》卷四二、五二、六〇上、八〇上,第1441、1731、1972、2609页。
⑥ 参见蒋天枢:《论学杂著》,中州古籍出版社1985年版,第21页。

事物，这给他的文学作品增添了十分明显的异于他人的色彩。

张衡关注世俗、取资世俗，并不是偶然或孤立的现象。一者是胡风东渐，西域的新奇事物给中原文化带来了新的元素。一者是经典文化的教育普遍于整个社会的同时，下层民间文化向主流文化的反作用。二者共同影响了张衡的文化品位。详细论述见第四章"崇典与爱俗"一节。

第二章　摹拟

摹拟是古人作文的常法，不仅在初学作文时通过摹拟以求揣摩之功，并以此体悟文章的佳妙之处，甚至有的文人在已经名家后，仍然以摹拟为作文之一法。这倒不是古人剽窃前贤，而是因为古人对于文章郑重其事，故其下笔皆有所本，法度井然，一笔不苟作。[①] 两汉文人更重摹拟，除了上述文章技巧方面的原因外，还有崇尚"典则"的明确意识为之指导。扬雄拟《易》作《太玄》，拟《论语》作《法言》，拟屈原、司马相如而作赋，就是这种风气的集中表现。张衡的文章，尤其是大赋《二京赋》《思玄赋》，均是摹拟的佳作。其中摹拟之法有所变化，并非千篇一律。将其探讨并归纳出来，不仅对张衡大赋的创作会有深入的认识，而且对古人文章写作的方法也会有更加明晰的了解。

第一节　立意之摹拟

经典之文，其经典性不仅体现在其文辞之精美典雅，布局之整饬高

[①] 关于古人作文重摹拟之风，参见王葆心：《古文辞通义》卷一《解蔽篇一》之"一曰剽窃前言，句摹字仿也"条以及卷九《识涂篇五·文之作法》之"六朱子之摹拟名人作法"条，武汉大学出版社2008年版，第3、330—331页。

浑,更重要是其蕴意之深厚鸿富。张衡为文,其所摹拟的对象既有前代之六经、《楚辞》,又有当世明公硕儒的辞赋文章。这些包蕴丰美的作品,赋予了张衡创作的资材,启发了他创作的灵感。在摹拟其意时,或依本,或变翻,或拓展,或深化,因时制宜,方法多样。以下依次详述之。

(一)依本

从上章张衡文章援用《楚辞》之多,可知他的《楚辞》修养极深。其中除了钟情骚体楚风的形式外,更深层的是其性情心态与《楚辞》十分投契。那些逐臣弃子,忠君爱国,轸念生民,却放逐边荒,抱屈含怨,不得展用其才,其情敦厚愤激,发为文章犹如长歌当哭。李白《古风》其一:"哀怨起骚人。""哀怨"即是《楚辞》的精神。张衡《四愁诗》就是这种精神的体现。《四愁诗序》说:

> 时天下渐弊,郁郁不得志,为《四愁诗》,依屈原以美人为君子,以珍宝为仁义,以水深雪雾为小人。思以道术相报,贻于时君,而惧谗邪不得以通。

《四愁诗》的作年,孙文青《张衡年谱》系于永和二年(137),也就是他在河间相任内时期。此时的河间王为刘政,据史载,"政傲狠,不奉法宪"。张衡前任河间相为吴郡沈景,沈景面对这种恶劣情况,一方面奏书请治罪,一方面又捕杀奸猾巨恶之徒数十人,出冤狱百余人。在此强硬手段之下,刘政"遂为改节,悔过自新"。①沈景的行事威严固然可信,至于刘政的"悔过自新"却是史官的饰词,不能不令人怀疑。因为在张衡继沈景为相时,依旧是"国王骄奢,不遵典宪;又多豪右,共为

---

① 《后汉书》卷五五《河间王开传附子政》,第1808页。

不轨"①。因此张衡的处境是险恶的。而造成这种险恶处境,又是因为宦官的作梗陷害。在张衡出任河间相前,职任侍中,当时他的处境已经进退维谷了,本传载:

> (顺)帝引在帷幄,讽议左右。尝问衡天下所疾恶者。宦官惧其毁己,皆共目之。衡乃诡对而出。阉竖恐终为其患,遂共谗之。②

当时阉竖权贵令人侧目的势焰可见一斑。同是顺帝时的赵戒,迁为荆州太守后,"梁商弟让为南阳太守,恃椒房之宠,不奉法。戒到州,劾奏之。迁戒河间相,以冀部难理,整厉威严"③。赵戒因为劾奏梁让,触犯外戚,被迁至难以治理的河间为相。很显然是受到权贵的陷害。同时的翟酺,"屡因灾异多所匡正",由是权贵诬陷酺谋反,将其逮诣廷尉,几乎丧命。④ 这就是顺帝时政府的黑暗情形。

张衡面对这样的环境,自然"不乐久处机密";再加上天下渐弊,四方靡靡,因此"郁郁不得志,为《四愁诗》"。他本有用世之志,"思以道术相报,贻于时君",然而举目九州,行路艰危,抱负难酬,唯有涕下浪浪,如何能不忧心劳伤,斯怀烦惋!屈原放逐,"忧愁幽思而作《离骚》",张衡为人高洁正直,在阉宦的威胁之下,又不敢直陈心事,畅所欲言,面对皇帝的询问,只能"诡对",这必然会使他"郁郁不得志"。于此写下《四愁诗》,与灵均之"忧愁幽思"千古同心。诗中所陈

---

① 《后汉书》卷五九《张衡传》,第1939页。
② 同上书,第1914页。
③ 《后汉书》卷六三《李固传》,注引谢承《后汉书·赵戒传》,第2086页。
④ 《后汉书》卷四八《翟酺传》,第1605页。

琼瑶玉案、水深雪雰，真可谓"其称文小而其指极大，举类迩而见义远"①了。因此《四愁诗》的整体基调是"哀怨"的，它摹拟《楚辞》，深得其义。

(二) 变翻

张衡所处的东汉中后期，外戚宦官轮流秉政，招聚宵小，残害忠正，政局既云谲波诡，又污浊不堪。时代已经变化，政治上的弊端也与以前不同，所以在作文摹拟前贤时，其立意也不能不有所改变。在文艺中，模仿既包括原本其义、亦步亦趋的正面模仿，也包括反其道而行之的反面模仿。②扬雄"摭《离骚》文而反之……名曰《反离骚》"，即是最明显的例子。然而在实际的模仿中，并非只有正仿与反仿两种截然对立的方式，还有变翻点化，或取其大体而改换面目，或取其一节而不及其余，类似于江西诗派所谓的"夺胎换骨"。张衡的《二京赋》即是变翻类摹拟的典型。《后汉书·张衡传》叙述《二京赋》的作意时说：

> 时天下承平日久，自王侯以下，莫不逾侈。衡乃拟班固《两都》作《二京赋》，因以讽谏。

既然是拟班固《两都赋》，那《两都赋》的创作宗旨又是什么呢？据班固赋序中表述是为了讨论定都长安还是洛阳的争议，他说：

> 臣窃见海内清平，朝廷无事，京师修宫室，浚城隍，起苑囿，以备制度。西土耆老，咸怀怨思，冀上之眷顾，而盛

---

① 《史记》卷八四《屈原贾生列传》，中华书局1959年版，第2482页。
② 关于"反仿"，参见〔德〕利希滕贝格：《格言集》"美学、文学"部分，范一译，辽宁教育出版社1998年版，第179页。

称长安旧制,有陋雒邑之议。故臣作《两都赋》,以极众人之所眩曜,折以今之法度。

《西都赋》铺陈长安之奢靡侈丽,所谓"以极众人之所眩曜";《东都赋》则歌咏洛邑之道德礼治,令西都宾改容折服,所谓"折以今之法度"。《西都赋》"矜夸馆室,保屈山河",《东都赋》陈述"建武之治,永平之事",目的只有一个,即长安非汉德之所宜处,京洛才是王者之皇都。

张衡《二京赋》则不再讨论长安、洛阳哪个更适合定都,而是讨论西京之奢丽与东京之仁德,何者才是汉王朝的精神。因此《西京赋》虽艳称长安之"奢泰肆情",但却时时点缀几句冷笔讽刺之语,如"水嬉"一段之"取乐今日,遑恤我后","百戏"一段之"既定且宁,焉知倾陁",均逗露出讽谏的微意。到《东京赋》篇末于是庄重地揭出主旨:"苟好剿民以媮乐,忘民怨之为仇也。好殚物以穷宠,忽下叛而生忧也。"正因旨在刺奢,所以篇末在收束全文时,落脚点不是大肆宣扬东京之美,而是句句批判西京奢泰之非。这就与《两都赋》的宗旨完全不同了。

因此班张之作,虽然都是汉代京都赋的极轨巨制,但二者貌同心异,班固作《两都赋》的目的是为了颂美,而张衡作《二京赋》则是为了讽谏。这就是二者的不同。把握住二者的立意有所变翻,才能更明确地体会其文章的佳处。

张衡《南都赋》摹拟扬雄《蜀都赋》而成,其立意相对扬赋也有变翻之处。《蜀都赋》中盛称其地望之灵、物产之富、人物之美。《南都赋》也细大不捐地描绘了南阳的阜丽,包括其位置、地势,其宝利珍怪,其高山、木、竹,其川渎、水虫,其陂泽,其草,其鸟,其水、原野园圃、香草,厨膳、酒,其宗族之禴祠蒸尝,其风俗之暮春被禊、钓弋游观，又追述了高曾远世之来定居，并美其宫室园庐，其礼仪君子、其谋臣武将，品类之繁庶，文物之盛美，令人目不暇接。如果文章到此收束，那么《南都》与《蜀都》不过像王武子、孙子荆各自赞美自己的家乡一样。《世说新语·言语篇》记述二人之言道：

> 王武子、孙子荆各言其土地、人物之美。王云："其地坦而平，其水淡而清，其人廉且贞。"孙云："其山嶵巍以嵯峨，其水㳍渫而扬波，其人磊砢而英多。"①

如此则扬雄、张衡之赋仅是王、孙二人之语的踵事增华，但实际并不尽然。扬雄作《蜀都赋》，尚可以说是出于赞美家乡，就像他纂写《蜀王本纪》一样，是为了保存乡邦文献，宣扬蜀地文化。子云年四十余始自蜀游京师，此前均家居于乡邑。《蜀都赋》大约即是居蜀时的作品。其立意是出于对蜀都怀有深厚的乡梓之情，因此他用铺陈的手法对其作了全面细致的记述，所以《蜀都赋》也可以作为《蜀都风土志》来读。②

张衡作《南都赋》，其结构、内容摹拟《蜀都赋》亦步亦趋，这表明古人为文注重法度规矩。但他并非像临写字帖一样，完全"无我"。《南都赋》与《蜀都赋》的不同之处就在于其立意的变化。《蜀都赋》叙述其饶赡富丽，是为了颂美乡梓。《南都赋》描绘其阜盛繁华，则是希冀天子巡幸故里。该赋卒章见志，借黄发老叟之歌，陈布了殷切的盼望之情：

---

① 刘义庆：《世说新语汇校集注》，刘孝标注，朱铸禹汇校集注，上海古籍出版社2002年版，第75页。
② 关于大赋如类书方志的看法，较早的表述可参见《三国志》卷一一《国渊传》："《二京赋》，博物之书也。"中华书局1959年版，第340页。

> 望翠华兮葳蕤，建太常兮裶裶。驷飞龙兮骙骙，振和鸾兮京师。总万乘兮徘徊，按平路兮来归。

即所谓"岂不思天子南巡之辞者哉"。接着又作颂曰："永世克孝，怀桑梓焉。真人南巡，睹旧里焉。"既然立意在于"望幸"，于是整篇赋颂夸南阳风土人物之美，在此"望幸"之意的贯串下，各部分也就显得更加生动了。这就像《楚辞》中的《招魂》《大招》一样，繁类成艳地描写了肴馔、声色、宫室、游畋之乐，目的就是为了君王归来。只不过一盼生者，一招亡魂而已，其心理之以美物召唤则同出一辙。

（三）拓展

张衡在摹拟前人之作时，其立意在广度上有所拓展，典型的例子是《思玄赋》。《思玄赋》兼法屈原《离骚》与班固《幽通赋》。清人于光华《评注昭明文选》卷三引孙鑛曰："此盖本《幽通赋》来，法屈《骚》而加之精刻，尽有独到语。"[1] 孙氏从近源与远源两方面指出《思玄赋》的源头。张衡在摹拟二作时，并非仅在语句上"加之精刻"，也没有囿于原意，而是在立意上有着更弘广的开拓。

《离骚》的立意，司马迁有很精辟的概括，他在《屈原传》中说："屈平疾王听之不聪也，谗谄之蔽明也，邪曲之害公也，方正之不容也，故忧愁幽思而作《离骚》。"[2] 也就是在忠奸斗争中，忠正不敌奸佞，直臣反遭疏远的不遇之悲愤。《离骚》完全从自我的遭遇出发，个体色彩十分浓厚，个人情感尤为强烈。而班固则有所不同，他写《幽通赋》时年方弱冠，政治社会的阅历尚浅，远不如被疏放的屈原的经历曲折丰富。他作《幽通赋》，其立意出于"致命遂志"。"致命遂志"，刘德注

---

[1] 于光华：《评注昭明文选》，转引自《文选资料汇编·赋类卷》，第510页。
[2] 《史记》卷八四《屈原贾生列传》，第2482页。

曰:"陈吉凶性命,遂明己之意。"① 全赋主要是用历史的眼光观照古今,陈述其吉凶穷达之迹,探究其变化倚伏之理,并表明自己应世处身所当依循之道。因此其情感的热烈虽远逊《离骚》,而哲思的冷静则遥遥过之。

张衡的《思玄赋》尽管仿照《离骚》《幽通》而作,但其间立意还是有广狭之别的。《思玄赋》的作年,《后汉书》本传列于"永和初,出为河间相"之前,孙文青《张衡年谱》系于阳嘉四年(135),即张衡五十八岁。这时已经到了他的晚年,他对政治社会的经历与见闻已很丰富,学术造诣也早就臻于极致。他不仅有深厚的学养,还有切身的人生体验,因此他写《思玄赋》就不同于班固《幽通赋》,而是在俯仰古今的纵览和玄思中,融入了鲜活的个体情感。《后汉书》本传说:"衡常思图身之事,以为吉凶倚伏,幽微难明,乃作《思玄赋》,以宣寄情志。""吉凶倚伏"与《幽通》之"陈吉凶性命"固然相同,但"思图身之事"比"明己之意"就不仅包蕴了人生体验的甘苦悲欣,而且有着更为深广的现实意义和实践意义。② 因此《思玄赋》既有《幽通赋》纵观古今的纷繁和厚重,又有《离骚》呼陈哀乐的真切和感人。这是它在立意上较屈骚与班赋拓展的第一方面。

《思玄赋》内涵的层面丰富,首先一点是"伤不遇"。《离骚》中写灵修浩荡、高丘无女,皆是自伤不遇。《思玄赋》开首一段中已经陈述了"不遇"之愁,赋曰:

> 幸二八之遻虞兮,喜傅说之生殷。尚前良之遗风兮,恫

---

① 《汉书》卷一〇〇《叙传》,第4213页。
② "思玄"之"玄",注者以《老子》"玄之又玄,众妙之门"为说。不确。许结认为:"张衡述'玄'之文化内蕴,在切实的人生忧患。"其说可参见许结:《张衡评传》,南京大学出版社1999年版,第116页。

后辰而无及。何孤行之茕茕兮，子不群而介立？感鸾鹥之特栖兮，悲淑人之稀合。

"二八逆虞""傅说生殷"即同《离骚》"汤、禹俨而求合兮，挚、咎繇而能调"以及"说操筑于傅岩兮，武丁用而不疑"等等，均是上古君臣遇合的美事。然而这种风云赏会的遗风流韵于今已渺不可及，只能咨嗟长叹"子不群而介立""悲淑人之稀合"。赋文接着用秾丽之笔形象化地描绘了"不遇"的悲愤与怅惘。赋曰：

俗迁渝而事化兮，泯规矩之圜方。珍萧艾于重笥兮，谓蕙芷之不香。斥西施而弗御兮，羁骐騄以服箱。行陂僻而获志兮，循法度而离殃。惟天地之无穷兮，何遭遇之无常！不抑操而苟容兮，譬临河而无航。欲巧笑以干媚兮，非余心之所尝。袭温恭之黻衣兮，披礼义之绣裳。辫贞亮以为鞶兮，杂技艺而为珩。昭彩藻与雕琢兮，璜声远而弥长。淹栖迟以恣欲兮，燿灵忽其西藏。恃已知而华予兮，鹝鸠鸣而不芳。冀一年之三秀兮，道白露之为霜。时霱霱而代序兮，畴可与乎比伉？咨妒嫮之难并兮，想依韩以流亡。恐渐冉而无成兮，留则蔽而不章。

在此规矩泯坏、遭遇无常之世，尽管以芳洁自期，丽饰自修，但仍然"燿灵忽其西藏""鹝鸠鸣而不芳"，大有《离骚》美人迟暮之感。当此无与"比伉""妒嫮难并"之际，虽思与韩众（一作韩终）远游学仙，又恐虚度年华一无所成；若稽留不去，又不免为邪曲所蔽，使一已之美暗而不彰。此处委曲细致的狐疑犹豫之情与《离骚》极为相似。赋末"系"词又曰："《柏舟》悄悄吝不飞。"《邶风·柏舟》曰："忧心悄悄，愠于群小。"又曰:"静言思之,不能奋飞。"关于此诗的主旨,《诗序》云:"《柏舟》,言仁而不遇也。卫顷公之时,仁人不遇,小人在侧。"①这种"不遇"之感贯穿了整篇《思玄赋》,是全赋的基调,其余的玄想与歌叹均萦绕着"不遇"的哀伤之音。

在以《离骚》式的情感定下整篇赋作的基调后,《思玄赋》遂开始了四方之游,上天入地,碧落黄泉,欲寻求圣君而仕。在周游六合之中,于是对人世"幽微难明"的"吉凶倚伏"展开了询问和思索。这是其内涵的第二点,也是其重点。张衡于"中央"一节中向黄灵(即黄帝之灵)咨求"天道其焉如"的幽昧之理。该部分摹拟《幽通赋》并加以拓展。

《幽通赋》有感于"纷屯邅与蹇连兮,何艰多而智寡"的困境,认为:一、世事因果本来不相一致,并无操纵于其间者。("变化故而相诡兮,孰云豫其终始。")二、吉凶纷乱纠缠,因为矛盾相互作用。("畔回冗其若兹兮,北叟颇识其倚伏。")三、福祸夭寿源于形气禀赋,如影随形,莫不有命。("形气发于根柢兮,柯叶汇而灵茂;恐网蛃之责景兮,庆未得其云已。")②在他看来,世事纷杂均出于天命,非人力所能参预改变。

《思玄赋》询求"天道"之义,假黄灵之语分说道:一、天道幽昧难审,无人能知。("神逴眛其难覆兮,畴克谟而从诸?")二、死生乖舛不齐,即使司命之神也不明瞭。("死生错而不齐兮,虽司命其不晰。")三、吉凶相踵,反复无常。("夫吉凶之相仍兮,恒反侧而靡所。")四、人情偏执于一己之好恶,身在局中,不能明察。("通人暗于好恶兮,岂爱惑之能剖?")前三点与班固所举虽各有偏重,但都是

---

① 《毛诗正义》,《十三经注疏》,第296页。
② 以上引文依据《汉书》卷一〇〇《叙传》。《文选》文字略有不同,其中"豫""畔""灵""网蛃",《文选》分别作"预""叛""零""魍魉"。

将人世的祸福吉凶归之于"自然而然",即不是人力所能左右而致。只有第四点将人情好恶列为祸福吉凶的成因之一,是张衡的卓见。这一点将人的心理因素引入天人之际的探索中,不仅在一定程度上祛除了宿命论的浓雾,而且将人的心理视为自身行动后果的原因,会对人事变化有着更加深刻的认识。因此虽然只是四点中的一点,但他将观察的角度从天命拓展到人的行为自身,使得认识的范围便大为开阔。庄子是首先注意到人情好恶这一因素的哲人,他屡次提到"好恶"在认识论与实践论中不可忽视的作用。《庄子·刻意》曾说:"好恶者,德之失也。"张衡将其化入自己的历史观察和人生思考中,使得《思玄赋》的意蕴变得更为丰厚。

在对人世吉凶性命的纷繁现象作了分析之后,于是班固《幽通赋》"明己之意",张衡《思玄赋》也"宣寄情志"。《幽通赋》云:"观天网之纮覆兮,实棐谌而相顺(《文选》作'训')。谟先圣之大猷兮,亦丛(《文选》作'邻')德而助信。"他认为在祸福无端、吉凶难兆的天命笼罩中,唯有以"谌(即诚)""顺""德""信"才会得到天人所同助。其意取自《周易·系辞上》:"天之所助者,顺也。人之所助者,信也。履信思乎顺。"① 颜师古注曰:"赋言天道惟诚是辅,惟顺是助。……若能谋圣人之大道,有德者必为同志所依,履信者必获他人之助。"② 以上是班固的思考。

张衡《思玄赋》也提出"彼天监之孔明兮,用棐忱而佑仁"。他认为天道鉴察,无幽不烛,只有怀"忱(即诚)"守"仁"者才能得到上天辅助。这在《幽通赋》中是作为最终的人生抉择来对待的,而在《思玄赋》中则显得比较浮泛。张衡给自己提出的真正人生归宿是赋末陈述的一段:

---

① 《周易正义》,《十三经注疏》,第 82 页。
② 《汉书》卷一〇〇《叙传》,第 4223 页。

收畴昔之逸豫兮，卷淫放之遐心。修初服之娑娑兮，长余佩之参参。文章焕以粲烂兮，美纷纭以从风。御六艺之珍驾兮，游道德之平林。结典籍而为罟兮，驱儒墨而为禽。玩阴阳之变化兮，咏《雅》《颂》之徽音。嘉曾氏之《归耕》兮，慕历陵之钦崟。共凤昔而不贰兮，固终始之所服也。夕惕若厉以省愆兮，惧余身之未勑也。苟中情之端直兮，莫吾知而不恧。墨无为以凝志兮，与仁义乎消摇。不出户而知天下兮，何必历远以劬劳！

他超脱出人世的棼乱纠结，平息了内心的浮想幻念，返其初服，芬洁自修，以六艺与道德为乐，潜心经籍，仰思天道，默无为而凝志，与仁义乎消摇。这就是张衡所"宣寄"的"情志"，也是他对人生的玄思，同时又是他为"图身之事"而发自内心的最深沉的感喟。

（四）深化

张衡《应间》是汉代"设难"类文章中的一篇佳作，与前人之作相比较，其立意更加深入。此前同类名作有东方朔《答客难》、扬雄《解嘲》、班固《答宾戏》。四文的创作原因，即所谓客之发难，均出于四人官微位卑，所务无益于仕宦。《答客难》："旷日持久，官不过侍郎，位不过执戟。"《解嘲》："位不过侍郎，擢才给事黄门……何为官之拓落也？"《答宾戏》："器不贾于当己，用不效于一世，虽驰辩如涛波，摛藻如春华，犹无益于殿最也。"《应间》："观者观余去史官五载而复还，非进取之势也。"四客所关注的皆为世俗之荣利、一时之富贵。

面对客之难、嘲、戏、间，四文谋篇结构上均是先破而后立。东方朔与扬雄都认为当今形势与战国不同，战国以兵力相争，得士者富而强，失士者贫且亡，故游士进取极易。而自身所处的西汉则已四海一统,天下太平,虽有高材懋行,亦无所用之。这就是二人反驳客难的论点,亦即班固《答宾戏·序》中所说的"东方朔、扬雄自喻以不遭苏、张、范、蔡之时"。二人之言多有牢骚之气。班固则不同,在他看来,战国纵横游士,"皆蹑风尘之会,履颠沛之势,据徼乘邪,以求一日之富贵,朝为荣华,夕为憔悴,福不盈眦,祸溢于世",他们不顾安危,侥幸冒进,旋荣旋败,凶人自晦,均"非君子之法"。因此战国之士虽然骤升高位,暴得富贵,却丝毫不值得歆羡。他的反驳理正词严,无牢骚抱怨之态,有浩然自信之志。之所以做到这一点,完全是因为他对宾之嘲戏能"折之以正道"。张衡与东方、扬、班又有不同,他对客之非难"应之以时有遇否,性命难求"。乍看之下,似乎是重弹《客难》《解嘲》"时不我与"的旧调,细按之则不然,因为他本人"内识利钝,操心不改",所以对仕宦之进退,荣利之得失,看得明,见得真,而且自己为人"从容淡静",致思学术,有以自守,故而对身外势利能淡然处之。因此,他的反驳之语虽然貌似东方朔与扬雄,但他站在一个更高的思想境界,用哲学的眼光观照古今,所以他的立意便有了深刻的思辨性,他所要说明的是如何审时察己、安身立命,而不再是牢骚的情绪宣泄。

再看四人之立。《答客难》提出,在于今之世,君子当修身好学,遭逢不遇,"天下和平,与义相扶,寡耦少徒,固其宜也"。一腔无可奈何的不平之气。相对于这位滑稽玩世的东方朔,扬雄、班固、张衡则有明确而具体的人生归宿。扬雄"默默独守吾《太玄》";班固"专笃志于儒学,以著述为业","密尔自娱于斯文";张衡则"愍《三坟》之既颓,惜《八索》之不理。庶前训之可钻,聊朝隐乎柱史。且韫椟以待价,踵颜氏以行止"。三人不再以官位的高卑为意,完全投身于学术的研究,以覃思典籍、著述鸿业自期,远离了权位的争竞、荣势的汲求,成为了学者。这不仅是中国古代士人阶层分化过程中的一个重要阶段,也是东汉文章之士从学者身份独立出来的肇端。若细加分析三人的立身之道，其间又有分别。扬雄于《太玄》是默默自守，班固于"斯文"是自得其乐，二人似乎有"好之"与"乐之"的轩轾。张衡更提出了"朝隐"的处世方式，他不仅希望专心于史学，像他所说"愿得专于东观，毕力于纪记，竭思于补阙"[①]，并且终身以之，虽然仕宦于"朝"，却又"隐"于史官，不求闻达，将学术作为自我价值实现的最高途径。旁人见他"去史官五载而复还，非进取之势"，他自己在《与特进书》中却说："蓬莱，太史之秘府，道家所贵，衡再得当之，窃为幸矣。"可见他的确将学术作为了自己的人生事业。他甚至在《应间》最后说：

姑亦奉顺敦笃，守以忠信，得之不休，不获不吝。不见是而不惛，居下位而不忧，允上德之常服焉。方将师天老而友地典，与之乎高睨而大谈，孔甲且不足慕，焉称殷彭及周聃！

《周易·乾·文言》云："不见是而无闷，乐则行之，忧则违之。""不惛"即是"无闷"。又说："居上位而不骄，在下位而不忧。"一派随遇而安的气象。而且他的追求并非止步于"朝隐"，"朝隐"只是一种处世的外在形式，他内在的理想是以天老、地典为师友，高睨大谈，超迈流俗，追求至高至善的道德。这样立意不仅表现了他对于人生定位的思考，而且进一步彰显了作者高洁伟岸的人格，因此就比扬雄、班固深刻了许多。

在立意上有所深化的作品还有《髑髅赋》。《髑髅赋》是张衡的一篇内容比较奇特的作品。它借髑髅的语气表述"合体自然"的哲理，令人耳目一新。这篇赋摹拟《庄子·至乐》中的一则寓言而成，虽然内容相

---

① 《后汉书》卷五九《张衡传》注引衡表，第1940页。

似，但其中蕴含的哲学思考则较原作有进一步的深化。

《至乐》整篇的主旨是探求什么是至乐并如何达到至乐。开篇首先举出了世俗的乐事及其荒谬之处。天下所尊，为富贵寿善；天下所乐，为厚味、美服、好色、音声。然而人在追求世俗之尊尚享乐时，又与忧惧同行，劳心苦形，甚至伤身丧命。可是众人追逐世俗之乐，不避生死，似乎不得已。这并非至乐，因为尚属"有为"。"有为"即是《逍遥游》中所谓的"有待"，也就是说世俗之乐还是有条件的，不是绝对的。正因它的实现有条件，所以其乐就不能绝对存在；既然不能绝对存在，故而也就不是"至"乐。那么什么才是至乐呢？庄子认为只有"无为"才是至乐。① 在提出这一论点后，以下诸条事例皆围绕它加以说明。"髑髅"寓言便是其中之一。它用髑髅表明，生有种种累患，死则无君臣于上下、无四时炎凉之事，而与天地同其久长，其乐胜于南面称王。这里所谓的"生"就是"有为"，"死"即是"无为"。这是庄子原文的旨意。

张衡的《髑髅赋》虽然也说"死为休息，生为役劳"，但它并非像庄子一样以此提出"无为"。张衡描绘死后的状况是"与道逍遥"，其具体情形是：

> 离朱不能见，子野不能听。尧舜不能赏，桀纣不能刑。虎豹不能害，剑戟不能伤。与阴阳同其流，与元气合其朴。以造化为父母，以天墬为床褥。以雷电为鼓扇，以日月为灯烛。以云汉为川池，以星宿为珠玉。合体自然，无情无欲。澄之不清，浑之不浊。不行而至，不疾而速。

他提出的论点是"合体自然，无情无欲。澄之不清，浑之不浊。不行而

---

① 以上详见郭庆藩辑：《庄子集释》，中华书局1961年版，第608—614页。

至，不疾而速"。庄子说"无为"，强调的是行为上不逐外物；张衡所说的"自然"，则强调的是心性的自由。"自然"也就是"道"，是绝对的本体。"合体自然"，与道为一，则不为身外的荣利所动，所以"无情无欲"。因为与道为一，心体常定，所以"澄之不清，浑之不浊"。《周易·系辞上》云："唯神也，故不疾而速，不行而至。"① 正因与道合一，心体静定，所以就能臻于"不疾而速、不行而至"的"神"化境界。此时才是绝对的存在，也是自由的存在。张衡在《髑髅赋》中意在探求一种新的人生状态。他追求的"自然"，即是这种人生状态的新模式。"无为"是行为方式，"自然"是存在形态，"无为"是"自然"的一部分。因此，《髑髅赋》中"自然"的意旨是对《至乐》中"无为"的深化。另外，《思玄赋》曰："墨（通默）无为以凝志兮，与仁义乎消摇"，结合二者来看，张衡所追求的理想人生是"自然"与"仁义"的统一。如果这个推测不差的话，那么，张衡可以说是魏晋玄学中"名教"与"自然"调和的遥遥先声。

张衡文章的立意在摹拟前人与时贤的作品时，有上述依本、变翻、拓展、深化四个特征。这些特征的形成，是张衡本人精神思想与时代现实之间相互激荡的结果。文章立意上的特征，正是张衡精神思想的反映，可以以此来勾勒他一生的思想与情感的轨迹。他早年有用世之志，又善于属文，因此以《二京赋》为代表的作品便体现出摹拟前人、另寓讽谏的变翻特点。中年久居史官之任，仕宦不显，但他从容淡静，好学深思，在人生体验与学术修养上均有着更加深切的思索与厚实的积累。由此这段时期内的作品像《应间》《思玄赋》等便表现出了较前人有所拓展、深化的特征。然而东汉中期的政局实在过于黑暗，自己的用世之

---

① 《周易正义》，《十三经注疏》，第81页。

志难以实现，过人的才学也无用武之地，年届暮岁，又因宦党排挤，离开中央，出仕郡国，郁郁不得志，一似楚国之灵均，故而他的心灵情感与《楚辞》在这时更为契合，于是便出现了依本楚骚的特色。这些特点不仅反映了张衡在文学创作上所作的成就，并且与他的人生状态有着息息相关的联系。

第二节　布局结构之摹拟

谋篇是文章写作中的重点，它是文意的条理化。合理的谋篇对文意的表达起着极为关键的作用。如果谋篇精彩，那么文意在传达上也就会倍加生动和深刻。反之，谋篇若不佳，则文意就会显得凌乱模糊。因此，文章写作前，立意既定，就当考虑其表达方式，也就是谋篇。它犹如建筑中的图纸，图纸设计得精妙，楼阁亭台才有掩映顾盼、浑然一体的韵趣。

讲到谋篇，就是要设计其布局结构，其中既包括整体的思考，也包括局部的安排。比如每个部分次序的前后、呼应的远近，章节段落间衔接的顺逆、对照的正反等等，这些问题都是布局结构中具体的操作方法。古人为文，十分注重谋篇布局，长篇巨制尤其如此。但他们并不自我作故，而往往是摹拟前人的典型作品以为规矩法度。其中最引人瞩目的便是布局结构的摹拟。这就是为什么古人作品有很多面目相似的原因。

具体到张衡的作品，其中尤其是赋与文，存在着明显的摹拟痕迹。立意的摹拟是创作动机和宗旨方面的问题，已详上文；谋篇的摹拟则是运思和表达方式方面的问题，这一点同样不能轻视，因为这是古人文章写作的法度所在，很值得详细地加以分析。

（一）整体布局之摹拟

在整体布局结构上摹拟前人之作的，张衡赋文中主要有以下作品：《二京赋》拟《两都赋》，《南都赋》拟《蜀都赋》，《思玄赋》仿《离骚》，《髑髅赋》仿《庄子》，《应间》规摹《答客难》《解嘲》《答宾戏》，《七辩》踵效《七发》。今将其按内容分出层次，通过比较来探寻布局结构上的摹拟之迹。

1.《二京赋》与《两都赋》

《西都赋》首先总写地理形势之沃美毓灵、都邑城郭之阔大、百业士众之富庶。次写郊畿之南北东西。次总写宫室之壮丽。次写宫室中之后宫。次写宫室中之官寺。次写宫室中之离宫。次写田猎、水嬉。最后以繁富难以尽述作结。

《西京赋》首先总写建都地望，及物产之阜盛，天命之眷顾。次总写宫室以及官寺、后宫，尤其艳称离宫之奢靡。次写城郭市肆并游侠。次写郊畿富庶，并详写上林禁苑动植物之繁多。次写昆明池。次写田猎、宴飨、水嬉、百戏、微行淫乐。最后以西京奢泰靡丽为国家之美，并以当今俭啬为不然，结束上文。

按：《西都赋》大体按"总写—郊畿—宫室—游乐"的顺序铺陈。《西京赋》则依"总写—宫室—城市—郊畿—游乐"的顺序铺排。其中"郊畿"与"宫室"两部分作了对调；"城郭市肆"一节，《西都赋》归入"总写"部分，《西京赋》则单独列出。在写"宫室"一大段中，《西都赋》的顺序是"总写宫室—后宫—官寺—离宫"，《西京赋》的顺序是"总写宫室—官寺—后宫—离宫"。其中"后宫"与"官寺"的次序前后相反。《西都赋》以"离宫"为"宫室"的一部分，并直接游乐；《西京赋》则将苑囿、昆明池归入"郊畿"部分中，并做了单独而集中的描绘，然后再接入田猎、水嬉等游乐。

《东都赋》首先非议西都宾之语，接入下文。继写光武帝应天顺民，建都河洛，并写建武之治。次写明帝永平之事，包括宫室、田猎、四夷来宾。次写昭节俭、戒奇丽、教化礼仪、返璞归真。次论东西两都之优劣。最后西都宾折服，并五篇诵诗结束全篇。

《东京赋》首先反驳凭虚公子，言西京奢丽，非汉代之制，乃秦人之旧，甚不足法。继写洛邑地势之伟，周代营建之美，因此光武都洛。次写明帝时洛阳宫殿之符合王者制度。次写万国来觐、朝会宴飨之盛。次写郊祀舆服。次写郊庙明堂之礼。次写耕藉礼。次写大射养老。次写大阅礼。次写大傩。次写巡省四方。次写嘉祥懿德。次述人君之道，并言奢泰之非，讥西京之失。最后以凭虚公子之折服收束全赋。

除了反驳之语为引起下文以及最后西都宾折服以收束全篇外，《东都赋》以"光武定都、建武之治—永平之事—较论东西长短"为主干，《东京赋》以"洛邑壮美、光武定都—明帝典礼之盛—人君之道、奢泰之非"为架构。其布局基本相同，所差者只不过其中描写上有繁简之别，以及文章立意各有所主而已。

2.《南都赋》与《蜀都赋》

《蜀都赋》首写其位置地势。次写四方远近之物产。次写其山及五岘、渝山、彭门三山。次写川流。次写其木、其竹。次写其氾（章樵注：浅水荡也）及水鸟、水虫。次写山川百物。次写诸圃果品。次写五谷。次写锦、布及百工之精美。次写祭祀宗祖、会亲族。次写庖膳之丰盛。次写风俗之迎春送腊、吉日嘉会，及歌舞游观之乐，于此全文结束。

《南都赋》首写其位置地势。次写其宝利珍怪。次写其山及天封、大狐两座大山。次写其木、其竹。次写其川渎、水虫；继写陂泽及其草其鸟。次写其水利、其原野百谷、其园圃及香草。次写其厨膳美酒。次写其团聚宗族、禴祠蒸尝之会。次写其风俗之暮春祓禊、钓弋游观。再次又追述了高曾远世之来定居,并颂美其宫室园庐。次写其礼仪君子、谋臣武将,尽心国家。次写眉寿老叟之歌,思盼帝王南巡。最后作颂,结束全文。

按:《蜀都赋》内容次第为"地势—物产—山—川流—木、竹—氾及水鸟、水虫—山川百物—果品—五谷—锦布百工—祭祖会亲—庖膳—风俗"。《南都赋》的铺写顺序为"地势—物产—山—木、竹—川渎及水虫—陂泽及草、鸟—水利、原野百谷—园圃瓜果及香草—厨膳及酒—祭祖会亲—风俗—光武远祖初来南阳及宫室园庐—文武人才—歌与颂"。两赋在"风俗"以上,事物描写的顺序大体相同,只是在细小处有所改易。《蜀都赋》中"川流"与"氾及水鸟、水虫"分开写,中间隔了"木、竹"部分;《南都赋》则将"川渎及水虫"与"陂泽及草、鸟"两部分相继来写。两赋中"果品""五谷"顺序易置;在写"祭祖会亲"一段,《蜀都赋》将"庖膳"一节附在其后;而《南都赋》则将"厨膳及酒"一节冠于"祭祖会亲"之前。另外,《蜀都赋》有"锦布百工"一节,《南都赋》则无相关内容。如果不考虑"光武远祖初来"以下内容,那么,从整体布局上看,《南都赋》真可谓是《蜀都赋》的步趋之作了。

3.《思玄赋》与《离骚》

《离骚》先写自己内美修能,以道事君而遭遇疑忌和疏远。次写己清白正直却受到时俗谗人的妒害。次写欲修初服,退隐不涉世患,然终不能。次写女媭劝其降志,和光同尘。次写就正于重华,又不能不为善而与世俗同流。次写周游求女而终不遇。次写向灵氛、巫咸占卜去就之吉否。次写远逝自疏,终于眷恋故国不忍长往。最后以乱词为总结。

《思玄赋》先写芳洁自修。次写伤不遇。次写向文君卜筮去留。次写周游,分东方、南方、西方、中央、北方、入地、升天。次写收逸心、修初服,以经籍仁义为归。最后以七言系词为结。

按:《思玄赋》并非单纯模仿《离骚》,它同时还兼取《远游》《幽通赋》两作而成。但从整体布局而言,则摹拟《离骚》为多。《离骚》开始部分写"自修—不遇",《思玄》同样也是如此写法。《离骚》后半写"周游求女不遇—占卜—远逝自疏而终不忍去",《思玄》则按"卜筮—周游—思归"的模式来写。《离骚》之游,分"周游"与"远逝"两节写,"周游"写寻求遇合,"远逝"写自疏远去。《思玄》之游则只是欲求圣君而仕,但其写六合之游却是结合了《离骚》"周游"与"远逝"两节来写,故而其顺序也有所调整。

4.《髑髅赋》与《庄子·至乐》

《庄子·至乐》先写庄子之楚,见空髑髅,遂问其丧身之由。次写髑髅托梦,言死之至乐。次写庄子欲使司命令髑髅复活,髑髅愁而辞之。

《髑髅赋》先写张衡野外见髑髅,并问其丧身之由。次写髑髅显灵,张衡欲使司命返其魂魄,使其复生。次写髑髅不以为然,并言死后与道逍遥、合体自然的自由。最后以髑髅灵响息灭,张衡将其埋瘗并加伤悼。

按:《髑髅赋》与《至乐》这两篇的结构比较简单,尽管如此,张衡在借鉴《庄子》时,其叙述次第仍有所变化。《至乐》的叙事结构为"野遇—问死—梦中言理—不欲复活",《髑髅》的结构为"野遇—问死—梦会—不欲复活—言理—伤悼"。《髑髅赋》添加"伤悼"的尾巴是为了叙事的完整,无关宏旨,可以不论。至于结构上的特点,二者各有所长。《至乐》在写梦会时,先欢言死之乐,再写返其生命而不欲复活,文势经这样反笔一逼,便使得"生之苦"愈加可惧,而"死之乐"更为可恋。这是庄子文风奇崛之处。《髑髅》叙述梦见时,先写返其生命而髑髅不欲复活,然后再详述死之自由,叙事的手法便显圆熟,文势更为平顺,说理也能饱满酣畅。其布局在因袭中有变化,使得结构与叙事十分契合。

5.《应间》与《答客难》《解嘲》《答宾戏》

《答客难》首先写客难东方朔，博闻辩智，却官小位卑，难道是尚未尽善？又不为同僚所容，原因为何？次写东方朔答语，彼一时此一时，战国得士者强，失士者亡，故游士易得富贵；今则天下太平，有才也无所用之。次写无论用与不用，总宜修身勤学。次写人无完人，况今之处世，即使怀才抱德，也落落寡合；以此回答客的问难。最后写客难之非。

《解嘲》首先写客嘲扬子，遭逢盛世而无功，独草《太玄》，含思天地，而位卑职低，岂非玄之尚白，因何为官如此拓落？次写扬子答语，战国以士为重，得士者富，失士者贫，故游士极易进取。次写当今四海一统，人才济济，一个人的进退对大局根本微不足道。次写乱世亟须人才，治世则庸夫已足维持，不待高材者。次写上世之士高谈横议，无所诎抑；今世之士不为上官所礼，反遭猜疑，因此才华不得施展。次写争逐势利者危，安于清静者全，故自守《太玄》。次写客问前贤成名何必《太玄》；并答前贤成就功业，适逢其时，遂能有为，自己不能与之并论，故默默独守《太玄》。

《答宾戏》先写宾戏主人：笃志儒学，专心著述，却无功用，求取美名岂不更好？次写主人答语：战国之士侥幸贪进，旋荣旋败，凶人自悔，非君子之法，且功名不可妄成，需依道而行。次写大汉道德隆盛：惠泽广被，遇仕者昌盛，不遇者涸病，非人所能论。次写宾问上古守道辅世之士。次写主人答语，列举诸圣贤之德业，可为师表。次写君子怀道待时，并陈自己之志在以学术为乐。

《应间》首写客问张衡：硕德博学，不合世用；枯守史官，非进取之势。次写张衡答语：官位高低，得之有命，不可妄求。次写人的才能不一，故其所从事的事业也不同。次写古今时机各异，战国与秦汉之际以得士为急务，今则只是守成，无功可立，故而不能一概而论。最后写自己修道德忠信，以学术为终身事业。

四文的结构依次如下，《答客难》："客难其官卑—时会不同—修身勤学为要—客难之非。"《解嘲》："客嘲其官卑—时会不同—上世礼贤、今世忌才、不如守玄—前贤得时、已不如彼、故默守《太玄》。"《答宾戏》："宾戏其无功—昔人富贵不足羡、今日官卑不足羞—圣贤可为师表—守道并以学术为乐。"《应间》："人非其不知进取—富贵有命—才能不一、事业不同—时会不同—修德并专心学术。"文章开端均为客设难，讥其官卑位低，其次为主人反驳，东方朔、扬雄先陈古今"时会不同"，张衡谓"富贵有命"，将客的疑难归于外界不可把握的原因。其次再从自身出发，表明自己的归趣。这种"设难—客观限制—主观追求"的辩难模式是此类文章的通例。只有班固不同，以正道为衡量古今富贵与否的标准，代替了通常"客观限制"的叙述，将宾戏之语一击致命，然后才自陈归趣。张衡在"客观限制"部分中分为"天命""禀赋""时会"三个层面，较东方朔与扬雄更为细密。

6.《七辩》与《七发》

《七发》首先写楚太子有疾，吴客往问，言其病由，并愿为治。次写音乐之悲美。次写厨馔之肥鲜。次写驰骋之乐。次写游观歌舞之艳。次写游猎之逸乐。次写曲江风涛之壮丽。最后语以诸子之要言妙道，太子闻之，霍然病已。

《七辩》先写无为先生游仙弃世，七位辩士前往相劝。次写虚然子侈陈宫室之丽。次写雕华子极言滋味之丽。次写安存子荐以音乐之丽。次写阙丘子劝以女色之丽。次写空桐子以舆服之丽相告。次写依卫子以神仙之丽相问，无为先生好之。最后写髣无子盛言帝王之道、当世之盛，无为先生翻然而悟，敬从其教。

按：枚乘《七发》奠定了"七"体的结构，后人模仿几乎难以出其范围。其结构为"引子—音乐—厨馔—驰骋—歌舞—游猎—观涛—妙道"。《七辩》结构为"引子—宫室—滋味—音乐—女色—舆服—神仙—王道"。虽然具体内容有所差别，然而均为嗜欲之物，所以可以变化多端，即使最后所写的至善，也能随时而变，因人而异，但其"繁陈美丽—终归正道"的模式却一成而不能变。张衡《七辩》尽管非完篇，其结构也同样如此。

从以上分析可以看出，张衡在摹拟前人文章的整体布局结构时，往往会作一些变化，而非亦步亦趋，不失锱铢。这也是名家摹拟的通例。这种"取其大体、改易枝节"的方法与其内容的表述有密切的关联，从这里可以见其谋篇的用心所在。

（二）局部结构之摹拟

除了整体布局的摹拟外，局部结构的摹拟也是很常见的现象。因为大赋的架构宏大，题材丰富，所以不可能只摹拟某一篇特定的作品，而需要在某些章节上效仿内容相同的其他作品。张衡的赋与文就存在这种情况。

《思玄赋》中最著名的是描写周游六合的部分，扶桑、湘滨，西海、玄冥，潜游地底、飞升云汉，以耀采缤纷的丽笔描绘了引人遐想的神游之旅。这种五方上下的翱翔浮腾借鉴了《楚辞·远游》中写"远游"的结构。

《远游》中飞游的行程布局是这样的，从"闻至贵而遂徂兮"至"掩浮云而上征"先总写远游，从"命天阍其开关兮"至"驷连蜷以骄骜"写升天。继而从"骑胶葛以杂乱兮"至"陵天地以径度"写东方，从"风伯为予先驱兮"至"聊愉娱以淫乐"写西方，接着南方之游为从"涉青云以泛滥兮"至"焉乃逝以裵回"一节，北方之游为从"舒并节以驰骛兮"至"为予先乎平路"一节。其路线为"总写—升天—东方—西方—南方—北方"。

《思玄赋》的结构即由此而来。赋中从"卜筮"以下写远游,首先从"占既吉而无悔兮"至"疾防风之食言"为东方,从"指长沙之邪径兮"至"怒郁悒其难聊"为南方,从"顑颔旅而无友兮"至"曾焉足以娱余"为西方,然后从"思九土之殊风兮"至"孰谓时之可蓄"为中央,从"仰矫首以遥望兮"至"纵余继乎不周"为北方。接着写入地升天,从"迅猋潇其腾我兮"至"姑纯懿之所庐"为入地,从"戒庶僚以夙会兮"至"倏眩眃兮反常闾"为升天。① 其路线为"卜筮—东方—南方—西方—中央—北方—入地—升天"。其中"卜筮"一段相当于《远游》中的"总写"。此处将《远游》中的四方加入"中央"一节而扩展至五方,这不只是受汉代五行学说的影响,而且还有内容上的重要作用,详见本章第一节。《思玄》在《远游》的"升天"外增加了"入地"一节,这是张衡宇宙观的反映。另外,《远游》"升天"在四方之前,《思玄》改置于最后,这是因为它同时摹拟《离骚》的缘故;《离骚》最后"陟陞皇之赫戏兮,忽临睨夫旧乡",眷恋之情油然而生,《思玄》为了达到这种"俯视而思归"的情感效果,于是便将"升天"一段安排在最后。所以在写到"据开阳而頫视兮,临旧乡之暗蔼",不仅倦游思归之意为之浓烈,而且在结构上也易于收束全文。

上文说《思玄赋》增加"中央"一段,在内容上有重要作用,因为该部分中对天道幽昧难测的困惑作了探究,这是构成其所思之"玄"的主要部分。其实,"中央"一段摹拟班固《幽通赋》,不仅表现在内容上,在结构上它也受到了《幽通赋》的启发。这是局部摹拟的一例。

---

① 文章分段兼参《张衡诗文集校注》与曾国藩《经史百家杂钞》(岳麓书社 1987 年版)。

《幽通赋》在举事说理时，其结构是先列事例，然后再点明旨义。如在说明人事纷错皆出于天命一节中，分三层论说：

第一层先举"昔卫叔之御昆兮，昆为寇而丧予。管弯弧欲毙仇兮，仇作后而成己"，然后点出主旨"变化故而相诡兮，孰云预其终始"。

第二层先举"雍造怨而先赏兮，丁繇惠而被戮。栗取吊于逌吉兮，王膺庆于所戚"，然后说明"叛回冗其若兹兮，北叟颇识其倚伏"。

第三层同样先列出"单治里而外凋兮，张修襮而内逼。聿中和为庶几兮，颜与冉又不得。溺招路以从己兮，谓孔氏犹未可。安愲愲而不葹兮，卒陨身乎世祸。游圣门而靡救兮，虽覆醢其何补？固行行其必凶兮，免盗乱为赖道"，然后再解释其原因为"形气发于根柢兮，柯叶汇而灵茂。恐魍魉之责景兮，羌未得其云已"。

《思玄赋》"中央"一段写"天道其焉如"，在摹拟《幽通赋》时，则变其顺序，是先标出主旨，然后才列举事例。其内容分五层：

第一层：主旨"神逴昧其难覆兮，畴克谟而从诸"。事例："牛哀病而成虎兮，虽逢昆其必噬。鳖令殪而尸亡兮，取蜀禅而引世。"

第二层：主旨"死生错而不齐兮，虽司命其不晰"。事例："窦号行于代路兮，后膺祚而繁庑。王肆侈于汉庭兮，卒衔恤而绝绪。尉厖眉而郎潜兮，逮三叶而遭武。董弱冠而司衮兮，设王隧而弗处。"

第三层：主旨"夫吉凶之相仍兮，恒反侧而靡所"。事例："穆负天以悦牛兮，竖乱叔而幽主。文断袪而忌伯兮，阉谒贼而宁后。"

第四层：主旨"通人暗于好恶兮，岂爱惑之能剖"。事例："嬴擿谶而戒胡兮，备诸外而发内。或鞶帨而违车兮，孕行产而为对。慎灶显于言天兮，占水火而妄诹。梁叟患夫黎丘兮，丁厥子而事刃。"

第五层：主旨"彼天监之孔明兮，用棐忱而佑仁"。事例："汤蠲体以祷祈兮，蒙庬褫以拯人。景三虑以营国兮，荧惑次于它辰。魏颗亮以从理兮,鬼亢回以敝秦。咎䌛迈而种德兮,德树茂乎英六。"

《幽通赋》的说理方式近于归纳型,《思玄赋》的说理方式近于演绎型。班固《幽通赋》的内容有时前后钩牵,语断而意连,因此分段划层,较为棘手。张衡《思玄赋》则条理十分明晰,段落也极为整饬。在举例上,《幽通赋》有时两句说一事,如第一层之卫叔、管仲;有时一句说一事,如第二层之雍齿、丁公、栗姬、王婕妤,以及第三层之单豹、张毅;有时是两句合说两事,如第三层之"聿中和为庶几兮,颜与冉又不得",合说颜回、冉耕;有时甚至数句说一事,如第三层从"溺招路以从己兮"至"免盗乱为赖道"共八句,只说子路一人之事。而《思玄赋》则一直是两句说一事,如上述五层内容中凡十六事,均为两句说一人之事。这也是《思玄赋》较《幽通赋》整饬之处。由此也可看出张衡在文学上较班固有了更多的技术自觉。同时说明汉代文学逐渐精密成熟,并为即将到来的建安文学铺平了道路。

以上便是张衡文章在布局结构上摹拟前人作品的大体情形。我们可以看到,在具体的摹拟过程中,为了显示作品的独创成分,在结构上往往于因袭中加以变化,或者加以精炼。这种新变不仅出于文章技巧的日益求精,而且还与文章内容的表述有着密切的关系。

第三节　字句之摹拟

张衡文章在摹拟前人作品时,还有一类情况是字句的摹拟。比起立意与结构,字句尽管细小,但却是文章最基础的构成因素。从这种细微之处的字句摹拟上,不仅可以看出文章遣词造句的方法,还可以窥见作者的功底。张衡文章字句摹拟的方式主要有三种,即改换字面和改易字序,还有一种是取其大意而不袭文辞。

(一) 换字

在改换字面中，又可分为两类，一是单纯的同义词改换，一是改换名目，借用句式。

1.同义词改换

所谓的同义词，有文字学与训诂学之别。文字学上的同义词其实就是古今字、通假字，其字义本来相同。而训诂学上的同义词则是现代语言学中严格意义上的同义词或近义词，其字义虽近似，但其间又存在细微差别。

《西京赋》：①

31 譬众星之环极。《西都赋》：焕若列宿，紫宫是环。

39 神明崛其特起。《甘泉赋》：洪台崛其独出。《西都赋》：神明郁其特起。

39 消雾埃于中宸。《甘泉赋》：日月才经于栚桭。②

42 反宇业业，飞檐辚辚。流景内照，引曜日月。《西都赋》：上反宇以盖戴，激日景而纳光。

45 前开唐中，弥望广潒。顾临太液，沧池漭沆。《西都赋》：前唐中而后太液，览沧海之汤汤。

52 寔蕃有徒。《尚书·仲虺之诰》：寔繁有徒。

55 五都货殖，既迁既引。《西都赋》：与乎州郡之豪杰、五都之货殖，三选七迁，充奉陵邑。

56 上林禁苑，跨谷弥阜。《上林赋》：离宫别馆，弥山跨谷。

61 百卉具零。《小雅·四月》：百卉具腓。

---

① 引文前数字为张震泽《张衡诗文集校注》一书中相应内容的页码，下同。
② 栚，当作央。央桭，即中宸。参王念孙：《读书杂志·汉书杂志十三》"栚桭"条，影印王氏家刻本，江苏古籍出版社1985年版，第367页。

63 千乘雷动，万骑龙趋。《东都赋》：千乘雷起，万骑纷纭。

63 奋鬣被骏。《上林赋》：被班文。

63 河渭为之波荡，吴岳为之陁堵。《上林赋》：山陵为之震动，川谷为之荡波。

63 百禽㥄遽，骙瞿奔触。丧精亡魂，失归忘趋。投轮关辐，不邀自遇。《羽猎赋》：宣观乎剽禽之绁逾，犀兕之抵触，熊罴之挐攫，虎豹之凌遽，徒角抢题注，蹙竦眘怖，魂亡魄失，触辐关脰。

63 矢不虚舍，铤不苟跃。《上林赋》：箭不苟害，解脰陷脑；弓不虚发，应声而倒。《西都赋》：机不虚掎，弦不再控。

63 当足见蹍，值轮被轹。《上林赋》：徒车之所辚轹，步骑之所蹂若。

68 鸟不暇举，兽不得发。《高唐赋》：飞鸟未及起，走兽未及发。《羽猎赋》：鸟不及飞，兽不得过。《东都赋》：飞者不及翔，走者不及去。

68 梗林为之靡拉，朴丛为之摧残。《羽猎赋》：木仆山还。《西都赋》：巨石陨，松柏仆，丛林摧。

73 磻不特絓，往必加双。《西都赋》：矢不单杀，中必叠双。

《东京赋》：

119 勤恤民隐，而除其眚。《国语·周语上》：祭公谋父曰：勤恤民隐而除其害也。

119 人或不得其所，若已纳之于隍。《孟子·万章下》：伊尹曰：思天下之民，匹夫匹妇，不与被尧舜之泽者，若已推而内之沟中。

123 戎士介而扬挥。《左传》昭公二十一年：扬徽者，公徒也。①

137 示民不偷。《小雅·鹿鸣》：视民不恌。②

---

① 徽与挥古字通。
② 示、视古今字，偷、恌假借。

143 薄狩于敖。《小雅·车攻》：搏兽于敖。①

152 终然允淑。《鄘风·定之方中》：终然允臧。

157 藏金于山，抵璧于谷。《庄子·天地》：藏金于山，藏珠于渊。

157 所贵惟贤，所宝惟谷。《尚书·旅獒》：所宝惟贤。

161 草木蕃庑。《尚书·洪范》：庶草蕃庑。

《思玄赋》：

196 伊中情之信脩兮。《楚辞·离骚》：苟中情其好脩。

196 遵绳墨而不跌。《楚辞·离骚》：遵绳墨而不颇。

196 尚前良之遗风兮。《楚辞·九辩》：窃慕诗人之遗风。

199 譬临河而无航。《楚辞·九章·惜诵》：魂中道而无杭。

206 漱飞泉之沥液兮，咀石菌之流英。《楚辞·远游》：吸飞泉之微液兮，怀琬琰之华英。

210 骫羁旅而无友兮。《楚辞·九辩》：廓落兮羁旅而无友。

229 涷雨沛其洒涂。《楚辞·九歌·大司命》：使涷雨兮洒尘。

230 左青琱之揳芝兮，右素威以司钲；前长离使拂羽兮，后委衡乎玄冥。《礼记·曲礼上》：行，前朱鸟而后玄武，左青龙而右白虎，招摇在上，急缮其怒。

230 叫帝阍使辟扉兮。《楚辞·离骚》：吾令帝阍开关兮。

237 苟中情之端直兮。《楚辞·九章·涉江》：苟余心其端直兮。

《应间》：

274 申伯、樊仲，实干周邦。《大雅·崧高》：维申及甫，维周之翰。（注云：翰，干也。）

274 介圭作瑞。《大雅·崧高》：锡尔介圭，以作尔宝。（注云：宝，瑞也。）

---

① 薄狩、搏兽，二词音义皆同。

286 得人为枭,失士为尤。《答客难》:得士者强,失士者亡。《解嘲》:得士者富,失士者贫。

290 不见是而不惛,居下位而不忧。《周易·乾·文言》:不见是而无闷。又:居上位而不骄,在下位而不忧。

《七辩》:

301 学而不厌,教而不倦。《论语·述而》:学而不厌,诲人不倦。

《东巡诰》:

317 一人有越,万民赖之。《尚书·吕刑》:一人有庆,兆民赖之。

《大司农鲍德诔》:

331 建旐屯留,其茂如林。《小雅·大明》:殷商之旅,其会如林。

331 日就月成。《周颂·敬之》:日就月将。

以上举例,除《西京赋》之"寔蕃有徒""奋鬐被般",《东京赋》之"示民不偷""薄狩于敖"属于古今字或通假字的使用外,其余全部为训诂学上的同义词或近义词。

2. 改换名目,借用句式

相对于第一项"同义词改换"侧重在意义的借用,该项"改换名目借用句式"更侧重于句子形式的移用。第一项中改换的字词,其意义相同相近,而该项中改换的字词,则并不相同,而是有着其专有的意义。

《西京赋》:

63 倚金较。《卫风·淇奥》:宽兮绰兮,倚重较兮。

《东京赋》:

103 京邑翼翼,四方所视。《商颂·殷武》:商邑翼翼,四方之极。

《南都赋》:

168 流沧浪而为隍,廓方城而为墉。《左传》僖公四年:楚国方城以为城,汉水以为池。

《思玄赋》:

228 屑瑶蕊以为糇兮。《楚辞·离骚》:精琼靡以为粮。

236 魂眷眷而屡顾兮。《小雅·小明》:眷眷怀顾。

《冢赋》:

253 有觉其材。《小雅·斯干》:有觉其楹。

《应间》:

275 鸣于乔木。《小雅·伐木》:出自幽谷,迁于乔木。

《七辩》:

301 汉虽旧邦,其政维新。《大雅·文王》:周虽旧邦,其命维新。

由上举诸例可以看出,此项句式的形式虽然相同相近,但其意义却已经不同,有了新的色彩。以上两项的区别在于,"同义词改换"如名人别号,称谓虽变,而人物依旧;"改换名目借用句式"如房屋易主,形式虽在,而内质已异。

何焯评《西京赋》曰:"平子工于换字。"① 其实不仅《西京赋》如此,张衡的作品中普遍存在"换字"的情况。这是张衡文章的特征,也是古人在摹拟为文时常用的手段之一。

(二)易序

字句摹拟中,还有一类是改易字词的顺序。这种情形易于发见。以下拈举数例,以见一斑。

《西京赋》:

27 雕楹玉碣。《西都赋》:雕玉瑱以居楹。

27 三阶重轩,镂槛文㮰。右平左城,青琐丹墀。《西都赋》:左城右平,重轩三阶。

---

① 何焯:《义门读书记》卷四五,中华书局1987年版,第860页。

34 后宫不移,乐不徙悬,门卫供帐,官以物办。《上林赋》:庖厨不徙,后宫不移,百官备具。

42 门千户万。《西都赋》:张千门而立万户。

63 河渭为之波荡,吴岳为之陁堵。《上林赋》:山陵为之震动,川谷为之荡波。

90 何虑何思。《周易·系辞下》:天下何思何虑。

《东京赋》:

97 所推必亡,所存必固。《尚书·仲虺之诰》:推亡固存,邦乃其昌。

103 度堂以筵,度室以几。《周礼·考工记·匠人》:室中度以几,堂上度以筵。

110 经始勿亟,成之不日。《大雅·灵台》:庶民攻之,不日成之,经始勿亟,庶民子来。

119 发京仓,散禁财。《尚书·武成》:散鹿台之财,发钜桥之粟。

123 龙辀华辖,金鐩镂锡。方釳左纛,钩膺玉瓖。《大雅·韩奕》:钩膺镂锡。

137 天子乃抚玉辂,时乘六龙。发鲸鱼,铿华钟。《东都赋》:于是发鲸鱼,铿华钟。登玉辂,乘时龙。

156 将使心不乱其所在,目不见其可欲。《老子》第三章:不见可欲,使民心不乱。

《南都赋》:

168 流沧浪而为隍,廓方城而为墉。《左传》僖公四年:楚国方城以为城,汉水以为池。

178 百谷蕃庑,翼翼与与。《小雅·楚茨》:我黍与与,我稷翼翼。

《思玄赋》:

196 繻幽兰之秋华兮,又缀之以江蓠。《离骚》:扈江离与薛芷兮,纫秋兰以为珮。

《髑髅赋》：

248 不行而至，不疾而速。《周易·系辞上》：唯神也，故不疾而速，不行而至。

《司徒吕公诔》：

323 绰兮其宽。《卫风·淇奥》：宽兮绰兮。

改换字词顺序，固然出于作者不愿袭取原文，但更主要的原因还在于为了押韵。上举文例中，除了《西京赋》之"雕楹玉磶""右平左墄"，以及《司徒吕公诔》之"绰兮其宽"，还有《东京赋》"天子乃抚玉辂"四句与《东都赋》用韵相同，其余均是为了押韵合辙而将原文的字序作了改易。

（三）取意

相对上两类摹拟之侧重字面，这一类"取其大意而不袭文词"则受一字一句的束缚较小，而是化用其意，并自铸新词。因此这种情形常常见于大段的描写中，而不能求之于单词只句中。以下聊举一例。

《西京赋》中描写建章宫壮丽高峻的一段文字是摹拟前人之作的，其中字句并不雷同，但其写楼台之高，取譬用意却极为相似。赋中写道：

> 神明崛其特起，井干叠而百增。跱游极于浮柱，结重栾以相承。累层构而遂陊，望北辰而高兴。消雰埃于中宸，集重阳之清澂。瞰宛虹之长鬐，察云师之所凭。上飞闼而仰眺，正睹瑶光与玉绳。将乍往而未半，怵悼慄而怂兢。非都卢之轻趫，孰能超而究升？

其中描写高峻从两方面来形容刻画，一是从其上摩北辰，云雨雷电等仅在楼台半腰；一是从行者眩晕恐惧，摇摇欲坠。从"神明崛其特起"至"正睹瑶光与玉绳"为第一层，从"将乍往而未半"至"孰能超而究升"为第二层。这种描写取意于扬雄、班固的同类赋作。为便于比较，先将二人作品的相关段落罗列于下。

扬雄《甘泉赋》：

> 洪台崛其独出兮，撞北极之嶟嶟。列宿乃施于上荣兮，日月才经于柍桭。雷郁律而岩突兮，电倏忽于墙藩。鬼魅不能自还兮，半长途而下颠。

班固《西都赋》：

> 神明郁其特起，遂偃蹇而上跻。轶云雨于太半，虹霓回带于棼楣。虽轻迅与僄狡，犹愕眙而不能阶。攀井干而未半，目眴转而意迷。舍棂槛而却倚，若颠坠而复稽。魂怳怳以失度，巡回涂而下低。

《甘泉赋》从"洪台崛其独出兮"至"电倏忽于墙藩"为第一层，"鬼魅不能自还兮"两句为第二层。《西都赋》从"神明郁其特起"至"虹霓回带于棼楣"为第一层，从"虽轻迅与僄狡"至"巡回涂而下低"为第二层。

扬雄赋"撞北极之嶟嶟"与张衡赋"望北辰而高兴"（兴，平声）均以上至北极来形容其高，班固赋没有这句描写。其次扬雄赋写列宿、日月、雷电，班固赋写云雨、虹霓，张衡赋写重阳、宛虹、云师，均将这些高高在上的天象置于楼台的半腰，以衬托出其至高至峻。这就如古人画山，欲显其高峻，则在山腰点缀以云烟。宋代郭熙《林泉高致·山水训》曰："山欲高，尽出之则不高，烟云锁其腰则高矣。"元代黄公望《山水诀》第一八条也说："山腰用云气，见得山势高不可测。"[①]这种道理，汉代赋家已深知其中三昧。再次三人之赋均从登攀未半而恐慄战惧来形容楼台之危拔。另外，扬雄、班固赋以鬼魅与轻迅、儦狡为比，言其犹不能登顶，而张衡赋则以轻趫之都卢为比，言唯其人才可尽升。此是其稍作变动处。西汉王褒《甘泉赋》也有类似的描写，原文写道："十分未升其一，增惶惧而目眩。若播岸而临坑，登木末以窥泉。"但因其为残句，且刻画未见铺展渲染，故不复详论。如果将源头追溯得更远一些，扬雄、班固、张衡刻画楼台危耸之法当皆从宋玉《高唐赋》中写"登高远望，使人心瘁"之文获致灵感。《高唐赋》曰："仰视山颠，肃何千千，炫燿虹蜺。俯视崝嵘，窐寥窈冥。不见其底，虚闻松声。倾岸洋洋，立而熊经。久而不去，足尽汗出。悠悠忽忽，怊怅自失。使人心动，无故自恐。贲育之断，不能为勇。"写山之高削、人之恐惧，写勇士之失态，扬、班、张赋中所用的手法在宋玉赋中伦脊已具、规模略备。

在大赋中，这种取其大意、不袭文词的摹拟例子还很多，比如写游猎弋钓、写山川地势、写歌声舞态等内容，无不取其大意，而加以文辞渲染，踵事增华。此处仅发其凡，其余可以三隅反。

---

① 分别参见俞剑华：《中国画论类编》，人民美术出版社1986年版，第639、697页。

第三章 文术

文章立意谋篇既定,接下来便进入正式写作的阶段。其间如何安排材料,并联句成章、联章成篇,如何描绘刻画,用何种方法加以表达,就是应当考虑的问题了。这属于文术的范围。具体到张衡的作品,在写作方法上,其值得注意之处可以归纳为三方面特点,即用缀联排比法组织材料,用繁衍充类法扩展内容,用写实直陈法表达文意。如果用现成的词汇来定名标目的话,可以简要地称为"精思傅会""繁类成艳"与"赋者铺也"。

第一节 精思傅会

《后汉书·张衡传》在讲到《二京赋》的写作时,记载了这样一段话:"衡乃拟班固《两都赋》作《二京赋》,因以讽谏。精思傅会,十年乃成。"①

其中"精思傅会"一语历来似未得到注意,而这恰恰是张衡文章写作的重要方法之一。"精思"即用意求工,这点不须详说。而"傅会"

---

① 《后汉书》卷五九《张衡传》,第1897页。

则透露了《二京赋》中材料的安排之法。关于"傅会"之意,"会"字易解,即合而聚之之意。"傅"字之意犹待阐释。《左传》僖公十四年:"皮之不存,毛将安傅?"又襄公六年:"堙之环城,傅于堞。"均注:"傅音附。"① "傅"读"附"音,则其字即为附丽之义。这就既从一方面说明《二京赋》是十年之内累积而就,也从另一方面揭示《二京赋》中的各个部分内容是通过节节联缀而成。

《二京赋》既然以"傅会"之法写成,那么将其内容作一分析,以见其具体情形。东西二京大赋的题材包罗万象,其中描写的内容层次分别如下:

《西京赋》在总写建都地望、物产阜盛、天命眷顾之后开始进入具体的描绘。首先总写宫室以及官寺、后宫,尤其艳称离宫奢靡之状。接着写城郭市肆壮观阜盛,还有游侠的豪纵不羁。次写郊畿富庶,并重点描写了上林禁苑以及写昆明池的宏大富丽。再次以浓墨重彩描写了田猎、宴飨、水嬉、百戏、微行、声色等种种动心悦目的娱乐。最后以议论奢泰靡丽之美结束上文。

《东京赋》在反驳凭虚公子之语后,开始步入正文。首先写洛邑地势的雄伟,周代营建的壮美,因此光武都洛。接着写明帝时洛阳宫殿之符合王者制度。然后以奇情壮彩依次铺写了万国来觐、朝会宴飨之盛、郊祀舆服之丽,其次为郊庙明堂之礼、耕藉礼、大射养老礼、大阅礼、大傩礼。再次写巡省四方,恩泽广施,嘉祥群至,懿德隆盛之状。最后陈述人君之道,并言奢靡之非,点明主旨而收束全赋。

其中如《西京赋》写宫室、城市、池苑,以及田猎、宴飨、水嬉、百戏、微行、声色,再如《东京赋》中写万国来觐、朝会宴飨、郊祀,

---

① 《春秋左传正义》,《十三经注疏》,第1803、1937页。

以及郊庙明堂、耕藉、大射养老、大阅、大傩等诸典礼，甚至宫室部分中之官寺、后宫、离宫别馆的描写，无不是一节一节联缀而成。正因其联缀而成，所以其顺序是可以改动的，如《西京赋》中"郊畿"和"宫室"的顺序与班固《西都赋》就相反，"宫室"一段中"官寺"和"后宫"的次序也作了前后变化。即使像《西京赋》中的"田猎、宴飨、水嬉、百戏、微行、声色"或《东京赋》中的各种典礼，虽然略按一定的顺序来安排，但任何一部分并不完全与其他部分密不可分；而且在阅读中先读或后读哪一段也完全没有影响。除了顺序的问题，其中的内容也可以随意增减，《西京赋》中"田猎、宴飨、水嬉、百戏、微行、声色"一大段中，比《西都赋》增加了"百戏""微行"和"声色"，"宴飨"的部分也详尽了许多，但《西都赋》并不显得缺而不完；不仅如此，如果还有其他题材，再给张衡十年，《西京赋》的内容仍可以不断增加。这就是以"傅会"写成的《二京赋》的特征。

京都赋作为汉代大赋的典型代表，其创作并非短期可以奏功，而需要长年累月的辛劳。张衡《二京赋》十年乃成，"十年"并非夸张的说法，当然也不能由此便断定作者才思迟缓。这可以同班固《两都赋》写作所用的时间比较而知。班固写《两都赋》的时间跨度虽然史无明文，但从其行事履历上还是可以推测而知的。据《后汉书·班固传》："自为郎后，遂见亲近。时京师修起宫室，浚缮城隍，而关中耆老犹望朝廷西顾。固感前世相如、寿王、东方之徒，造构文辞，终以讽劝，乃上《两都赋》。"① 若要考《两都赋》开始写作的时间，需要确定两点，一是其为郎的时间，一是修起宫室的时间。首先看班固为郎的时间，《班超传》中说"永平五年，兄固被诏诣校书郎"②，因此可定为永平五

---

① 《后汉书》卷四〇下《班固传》，第 1335 页。
② 《后汉书》卷四七《班超传》，第 1571 页。

年（62）。再看修起宫室的时间，《明帝纪》载永平三年（60）"起北宫及诸官府"，并于八年（65）"冬十月，北宫成"。① 结合两者来看，可以推断《两都赋》开始写作在永平五年（62）之后、八年（65）之前。至于其写成的时间，尽管史书记载更加模糊，但从赋的内容来看，也有线索可寻。《东都赋》曰："遂绥哀牢，开永昌。"考《明帝纪》及《西南夷列传》"哀牢夷"条，可知哀牢内附，设立永昌郡，在永平十二年（69）。② 那么《两都赋》写成时间至早在永平十二年（69）。结合上述永平五年（62）至八年（65）间开始写作的考语，可以推断班固作《两都赋》至少花费了五年的时间，甚至八年或者更久。《两都赋》尚且需要数年时间，篇幅几乎是其两倍的《二京赋》耗时十载始成，也就在情理之中了。班固、张衡的具体写作情形现已不知其详，但从左思构《三都赋》"门庭藩溷皆著纸笔，遇得一句，即便疏之"③的情况来看，当相差不远。正因为久历年所，故而其内容也必然是累积亦即"傅会"而成。

除了《二京赋》外，"傅会"的写作方式在张衡其他作品中还有没有体现呢？回答是肯定的。比如《思玄赋》《南都赋》《七辩》等皆依此法而成。以下分别加以分析。

《思玄赋》的主体部分是写六合之周游，周游的次第按照东方、南方、西方、中央、北方、入地、升天来安排。各个部分之间的过渡用两句话来衔接，如"指长沙之邪径兮，存重华于南邻"，便从东方过渡至南方；"顾金天而叹息兮，吾欲往乎西嬉"，即从南方过渡至西方；"蹶白门而东驰兮，云台行乎中野"，又从西方转向中央；"逼区中之隘陋兮，将北度而宣游"，复从中央转于北方；入地、升天之间的过渡也如此，

---

① 《后汉书》卷二《显宗孝明帝纪》，第107、111页。
② 《后汉书》卷二《显宗孝明帝纪》、卷八六《西南夷列传》，第114、2849页。
③ 《晋书》卷九二《文苑·左思传》，中华书局1974年版，第2376页。

只是转折之语稍稍繁复一些而已。我们可以看出，一段与一段之间的衔接过渡之词何等简便，上下文之间完全没有前后因果的关联。如果不考虑押韵，东方之游后接以"顾金天而叹息兮，吾欲往乎西嬉"一语，其周游的行程便可以直接转向西方，并且毫不影响文意的表达。其他方向之间的转折过渡也可以类推。假如张衡真的想改变周游的次序，那么所谓的押韵根本不算问题。

《思玄》的结构仿自《远游》，《远游》在写周游时各部分之间的过渡也是简单用几句话来实现的。如"撰余辔而正策兮，吾将过乎句芒"，乃从升天转向东方；从东方向西方，用"凤凰翼其承旂兮，遇蓐收乎西皇"一语承转；从西方向南方，用"指炎帝而直驰兮，吾将往乎南疑"两句换步；从南方往北方，又用"轶迅风于清原兮，从颛顼乎曾冰"来过接。这种过渡语简洁到如此随意的程度，甚至可以推测作者在写作时可以先写就其中的任何一部分，然后再用片语短句加以衔接，而不必要一定按照文章最后呈现出的先后顺序一节一节来写。上文说过，《思玄赋》的结构摹拟《远游》。假如张衡在摹拟时不加变化，而是亦步亦趋地依照《远游》的次序来安排各部分的游程，那么这样写出的《思玄赋》其内容也不见得就会凌乱到不可卒读的地步。此外不仅其内容的顺序可以变化，其内容的广度也可以加以增减，《思玄赋》较《远游》即增加了"入地"一段。如果张衡有更大的才华和想象力的话，完全可以将六合之游扩展为八方、九天之游，甚至还可以像但丁的《神曲》那样，将地狱分为九层、炼狱分为七级，穷形尽相、淋漓尽致地描写神游。故而其内容的广度是可以任意增减的。以上可以说明，"傅会"的写作方法在《思玄赋》中也有运用，而且这种写法在内容顺序与广度上的自由性，又反过来表明《思玄赋》本身写法和内容上的特征。

《南都赋》与《七辩》两篇作品同《二京赋》《思玄赋》一样，也是通过"傅会"之法结缀成文的。

《南都赋》的主体内容铺陈了南都帝乡的种种物产，像其宝利珍怪、其山以及其木其竹，像其川渎、水虫，还有陂泽及其草其鸟。再次如其水利，其原野、百谷、园圃、香草。并且其厨膳美酒、宗族祭祀之会。以至其乡土风俗之暮春祓禊、钓弋游观。再加上光武先祖与其宫室园庐。并其礼仪君子、谋臣武将等人物之盛。以上的诸类内容均是节节比次、段段连续以组织成篇的。各部分相互并列，无先后轻重之别。其间次序也没有严格的限定，也没有起承转合、呼应比照的结构作用。描写山与川渎的两部分可以互易，水利原野一段中，百谷与园圃也可以对调，这些都不会影响内容的表达。其次从内容的广度来看，如果南阳当时有著名的手工业，而且张衡对其又怀着兴趣的话，那么也可以像扬雄《蜀都赋》中盛赞其锦布丝织之精美一样，将之添加于赋中。

《七辩》写七位辩士劝导无为先生，分别摘陈宫室之丽、滋味之丽、音乐之丽、女色之丽、舆服之丽、神仙之丽，以及帝王之道、今世之隆。除了最后一项作为压轴，不能变动位置外，其余六项完全可以改易次序。比较前代枚乘《七发》之写音乐、厨馔、驰骋、歌舞、游猎、观涛，当时傅毅《七激》之写妙音、美味、骏马、田猎、宫室、弋钓、美色，后世曹植《七启》之写肴馔、容饰、羽猎、宫观、声色、侠义，其中各种美物乐事顺序的排列随心所欲。至于内容，虽然受文体特点的规定，只能写六类事物，但至于选取哪些内容却没有限制。

《南都赋》与《七辩》从其内容的顺序和广度来看，也是"傅会"写法下的产物。由此可见这种手法在张衡作品中的重要地位。

通过以上分析，可以对"傅会"的写作方法有一个比较明确的认识，所谓"傅会"，它不要求各部分之间有严密的逻辑关系，亦即各部分之间可以不是有机的结合，相互之间并非紧密依赖、不可或缺，其次序也可以前后调换而不会影响整体的意义和主旨的表达。赋中的部分可以随意地增加或减少，其中所写的各类内容，是以聚合的形式集中在一篇文章之中的，而非以化合的方式熔炼在一起的。它犹如张择端《清明上河图》所描绘的风俗人物，增加一个不会显得多，减少一个也不会显得少；而非如宋玉东家之子，"增之一分则太长，减之一分则太短"。这正是大赋的文体特征，与唐宋以后古文的写法是完全两样的。

尽管张衡的作品以"傅会"之法写成，但并不显得繁杂，这是因为他能在"傅会"的同时又加以"精思"，因此会形成其繁富而又精工的独特面貌。其"精思"主要表现在以下三个方面：

一是立意上求深广，像《二京赋》之刺奢靡、美仁俭，《思玄赋》之伤不遇、图身事，《南都赋》之颂帝乡、望巡幸，无不寓托深意，文中有我。更重要的是，其中的立意无不与现实政治、现实人生密切相关。东汉中期王侯侈靡，外戚横行，与西汉社会的弊端相似，于是张衡作《二京赋》以讽谏，并歌颂了东汉初期崇尚仁俭、尊好礼仪的美政，且视之为国家政纲的正道，以期救治时弊。《七辩》借无为先生的选择，否定了嗜欲之乐，而推崇"建武、永平之治"，鼓励士人积极入仕，共襄盛世。二者均表现了张衡有为于天下的雄心抱负。《南都赋》的作年虽不可考，但作为帝乡之人，其自豪之情自然不言而喻。因此张衡作赋颂美南阳，在汉代人来看，其行为也属"宣上德而尽忠孝"。再如《思玄赋》，面对吏治腐败，朝政混浊，张衡怀才不遇，处于政治斗争的漩涡之中，随时都会触遇祸机，他于是思考了人生祸福吉凶的倚伏，自我安身立命的归宿，以"图身之事"，对现实人生作了诗性的哲学思考。

由于其主要作品的立意均有深厚的现实性，便使得文章骨力坚苍，意旨浑厚。因为文章有主意，并能首尾贯注，所以不仅可以贯穿材料，还可以振起全篇的精神。假如不是在立意上加以"精思"，那么主旨既已模糊,各种题材文料也便难以组织,正如贯穿无绳,散钱满地。

二是结构布局上重法度而尚变化,其主要作品均规摹前人经典之作,同时又加以变化,陈中求新,法中求变,善学古人,而不落窠套。比如《西京赋》摹拟《西都赋》,写"宫室"一节文字中,《西都赋》按照"总写宫室—后宫—官寺—离宫"的顺序,而《西京赋》的顺序则变化为"总写宫室—官寺—后宫——离宫"。将"后宫"与"官寺"的次序前后相反。这样变化不是随便安排的,而是为了把后宫与离宫联系在一起,以便更好地表现西京宫室的奢丽侈靡。再如《思玄赋》写周游摹拟《离骚》,《离骚》布局为"周游求女不遇—占卜—远逝自疏而终不忍去",《思玄赋》变化为"卜筮—周游—思归"的模式。这是因为《离骚》之游,包括求女以寻遇合与远逝自疏两部分,而远逝又是屈原所犹豫不决的事,所以要求之占卜,因此分"周游"与"远逝"两段写,而中间插入"占卜"。《思玄赋》之游只是欲求圣君而仕,没有屈原远逝自疏的悲痛和留恋,所以其六合之游虽然结合《离骚》"周游"与"远逝"两段来写,但张衡的犹豫不决表现在远去则恐无所成就,留则必为逸邪所蔽,于是便诉诸卜筮来决定去留。卜筮既有佳兆,接着就开始周游了,故其顺序相对《离骚》也因之作了调整。这是张衡文章在布局结构上的"精思"之处。

三是巧于换字,熔铸经史百家之语,化入吾文,融合无迹。换字包括同义词改换与借用句式两种方式,具体情形已详上文,此处从略。至于熔铸经史百家之语,加以点化,使之妥帖,形成浑然一体的效果,则是张衡的又一"精思"用力之处。如《西京赋》中写田猎一段,点化运用《诗经》《周礼》《礼记》《左传》《上林赋》《羽猎赋》《两都赋》等典籍中语,熔于一炉,浑然天成。《东京赋》中写郊祀、明堂、大射、大阅诸典礼,融会《周礼》《左传》以及《诗经》中的《雅》《颂》等语,化用无痕,词如己出,将庙堂礼乐的堂皇庄严表现得气象隆盛。再如《东京赋》中径用《诗经》成句有二十八处,《思玄赋》征引点化《楚辞》更近七十处,《大司农鲍德诔》短短二百一十六字,用《诗经》《尚书》《周易》《左传》《礼记》《国语》《论语》等经籍二十余条。[①] 如果没有"精思"锻炼,仅满足于引经据典,而剪截割裂,拼凑缀合,只会使文章如"百衲衣"。

正因"精思"之功,所以才能令"傅会"之法扬长避短,入于矩矱。不然贪多务得,何异买菜求益,治丝愈棼。清代袁枚赌作《江赋》,凡奇诞之字尽加水旁,定字一万,须臾而就。[②] 此作何尝不是以"傅会"而成,但乏"精思",自然就不足观览了。

第二节　繁类成艳

单纯从内容组织上来说,张衡的作品是以"精思傅会"联缀成文的。如果考虑到文章的内容扩展及独特风格,则其赋文还有一个值得注意的特征就是"繁类成艳"。《文心雕龙·诠赋》曰:"相如《上林》,繁类以成艳。"又曰:"张衡《二京》,迅发(一作拔)以宏富。"[③] 张衡的作品固然以"迅发宏富"为风貌,但说到写作方法,则仍是奉司马相如赋之"繁类成艳"为圭臬的。

"繁类成艳"一语不仅包括写作方式,还包括由此造就的文章风格。张衡的大赋自然也有"繁类成艳"的特质,但若仅以写作方式来说,"繁类"的确也是张衡作品的一个重要方面。明代李渐卿辑《赋苑》一书,

---

① 详见第一章《文资》。
② 昭梿:《啸亭杂录》卷十"袁子才江赋"条,中华书局1980年版,第365—366页。
③ 范文澜:《文心雕龙注》,第135页。

此书每叶二十行，每行二十字。有人据此统计过两汉大赋的篇幅，说："卷之二西汉：司马相如《上林赋》六叶，扬雄《甘泉赋》四叶，《羽猎赋》四叶余。卷之三东汉：冯衍《显志赋》四叶余，杜笃《论都赋》四叶余，班固《西都赋》六叶，《东都赋》并诗五叶余，张衡《西京赋》十叶，《东京赋》十叶，《南都赋》四叶余，《思元赋》七叶，马融《长笛赋》四叶，王延寿《鲁灵光殿赋》四叶。"① 张衡《二京赋》与《思玄赋》篇幅之巨可谓空前。先唐辞赋篇幅可以超过张衡赋的，据该书统计，也只有潘岳《西征赋》十一叶，谢灵运《撰征赋》十叶余，但两人已在张衡之后一二百年了。由此可见张衡大赋之"繁"。

张衡大赋之"繁类"可以从两方面来看，一是前人之作未及者增以新文，二是前人之作简约者加以繁辞。

（一）前人之作未及者增以新文

从上文可知，张衡作品在摹拟前人之作时，有所新变。新变之一，便是内容的增加。《二京赋》摹拟班固《两都赋》，张衡对《两都赋》不满意的地方就在于其"陋"②。"陋"的含义，从内容上看，就是描写部分太过简单。其实对于张衡来说，不仅《两都赋》不能令其满意，即便是《离骚》《远游》《上林》《羽猎》，在他看来也有笔力未到之处。

《西都赋》在写离宫苑囿时，对上林苑仅提到"奋泰武乎上囿"一句，等于没有写。张衡《西京赋》对上林苑进行了细致描写，并详述其木如何，其草如何。至于昆明池，《西都赋》则根本只字未提，《西京赋》也予以较为详细的描写，且列举了其中的水虫飞鸟。最为醒目的是，《西京赋》中以浓重的色彩巨细入微地描写了"百戏"与"声色"两大娱

---

① 倪思宽:《二初斋读书记》卷五，清嘉庆八年涵和堂刊本。
② 《艺文类聚》卷六一曰："张平子薄而陋之。"第1098页。又见庾信:《哀江南赋·序》，《庾子山集注》卷二，倪璠集注，中华书局1980年版，第101页。

事,而这在《西都赋》中也没有写到。"百戏"一节已见上文所引,兹录"声色"一段以见其概:

> 然后历披庭,适骦馆,捐衰色,从嬿婉。促中堂之狭坐,羽觞行而无算。秘舞更奏,妙材骋伎。妖蛊艳夫夏姬,美声畅于虞氏。始徐进而羸形,似不任乎罗绮。嚼清商而却转,增婵娟以此豸。纷纵体而迅赴,若惊鹤之群罢。振朱屣于盘樽,奋长袖之飒𬯀。要绍修态,丽服飏菁。眳藐流眄,一顾倾城。展季桑门,谁能不营?列爵十四,竞媚取荣。盛衰无常,唯爱所丁。卫后兴于鬒发,飞燕宠于体轻。尔乃逞志究欲,穷身极娱。鉴戒唐诗,他人是媮。自君作故,何礼之拘。增昭仪于婕妤,贤既公而又侯。许赵氏以无上,思致董于有虞。王闳争于坐侧,汉载安而不渝。

《西京赋》的主旨是要表现"奢泰肆情"的靡丽之风,其最合适的内容便是游观娱乐之事。赋中以浓艳的笔墨刻画了后宫、离宫之奢华,苑囿、池水之浩富,以及田猎之游目骋怀,宴飨之穷欢极乐,水嬉之搜怪猎奇。因为以游观娱乐为对象,所以以此类推,又加以百戏之动魄摇魂,声色之妖娆纷丽,以"繁类"之笔尽现"肆情"之相。但是张衡并非一味好繁文浓饰,他之所以增添这两事,是由其刺奢靡的主旨决定的。"百戏"一节以"既定且宁,焉知倾陁"开始,"声色"一节中又加入一句"鉴戒唐《诗》,他人是媮,自君作故,何礼之拘"的反讽之词。这就使得该赋虽繁重而有精神,虽词多而意不散漫。

"繁类"的写作特点表现得最明显的当推《东京赋》中各种典礼的描写。《东都赋》对明帝永平之治的具体叙写,成段落的只有"田猎"

和"四夷来宾"两项内容。《东京赋》则大为繁富,这主要体现在朝会宴飨之礼、郊祀之礼、郊庙明堂之礼、耕藉礼、大射养老礼、大阅礼、大傩礼。东汉儒学昌盛,庙堂宪政也以儒学为宗,尤其在明帝之时达到鼎盛,正如《后汉书·樊准传》所颂美的"议者每称盛时,咸言永平"①。儒学治国,以仁义节俭为本,以礼仪祭祀为重。为显示东汉之治的太平盛况,只有敷陈典礼的庄严之美才是最合适的美颂文章。因此张衡既有本有据,又别出心裁,在《东都赋》外,增加了对明帝之时的各种盛典的描绘和颂美。比如"大射养老礼"一节:

> 春日载阳,合射辟雍。设业设虡,宫悬金镛。蕡鼓路鼗,树羽幢幢。于是备物,物有其容。伯夷起而相仪,后夔坐而为工。张大侯,制五正,设三乏,扉司旌。并夹既设,储乎广庭。于是皇舆凤驾,辇于东阶。以须消启明,扫朝霞,登天光于扶桑。天子乃抚玉辂,时乘六龙。发鲸鱼,铿华钟。大丙弭节,风后陪乘。摄提运衡,徐至于射宫。礼事展,乐物具。《王夏》阕,《驺虞》奏。决拾既次,彤弓斯彀。达余萌于暮春,昭诚心以远喻。进明德而崇业,涤饕餮之贪欲。仁风衍而外流,谊方激而遐骛。日月会于龙狵,恤民事之劳疲。因休力以息勤,致欢忻于春酒。执銮刀以袒割,奉觞豆于国叟。降至尊以训恭,送迎拜乎三寿。敬慎威仪,示民不偷。我有嘉宾,其乐愉愉。声教布濩,盈溢天区。

据《明帝纪》记载:永平二年(59),"三月,临辟雍,初行大射礼……

---

① 《后汉书》卷三二《樊准传》,第1126页。又见卷七九上《儒林传·序》,第2546页。

冬十月壬子，幸辟雍，初行养老礼"。二礼本非一时之事，但明帝在行养老礼诏中说："光武皇帝建三朝之礼，而未及临飨。眇眇小子，属当圣业。间暮春吉辰，初行大射，今月元日，复践辟雍。尊事三老，兄事五更，安车软轮，供绥执授。侯王设酱，公卿馈珍，朕亲袒割，执爵而酳。"①所以大射与养老之礼，在登位次年即相继加以实行，修光武之所未暇，表示明帝更加崇尚礼治，也说明该典礼在当时政治上的重要意义。西汉司马谈因为不能亲历汉武帝的封禅大典，抱憾而终，可见其对盛世文士的鼓励作用。大射、养老等礼制作为东汉前所未有的盛典也同样令全社会为之振奋风发。班固《东都赋》之所以对诸典礼未加涉及，原因是他在写赋之年方当明帝初期，诸礼未备，而且时事太近，颂之近谀。张衡作《二京赋》时处于和帝晚期，距明帝时已四十余年，加之王侯以下竞尚侈靡，奢华逾礼，因此铺陈颂扬当时的诸种典礼，追美永平盛世的仁政郅治，以期有所讽谏。这是《东京赋》详备地敷陈种种礼仪制度的原因所在。

（二）前人之作简约者加以繁辞

张衡大赋的"宏富"在增加新文的同时，还表现在将前人已写的内容加以繁辞增饰。变本加厉、踵事增华可以说在张衡大赋中得到了最突出的体现。《二京赋》之于《两都赋》《上林》《羽猎》，《思玄赋》之于《离骚》《远游》，其中的相同题材或相近部分均予以了更为详尽细致的描写。

最典型的例子可谓《东都》与《东京》两赋中描写"宫室苑囿"的文字了。《东都赋》中写"宫室苑囿"一节内容是：

---

① 《后汉书》卷二《显宗孝明帝纪》，第102页。

> 是以皇城之内，宫室光明，阙庭神丽，奢不可逾，俭不能侈。外则因原野以作苑，顺流泉而为沼。发蘋藻以潜鱼，丰圃草以毓兽。制同乎梁邹，谊合乎灵囿。

本节分两层，第一层皇城之内，为宫室；第二层皇城之外，为苑囿，共仅五十八字。其中笔致简约，写宫室阙庭的形貌仅用"光明""神丽"二词，写苑囿的情形也只有"作苑""为沼""潜鱼""毓兽"四句。《东京赋》则加以繁辞缛采，赋中对"宫室苑囿"的描写增饰到了近四百字：

> 逮至显宗，六合殷昌。乃新崇德，遂作德阳。启南端之特闱，立应门之将将。昭仁惠于崇贤，抗义声于金商。飞云龙于春路，屯神虎于秋方。建象魏之两观，旌六典之旧章。其内则含德、章台，天禄、宣明，温饬、迎春，寿安、永宁。飞阁神行，莫我能形。濯龙芳林，九谷八溪。芙蓉覆水，秋兰被涯。渚戏跃鱼，渊游龟蠵。永安离宫，修竹冬青。阴池幽流，玄泉冽清。鹎鵊秋栖，鹍鹍春鸣。雎鸠丽黄，关关嘤嘤。于南则前殿灵台，鲦鱃、安福。谚门曲榭，邪阻城洫。奇树珍果，钩盾所职。西登少华，亭候修敕。九龙之内，寔曰嘉德。西南其户，匪雕匪刻。我后好约，乃宴斯息。
>
> 于东则洪池清蘌，渌水澹澹。内阜川禽，外丰葭菼。献鳖蜃与龟鱼，供蜗蠯与菱芡。其西则有平乐都场，示远之观。龙雀蟠蜿，天马半汉。瑰异谲诡，灿烂炳焕。
>
> 奢未及侈，俭而不陋。规遵王度，动中得趣。于是观礼，礼举仪具。经始勿亟，成之不日。犹谓为之者劳，居之者逸。

慕唐虞之茅茨，思夏后之卑室。

　　乃营三宫，布教颁常。复庙重屋，八达九房。规天矩地，授时顺乡。造舟清池，惟水泱泱。左制辟雍，右立灵台。因进距衰，表贤简能。冯相观祲，祈禳禳灾。

这段描写可分四层，从"乃新崇德"至"乃宴斯息"为第一层，叙城中宫室；从"于东则洪池清濯"至"灿烂炳焕"为第二层，写城外苑囿。这两层分别对应班固赋中皇城内外两层内容。从"奢未及侈"至"思夏后之卑室"为第三层，言宫室符合礼制法度。该层相当于班固赋中"奢不可逾，俭不能侈"与"制同乎梁邹，谊合乎灵囿"两句话。第四层为"乃营三宫"以下部分，兼写明堂、辟雍、灵台的营建。

关于第一层"宫室"，班赋云"宫室光明，阙庭神丽"，张赋则详细叙述了洛阳南端之应门以及东之崇贤与西之金商二门，又写了德阳殿东西之云龙门与神虎门，以及殿外高立的双阙；同时列举了其中的含德、章台等八殿之名。其次摹绘了濯龙池、芳林苑之芳花水虫，永安宫之泉竹嘉禽。再次写德阳之南的灵台与鱿鱮、安福二殿，并其中的丽门曲榭、奇树珍果、假山亭候等。第二层"苑囿"，班赋云"因原野以作苑，顺流泉而为沼。发蘋藻以潜鱼，丰圃草以毓兽"，张赋则分别写了城东之洪池与城西之平乐观。洪池则清波澹澹，其中鸣禽翔舞，水草丰茂，鱼鳖菱茨，供献厚阜。平乐则卓立飞廉、铜马之象，珍奇瑰异，灿烂炳焕。无论是"宫室"还是"苑囿"，《东京赋》中对楼台殿阁、飞禽走兽的描写比《东都赋》都详细了许多，在对这些奇丽珍异的事物的形象铺叙和辞藻点染中，文章的色彩与风格亦与之俱"艳"。即使是颂美之词，《东京》也比《东都》较繁。第三层张赋首先说明洛都宫室苑囿"奢未及侈，俭而不陋"，完全符合王者之法度礼意。其意相当于班赋"奢不可逾，俭不能侈"与"制同乎梁邹"之语。其次说明帝建造宫殿苑囿，百姓踊跃效劳，犹如周文王之营造灵台，得到人民的欢悦襄助，很快建成；但明帝还是爱惜民力，悯其劳苦。这又与班赋中"谊合乎灵囿"一句相应，且二人所用灵台、灵囿，均典出《大雅·灵台》。最后又以尧舜夏禹之不好奢侈、甘居茅茨卑室为比，颂美了明帝的节俭之德。至于第四层述及"三宫"的营建，乃是为了过渡到下文对诸典礼的描写。因此该层不仅是内容上的补充，也还具有结构上的作用。

《二京赋》较《两都赋》的繁缛之处还有很多，甚至有些内容并不仅仅以班赋为本，而是广揽博采，将多人的同题材作品取长去短，熔于一炉，形成集大成的硕果。最突出的例子当推《西京赋》中田猎、宴飨、水嬉一大段内容。作为汉人最喜好的娱乐方式，游猎之事在很多作品中都有奇情壮彩的描写。其中开创之作应属枚乘《七发》中的"校猎"，虽粗具眉目，但融而未分。至司马相如《上林赋》于是基本模式确定。赋中除了描写上林苑中山水动植诸物外，写田猎分为将帅之猎、天子亲猎、校量所获猎物、置酒张乐。扬雄《羽猎赋》又有所增补，其内容大致分为猎场之广、仪卫之盛、天子亲至猎所、田猎场景、获禽之多、水嬉。其增加的部分有两个，一是田猎之前猎场与仪卫的描写，一是田猎之后继以水嬉。但却省去了置酒一节。班固《西都赋》中描写田猎的内容与《上林》《羽猎》相比，并不更繁艳，赋中写了田猎场面、杀获之多、水嬉之景，并在杀获之后以极为概略的笔墨提及酒会之事。张衡《西京赋》中的田猎内容几乎综合了以上诸家辞赋之长，他首先写了上林苑、昆明池的动植鱼鸟，以此作为铺垫；其次正式叙田猎，依次写猎场准备、仪卫侍从、田猎盛况、宴飨论功、水嬉乐事。虽然个别内容或许不如前人详细,比如写猎场即无扬雄《羽猎赋》详细,但从内容全备而言,《西京赋》写田猎却能尽撷众优。这也是张衡赋在前人简约处加以繁辞的一种表现。

除了《二京赋》,在增饰藻丽方面,《思玄赋》也有着突出的表现,最明显的即是描写"升天"的内容,其摛笔骋辞令《远游》瞠乎其后。《远游》中"升天"一小节的描写如下:

> 山萧条而无兽兮,野寂漠其无人。载营魂而登霞兮,掩浮云而上征。命天阍其开关兮,排阊阖而望予。召丰隆使先导兮,问太微之所居。集重阳入帝宫兮,造旬始而观清都。朝发轫于太仪兮,夕始临乎于微闾。屯余车之万乘兮,纷容与而并驰。驾八龙之婉婉兮,载云旗之逶蛇。建雄虹之采旄兮,五色杂而炫耀。服偃蹇以低昂兮,骖连蜷以骄骜。

其中"山萧条而无兽兮"四句写意欲作升天之游,"命天阍其开关兮"至"夕始临乎于微闾"八句写天上游历,"屯余车之万乘兮"以下八句写仪从车马之盛。

《思玄赋》中写"升天"的描绘在《远游》的基础上大为扩展,其文字如下:

> 戒庶僚以夙会兮,佥恭职而并迓。丰隆軯其震霆兮,列缺晔其照夜。云师𩷎以交集兮,涷雨沛其洒涂。轙琱舆而树葩兮,扰应龙以服辂。百神森其备从兮,屯骑罗而星布。振余袂而就车兮,修剑揭以低昂。冠咢咢其映盖兮,佩綝缡以辉煌。仆夫俨其正策兮,八乘揵而超骧。氛旄溶以天旋兮,蜺

旌飘而飞扬。抚辁轵而还睇兮,心灼药其如汤。羡上都之赫戏兮,何迷故而不忘。左青琱以捷芝兮,右素威以司钲。前长离使拂羽兮,委水衡乎玄冥。属箕伯以函风兮,激洇涊而为清。曳云旗之离离兮,鸣玉鸾之謷謷。涉清霄而升遐兮,浮蒁蒙而上征。纷翼翼以徐戾兮,焱回回其扬灵。

叫帝阍使辟扉兮,觌天皇于琼宫。聆广乐之九奏兮,展泄泄以肜肜。考理乱于律钧兮,意建始而思终。惟盘逸之无斁兮,惧乐往而哀来。素抚弦而余音兮,大容吟曰念哉。既防溢而静志兮,迨我暇以翱翔。出紫宫之肃肃兮,集太微之阆阆。命王良掌策驷兮,逾高阁之锵锵。建罔车之幕幕兮,猎青林之芒芒。弯威弧之拨剌兮,射嶓冢之封狼。观壁垒于北落兮,伐河鼓之磅硠。乘天潢之泛泛兮,浮云汉之汤汤。倚招摇摄提以低回刳流兮,察二纪五纬之绸缪遹皇。偃蹇天矫婉以连卷兮,杂沓丛颎飒以为驧。缄汨飂戾沛以罔象兮,烂漫丽靡藐以迭邅。凌惊雷之硍磕兮,弄狂电之淫裔。逾厖鸿于宕冥兮,贯倒景而高厉。廓荡其无涯兮,乃今穷乎天外。据开阳而颛盼兮,临旧乡之暗蔼。

悲离居之劳心兮,情悁悁而思归。魂眷眷而屡顾兮,马倚辀而徘回。虽遂游以愉乐兮,岂愁慕之可怀。出阊阖兮降天塗,乘飙忽兮驰虚无。云霏霏兮绕余轮,风眇眇兮震余旟。缤联翩兮纷暗暧,倏眩昡兮反常间。

本段内容也可以分为三层,第一层为开始至"焱回回其扬灵"凡三十四句,写升天之前的准备,并详述了其仪从车马之缤纷壮丽;第二层从"叫帝阍使辟扉兮"至"临旧乡之暗蔼"共三十八句,具体细致地描写了天上游历的情形；从"悲离居之劳心兮"以下至结束共十二句为第三层，写其睹旧乡而思归返辔。《远游》与《思玄》内容相同之处为"天上游历"与"仪从之盛"两部分，即《远游》之第二、三层与《思玄》之第一、二层。另外《远游》的第一层其实在全篇行文中主要在结构上起承转作用，而内容方面的意义较少；《思玄》的第三层则兼具结构与内容两方面的作用和意义。其不同之处可以不论，今只将两文的相同部分进行比较。

先看仪从部分。《远游》"屯余车之万乘兮"，王逸章句云："百神侍从，无不有也。"这一句若不待王逸阐释，或许将不得其详。《思玄赋》由此敷演出"庶寮恭职"的情形，雷神为之开路、云师为之洒途，将仪卫之盛形象地加以点明。其次《远游》写虬龙驾车，矫捷飞驰，云旗虹旌，五彩明朗。并且又写了服马骖马低昂奔腾的驰骋情景。《思玄》以简洁的笔墨也写了八乘超骧，旗旌飞扬。同时还加入了主人公服饰的描写，以及其欲去而又不忍的心理刻画。这就使得文情浓郁了许多。此外，《思玄赋》又增加了升天途中的场景描绘。如青龙、白虎、朱鸟、玄冥，举芝盖、秉铜钲，拥卫四周，箕伯含风，澄清浮埃；又如云旗飞飞，玉鸾嘤嘤；以及涉云气而高升，满目光辉灿耀。经过这样的描绘，形象场景便有声有色，历历在目。

再看游历部分。《远游》写天上游历的过程，仅仅是"入帝宫"而"观清都"，然后早晨发轫于天帝太仪之庭，日暮便到了东方玉山于微间了，其行程之粗略，仿佛只是"到此一游"。《思玄赋》则详细而曲折了许多。先是"觐天皇于琼宫"，于是聆听广乐，察考音律，素女抚弦，大容吟诵。接着出天帝宫垣（紫宫、太微），然后王良驾驷，度越高阁（阁道六星），建罔车（毕宿），猎青林（天苑星），弯威弧（弧矢星），射封狼（天狼星）。继而往赴北落，观览壁垒（垒壁阵），又击河鼓（天鼓，即牵牛星），鼓声磅硠。此时已至天河畔，于是度天潢（天津星）①，浮云汉，倚招摇及摄提，观日月与五星。至此优游徜徉，俯仰上下。文中提到的地名均为星宿名，作为一位稔熟天文的史官，张衡将满天的星辰幻化为浸润了诗情的文学意象，织成了一幅瑰丽奇美的世界图景，并且神游心飞，翱翔其中，以此超越尘世的苦闷，使灵魂获得了生命的自由。正因兼具了科学气质与文学想象，才造就了张衡这位博大精深而又多姿多彩的伟大人物。

关于赋的写作要求，如情与词、文与质的关系等，刘勰曾有过极为简明扼要的概括，他在《文心雕龙·诠赋》中说：

> 原夫登高之旨，盖睹物兴情。情以物兴，故义必明雅；物以情观，故词必巧丽。丽词雅义，符彩相胜，如组织之品朱紫，画绘之著玄黄，文虽新而有质，色虽糅而有本，此立赋之大体也。②

张衡大赋，繁类成艳，词采华丽，意旨明切，"文虽新而有质，色虽糅而有本"。如果刘勰要为自己的理论"选文以定篇"的话，张衡的作品无疑是十分合适的佳作。

---

① 天潢星，《史记·天官书》谓："王良旁有八星绝汉，曰天潢。"此天潢即天津九星（司马迁云八星，古今观察容有差异，兹从今人说），在北宫玄武。《晋书·天文志上》云："五车五星，三柱九星，在毕北……其中五星曰天潢。"此天潢属西宫白虎。二者不同。详考《思玄赋》中行程，伐河鼓后，继乘天潢、度云汉，可知张衡所谓"天潢"即天津星，用《史记》说，而与《晋书》所记不同。
② 范文澜：《文心雕龙注》，第136页。

第三节 赋者铺也

赋作为一种文学体裁,有其独特的表现手法。《文心雕龙·诠赋》说:"赋者,铺也,铺采摛文,体物写志也。"[①] 赋之言铺,即直陈其事,明言所以。这是古今对于赋法的一致意见。虽然张衡在辞赋史上出现的时间也较晚,但他却是将铺采摛文的手法发挥得最为淋漓尽致的作家之一。这一点上文已有详述。我们注意到他的辞赋在铺采摛文外,还有直陈其事的特征。从诗之六义中的赋、比、兴来看,三者可以分为"赋"与"比兴"两类截然不同的文学表现手法。张衡大赋的又一个明显的特点便是比兴少,而赋笔多。

在比兴与赋法的使用上,能典型地表现二者根本不同的是《东都赋》与《东京赋》之叙光武一节。班固《东都赋》如是写道:

> 于是圣皇乃握乾符,阐坤珍,披皇图,稽帝文,赫然发愤,应若兴云,霆击昆阳,凭怒雷震。遂超大河,跨北岳,立号高邑,建都河洛。

张衡《东京赋》则曰:

> 我世祖忿之,乃龙飞白水,凤翔参墟。授钺四七,共工是除。欃枪旬始,群凶靡余。区宇乂宁,思和求中。睿哲玄

---

① 范文澜:《文心雕龙注》,第134页。

览，都兹洛宫。曰止曰时，昭明有融。既光厥武，仁洽道丰。登岱勒封，与黄比崇。

班赋中如"握乾符，阐坤珍，披皇图，稽帝文"之词，如"赫然发愤，应若兴云，霆击昆阳，凭怒雷震"之语，均是用一种"比兴"的手法来表现的，或者说用的是诗的笔意。其意不在叙述事实，而在烘托一种真命天子的历史氛围。张赋的手法与之迥异，它不说"乾符""坤珍"等语（这当与张衡反对谶纬的思想有关①），而是就事写事，也就是用"赋"的方式来叙述。"龙飞白水"谓其起义南阳，"凤翔参墟"谓其经营河北，"授钺四七"指委任云台二十八将，"共工是除"指推翻篡汉的王莽新朝，"欃枪旬始，群凶靡余"谓靖乱息兵，剪灭群凶。相对班赋的写意，张衡更多地是叙事，也就是赋法多于比兴。有学者也曾指出二人的这一不同，认为班固之文为凭虚颂赞，张衡之文则毫无蹈虚之语。②

然而有一点需要辨明的是，比兴与比喻有所不同，比兴是就文意的表现手法而言，而比喻则是一种修辞手法。因此用"赋"法，并非就不能用比喻，二者不相排斥。上引张衡赋中"龙飞""凤翔""共工""欃枪旬始"即为比喻，其目的是为了增添文章的韵味和色彩，与用"赋"法来表达整体文意并不矛盾。总之，"比兴"偏于从虚处结想，"赋"则偏于从实处落笔。这是二者的最大区别。

另外，关于班固《东都赋》好用比兴之法的原因，此处也值得稍加推究。上文说过《东都赋》写宫室、苑囿时，文字极为简约，如写前者

---

① 参见曹道衡：《略论〈两都赋〉和〈二京赋〉》，《文学评论》1992 年第 3 期，第 74—75 页。
② 许结：《张衡评传》，第 334 页。

仅曰"宫室光明,阙庭神丽",以"光明""神丽"两词表现其气象。写后者也只是用很概括的话来叙述道"因原野以作苑,顺流泉而为沼。发蘋藻以潜鱼,丰圃草以毓兽",简括得几乎到了抽象的程度,试问:何处的苑、沼不是"因原野""顺流泉"?何处的苑囿不是鱼潜蘋藻、兽聚丰草?既然细节的描写付之阙如,那么所写的事物便失去了其独特性。因此其笔法与以铺陈直言为特点的赋法相远,而与以写意摹神为本色的比兴相近。班固之所以多用比兴而少用赋法,很可能与当时的政治状况有关。明帝时曾大修洛阳宫室,永平三年(60),"起北宫及诸官府",至八年(65)"冬十月,北宫成"。① 前后五年余始造成。宫室的壮丽、民夫的辛劳是不言而喻的。但帝王却似乎极为忌讳臣民提及这一点。因此梁鸿作《五噫之歌》加以讥刺,险遭不测,本传记载此事道:

> 梁鸿因东出关,过京师,作《五噫之歌》曰:"陟彼北芒兮,噫!顾览帝京兮,噫!宫室崔嵬兮,噫!人之劬劳兮,噫!"肃宗闻而非之,求鸿不得。乃易姓运期,名燿,字侯光,与妻子居齐鲁之间。②

因为说到"宫室崔嵬""人之劬劳",明帝的行事受人非议,这令章帝心生不满,竟下令追捕,逼得梁鸿改名换姓,隐居潜伏。史书对于帝王的愤怒仅仅以"闻而非之"一语轻描淡写,实在有曲笔粉饰之嫌。仁厚长者的章帝尚且如此,班固作赋正值以"褊察"(语出《钟离意传》)成性的明帝当朝,其立言自然多所顾忌,不容畅意直言。这应当是班固《东都赋》多用比兴、少用赋法的原因之一。

---

① 《后汉书》卷二《显宗孝明帝纪》,第107、111页。
② 《后汉书》卷八三《逸民列传·梁鸿》,第2766—2767页。

再回到张衡《东京赋》。何焯在比较班张东都两赋时曾说："平子《东京》与班氏《东都》不同，班氏全祖《长杨》，以虚连成文；平子却于首尾用虚，中间用实，历言典制，自成一格。古人之不肯蹈袭如此。"① 义门主要从内容上辨别二者的不同，固如所言；若从手法上而言，也有着根本的区别，那就是张衡《东京赋》以铺叙而成，直陈其事，详尽赅备，而非"虚连成文"。赋中历述朝会宴飨之礼、郊祀之礼、明堂之礼、耕藉礼、大射养老礼、大阅礼、大傩礼诸典制，均有史事依据。今依次考之。

朝会宴飨礼。《后汉书·志五·礼仪中》"朝会"条："每岁首正月，为大朝受贺……百官贺正月……百官受赐宴飨，大作乐。"其具体仪式见注引蔡质《汉仪》："正月旦，太子幸德阳殿，临轩。公、卿、将、大夫、百官各陪位朝贺。蛮、貊、胡、羌朝贡毕，见属郡计吏，皆陛觐，庭燎。宗室诸刘亲会，万人以上，立西面。位既定，上寿。群计吏中庭北面立，太官上食，赐群臣酒食，西入东出。御史四人执法殿下，虎贲、羽林张弓挟矢，陛戟左右云云。"② 其中参加典礼之人，与《东京赋》所谓"群后旁戾""百僚师师""藩国奉聘""要荒来质"诸语相同。"庭燎"即赋中"庭燎晳晳"。"御史四人执法殿下，虎贲、羽林张弓挟矢，陛戟左右"亦即赋中"郎将司阶，虎戟交鎩"。又永平三年（60）秋八月壬申日食诏曰："其言事者，靡有所讳。"③ 与赋中"开敢谏之直言"相合。

郊祀礼。《明帝纪》："（永平）三年春正月癸巳，诏曰：'朕奉郊祀，

---

① 于光华：《评注昭明文选》卷一。转引自《文选资料汇编·赋类卷》，第173页。
② 《后汉书·志五·礼仪中》，第3130页。
③ 《后汉书》卷二《显宗孝明帝纪》，第106页。

明堂礼。《明帝纪》:"(永平)二年春正月辛未,宗祀光武皇帝于明堂。"②其详见《后汉书·志八·祭祀中》"明堂"条:"永平二年正月辛未,初祀五帝于明堂,光武帝配。五帝坐位堂上,各处其方。黄帝在未,皆如南郊之位。光武帝在青帝之南少退,西面。"③即《东京赋》所写:"然后宗上帝于明堂,推光武以作配。辩方位而正则,五精帅而来摧。尊赤氏之朱光,四灵懋而允怀。"

耕藉礼。《明帝纪》:"(永平)四年春二月辛亥,诏曰:'朕亲耕藉田,以祈农事。'"④又见十三年春二月。

大射礼、养老礼。《明帝纪》:"(永平二年)三月,临辟雍,初行大射礼。""冬十月壬子,幸辟雍,初行养老礼。"⑤养老礼又见八年(65)冬十月。

大阅礼。《明帝纪》:"(永平十五年)冬,车骑校猎上林苑。"⑥《东京赋》谓:"岁惟仲冬,大阅西园……迄上林,结徒营。"所写当即此年事。

大傩礼。此礼虽于帝纪不见具体事件的记载,但《和熹邓后纪》所言"旧事,岁终当傩,遣卫士大傩逐疫"⑦却可证明其普遍性。《东京赋》中大傩礼即据风俗如实而写。《后汉书·志五·礼仪中》记载大傩礼中的各种仪式,刘昭注屡引《东京赋》为证,更可见张衡赋在写法上直陈其事的写实性。⑧

在《东京赋》中,最能体现"赋"法的当推写省方巡行一节,其中

---

① 《后汉书》卷二《显宗孝明帝纪》,第105页。
② 同上书,第100页。
③ 《后汉书·志八·祭祀中》,第3181页。
④ 《后汉书》卷二《显宗孝明帝纪》,第107页。
⑤ 同上书,第102页。
⑥ 同上书,第119页。
⑦ 《后汉书》卷十上《和熹邓后纪》,第424页。
⑧ 《后汉书·志五·礼仪中》注,第3128—3129页。

几乎句句有事实依据。需要说明的是，其中所写之事兼具光武与明帝两朝，或者还当及于章帝之时，有些事情史书记载有详有略，而且张衡作赋时也容有剪裁融合。兹钩稽史事，略加笺疏于次：

> 于是阴阳交和，庶物时育。卜征考祥，终然允淑。乘舆巡乎岱岳，劝稼穑于原陆。同衡律而壹轨量，齐急舒于寒燠。省幽明以黜陟，及反旆而回复。望先帝之旧墟，慨长思而怀古。俟閶风而西逝，致恭祀乎高祖。既春游以发生，启诸蛰于潜户。度秋豫以收成，观丰年之多稌。嘉田畯之匪懈，行致赉于九扈。左瞰旸谷，右睨玄圃。眇天末以远期，规万世而大摹。且归来以释劳，膺多福以安念。总集瑞命，备致嘉祥。囿林氏之驺虞，扰泽马与腾黄。鸣女床之鸾鸟，舞丹穴之凤皇。植华平于春圃，丰朱草于中唐。惠风广被，泽洎幽荒。北爕丁令，南谐越裳。西包大秦，东过乐浪。重舌之人九译，金稽首而来王。

"乘舆巡乎岱岳，劝稼穑于原陆"。按：光武中元元年（56）正月"丁卯，东巡狩。二月己卯，幸鲁，进幸太山……辛卯，柴望岱宗，登封太山；甲午，禅于梁父"。①

"望先帝之旧墟"至"致恭祀乎高祖"。按：光武中元元年（56）四月"行幸长安。戊子，祀长陵"。永平二年（59）冬十月"甲子，西巡狩，幸长安，祠高庙，遂有事于十一陵"。②

---

① 《后汉书》卷一《光武帝纪》，第82页。
② 《后汉书》卷一《光武帝纪》、卷二《显宗孝明帝纪》，第82、104页。

"既春游以发生"。按：永平"十五年（72）春二月庚子，东巡狩"。①

"度秋豫以收成，观丰年之多稌"。按：永平十年（67）"夏四月戊子，诏曰：'昔岁五谷登衍，今兹蚕麦善收。'"又：十二年（69）"是岁，天下安平，人无徭役，岁比登稔，百姓殷富，粟斛三十，牛羊被野"。②

"总集瑞命，备致嘉祥"。按：永平十一年（68），"时麒麟、白雉、醴泉、嘉禾所在出焉"。③

"鸣女床之鸾鸟"至"丰朱草于中唐"。按：永平十七年（74），"是岁，甘露仍降，树枝内附，芝草生殿前，神雀五色翔集京师"。④

"惠风广被"至"金稽首而来王"。按：光武建武二十年（44），"秋，东夷韩国人率众诣乐浪内附"。又：二十三年（47）冬"高句丽率种人诣乐浪内属"，"是岁，匈奴薁鞬日逐王比率部曲遣使诣西河内附"。又：二十五年（49），"夫余王遣使奉献"，"乌桓大人率众内属，诣阙朝贡"。又：二十八年（52），"北匈奴遣使贡献，乞和亲"。又："三十年（54）春正月，鲜卑大人内属，朝贺。"又：中元二年（57），"东夷倭奴国王遣使奉献"。又：明帝永平"十二年（69）春正月，益州徼外夷哀牢王相率内属，于是置永昌郡"。又：十七年（74），"西南夷哀牢、儋耳、僬侥、槃木、白狼、动黏诸种，前后慕义贡献；西域诸国遣子入侍"。⑤

以上所列史料，其时代范围主要在光武后期与明帝一朝，张衡《东京赋》在本段中所写到的内容并非囿于某一事件、某一时期，而是融会了前后的各件同类事情，并提炼出其中所蕴含的时代意义及精神。因此

---

① 《后汉书》卷二《显宗孝明帝纪》，第118页。
② 《后汉书》卷二《显宗孝明帝纪》，第113、115页。
③ 同上书，第114页。
④ 同上书，第121页。
⑤ 《后汉书》卷一《光武帝纪》、卷二《显宗孝明帝纪》，第72、75、76、80、80、84、114、121页。

史料可以作为大赋写实的证明，却不能拘泥地认为赋中所写即为某一具体的事件。

上举诸条史事，仅为一斑，其余散见者尚多，不必备举。关于四方巡狩，是古代帝王执政的一项要务，所谓"展义省方，观民设教"（张衡《东巡诰》语），目的在于展示礼仪、省察地方、观览民风、推行教化。东汉前中期诸帝均极重视，因此史册不绝于书，事例很多。再说祥瑞，这在古代是政和民乐、社会繁荣的一种最形象的体现，尤其在比较安定的时期，祥瑞的记载更是不可或缺的锦上之花。东汉前期除了光武、明帝两朝外，继之而起的章帝时祥瑞更为繁多，据史载，"在位十三年，郡国所上符瑞，合于图书者数百千所"①，四百年后的范晔作论犹誉之曰"乌呼懋哉"，更何况生逢其时的张衡！所以《东京赋》中颂美的祥瑞，自当包括章帝一朝。再说四夷归附，这更是大一统时代最能表现国力强盛的标志，尤为史家所津津乐道。《东京赋》称东汉时稽首归顺的四夷，"北爕丁令，南谐越裳，西包大秦，东过乐浪"，从上引诸例来看，这话说得一点不夸张，完全是纪实的笔法。更详细的情形可参《后汉书》四夷列传。

方廷珪在比较《东都赋》与《东京赋》的不同时说："盖班作于后赋以不写为写，此则以写为写也。"②这话说得真好。所谓"以不写为写"正是多用"比兴"、从虚处写风神的意思，而"以写为写"则是用"赋"法之铺陈、从实处见景象之意。《东京赋》历叙典礼，综述美政，刻画穷形尽相，繁彩耀目，"以写为写"，正是张衡下笔用力之处。

《东京赋》这种以"赋"法纪实事的写作方式，与西晋左思《三都赋》的"征实"又有不同。《三都》之"征实"，指的是"其山川城邑

---

① 《后汉书》卷三《肃宗孝章帝纪》，第159页。
② 于光华：《评注昭明文选》卷一。转引自《文选资料汇编·赋类卷》，第174页。

则稽之地图，其鸟兽草木则验之方志。风谣歌舞，各附其俗；魁梧长者，莫非其旧"，这是近于考据学的"征实"。而《东京赋》之纪实则不拘滞于具体的一人一事，它有综合、有剪裁、有提炼、有升华，既本着历史的真实，又有着文学的镕裁和情韵。左思之"征实"属于写作前材料的考辨核实，张衡之"赋法"则属于写作过程中文意的表现手法。二者所属范畴不同。另外，东汉中期以后，朝政日乱，国力渐衰，张衡作《二京赋》在讽谏侈靡之风的同时，对东汉初期的隆盛之况加以颂美追慕，《东京赋》写实的风格更加增强了思慕盛世的情感力量。试想如果是虚美夸饰之辞，缺乏厚实的形象支撑，何能激发这样强烈的思古幽情！

张衡喜用"赋"法使得其风格也产生了与用比兴不同的特点。用比兴则文情多含蓄，用"赋"法则多明畅。最足以说明这种不同的是《思玄赋》与《离骚》。《思玄》文采艳发一本《离骚》，文情之哀怨沉郁也胎息于灵均，但其笔法却变"美人香草"之比兴而为直陈其事的"赋"法。

《思玄赋》在开始写"自修"一节中写道："袭温恭之黻衣兮，披礼义之绣裳。辫贞亮以为鏧兮，杂技艺而为珩。"其中的蕴义极为明显，"黻衣"即表温恭之性，"绣裳"乃为礼仪之美，"鏧""珩"以佩饰喻自我修行。这种直言明说的书写方式与《离骚》的手法大不相同，略举数例，即可见其区别。《离骚》有句云：

"扈江蓠与辟芷兮，纫秋兰以为佩。"王逸注："佩，饰也，所以象德，故行清洁者佩芳，德光明者佩玉，能解结者佩觿，能决疑者佩玦。"又曰："言己修身清洁，乃取江蓠辟芷以为衣被，纫索秋兰以为佩饰，博采众善以自约束也。"

"擥木根以结茝兮，贯薜荔之落蕊。"王逸注："言己施行常擥本引坚，据持根本，又贯累香草之实，执持忠信，不为华饰之行也。"

"矫菌桂以纫蕙兮，索胡绳之𫄨𫄧。"王逸注："言己虽据履根本，犹复矫直菌桂芬香之性，纫索胡绳令之泽好，以善自约束，终无懈倦也。"①

文中的江蓠、辟芷、秋兰、木根、薜荔、菌桂、胡绳等香草芳树，具体代表什么美德，作者并没有直接说明，王逸注语也仅是他自己的理解，而不能肯定屈原本意必然如此。这种隐藏了本体、只写出喻体的暗喻方式，令文意耐人寻味。《离骚》的风格正得益于使用比兴手法。《思玄赋》则干脆将此谜底揭开，不加掩饰，矢口直言。虽然张衡也有比喻之词，但他用的是明喻，与《离骚》用暗喻迥然两样；明喻直白，暗喻掩敛，明喻充其量不过是修辞手法，暗喻却可大而化之成象征手法。因此《思玄》与《离骚》的不同，不只是明喻和暗喻的区别，从整体手法而言，《离骚》的暗喻是从属于其全篇象征手法的一种方式，《思玄赋》的明喻则是其"赋"法直陈中的一种较为漂亮的修辞术。因此《思玄赋》在表现手法上与《离骚》相异之处即为化象征为明喻。

《思玄赋》结尾一段内容同样使用了这种明喻的表达法，赋中写道：

> 收畴昔之逸豫兮，卷淫放之遐心。修初服之娑娑兮，长余佩之参参。文章焕以粲烂兮，美纷纭以从风。御六艺之珍驾兮，游道德之平林。结典籍而为罟兮，驱儒墨而为禽。

以珍驾喻六艺，以平林喻道德，将典籍比作网罟，将儒墨比为禽获。明喻的运用，使得表现更为形象化，避免了平铺直叙所造成的文意上的

---

① 以上分别见洪兴祖：《楚辞补注》，中华书局1983年版，第5、13页。

沉闷。

从实处落笔的"赋"法与从虚处用意的比兴,在风格上有着各自的特色。比兴使得文章意旨蕴藉隽永,令人含味不尽,而以"赋"法写就的文章则明白朗畅,意尽句中。正因如此,钱锺书在论《离骚》时言及《思玄赋》,认为:"《思玄赋》极力拟《骚》,皆坐实道破,不耐玩味矣。"原因就是《离骚》运用比兴,能"虚涵两意于句中"。[①] 评论之间,意有轩轾,然而对风格的喜好见仁见智,因此高下的判断也就无可无不可。此处对二者孰优孰劣,暂不评判,只是指出张衡赋中多用直陈事实的"赋"法而少用比兴这一特点,以此说明其大赋创作的一种重要方法。

---

① 钱锺书:《管锥编》,第900页。

第四章 文风

文风为文学作品所表现出的风格。它既与时代环境、文章内容及其表达方式息息相关，同时又与作者本人的情性好尚、学术修养密不可分。关于前者，时代环境对文士的作品风格有着潜移默化的作用，这一点十分明显。在具体的操觚之时，不同的内容要求不同的表达方式，而不同的表达方式又会产生不同的风格，如《西京赋》写奢靡之习，其风格为华美繁艳；《东京赋》写礼乐之治，其风格为典雅庄重，即由其内容及用笔所决定。关于后者，因作家的学养、爱好不同，也会对风格的形成产生重要的作用。本章将从上述两个角度，分别就崇典爱俗，好奇乐异，重尚文藻三方面，对张衡文章的风格加以分析和讨论。

第一节 崇典与爱俗

典雅之风是中国古代文学作品以及学术著作极受推崇的风格之一。"典"谓言据经艺，"雅"谓义归纯正。刘勰《文心雕龙·体性》云："典雅者，镕式经诰，方轨儒门者也。"[1] 最能体现典雅之风的莫过于儒家

---

[1] 范文澜：《文心雕龙注》，第505页。

《五经》。自西汉儒学复兴并取得独尊的地位后,《五经》成为士人修身、治学、从政、立言等全方面的至高标准。到了东汉明帝时,大倡儒学,兴礼乐,普教化,以至于"议者每称盛时,咸言永平"[1]。

儒学兴盛以后,影响及于文章学术,便是开始明确地崇尚典雅之风。在东汉人的美学观念中,在"典雅"一词中其实更偏重于"典";所谓"典"就是修辞立言依本"五经",言出有据,事必征古。在这种崇典之风下写出的文章便以古奥为其最凸出的特征,且往往须注解方能明瞭其意。明帝时,东平宪王刘苍撰《光武受命中兴颂》,"帝甚善之,以其文典雅,特令校书郎贾逵为之训诂"[2]。对时人之作如同为经书作注一样,"为之训诂",可见其典奥了。汉末桓灵时,胡广因"扬雄依《虞箴》作《十二州》《二十五官箴》,其九箴亡阙,后涿郡崔骃及子瑗又临邑侯刘騊駼增补十六篇,广复继作四篇,文甚典美。乃悉撰次首目,为之解释,名曰《百官箴》"[3]。胡广"为之解释"的篇目自然包括他继作的四篇。为自己的文章作注解训释,其用意并非如后世的诗文自注,而是崇尚典奥的风气在写作上的进一步延伸。因为写作的目的本是为了读者理解其意,如今典奥的文辞妨碍了正常的达意,于是通过训注的方式来弥补这一缺点。这样既实现了文章旨意的表达,同时又保全了典奥的风格。再如班固《幽通赋》有其妹班昭注,张衡《思玄赋》有旧注,或云衡自注,同样是典奥之风影响的体现。

崇典的风气,西汉已经兴起。真正明确而全面地实践这一主张的是扬雄,他作为一位"好古而乐道"的学者,"其意欲求文章成名于后世,

---

[1] 《后汉书》卷三二《樊准传》,第1126页。又参卷七九上《儒林传·序》,第2545—2546页。
[2] 《后汉书》卷四二《东平宪王苍传》,第1436页。
[3] 《后汉书》卷四四《胡广传》,第1511页。

以为经莫大于《易》，故作《太玄》；传莫大于《论语》，作《法言》；史篇莫善于《仓颉》，作《训纂》；箴莫善于《虞箴》，作《州箴》；赋莫深于《离骚》，反而广之；辞莫丽于相如，作四赋：皆斟酌其本，相与放依而驰骋云"①。所谓"莫大于""莫善于""莫深于""莫丽于"，正是对经典无比崇尚心理的表现。扬雄崇尚的典籍不仅以儒家经传为主，而且还包括辞赋家的经典作品。但他对司马相如辞赋的思想内容作了批判，而以儒家的思想为折中与标准。这一点在东汉有着进一步的发展，具体的表现便是用儒学观念对辞赋意旨和功用的重新思考与改造。于是典雅的风气更加普遍。

在崇典观念盛行的风气中，东汉文人将"典"作为了文章美学风格的评判尺度之一。崔骃"上《四巡颂》以称汉德，辞甚典美"②。因为《四巡颂》是颂德之作，属于庙堂之制，其文必须典雅。崔骃的文章，正因其"辞甚典"，所以才受以称"美"。至此文章美不美，其首要的因素是看它典不典。同时作家也逐渐自觉地以典雅的风格为自己写作的标准。班固作《典引》叙扬汉德，其动机便是因为"相如《封禅》，靡而不典；扬雄《美新》，典而亡实"③。司马相如的《封禅书》虽然靡丽，但体无古典，所以尚未至善。扬雄《剧秦美新》虽有典则，可惜事体虚伪。于是班固作《典引》不仅求"实"，而且更要征"典"。《后汉书》本传引他这段话，并说："盖自谓得其致焉。"④ 即他要在"典"与"实"上做到最好。"实"还只属内容的真伪问题，而"典"则是明确的风格追求了。不宁唯是，典雅之风在影响了文章的同时，并且也成为了衡量

---

① 《汉书》卷八七下《扬雄传》，第3583页。
② 《后汉书》卷五二《崔骃传》，第1718页。
③ 萧统编：《文选》卷四八，李善注，第682页。
④ 《后汉书》卷四〇下《班固传》，第1375页。

学术著作的一大尺准。张衡上表请求专事东观，撰集史书，但未得同意，只能作罢，"及后之著述，多不详典，时人追恨之"①。当时的刘珍等修史于东观，撰集《汉记》，并定汉家礼仪。刘珍等曾上书请张衡参论其事，却因各种缘故而搁置。张衡上表所请的正是补撰《汉记》、纂辑汉礼之事。张衡本人精通《周礼》，曾著《周官解说》（本传作《周官训诂》），且欲"以渐次述汉事"②，他正是最佳人选。及至所愿不遂，抱憾而终，他人著述又不"详典"，令时人追恨。崇"典"之风可谓深入人心。东汉末叶，应劭著《中汉辑序》，又撰《风俗通》，"文虽不典，后世服其洽闻"③。何以谓之"不典"呢？因为应劭所著书，或"论当时行事"，或"释时俗嫌疑"④，关注的皆为时俗事物，因此被视作"不典"。尽管"后世服其洽闻"，但风格"不典"，评论者的语气之间显然流露着一种美中不足之感。以上是东汉崇尚典雅之风的简要情形。

张衡作为东汉中期的一位重要作家，置身于崇典的风气之中，自然深受熏陶浸染。事实也是如此，他的多数作品，不论是辞赋铭诔，还是疏表文章，均征引古典，援用载籍，这一点在《文资》中有详细的说明。除了细节上资用典籍外，张衡有些作品还从整体上展现了典雅的文风。此处便从整体风貌上来考察这种典雅之风的情况。

说到"典雅"，在张衡作品中，首先想到的自然是京都巨作《二京赋》；《二京赋》中又以《东京赋》的典雅气息为更浓郁。在《东京赋》中具有典型代表意义的部分为"大阅礼"一节。大阅，其实就是校猎，或称游猎，内容并无不同，只是因为寓意不同，所以有了相异的名称。

---

① 《后汉书》卷五九《张衡传》，第1940页。
② 胡广：《王隆汉官篇解诂序》，见《后汉书》志二四《百官志一》，第3556页。
③ 《后汉书》卷四八《应劭传》，第1614页。
④ 同上书，第1614页。

《西京》《东京》二赋中均有猎事题材的描写，为什么《东京赋》的"大阅礼"便能称之为典雅，而《西京赋》的游猎却无此风格呢？这就需从具体的文章内容来分析了。先看"大阅礼"原文：

> 文德既昭，武节是宣。三农之隙，曜威中原。岁惟仲冬，大阅西园。虞人掌焉，先期戒事。悉率百禽，鸠诸灵囿。兽之所同，是谓告备。乃御小戎，抚轻轩，中畋四牡，既佶且闲。戈矛若林，牙旗缤纷。迄上林，结徒营。次和树表，司铎授钲。坐作进退，节以军声。三令五申，示戮斩牲。陈师鞠旅，教达禁成。
>
> 火列具举，武士星敷。鹅鹳鱼丽，箕张翼舒。轨尘掩远，匪疾匪徐。驭不诡遇，射不翦毛。升献六禽，时膳四膏。马足未极，舆徒不劳。
>
> 成礼三驱，解罘放麟。不穷乐以训俭，不殚物以昭仁。慕天乙之弛罟，因教祝以怀民。仪姬伯之渭阳，失熊罴而获人。泽浸昆虫，威振八宇。好乐无荒，允文允武。薄狩于敖，既琐琐焉；岐阳之蒐，又何足数。

该段内容可以分为三层，从"文德既昭"到"教达禁成"二十八句为第一层，写猎前准备；从"火列具举"到"舆徒不劳"十二句为第二层，写校猎及宴飨；第三层为"成礼三驱"至"又何足数"十六句，述校猎本义，并宣扬仁德。

从内容篇幅来看，第一、三部分为主体，第二部分为次要内容。但仔细一看就会发现，篇幅最少的第二部分正是"大阅礼"的核心内容——校猎。作者为什么要这样安排呢？一言蔽之，为了典雅的风格。

首先，作为校猎活动的主体内容本来是驰射格杀、捕获禽兽，但赋中所写却寥寥三十二字。不仅不具体刻画，而且也不从正面描写。只是写阵型之舒展优美、写行车之疾徐有节；即便是到了追逐、射猎的激烈场面，也仅仅说"驭不诡遇，射不翦毛"，意在说明捕猎的行动原则，而对具体的情形不涉一笔。写宴飨的文字同样极为简略，仅十六字。对照来看，《西京赋》中写田猎之事篇幅竟达四百七十五字，写宴飨九十八字。相形之下，可以看出《东京赋》"大阅礼"的简约之至。那么《东京赋》"大阅礼"的主要笔墨用来写什么内容呢？回答是：用来写猎前准备的情形与阐释大阅礼所蕴含的仁德之义。具体而言，猎前准备部分铺陈描绘了仪卫、舆服与猎前申令节度；最后议论部分又揭示了昭仁崇俭、爱民泽物的至善之德，以及好乐无荒、文武兼修的兴礼之义。

了解了本段的内容，再看它的特点。第一部分写猎前的情形，先写猎场的准备，虞人"先期戒事"，料检禽兽，将其聚集在猎场之中，然后"告备"，禀报一切就绪。其次写君王在仪卫护拥下来到上林苑。再次写军士抵达后，分营列队，树表授钲，并且三令五申，规定进退之法。在这段猎前准备的描写中，无论是帝王，还是卒徒，其行动均遵循礼仪，严守矩矱，处处体现出了秩序与法度的庄严存在。第三部分写大阅礼的意义，首先说明大阅礼符合天子的"三驱之制"；接着写校猎之事，娱乐而有节制，其目的不在穷欢极乐，而是要效仿成汤、姬昌爱物怀民的仁义之心；继而说明大阅的本义在修习武事，治国须文武兼备。该部分也时时以礼制自守，以圣王为师。从文意上看，其标举的义理完全恪守儒家的礼文化，以法度与节制为本，以仁民与爱物为心。这种遵循儒家学说的行为与道德本身便显示出一种典雅气息。

与此形成鲜明对比的是，《西京赋》中写猎前准备的内容声光熠耀、笔墨腾彩。而且两赋的内容经常遥遥针对，比如，《西京赋》说"上无逸飞,下无遗走",《东京赋》则说"不殚物以昭仁";《西京赋》说"取乐今日,遑恤我后",《东京赋》则说"不穷乐以训俭"。因此《西京赋》以热烈的铺彩骋辞为能,《东京赋》以冷静的要言不烦为主。《西京赋》的文笔特点是奇丽炫耀,而《东京赋》的文笔特点则是谨严凝练。典雅的文风本身就意味着某种简约,它与绚烂的辞藻不相宜,与浓烈的感情也难以协调,它是一种有节制的饱满。《东京赋》写大阅礼与《西京赋》写田猎,二者详略各异,为了避免内容上的重复尚属于次要的原因,最主要的原因是《东京赋》要表现典雅之风,烘托礼乐制度的庄严之美,揭示仁俭道德的淳朴之致,所以一切浮华丽靡之文均须刊落。

其次,我们从赋文的遣词造句所营造出的整体风貌来看其典雅的体现。从《文资》篇中可以看出,本段大阅礼中所用的典实成语,仅取自《诗经》《周礼》《左传》三种典籍的,就有十六处,尤其是《周礼》与《诗经》中的《小雅》,且多是直接用其原文。但此处用意并不在于罗列这些典故,而是想由此说明典故的频繁使用如何造成了典雅之风。本段大阅礼的描写中,借用点化了许多典籍中的语词,其中既有名物性质的词汇,如"鹅鹳鱼丽""六禽""四膏",也有形容性质的短语,如"既佶且闲""坐作进退"。不过应当注意的是,这些词语的借用,并不是为了夸耀"无一字无来历",也不单纯只是古语的使用,而是在化用典籍成语的同时,将其重新熔铸,并由此创造出一种典雅高古的风貌。

大阅礼是仲冬召集军士车马举行校猎、简阅武备的一项活动。它本身是为军事战争作训练准备的。因此校猎其实属于军事行动的一部分。《东京赋》"大阅礼"中征引的典故成语正是出自《诗经》《周礼》中关于征战和田猎的篇章。比如赋中涉及的篇目有《小雅》中的《吉日》《六月》《采芑》,以及《郑风》中的《大叔于田》。据《诗序》其内容分别为:《吉日》:"美宣王田也。"①《六月》:"宣王北伐也。"②《采芑》:"宣王南征也。"③而《大叔于田》则从题目上就可以看出其内容。这些诗篇的题材都是关于征战和田猎的。末尾引用"薄狩于敖""岐阳之蒐",一出自《小雅·车攻》,写周宣王"修车马,备器械,复会诸侯于东都,因田猎而选车徒焉"④。一出自《左传》昭公四年(前538),写周成王"大蒐于岐山之阳"⑤。二者也均为田猎之事。再如赋中写猎前准备,明令军法、严饬士卒的内容完全采用《周礼》中语;而《周礼》中的这些话正是出现在《夏官·大司马》"仲冬教大阅"的内容之中。⑥

由于题材相近,所以其语境也相同或相似,借用这些典籍中的成语融入自己的辞赋,会让读者在文章的情境上自然而然地产生一种遥远的联想,并将其带入典籍中曾经描绘过的场景之内,令其觉得身临其境,左右顾盼,所见所闻,无不是古色古调。我们试将"大阅礼"中写猎前申令一节与《周礼·大司马》所记作一比较。《东京赋》之文如下:

  迄上林,结徒营。次和树表,司铎授钲。坐作进退,节以军声。三令五申,示戮斩牲。陈师鞠旅,教达禁成。

《周礼·大司马》之文为:

  虞人莱所田之野为表,百步则一,为三表;又五十步为

---

① 《毛诗正义》,《十三经注疏》,第 429 页。
② 同上书,第 424 页。
③ 同上书,第 425 页。
④ 同上书,第 428 页。
⑤ 《春秋左传正义》,《十三经注疏》,第 2035 页。
⑥ 《周礼注疏》,《十三经注疏》,第 837—838 页。

一表。田之日,司马建旗于后表之中。群吏以旗物鼓铎镯铙,各帅其民而致。质明,弊旗,诛后至者。乃陈车徒,如战之陈,皆坐。群吏听誓于陈前,斩牲,以左右徇陈,曰:"不用命者斩之。"中军以鼙令鼓,鼓人皆三鼓。司马振铎,群吏作旗,车徒皆作鼓行。鸣镯,车徒皆行,及表乃止。三鼓摝铎,群吏弊旗,车徒皆坐。又三鼓,振铎作旗,车徒皆作鼓进。鸣镯,车骤徒趋,及表乃止。坐作如初。乃鼓,车驰徒走,及表乃止。鼓戒三阕,车三发,徒三刺。乃鼓,退,鸣铙且却,及表乃止,坐作如初。遂以狩田,以旌为左右和之门。群吏各帅其车徒,以叙和出,左右陈车徒。①

《周礼》所叙极为详细,《东京赋》相对而言则较简约,这是因为文学作品与礼制典籍不同,后者以详尽赅备为要,前者则可以精简提炼。《大司马》用细致的笔墨描叙了如何树表标识、如何斩牲示威、鼓铙如何节制、车徒如何进退,均言之在目,历历如绘,将训练士卒的严整壮观的场面栩栩如生地展示了出来。张衡赋在借用《周礼》的词句成语时,如同将《大司马》的内容概括为几个关键词。每一个词语虽然在字面上很简略,但它在背后却蕴含着丰富的内容,可以引起无限的联想,比如"坐作进退,节以军声"一句所包含的便是《大司马》文中车徒依照军令行止的缩影,同时鼓铙喧阗、军容雄武的情景也油然浮现在耳目之间。至此,本是描写东汉典礼的"大阅礼",仿佛蒙太奇般进入了周朝校阅的场景之中,无形间笼罩上了古典的气息。因此,《东京赋》的"大阅礼"一段文字,很可以看作是文学化了的《大司马》。

---

① 《周礼注疏》,《十三经注疏》,第838页。

第一章说过,张衡在经学上为古文学派,《周礼》是古文经学的重要典籍之一。对《周礼》推崇备至的刘歆,晚年认为此书乃"周公致太平之迹"①。刘歆的观点尽管并不被后世学者完全认同,但《周礼》一书寓托着某种政治制度的理想则是无可置疑的。安帝时,樊长孙建议刘千秋依拟《周礼》,撰述汉官礼仪。刘千秋遂与张衡商议,然因故未果。顺帝时,张衡侍中典校书,方作《周官解说》,"乃欲以渐次述汉事",也因迁任河间相而未成。②可见张衡视《周礼》为现实政治制度可资效仿的雅正典范。张衡将《周礼》中的制度以文学化的手法融入《东京赋》的写作之中,不仅表示了他对东汉仁德政治的期望,同时也是他对往古典正礼制具有人文关怀的憧憬。

再如"陈师鞠旅",用《小雅·采芑》语。《采芑》是写周宣王南征之事的诗篇。关于此句,郑笺曰:"此言将战之日,陈列其师旅,誓告之也。"③赋中用来形容猎前戒敕士卒的情景。又如"好乐无荒",语出《唐风·蟋蟀》。该篇的主旨据《诗序》云:"刺晋僖公也。俭不中礼,故作是诗以闵之,欲其及时以礼自虞乐也。"④赋中颂美明帝大阅旨在"训俭""昭仁",并且做到了"好乐无荒",这不正是《蟋蟀》"以礼自虞乐"的意思吗!这些古语的使用暗示了丰富的意蕴,唤起了生动的联想,因此同样给文章增添了典雅的风致。

这种运用古语融入今文的方法,将经籍古典进行了文学化的改造,使得自己的文章多了典雅的色泽,高古的气息,增加了历史的厚重感。这犹如使用照片处理技术,将新图片的效果改变为老照片,让人内心不

---

① 《周礼注疏》,《十三经注疏》,第636页。
② 《后汉书》志二四《百官志一》,第3556页。
③ 《毛诗正义》,《十三经注疏》,第426页。
④ 同上书,第361页。

觉之间起了昨日重现的沧桑之感与怀旧之情。

在儒学兴盛的同时,带来的另一个现象是博学之风的流行。当时举国上下,九州四夷,好学的热忱如火如荼。终东汉一代,许多人不远万里,转徙州郡,担囊负粮,历尽艰辛,游历多年,为的只是访师求学。在这种情况下,涌现出了无数博通饱学之士,不仅朝廷鸿儒如此,即使草野隐逸也同样多硕学之人。在儒学内部,像西汉经生专守一经的学者,到了东汉基本绝迹。东汉的学者很多都兼通五经,博贯六艺。并且东汉学者的博学已经超出了经学的阃域,他们在贯通五经的同时,对其他学问和伎艺也有着浓厚的兴趣,像张衡"善机巧,尤致思于天文、阴阳、历算",再如郑兴"长于历数",翟酺"尤善图纬、天文、历算",崔瑗"明天官、历数、京房易传、六日七分",刘瑜"尤善图谶、天文、历算之术",蔡邕"好辞章、数术、天文,妙操音律",王景"又好天文术数之事,沈深多伎艺",景鸾"兼受河洛图纬",薛汉"尤善说灾异谶纬",何休训注"风角七分"等等。① 这些学问和伎艺与经学不同,它们与经典的精神面目差异极大,而多与民间文化有着深厚的渊源,因此它们给予人一种世俗的情趣。

同时再加上四方少数民族文化传入中土,尤其是西域文化的大量输入,从日常生活到思想观念,均使中土文化受到了不可忽视的影响。两汉之时,中外交流绵延不断,物质文明与精神文明的相互浸染影响广泛而深入。像名花奇果、珍禽异兽,增加了新奇的色彩;具体一些如胡粉、香料、氍毹、琉璃,如箜篌、琵琶,杂技、百戏,为社会生活点缀

---

① 分别见《后汉书》卷五九《张衡传》,第 1897 页。《后汉书》卷三六《郑兴传》,第 1223 页。卷四八《翟酺传》,第 1602 页。卷五二《崔瑗传》,第 1722 页。卷五七《刘瑜传》,第 1854 页。卷六〇《蔡邕传》,第 1980 页。卷七六《循吏·王景传》,第 2464 页。卷七九《儒林下·景鸾传》,第 2572 页;《薛汉传》,第 2573 页;《何休传》,第 2583 页。

上了奇丽的异域风情。再如佛教的流传，影响及于画像、雕塑等艺术方面的作用也极为明显。① 这些炫目多彩的新鲜事物，不仅妆点了世俗的日常生活，而且也丰富了社会文化。当人们沉浸在耳目新奇的欢悦之中时，眼界已经拓展，想象也更加充盈灵动。这些异国的事物风俗，在本国传统文化的国土上，又开辟出一个新的世界。它们使得世俗生活的面貌更为多姿多彩，也使得世俗文化的趣味愈加浓郁诱人。在这样的环境下，文学的风格于是在典雅的品格上增添了一抹世俗的色彩。

张衡作为一位博学多能的学者，其文化品位属于雅俗共赏类型。他既通五经六艺，又精数术制作，对民间的风俗、传闻、名物、娱乐等多种文化均有着广泛的关注和赏爱。在张衡的诗赋中，能够从整体风貌上展现出世俗情调的作品还比较少，更多的是于典雅华丽之中带着一笔民俗文化的异彩。这些内容在《文资》篇中已有论述，此处从略。兹以《同声歌》为例，说明张衡作品爱俗的趣味。

《同声歌》这首诗叙述一位初为人妻的女子，勉力尽职，侍奉君子。这是一首全篇充满世俗风情的诗歌作品。关于本篇的题旨，《乐府解题》认为是："言妇人自谓幸得充闺房，愿勉供妇职，不离君子。思为莞簟在下以蔽匡床，裳裯在上以护风霜，缱绻枕席，没齿不忘焉。以喻臣子之事君也。"② 但这样的解释是不符合原作本意的，《解题》是经学思维定式下对文学作品一种常见的误解。具体分析如下。《同声歌》全篇内容为：

　　邂逅承际会，得充君后房。情好新交接，恐慄若探汤。不

---

① 参见石云涛：《早期中西交通与交流史稿》（下编）第九、十、十一章，学苑出版社2003年版，第401—500页。
② 郭茂倩：《乐府诗集》卷七六，中华书局1979年版，第1075页。

才勉自竭，贱妾职所当。绸缪主中馈，奉礼助蒸尝。思为莞蒻席，在下比匡床。愿为罗衾帱，在上卫风霜。洒扫清枕席，鞮芬以狄香。重户纳金扃，高下华灯光。衣解金粉卸，列图陈枕张。素女为我师，仪态盈万方。众夫所希见，天老教轩皇。乐莫斯夜乐，没齿焉可忘。

诗中所叙皆为日常生活的情景，其中的意象多是具有民俗色彩的事物，再加以鞮芬、狄香、素女、列图的点缀，更显出它与典雅文化的差异。整首诗歌的趣味也是世俗人情的，而与君臣道义的象征意味相距甚远。"绸缪主中馈，奉礼助蒸尝"说的是平常生活中的主妇职责，莞席铺床、衾帱卫寒也是日常夫妇的爱惜之情，至于枕席之欢、中夜之乐更是普通男女之间的缠绵之娱。作为民间文化的一支，房中术在东汉流行极广，《论衡·命义》篇有所言及，张衡《七辩》、边让《章华台赋》也有叙写，汉章帝赐予东平王刘苍的物品中也有"列仙图、道术秘方"①，出土文物更可说明，此点不需讳言。总而言之，它成为一种题材写入诗歌中，是世俗文化风行的体现，也是张衡对民间文化注意的反映。

正统观念对"同声"的理解，认为取自《周易·乾·文言》的"同声相应同气相求"；从词源而言，尚无不可。但从它在这首诗中的本来含义看，则不够贴切。东晋杨方有《合欢诗》，其中也说到"同声好相应，同气自相求"，而张衡所谓的"同声"，其义正是杨方所言的"合欢"。《乐府解题》对《合欢诗》完全从男女爱情"利断金石，密逾胶漆"的角度来解释②，而不取比喻君臣相契，与解释《同声歌》不同，前后何其乖异。再者用枕席之乐来暗喻臣之事君，从事体而言比拟不伦，殊不

---

① 《后汉书》卷四二《东平宪王苍传》，第1440页。
② 《乐府诗集》卷七六，第1079页。

相宜，实为文章大病。这就是为什么用儒家诗教来解读《同声歌》，即使多处弥缝，仍然有扞格不通之处。但是如果从世俗情趣的角度来看这首诗，便会觉得怡然理顺了。因此，《同声歌》作为张衡现存诗文中唯一一篇整体表现世俗风格的作品，有重新认识的必要。

作为一位以宗经为时代文化特征的汉代的作家，张衡的作品主要表现出的风格是崇典，而爱俗还只是一些尚未形成完整面貌的萌芽表现。尽管如此，这些出现在典雅巨篇中的细小的世俗色彩，却正是汉末文学爱俗潮流的滥觞。

另外从文章的体式来看，张衡作品也有爱俗的倾向。前文已经提到五七言诗歌体裁借鉴自民间文艺，此外在赋之后缀以诗的形式似乎也是受民间风气的影响。《南都赋》后附七言颂五句，每句末缀一"焉"字："皇祖止焉，光武起焉。据彼河洛，统四海焉。本枝百世，位天子焉。永世克孝，怀桑梓焉。真人南巡，睹旧里焉。"《思玄赋》末尾也系七言歌一首十二句，如"天长地久岁不留，俟河之清祇怀忧。愿得远度以自娱，上下无常穷六区"等等。这种正文最后附加"乱""词""系"等形式，在屈原、贾谊辞赋作品中已有。尽管如此，上述张衡《思玄赋》《南都赋》两赋尾缀颂歌的做法，似乎与东汉时期的碑铭体有一定的关系。

东汉碑铭的文体形式一般为"散体正文"缀以"韵体铭文"；而"铭文"为五七言押韵形式，其中又以七言居多，每句后有一"兮"字。这种文体形式在《隶释》中保存了许多，如卷三《张公神碑》末系歌九章，其中三章为七言，其余为骚体。碑立于汉桓帝和平元年（150）。同卷《三公山碑》末有颂二十一句，皆七言缀"兮"字。碑立于汉灵帝光和四年（181）。卷六《北海相景君铭》末有乱词十句，为七言缀"兮"字。碑立于汉顺帝汉安二年（143）。同卷《从事武梁碑》末有词七言四句，句尾缀"兮"。碑立于桓帝元嘉元年（151）。卷十一《蜀郡属国辛通达李仲曾造桥碑》末有乱词六句,每句七言,句尾缀"兮"。碑立于桓帝延熹七年(164)。①其中《北海相景君铭》《张公神碑》《从事武梁碑》与张衡同时,其余则较后。《张公神碑》的七言之辞,其一为:"綦水汤汤扬清波,东流□折□于河。□□□□□朝歌,县以洁静无秽瑕。公□守相驾蚩鱼,往来倏忽遂熹娱,祐此兆民宁厥居。"其三:"朝歌荡阴及黎阳,三女所处各殊方。三门鼎列推其乡,时携甥幼归候公。夫人□□□容□,□□□□飱□觞。穆风屑兮起坛旁,乐吏民兮永未央。"这与上引《思玄赋》的系辞在字数、句句押韵等形式上完全一致。《从事武梁碑》的七言辞为:"懿德玄通幽以明兮,隐居靖处休曜章兮。乐道忽荣垂兰芳兮,身殁名存传无疆兮。"②这与《南都赋》的颂词形式相类,只不过句尾所缀助词一为"焉",而一为"兮"而已。

东汉立碑的风气很浓厚,由此碑文的写作也大为兴起。然而名家数量毕竟有限,很多碑文只能出自下层文人,因此有些碑铭便有文辞朴拙之处,如《汉成阳令唐扶颂》:"耽乐道术,咀嚼七经,五六六七,训导若神。"③所谓"五六六七"是用《论语》"冠者五六人,童子六七人"之典,但显得极怪僻。再如《酸枣令刘熊碑》刻四言诗三章,其二有句曰:"有父子然,后有君臣。"④其中"然""后"两字在词与意上俱不当断而断,也十分生硬可笑。因此碑文在形式上也应当受到民间文化的影响,文末缀以七言韵语也许就是其表现之一。《南都赋》《思玄赋》的现象并不是孤立的,与张衡同时的马融,其《长笛赋》末尾叙述笛之缘起,也是纯用七言,共十句,句尾无"兮",如"近世双笛从羌起,羌

---

① 洪适:《隶释》,中华书局1985年版,第42、43、73、75、159页。
② "传无疆兮"四字,《隶释》原阙,兹据赵明诚《金石录》卷十四补。参见赵明诚:《宋本金石录》,中华书局1991年版,第341页。
③ 洪适:《隶释》卷五,第61页。
④ 同上书,第65页。

人伐竹未及已"云云。① 这种赋末缀以七言诗的形式，与东汉碑文末缀七言铭语，形式相类，其间当存在某种文体上的亲缘关系。

第二节　好奇

　　两汉作为中国历史上的宗经时代，其美学追求也相应地以雅正为尚。尤其东汉明帝、章帝以来儒学大兴，更激发了典正之风的盛行。然而东汉四位代表作家"班张崔蔡"中的张衡，却表现出了独异于众的好奇之风。这种好奇之风，并非指其文章立意之奇，或者是题材内容之奇；相反，张衡的文章在立意及内容上，多与社会现实息息相关，并无刻意求奇之处。张衡文风的好奇，最主要地体现在用典上。这些典故异彩纷披，使得张衡的文章在雅正的主题中点染了奇肆的色彩。

　　张衡为人，博学多艺，兼爱好奇，这对他独特文学风格的形成有很大的促进作用。所谓好奇，不是就一般意义上来讲的，而是一种对具有奇异色彩事物的惊叹赏爱，并由此所产生的热烈的艺术激情。有人称之为Wonderment。② 最能体现这种意识的当属他早年所作的《温泉赋》。赋序曰：

　　　　阳春之月，百草萋萋。余在远行，顾望有怀。遂适骊山，观温泉，浴神井，风中峦，壮厥类之独美，思在化之所原，美洪泽之普施，乃为赋云。

其中值得注意的是"壮厥类之独美，思在化之所原，美洪泽之普施"三

---

① 萧统编：《文选》卷一八，李善注，第254页。
② 雷立柏：《张衡，科学与宗教》，社会科学文献出版社2000年版，第124—129页。

句话。这三句话有什么意义呢？回答是这三句话体现了张衡"好奇"的个性特点。"壮厥类之独美"表现了他对眼前壮美景物的惊叹，同时所激发的欣赏之情。这是他对自然界之美的崇拜。"思在化之所原"说明了他好用理智观察事物、探究本原，这是他科学精神的表现。"美洪泽之普施"是他对惠泽人类的伟大力量的歌颂，这又是他具有人文意识的体现。其中"壮厥类之独美"与"美洪泽之普施"之中充溢着生机勃勃艺术激情，而"思在化之所原"这种冷静的理智又与热烈的艺术情感融和为一。这就是张衡用自己的作品对他本人"好奇"风格最生动的诠释。

张衡作品好奇的一大表现是在用事时喜欢用一些情事奇异的典实。这些典实，或因时代久远而有异样的色彩，或因情节离奇而有荒诞的意味，总之与他人的用典习惯甚有不同。好用神话传说便是其中的一类。比如同是写长安的地理形势，《西都赋》只是用平实的笔法实事求是地刻画山川：

汉之西都，在于雍州，实曰长安。左据函谷、二崤之阻，表以太华、终南之山。右界褒斜陇首之险，带以洪河泾渭之川。众流之隈，汧涌其西。

《西京赋》则在刻画中加入了神话传说，为之增添了神异的色彩：

汉氏初都，在渭之涘。秦里其朔，寔为咸阳。左有崤函重险、桃林之塞，缀以二华，巨灵赑屃，高掌远蹠，以流河曲，厥迹犹存。右有陇坻之隘，隔阂华戎，岐梁汧雍，陈宝鸣鸡在焉。

其中"巨灵"的传说,据薛综注引古语云:"此本一山,当河水过之而曲行,河之神以手擘开其上,足蹹离其下,中分为二,以通河流。手足之迹,于今尚在。""陈宝鸣鸡"的传说,据李善注引《汉书》曰:"秦文公获若石,于陈仓北坂城祠之。其神光辉若流星,从东方来,集于祠城,则若雄雉,其声殷殷云,野鸡夜鸣。以一太牢祠之,名曰陈宝。"《汉书》此段记载出自《郊祀志》。另外《水经注·渭水》也有"陈宝鸣鸡"的相关记载说:"陈仓县有陈仓山,山上有陈宝鸡鸣祠。昔秦文公游猎于陈仓,遇之于此坂,得若石焉,其色如肝,归而宝祠之,故曰陈宝。其来也,自东南,晖晖声若雷,野鸡皆鸣,故曰鸡鸣神也。"无论是"巨灵开山",还是"陈宝鸣鸡",都给自然山川的雄丽景象蒙上了历史人文的神奇面纱,使得它产生了丰富多彩的蕴意,同时为其从美学上开拓出了多层面的复合风格。

接着写京都土地沃美,《西都赋》也仅说:

> 华实之毛,则九州之上腴焉。防御之阻,则天地之奥区焉。

《西京赋》则同样加入一段神话,

> 尔乃广衍沃野,厥田上上,寔惟地之奥区神皋。昔者,大帝说秦穆公而觐之,飨以《钧天广乐》。帝有醉焉,乃为金策,锡用此土,而剪诸鹑首。

秦穆公梦天帝奏《钧天广乐》一事,《史记》卷四三《赵世家》有记载,但其中并无天帝赐予秦穆公土地的内容,可见张衡所用典故当另有所本。不管这个传说出自哪里,这个说法本身就不是历史事实。因为一个诸侯开疆拓土，本来是人事谋划努力的成果，而非天意垂顾偏爱的赏赐。赋中将其写成天帝醉后以此沃土神皋赐赉秦王，使朴实的历史涂饰上引人入胜的神异色彩，在人事的基础上融入超乎事实的天命意味，不仅为本地的自然山河增加了瑰丽，而且也为建都于此的国家政权赋予了令人拜服的神圣品格。

在喜用神话传说的写作心理影响下，将现实事物神话化也是"好奇"的一种表现。《西京赋》在描绘后宫装饰缛丽的状貌时，将其想象为"珍物罗生，焕若昆仑"；描写上林苑草木繁盛的情景时，将其形容为"嘉卉灌丛，蔚若邓林"；写昆明池的浩瀚无际，将其形容为"日月于是乎出入，象扶桑与濛汜"。文中均运用了神话的意象。其展现出的风格有怎样的特点呢？只要将其与司马相如和班固的辞赋作一比较便可看出。《上林赋》写池苑的广阔，这样写道："视之无端，察之无崖。日出东沼，入于西陂。"是用夸张的手法来描写的，而且也仅限于夸张。《西都赋》写太液池的景象，又是这样写的："前唐中而后太液，览沧海之汤汤。扬波涛于碣石，激神岳之嶈嶈。滥瀛洲与方壶，蓬莱起乎中央。"其中瀛洲、方壶等也是神话的意象，但它实际上却是纪实的手法。为什么《西都赋》用神话意象，却不能说它的风格便是"好奇"呢？这是因为班固所写的太液池景象，不是他赋予了神话意味，而是景象本身在建造之初便是模仿神话题材的。太液池开凿于汉武帝时，据《史记·孝武本纪》记载："于是作建章宫……其西则唐中，数十里虎圈。其北治大池，渐台高二十余丈，名曰太（泰）液池，中有蓬莱、方丈、瀛洲、壶梁，象海中神山龟鱼之属。"[1] 蓬莱、瀛洲等是太（泰）液池原有的景物，汉武帝当时正醉心于神仙之说，因此以神仙

---

[1] 《史记》卷一二《孝武本纪》，第482页。

胜地来命名池苑中的景物,以寄托歆慕之意。班固《西都赋》只不过据实书写,并非出于他本人的奇丽想象。张衡《西京赋》的描写便有所不同。在古代神话中,日出东方汤谷之中,登于扶桑,暮入西极濛汜之涯,敛光息景,是一则流传极广的传说,在《山海经·海外东经》《楚辞·天问》和《淮南子·天文训》等典籍中均有记述。赋中写昆明池时用扶桑与濛汜来表现其壮阔,其手法不是单纯的夸张,而是通过灵动的想象力,用具体形象的神话意象使眼前景物与之合二为一,将现实与神话融为一色,在夸张其浩淼广大的同时,更使之蒙上了神奇幻丽的色彩。

同样地在描绘后宫馆室宫殿的华丽时,用了"珍物罗生,焕若昆仑"一句比喻,也赋予了现实的情景以神话的色彩。赋中写道:

> 故其馆室次舍,采饰纤缛,裛以藻绣,文以朱绿。翡翠火齐,络以美玉。流悬黎之夜光,缀随珠以为烛。金釭玉阶,彤庭辉辉。珊瑚琳碧,瓀珉璘彬。珍物罗生,焕若昆仑。

其实具体的刻画与班固《西都赋》中描写昭阳殿的文字几乎相同,班赋如次:

> 昭阳特盛,隆乎孝成。屋不呈材,墙不露形。裛以藻绣,络以纶连。随侯明月,错落其间。金釭衔璧,是为列钱。翡翠火齐,流耀含英。悬黎垂棘,夜光在焉。于是玄墀扣砌,玉阶彤庭。礝磩彩致,琳珉青荧。珊瑚碧树,周阿而生。红罗飒纚,绮组缤纷。精曜华烛,俯仰如神。

比较可见，二者因袭之处甚多，甚至径用原句。但仔细体味，则会发现其风格乃有殊异。班固《西都赋》是用秾笔铺陈，点染风华，但给人的印象是写实的。张衡《西京赋》虽然也铺陈缛丽，但用"珍物罗生，焕若昆仑"的比喻，便使得现实情境与神话想象之间产生了引人入胜的联想。据《淮南子·地形训》载：昆仑之山，"上有木禾，其修五寻，珠树、玉树、琁树、不死树在其西，沙棠、琅玕在其东，碧树、瑶树在其北"①。《西京赋》将藻绣灿烂、珠玉溢彩的帝王后宫，比喻为琼林玉树、光彩射目的神山奇境，于铺陈写实的同时，为现实笼罩上了一层奇幻瑰丽的光辉。与此相同，在描绘上林苑中草木蓊郁的情景时，《西京赋》在《上林赋》详叙众品的基础上，点缀了"蔚若邓林"一句，便使得文章的韵味迥异。众所周知，"邓林"是夸父逐日，渴死之后，所弃的手杖所化。相似的例子还有《温泉赋》中的"控汤谷于瀛洲兮，濯日月乎中营"，将骊山温泉想象成是引自神话中洗浴太阳的汤谷之水。以上所举三例中，赋文将现实事物与神话传说联系起来，让原本单一的景物在艺术色彩上化为具有多层面意蕴的形象，令文章情韵丰富饱满的同时，也充分地激发了读者的艺术想象力，使其在现实与神话之间优游徜徉，从而生动地烘托营造出奇艳遹丽的风格之美。

在"好奇"风格的表现上，还有一类比较独特，那就是张衡为文喜欢使用一些题材诞异的典事。这些典事如果用儒家正统的观点来看，大都属于"怪力乱神"等"子不语"的事情。

《思玄赋》是最明显的代表，他在立意上模仿班固的《幽通赋》，通过对往昔人事的考察，来探究天人幽昧之道。但在用事隶典上，二者显示了迥然的不同。班固《幽通赋》所举的事例均为历史事实，无论是近

---

① 刘文典：《淮南鸿烈集解》卷四，中华书局1989年版，第133页。

世的雍齿、丁公、栗姬、元后,还是上世的周武王、晋文公、段干木、申包胥,均为真实存在的历史人物。张衡《思玄赋》虽然也用历史人物,比如当代的文帝窦皇后、平帝王皇后、三世不遇的颜驷、弱冠柄政的董贤,或前世的成汤王、宋景公、晋文公、秦始皇,但《思玄赋》中更引人瞩目的是杂用了寓言传说等题材荒忽奇异的人物故事,比如"牛哀病而成虎兮,虽逢昆其必噬",出自《淮南子·俶真训》,原文为:"昔公牛哀转病也,七日化为虎。其兄掩户而入觇之,则虎搏而杀之。"① 人化虎之事,古书多见,《博物志》《搜神记》《述异记》等均有记载,而且流传不绝,至清代乾隆(1736—1795)年间俞蛟《梦厂杂著》卷四犹有《苗变虎》的见闻之语。然而即便实有其事,以如此荒诞怪异的故实入赋,不能不说是一种好奇爱异、与众不同的风格。再如"鳖令殪而尸亡兮,取蜀禅而引世",典出扬雄《蜀王本纪》。关于其本事,大略情形如下:望帝治汶山下邑曰郫,百余岁后,荆地有一死人,名鳖令,其尸亡,随江水上至郫,于是转活,与望帝相见。望帝以之为相,后自以德薄,遂禅位让国于鳖令。扬雄的这条记载属于神话传说,其情节依然怪诞不经。张衡取以入赋,这与以史事为典仍不相同。还有"梁叟患夫黎丘兮,丁厥子而事刃"一例,其中所用虽然不是神话传说,怪诞的色彩也相对减弱,但其情事本身犹以出人意表的奇异为特色。该典故出自《吕氏春秋·疑似》:

> 梁北有黎丘部,有奇鬼焉,善效人之子侄昆弟之状。邑丈人有之市而醉归者,黎丘之鬼效其子之状,扶而道苦之。丈人归,酒醒而诮其子,曰:"吾为汝父也,岂谓不慈哉?我

---

① 刘文典:《淮南鸿烈集解》卷二,第47页。

醉，汝道苦我，何故？"其子泣而触地曰："孽矣！无此事也。昔也往责于东邑人，可问也。"其父信之曰："嘻！是必夫奇鬼也，我固尝闻之矣。"明日端复饮于市，欲遇而刺杀之。明旦之市而醉，其真子恐其父之不能反也，遂逝迎之。丈人望其真子，拔剑而刺之。①

梁叟之事本来只是一则诸子寓言，这样的故事正是谈鬼志怪之书的绝好题材。然而张衡用以为典，这与以史事为典的《幽通赋》相比，二者风格一为典而雅正，一为典而奇逸。另外像"或辇贿而违车兮，孕行产而为对"，则采自里巷琐语，其情节也以奇异为特征。其事已见《文资》篇，此处从略。即便是像天文著作《灵宪》，张衡同样加入了情节奇诞的传说。文中解说日月时，这样写道：

> 日者，阳精之宗。积而成鸟，象乌而有三趾。阳之类，其数奇。月者，阴精之宗。积而成兽，象兔蛤焉。阴之类，其数偶。其后有冯焉者。羿请无死之药于西王母，姮娥窃之以奔月。将往，枚筮之于有黄。有黄占之曰："吉。翩翩归妹，独将西行，逢天晦芒，毋惊毋恐，后且大昌。"姮娥遂托身于月，是为蟾蜍。②

日中有三足乌鸟和月中有兔与蟾蜍的传说，由来已久。如果说这样的神话尚有古代天文学在宇宙形成上理论的成分，那么嫦娥奔月的传说则更多地属于艺术的想象。此处嫦娥奔月的神话与上下文的关系极为疏离，

---

① 许维遹：《吕氏春秋集释》卷二二，中华书局 2009 年版，第 608—609 页。
② 《后汉书》志十《天文志上》刘昭注引《灵宪》，第 3216 页。

如果不是小注掺入正文，或者他文误入本篇，那就可以明确地看出张衡为文"好奇"的风格习惯了。

张衡的这种用事特点，有时表现得不免逾越限度。比如《应间》中"洪鼎声而军容息"之语，李贤作注，不详其出处。而且一句之中有两个字有异文，声或作磬，容或作客，又作害。这不能不说与其过于好奇而用典生僻有很大关系。再像《南都赋》中"耕父扬光于清泠之渊"一句，"耕父"的典故出自《山海经·中山经》。然而其原意为耕父出现则其国为败。张衡援用入文，不顾本意，只求点缀，不免有"好奇"之过。可详《文病》一节。

张衡用典的上述特征，即喜用神话传说与好用题材诞异的典事，是取法于《楚辞》的。《楚辞》一书中典实的荒诞奇异，自来为论者所注意。《文心雕龙·辨骚》曰："至于托云龙，说迂怪，丰隆求宓妃，鸩鸟媒娀女，诡异之辞也；康回倾地，夷羿彃日，木夫九首，土伯三目，谲怪之谈也。"① 尤其像《天问》一篇中的神话异事更是琳琅满目。张衡的家乡南阳，属于古之楚地，自然受楚文化的滋养。他本人对《楚辞》极为精熟，他的现存文学作品中，引用点化《楚辞》达七十七处之多。在乡土文化与前代典籍的双重熏陶下，张衡的文化品格、精神特质以及思维方式，无不带着楚文化的深深烙印。这对他的文学创作无疑有着潜移默化的影响。张衡文章中喜用神话传说，好引奇诞怪异，不能不说是《楚辞》奇肆风格所给予的深刻作用。

在用典方面，除了喜用神话传说及题材怪异之说外，多用远古之事也是张衡文章"好奇"特色的一个比较突出的表现。在"设难"类作品中，叠用典实是该类文章的一项文体特征。然而东方朔、扬雄、班固用

---

① 范文澜：《文心雕龙注》，第46—47页。

事取资,基本在战国秦汉时期,偶尔用久远的人物事迹也不过商周时代。与此三人不同的是,张衡在隶事用典上,不仅仅征引商周以至西汉的典故,而且甚者更远溯三代,遥接五帝,以上古之事为文章所资。比如下引《应间》中写"才能各异、事业不同"的一段内容:

> 浑元初基,灵轨未纪,吉凶分错,人用瞳蒙,黄帝为斯深惨。有风后者,是焉亮之,察三辰于上,迹祸福乎下,经纬历数,然后天步有常,则风后之为也。当少昊清阳之末,实或乱德,人神杂扰,不可方物,重、黎又相颛顼而申理之,日月即次,则重、黎之为也。

其中风后与重、黎二典均涉及上古人物。风后之事,据《后汉书·张衡传》李贤注引《春秋内事》曰:"黄帝师于风后,风后善伏羲氏之道,故推演阴阳之事。"① 其详见《史记·五帝本纪》。② 重、黎之事,见于《国语·楚语下》:"及少皞之衰也,九黎乱德,民神杂糅,不可方物,夫人作享,家为巫史……颛顼受之,乃命南正重司天以属神,命火正黎司地以属民,使复旧常,无相侵渎。"③ 说明重、黎是颛顼时的重要人物。比较来看,东方朔《答客难》中提到的时代久远的人物,有许由、姜太公,分别为尧时、周初之人,其余便为春秋战国以下人物。扬雄《解嘲》中则以商周之际的"三仁"(微子、箕子、比干)、"二老"(伯夷、叔齐)为最古,其他则主要是战国秦汉间的人物,而所谓的"上世之士"中年代最早的仅为春秋时的管仲。至于文中提到的稷、契、皋陶以

---

① 《后汉书》卷五九《张衡传》,第1903页。
② 《史记》卷一《五帝本纪》,第6页。
③ 韦昭注:《国语》,上海古籍出版社1978年版,第562页。

及伊尹,仅作为一种比喻的修辞手法,严格地说不属于用典,但诸人也只在尧时与商初。班固《答宾戏》中引用的"上古之士",时代较远的有咎繇、箕子、傅说、吕望、伯夷、逢蒙数人,最早不过虞舜时人。张衡《应间》中的风后、重、黎,其年代比这些人久远多了。然而年代久远只不过是隶典好用远古之事的一方面,更重要的是张衡在使用这些典故时,并不仅仅限于简单地罗列人名,而是较为详细地叙述了他们的事迹,这样就使得典故在文章中的内容和情韵丰满了起来。当典故因内容和情韵的丰满而获得艺术生命力时,它就能充分地展现风格之美。对汉代人来讲,周秦之世不过为近古,就像现代与元明清一样;而汉代距五帝之时,便遥远多了,正如现代回顾西周秦汉时代那样。历史所产生的时间距离,会给人的心理上造成遥远而生疏的感觉。典故的使用便会产生这样的艺术效果。然而像张衡好用远古之事,将典故与现实之间的距离宕开得如此久远,在文风上便自然地表现出一种与众不同的奇古特征。

另外如下文所说的"鸟师别名,四叔三正"也是上古政事。"鸟师别名"见《左传》昭公十七年:郯子曰:"我高祖少皞,挚之立也,凤鸟适至,故纪于鸟,为鸟师而鸟名云云。""四叔三正"见《左传》昭公二十九年(前513),晋太史蔡墨曰:"少皞氏有四叔:曰重,曰该,曰修,曰熙,实能金木及水。使重为句芒,该为蓐收,修及熙为玄冥。世不失职,以济穷桑,此其三祀也。"①均为少皞时的人物事迹,时代略后于黄帝。

从上文与前人的作品比较可以看出,东方朔《答客难》、扬雄《解嘲》、班固《答宾戏》中所提到的"上世之士"或"上古之士",其实不过是商周以降的人物,张衡文中所引用的典实才是名副其实的上古之

---

① 《春秋左传正义》,《十三经注疏》,第2083页、2124页。

事。这一点与张衡本人的官职及学术兴趣密切相关。张衡一生虽任过多种官职，但他最中意的还是任史官。《应间》便是他再转太史令时所作。史官的职任重大，凡天文历数、古今人事，无不属史官所掌。因此太史令也往往需要博学兼通的学者来担任，东汉时"阴猛以博通古今为太史令"①，便是一例。张衡也以"善术学"②而升迁为太史令。他的挚友崔瑗在《河间相张平子碑》中说张衡"迁太史令，实掌重、黎历纪之度"③。重黎既是比喻的说法，但同时也表明了张衡专心致意的所在。他对远古的典籍有着极为深厚的关注之情，司马迁《史记》有《五帝本纪》，而无《三皇本纪》，张衡以为是体例的缺漏，应当补作。于此他上书陈述其意：

> 《易》称宓戏氏王天下，宓戏氏没，神农氏作，神农氏没，黄帝、尧、舜氏作。史迁独载五帝，不记三皇，今宜并录。

《三皇本纪》当时似乎并没有草成，到了唐代司马贞有感于皇甫谧作《帝王世纪》，徐整作《三五历》，皆论三皇以来事，所以他采集众作，写成《三皇本纪》。但这种想法是张衡首先提出的。再如青阳与少皞是否一人的问题，《史记·五帝本纪》认为非一人④，但张衡依据古书反驳道：

> 《帝系》："黄帝产青阳、昌意。"《周书》曰："乃命少皞清。"清即青阳也，今宜实定之。⑤

---

① 李昉：《太平御览》卷二三五引《东观汉记》，中华书局1960年版，第1114页。
② 《后汉书》卷五九《张衡传》，第1897页。
③ 《古文苑》卷十九，龙溪精舍刊本，第11页。
④ 详见《史记》卷一《五帝本纪》"其一曰玄嚣是为青阳"司马贞索隐，第10页。
⑤ 以上两条并见《后汉书》卷五九《张衡传》李贤注引《张衡集》，第1940页。

司马贞《史记索隐》对此引皇甫谧与宋衷的观点，认为青阳即少昊（通晖）。但他未注意到其实张衡已经提及这个问题了。总而言之，从上引两条材料可以看出张衡对远古历史的关注和他为之所下的钻研。这是从其太史令的职务而言。

从其学术志向来看，他对往古人事的典籍有着很浓厚的兴趣。《应间》在文末表露心志时说："慭《三坟》之既颓，惜《八索》之不理。庶前训之可钻，聊朝隐乎柱史。"《三坟》《八索》，据孔安国的解释，《三坟》为三皇之书，《八索》为八卦之说。这是传统的解释。但张衡对其却有着自己的看法，他认为，《三坟》指三礼，即天、地、人之礼；《八索》谓《周礼》八议之刑。在《七辩》中写东汉帝王崇尚礼乐之治，说："旁窥《八索》，仰镜《三坟》。讲礼习乐，仪则彬彬。"同样视《三坟》《八索》为礼治的龟鉴，可见这是他的一贯看法。张衡本人对"礼学"的研究精深宏富，但所谓的"礼学"并不是后世的礼仪之学，而是关于敬天顺时、治国理民的一切古今学问，正如同子产所说的："夫礼，天之经也，地之义也，民之行也云云。"① 孔子自鲁适周，问礼于时任"藏室之史"的老子。老子职责所守及孔子所问的"礼"，便如张衡所说的《三坟》《八索》之"礼"。并且如果能够令其专力学术，他甘愿效仿老子，也"朝隐乎柱史"。

张衡为文隶典好用远古之事，正是在职任太史与究心古学两方面的共同影响下所产生的结果。他的这种文学风格的表现，直接原因是张衡本人"好奇"的性格，但深层的原因则不能不考虑到其学术修养给予其文学创作潜移默化的熏陶。在与别的作家比较时，这一点会显得更加清楚。

从以上的分析可以看出，张衡在用典隶事方面，喜用神话传说（包

---

① 详见《春秋左传正义·昭公二十五年》，《十三经注疏》，第 2107—2108 页。

括将现实神话化)、奇诞怪异之说以及远古之事。这或许出于求异于前人作品的考虑,或许出于作者本人想象丰富、爱奇好异的个性,但无论如何,这种用典的倾向明显地表现出张衡文章"好奇"的美学风格。这种风格又与他精熟《楚辞》、久任太史有着内在的密切关系,是他学术修养影响下所形成的独特风貌。

第三节 尚文藻

文章写作作为一项富于美学意味的技艺,开始受到注意是在西汉,尤其武帝之时,在宫廷之中聚集了司马相如、东方朔、吾丘寿王、枚皋等一大批辞赋名家,极一时之盛。宣帝时又"修武帝故事,讲论六艺群书,博尽奇异之好",其中"奇异"之好便包括擅写文章。此时又有王褒、刘向、张子侨诸人待诏金马门。[1]但西汉仍以经术道德为先,文章之事仅是才德的附庸。到了东汉,"善属文""能为文"成了称誉某人文学才华的一个美号。士人于此完全可以仅凭文章之技立身于世,获誉一时,而不必再依靠经艺百家等学术来邀取令名。于是崇好文章的风气日渐兴盛,文人以一赋一颂获致美誉者不可胜数。而且文章的形式之美受到了普遍的关注,文学技艺的探究也日益细密深入,同时文章风格的追求也愈加自觉。

东汉一代好尚文章的风气影响范围极广,上至帝王,下至草野,无不望风而靡。首先是帝王,比如光武帝本人原为儒生出身,对文章之事多所注意。他称帝后,陇西隗嚣势力尚强,光武用怀柔之策,每每亲作手书,对其褒礼有加。"(隗)嚣宾客、掾史多文学生,每所上事,当

---

[1] 《汉书》卷六四下《王褒传》,第2821页。

世士大夫皆讽诵之，故帝有所辞答，尤加意焉。"①帝王将文章的高下优劣与国家的荣誉联系在一起，而且对于佳篇美文，当世士大夫皆加讽诵，可见当时崇尚文辞的风气之盛。光武帝对隗嚣的做法就像汉武帝对待淮南王刘安一样，"时武帝方好艺文，以安属为诸父，辩博善为文辞，甚尊重之。每为报书及赐，常召司马相如等视草乃遣"②。但汉武帝更多地是出于个人文学爱好而然，其背后并没有崇美文辞的整个社会环境。光武帝所处的境遇则不同，其背后还有"当世士大夫"这一更大的文学环境。光武帝刘秀对臣下奏章的工拙也多有留心。班彪为河西大将军窦融从事，其奏章多出班彪之手。及窦融调回京城洛阳后，"光武问曰：'所上章奏，谁与参之？'融对曰：'皆从事班彪所为。'帝雅闻彪才，因召入见，举司隶茂才，拜徐令"③。可见他对文辞的高下有着一定的鉴赏力。有的文士因文才优秀还会得到他的优待。杜笃善写文章，他曾因事入狱，"会大司马吴汉薨，光武诏诸儒诔之，笃于狱中为诔，辞最高，帝美之，赐帛免刑"④。这些都说明光武帝对文章一事的重视。尽管他的这种重视文章也是整个社会崇尚文辞之风影响下的一个表现，但因为作为帝王的身份及地位，他的提倡更加促进了东汉文学的兴盛。

汉章帝对文学也有着浓厚的爱好之情，《后汉书》中多次提到他"雅好文章"⑤。班固在汉明帝时因文才受到赏识，出任兰台令史，继而又为校书郎。及至章帝时，班固"愈得幸，数入读书禁中，或连日继夜"⑥。古代书籍传播不易，士人读书尤其艰难，只有皇家才有最丰富的藏书。

---

① 《后汉书》卷一三《隗嚣传》，第 526 页。
② 《汉书》卷四四《淮南王传》，第 2145 页。
③ 《后汉书》卷四〇上《班彪传》，第 1324 页。
④ 《后汉书》卷八〇上《文苑·杜笃传》，第 2595 页。
⑤ 《后汉书》卷四〇下《班固传》，又卷五二《崔骃传》，第 1373、1718 页。
⑥ 《后汉书》卷四〇下《班固传》，第 1373 页。

正因此章帝特许有高文懋才的文士入皇家书阁读书，作为一种优渥的宠礼褒奖。班固获此殊荣，同时素有"天下无双，江夏黄童"之美誉的黄香，也因博学能文，为章帝所注意，"元和元年，肃宗诏香诣东观，读所未尝见书"①。汉章帝优待文士的这段佳话，令当时崇尚文章的风气更为浓厚，使文人队伍日渐壮大，其积极的鼓励作用自不待言。

在文风日盛的社会环境中，公卿幕府也以收罗文章雅士为务。汉和帝永元（89—105）年间，时任车骑将军的窦宪请傅毅为主记室，崔骃为主簿。及窦宪迁为大将军之后，又以傅毅为司马，以班固为中护军。由是窦宪幕府"文章之盛，冠于当世"②。从这里的记述之词，我们很可以想象当时官僚对窦宪大将军府网罗群才的啧啧称叹。文章之士不仅是幕府的荣耀，而且有经纶文雅之才的文士更是朝廷庙堂的光华。安帝永宁（120—121）年间，尚书陈忠因尚书诸郎多无文雅之才，代帝王所撰诏令往往文辞鄙陋，缺少典雅的文采。因此他上书举荐文章博雅的周兴，疏中说：

> 臣伏惟古者帝王有所号令，言必弘雅，辞必温丽，垂于后世，列于典经。故仲尼嘉唐虞之文章，从周室之郁郁。臣窃见光禄郎周兴，孝友之行，著于闺门，清厉之志，闻于州里。蕴椟古今，博物多闻，《三坟》之篇，《五典》之策，无所不览。属文著辞，有可观采。尚书出纳帝命，为王喉舌。臣等既愚暗，而诸郎多文俗吏，鲜有雅才，每为诏文，宣示内外，转相求请，或以不能而专己自由，辞多鄙固。兴抱奇怀能，随辈栖迟，诚可叹惜。③

---

① 《后汉书》卷八〇上《文苑·黄香传》，第2614页。
② 《后汉书》卷八〇上《文苑·傅毅传》，第2613页。
③ 《后汉书》卷四五《周荣传附周兴》，第1537页。

政府对诏令文书开始注重和讲求文章之美，将文才视作国家教化的必备因素之一，并且认为该政权的制度在政治史上能够"垂于后世"，文辞雅丽是获得这种典范地位的必要条件。这些均说明文章之道在东汉获得了极为普遍的重视。曹丕在《典论·论文》中曾说"文章者经国之大业"，这种对文章功用和意义的崇高的意识正是从东汉开始逐渐兴起的，然后曹丕等魏晋文人对此加以自觉的理论总结和积极的创作发扬。

崇尚文辞的风气既已浓厚，于是东汉士人在通经博学之外，很多人更增加了善构文章的技艺。其中有一部分文士便是由此而获致盛誉的，比如李尤"少以文章显"①。崔琦"少游京师，以文章博通称"②。文章作为一技之长，已足以使人成名。有的人甚至以擅长某种特定的文体而著称于时，如葛龚"和帝时，以善文记知名"③。顺帝时崔瑗"尤善书、记、箴、铭"④。汉末蔡邕以碑铭得誉。当文章才华受到社会上下的重视之后，文章写作作为一项技能，它与经学研究完全不同，更需要有匠心和技巧；因此，在东汉讲学风气极为盛行的环境中，除经传百家的传授外，又出现了以文章为讲授内容的讲学者，比如陈留边韶"以文章知名，教授数百人"⑤。东汉时代既以文章为士人获邀美誉的途径，如果有家族数代人皆以文章之学为其特长，并形成一种家风，那么更会得到世人的尊重和推奖。涿郡安平崔氏家族便是极具典型的例子，从两汉之际的崔篆开始，其孙崔骃，骃子崔瑗，瑗子崔寔，寔从子崔钧，自光武朝迄于献帝时，一门数世皆以能文著称于时，所谓"崔为文宗，世禅雕

---

① 《后汉书》卷八〇上《文苑·李尤传》，第 2616 页。
② 《后汉书》卷八〇上《文苑·崔琦传》，第 2619 页。
③ 《后汉书》卷八〇上《文苑·葛龚传》，第 2617 页。
④ 《后汉书》卷五二《崔骃传附崔瑗》，第 1724 页。
⑤ 《后汉书》卷八〇上《文苑·边韶传》，第 2623 页。

龙"①，被视为"文宗"，赢得了极高的社会声誉。对此范晔评价道："崔氏世有美才，兼以沈沦典籍，遂为儒家文林。"②崔氏在儒学世家之外，又增加了文学世家的门第徽帜，不仅是东汉文章兴盛的突出表现，而且又成为魏晋以后高门贵族文学世袭的先声。

文章既然受到了如此的重视，那么在风格上由此会有什么新的变化呢？本章第一节中说过汉代文风有崇尚典雅的特征。典雅风格的形成，是"文章"从包含了文章与博学两层含义的"文学"中衍生并独立出来的历史变迁的反映。它还是文章附属于学术的一种体现。当文章因本身的特征得到士人更加深入的认识，并获得更加独立的地位后，其基于自身性质而产生的风格便会得到明确和充分的展现。华美之风便是这类基于文章本身性质而产生的风格之一。东汉初期最能表现华美风格的文人为傅毅。傅毅于章帝时被召入兰台，与班固、贾逵等共以高才而典校秘书。但他们之间明显有着区别。贾逵以儒学精深著称，班固以史学宏富获誉，而傅毅则以文章华美有名。虽然三人均以"文学"之名得任擢用，但贾、班因博学，傅毅因文章，其间显有不同。班固《与弟超书》曾说："傅武仲以能属文为兰台令史，下笔不能自休。"③班固比傅毅早入兰台，而且班固主要因史学得到赏识，所以尽管他本人也善文章之事，但看到后进的傅毅唯以文辞得仕，不免有揶揄之意。就现存傅毅的作品来看，他的文风以华美繁艳为特征，与班固典奥简雅的文风甚有不同。班固形容傅毅"下笔不能自休"，正是其崇好繁艳华美之风的间接证明。这种文风到东汉中期进一步成为普遍的习尚。当时重要文人如张衡、马融、崔瑗、李尤、刘騊駼等均在不同程度上表现了华美繁艳的文

---

① 《后汉书》卷五二《崔骃传》"赞"，第1733页。
② 《后汉书》卷五二《崔骃传》"论"，第1732页。
③ 《全后汉文》卷二五，《全上古三代秦汉三国六朝文》，第609页。

风。为了直观地说明这一现象,我们可以引刘騊駼《上书谏铸钱事》为例,文章这样写道:

> 夫食者,乃有国之大宝,生民之至贵也。见比年已来,良田尽于蝗螟之口,杼轴空于公私之求,野无青草,室如悬磬,所急朝夕之飧,所患靡盬之事,岂谓钱之锲薄,铢两轻重哉!就使当令土砾化为南金,瓦卤变为和玉,沙石悉成随珠,犬羊尽作狐白,绛绣盈堂,文绮缦野,使百姓渴无所饮,饥无所食,虽羲皇之纯德,大禹之勤劳,周文之不暇,犹不能以保萧墙之内。①

文中"土砾化为南金"以下数句,振笔铺排,摛藻曼衍。其中虽然也多用典实,如南金、和玉、随珠、狐白,如羲皇、大禹及周文,但其风格表现出的特征却不是典雅,而是华彩繁艳。尤其值得注意的是,这样的文笔出自"奏议宜雅"的文体之中,这在东汉以前是极为罕见的。由此可以说明华美繁艳之风在东汉中期的盛行。阅读刘騊駼的这篇奏事,令人很自然地想起曹植的《与杨德祖书》和《与吴季重书》中同样的藻丽之文。这也表明建安文风与东汉中期文风内在的延续和继承。

张衡词赋好铺陈、尚文藻的风格便与东汉中期华美繁艳的整体文学风气有着密切的关系。所谓"文藻",或简称"文",是与"质直"或"质"相对而言的概念,而非仅仅是辞藻的意思。它包括修辞的技巧,也含有装饰的意思。崇尚文藻不仅是一种文章美学风格的追求,也是一种写作时的心理思维方式。从内容组织上来看,张衡的辞赋写作常用的

---

① 《全后汉文》卷三三,《全上古三代秦汉三国六朝文》,第655页。并参见《艺文类聚》卷六六,第1181页。

方法之一，就是比物连类、躏事增华，主要表现为两个方面，一是对前人作品未加涉及的题材，他增入新的内容，如《西京赋》中的"百戏"，《东京赋》中的典礼；二是前人作品描写简约的地方，他加以详叙，如《西京赋》中的"宫室苑囿"和"田猎游观"，还有《思玄赋》中的"升天之游"。这不仅是他辞赋创作的方法，同时也体现了他对华美繁艳文风的爱尚和追求。这一点在《文术》"繁类成艳"一节已有详细论述。此处我们想讨论的是张衡辞赋在体物与刻画上所表现的藻丽之风。

辞赋以铺排敷陈为本义，以穷形极貌为能事，因此"体物"便是辞赋最首要的文体特征，陆机《文赋》"赋体物而浏亮"一语即由此而发。张衡的辞赋在体物上较诸前人更为出色，这主要表现在他的文章既在形容刻画上益加精美工细，同时对文章的文采也特别注意。

说到形容刻画的精美，张衡《舞赋》的文笔有其可圈可点之处。尽管对舞姿的描绘在他的其他作品中多有涉及，像《西京赋》"声色"一段、《南都赋》"暮春游禊"一节，但均没有《舞赋》写得淋漓尽态。赋曰：

> 音乐陈兮旨酒施，击灵鼓兮吹参差，叛淫衍兮漫陆离。于是饮者皆醉，日亦既昃。美人兴而将舞，乃修容而改袭。服罗縠之杂错，申绸缪以自饰。拊者啾其齐列，般鼓焕以骈罗。抗修袖以翳面兮，展清声而长歌。歌曰："惊雄逝兮孤雌翔，临归风兮思故乡。"搦纤腰而互折，嫚倾倚兮低昂。增芙蓉之红华兮，光的皪以发扬。腾嫮目以顾眄，眸烂烂以流光。连翩骆驿，乍续乍绝。裾似飞燕，袖如回雪。徘徊相佯，□□□□。提若霆震，闪若电灭。寋兮宕往，彳兮中辄。于是粉黛施兮玉质粲，珠簪挺兮缁发乱。然后整笄揽发，被纤垂䌰。同服骈奏，合体齐声。进退无差，若影追形。

赋中用清丽的语言刻画了舞姿的动人之态。"增芙蓉之红华"四句描绘了舞姬明媚的容貌,像"光的皪以发扬"以及"眸烂烂以流光",用来写舞女容光焕发、转盼神飞的情貌,用笔很能传神。而最精彩的当推形容舞姿迅疾奇丽的惊人之美的一段内容。赋中所写的是"七盘舞",又名"盘鼓舞",它要求舞者既要在盘鼓上腾踏纵跃,发出有节奏的鼓声,还要完成高难度的动作。不仅需要力度、柔度,更需要对身体的控制能力。"盘鼓舞"其实是舞蹈与杂技的巧妙结合。① 赋中"搦纤腰而互折,媛倾倚兮低昂",说明张衡写的是群舞。在具体描写舞容时,其中"裾似飞燕,袖如回雪"二句,不仅灵动地表现了舞姿的轻捷,而且形象地刻画了长袖挥扬时缤纷炫目的场景。"提若霆震,闪若电灭"二句,"提若霆震"形容舞者蹴踏盘鼓,音声宏亮,"闪若电灭"形容舞者飞旋跳跃,身影轻迅。"搴兮宕往,彳兮中辄"二句表现了舞步进退转折的奇速变化。"进退无差,若影追形"刻画了舞姬们在群舞时队形整齐而灵活、迅捷而不乱的精湛技艺,其中"若影追形"一句善于譬喻,尤为摹神之笔。唯一遗憾的是,这篇作品今仅存残篇,使我们不能睹其全貌。从上述分析中可以看出,张衡辞赋的体物刻画之法,或用白描,简洁而传神,或用比喻,奇妙而生动。他的语言,有时简约,但富有韵味,有时华艳,但不乏灵气,让人觉得在字里行间仿佛流淌着一股清丽的芳泉之水。

张衡辞赋在体物上还有一个特点,那就是工细。这在他的京都大赋中表现得尤为突出,像对宫室、田猎等题材的描写,他在借鉴前人的基础上,进一步踵事增华。除了这些有所继承的内容外,《东京赋》中对各种典礼的描写可谓张衡的首创,这对于说明张衡辞赋体物之功也最具有典型意义。下面举赋中"郊祀礼"帝王仪从车马服饰之盛的一段文字

---

① 参见王克芬:《中国古代舞蹈史话》,人民音乐出版社1980年版,第23—24页。

为例,赋曰:

> 乃整法服,正冕带,珩纮纭綖,玉笄綦会。火龙黼黻,藻縡肇厉。结飞云之袷辂,树翠羽之高盖。建辰旒之太常,纷焱悠以容裔。六玄虬之奕奕,齐腾骧而沛艾。龙辀华轙,金錽镂钖。方釳左纛,钩膺玉瓖。銮声哕哕,和铃鉠鉠。重轮贰辖,疏毂飞軨。羽盖威蕤,葩瑵曲茎。顺时服而设副,咸龙旂而繁缨。立戈迤戛,农舆辂木。属车九九,乘轩并毂。珊弩重旍,朱旄青屋。奉引既毕,先辂乃发。鸾旗皮轩,通帛缇旆。云罕九斿,闟戟缪轹。罼罕被绣,虎夫戴鹖。驸承华之蒲梢,飞流苏之骚杀。总轻武于后陈,奏严鼓之嘈囋。戎士介而扬挥,戴金钲而建黄钺。清道案列,天行星陈。肃肃习习,隐隐辚辚。殿未出乎城阙,旆已反乎郊畛。盛夏后之致美,爰敬恭于明神。

这段文字虽然是写郊祀之礼,但实际上很大篇幅是对帝王仪从车马服饰的精细刻画。首先说到的是法服冕带,其中珩、纮、纭、綖是冕上饰物。珩为固冕的横笄,玉制,长一尺二寸;纮为悬瑱之绳,织线制成,下悬瑱,垂于冕之两旁,当两耳;纭为冕系,一端结于左耳笄上,另一端绕颔下,并上结于右耳笄上,垂其余为饰;綖为冕上所覆之版,用玄帛裹之,前后垂旒。再有火、龙、黼、黻是衣上花纹。白与黑为黼,形若斧;黑与青为黻,如两"弓"形花纹相背;至于火与龙则无须解释。其次刻画车马,写了车的辀、轙、轮、辖、毂、軨上所雕绘的龙、花等各种纹饰,马的额上、项下的金錽、镂钖和钩膺、玉瓖等佩饰,同时又描写了銮声、和铃、羽盖、葩瑵的声貌,还有车上植立的戈矛、车栏间盛弩的皮箙等。再次写从城中向郊外行进途中的情景，包括鸾旗、皮轩、赤旂赤旆，仪仗中的云罕、矛戟，先驱队伍中著绣衣的旄头骑士、戴鹖冠的虎贲士卒，大路上良马安闲，流苏飞扬，戎士严整，鼓声喧阗。每一部分的描写中，用笔均极精细，仿佛是一个个特写镜头，将细节的特征放大并凸显出来，然后组合成了一幅完整的画面。整个场面是通过细节刻画的方式来表现的，这种精工细致的功夫使得文章的情境十分逼真，如在目前。精细的刻画，工致的体物，生动地体现了张衡崇尚文藻的艺术追求。尽管赋中的名物因离现在已经遥远而显得陌生，但是如果能够透过历史的云雾，拭去岁月的尘埃，我们仍然可以感受到赋中所写场景的鲜活明朗、恢宏壮阔。

张衡诗赋好尚文藻还表现在重视文采的修炼。其中一方面是文章的色泽。文章须有色泽，有色泽才能使文章更加鲜明美丽，更加具有艺术感染力。刘勰《文心雕龙·情采》从"文章"一词的原义来说明色泽的必要，他说："圣贤书辞，总称文章，非采而何！"他又说："虎豹无文，则鞹同犬羊；犀兕有皮，而色资丹漆，质待文也。"[①] 由此肯定并强调了文章色采的重要作用。清人高塘对此有更深入的论述，他在《文品杂说》中道："光怪灿离，精彩四射，文中有此，顿增气色。故犹是局格，犹是词理，无色则不能动人，有色则能夺目。"[②] 他认为一篇文章，同样的结构格局，同样的意旨思理，如果缺乏色泽则不能动人，而色采明丽才会引人瞩目。因此色采不仅仅是辞藻的点缀，它更与情感内容的充分表达密切相关。

张衡的诗赋文章对色采是很重视的，这是形成其华美文风的一个

---

① 范文澜：《文心雕龙注》，第537页。
② 高塘：《论文集钞·文品杂说》，载黄秀文、吴平编：《华东师范大学图书馆藏稀见丛书汇刊》第24册，北京图书馆出版社2006年版，第358页。

重要因素。上文已经说过，《四愁诗》中的"琅玕""襜褕"等物品均是世俗生活中极常见的事物。但日常事物往往因为太过熟悉而很容易流于平凡无奇，若要将其写入诗文就必须艺术化；而艺术化的方法之一便是增加其色采。《四愁诗》中的各种物品便是如此，诗中言及了"金错刀""英琼瑶""金琅玕""双玉盘""貂襜褕""明月珠""锦绣段""青玉案"八种事物，每一种各用金、玉、貂、锦等使之生色，从而使得这些物品变得极为瑰丽多彩。当这些珍宝化为诗歌意象后，便会使诗歌表现出高贵芳洁的格度情韵。通过上述意象的点缀装饰，诗歌的色彩因此更加明艳，同时诗人的形象衬托得愈加高洁，诗歌中怀才不遇的郁郁之情也因此表现得倍加深刻动人。至于大赋之中铺陈藻绘，丽采秾词，更是俯拾皆是，不必枚举。

重视文采的另一方面是渐多骈偶。骈偶之习，由来甚古，到西汉时开始形成一种自觉的修辞方法。张溥说："词长于理，声偶渐谐，固西京之一变也。"[①] 他的这一观察是符合实际的。此后，文士于此所下的工夫日甚一日。《文心雕龙·丽辞》说："自扬、马、张、蔡，崇盛丽辞，如宋画吴冶，刻形镂法，丽句与深采并流，偶意共逸韵俱发。"[②] 张溥所说的"词长于理"，正是重视修辞，崇美文采的表现。而张衡作为两汉文章骈偶之风的主要代表人物之一，其创作实践值得探究。

张衡的大赋中，描写的内容在藻丽之词的同时，用笔多以骈偶。然而这些手法在前人辞赋，如司马相如《上林赋》、扬雄《羽猎赋》《长杨赋》、班固《两都赋》中，已很明显。张衡对骈偶之法的使用，尽管在铺陈描绘时多有表现，但更能显示其对骈偶追求的，是他将对偶骈俪之法从描写扩展到叙事和议论中来。这是其文章的一个突出的特点。比

---

① 张溥：《汉魏六朝百三家集题辞注》，殷孟伦注，人民文学出版社1963年版，第17页。
② 刘勰：《文心雕龙注》，第588页。

如，《东京赋》末叙东汉盛德时，是这样写的：

> 是以论其迁邑易京，则同规乎殷盘。改奢即俭，则合美乎斯干。登封降禅，则齐德乎黄轩。为无为，事无事，永有民以孔安。遵节俭，尚素朴，思仲尼之克己，履老氏之常足。将使心不乱其所在，目不见其可欲。贱犀象，简珠玉，藏金于山，抵璧于谷。翡翠不裂，玳瑁不蔟。所贵惟贤，所宝惟谷。

"迁邑易京""改奢即俭""登封降禅"三个长句在排比的同时，句式整齐一律，以骈偶之词运单行之意。"为无为""遵节俭"四个短句，两两对仗。"仲尼""老氏"一联与"心不乱""目不见"两句，将典故的使用纳入骈句之中，也十分工整。"藏金于山"以下六个四字句，两句相对，从词性、短语结构到句式，无不相同，像"藏金"与"抵璧"同为动宾结构，"翡翠不裂"与"玳瑁不蔟"又同为主谓结构，"惟贤"与"惟谷"一联又均为同位式，其工炼的程度的确很高。

再如从接续的议论部分中，同样可以看出张衡竭力锻炼词句并化散为骈的功夫。在论"人君之道"时说：

> 夫君人者，黈纩塞耳，车中不内顾。佩以制容，銮以节涂。行不变玉，驾不乱步。却走马以粪车，何惜骚裹与飞兔。方其用财取物，常畏生类之殄也。赋政任役，常畏人力之尽也。取之以道，用之以时。山无槎枿，畋不麛胎。草木蕃庑，鸟兽阜滋。民忘其劳，乐输其财。百姓同于饶衍，上下共其雍熙。洪恩素蓄，民心固结。执谊顾主，夫怀贞节。忿奸慝之干命，怨皇统之见替，玄谋设而阴行，合二九而成谲。登圣皇于天

阶,章汉祚之有秩。若此,故王业可乐焉。今公子苟好剿民以媮乐,忘民怨之为仇也;好殚物以穷宠,忽下叛而生忧也。

本段骈散兼行,而对偶为多。其中骈句有"佩以制容"以下四句,"用财取物"以下十句,"百姓同于饶衍"以下四句,"好剿民以媮乐"以下四句,以上二十二句为较为严整的骈句。其余如"忿奸慝之干命"以下六句为大体对偶之句。这些骈句中,大部分为四字对句;同时也有六字句,如"百姓同于饶衍"两句与"好剿民以媮乐"四句;而且还有四六句,如"用财取物"四句,除去句首的"方其"二字和句尾的"也"字,便是后世骈文四六句的典型句式。这些骈句,长短错落,整齐而不单调,参差而饶韵致,在声调上有其顿挫抑扬的美感,从而使得议论更加生色精彩。此外,《东京赋》末在论"奢泰之非"时,短短一段,也以骈句为主,如"坚冰作于履霜,寻木起于櫱栽",如"相如壮上林之观,扬雄骋羽猎之辞,虽系以隤墙填堑,乱以收罝解罘,卒无补于风规,祇以昭其愆尤",同样是六字句,句式结构却各有变化,毫无雷同。这个特点在上举文例中均有体现,由此可见张衡遣词结句时的匠心和刻意。

以上从叙事和议论角度分析了张衡骈句使用的情况。作为他工炼骈偶、刻意为文的又一证明,我们可以以将其与其他文人做一比较,以见其在骈俪之习发展过程中的重要地位。此处以《应间》为例加以说明。我们知道,设难类作品在最后经常罗列前贤往烈为反例作为否定的对象,在罗列中,又往往两两为对。从扬雄《解嘲》,班固《答宾戏》到张衡《应间》,其中对偶技巧的日趋精炼十分明显。扬雄《解嘲》这样写道:

蔺生收功于章台,四皓采荣于南山;公孙创业于金马,票骑发迹于祁连;司马长卿窃赀于卓氏,东方朔割炙于细君。

其中的对偶不够工整,比如"章台"对"南山","金马"对"祁连",尤其人名之对更为粗疏,"蔺生"一人对"四皓"四人,"公孙"为姓对官职"票骑","司马长卿"四字对"东方朔"三字。如果将"公孙"换作"平津",以爵号对官位"票骑"似乎更工整;同样用"司马"对"东方",或用"长卿"对"曼倩",以姓相对,或以字为偶,比"司马长卿"对"东方朔"也要整炼许多。扬雄之所以在这些细节上不讲究,说明他对骈偶之法还不十分在意。相对而言,班固《答宾戏》则多所修整,文章写道:

> 若乃牙、旷清耳于管弦,离娄眇目于毫分;逄蒙绝技于弧矢,般输㩴巧于斧斤;良、乐轶能于相驭,乌获抗力于千钧;和、鹊发精于针石,研、桑心计于无垠。

其中如"清耳于管弦"对"眇目于毫分","绝技于弧矢"对"㩴巧于斧斤",字字相对,句式一律,较《解嘲》已大有改观。但仍有可议之处,如人名"牙、旷"对"离娄","良、乐"对"乌获",以二对一,轻重不敌;再如"相驭"与"千钧","发精"与"心计","针石"与"无垠",三组词语均不同式,完全失对。这说明班固作文还是以意为主,形式的技巧尚未到达自觉的程度。

张衡在对偶上较扬、班二人则进了一大步,并且已有质的区别。试看《应间》之文:

> 斐豹以弊督燔书,礼至以挟国作铭;弦高以牛饩退敌,墨翟以萦带全城;贯高以端辞显义,苏武以秃节效贞;蒲且以飞矰逞巧,詹何以沉钓致精;弈秋以棋局取誉,王豹以清讴流声。

所举十事，一律以七字成句。其形式上的特征，首先，人名之对已经整饬，每句中的相同部位的构词形式也相当工炼。如"弊督燔书"与"掖国作铭"，均由两组动宾短语构成。再如"端辞显义"与"秃节效贞"，其结构为偏正短语加动宾短语；"飞缯逞巧"与"沉钩致精"，则又同为两组动宾短语。其次，两句中的字词从词性到词义也十分工整。比如"弊督燔书"与"掖国作铭"一联中，"督""国"同是人名，"书""铭"皆为文体；"飞缯逞巧"与"沉钩致精"一联中，"缯""钩"均为弋钓之具，"巧""精"俱谓高妙之技。再如"退敌"与"全城"，"显义"与"效贞"，"取誉"与"流声"，其选词炼意无不铢两悉称、轻重俱稳。再次，除了句式的工整外，在句意的对偶上也极平衡稳惬。其中斐豹、礼至均以奇才立功，弦高、墨翟俱以义勇退敌，贯高、苏武同以贞节著名；其余蒲且、詹何、弈秋、王豹四人虽皆擅才艺，但"飞缯"与"沉钩"并属弋钓，"棋局"与"清讴"皆为伎艺，也无不以类相从，畛域分明。比起《答宾戏》中的"良、乐轶能于相驭，乌获抗力于千钧；和、鹊发精于针石，研、桑心计于无垠"，张衡《应间》之文的骈对之术显然更加严密精工。如果定要挑出张衡在骈偶上的瑕疵，那么只有"牛饩"与"萦带"，"棋局"与"清讴"的对仗尚有未能尽善尽美之处。然而从与扬雄、班固的比较中可以看出，扬、班主要在文意上相对，而于事义、词句是否相对则不甚措意，或者尚未精工，而张衡则意词俱对，而且对词性、句式、事义的对仗琢磨锻炼，刻意经营。由此可见张衡为文追求文采的积极努力。

东汉一朝，好尚辞章、推崇文采的风气日渐盛行。张衡在这样的文学环境中，也形成了自己华美藻丽的文风。他的这种文风，除了繁类成艳的铺陈之外，其主要表现，一方面在于文笔刻画愈加精美工细，一方面在于重视文章诸如色泽和骈偶等文采之美的雕饰与琢炼。于是，技艺上的进步使得其文章风格展现出了独特的面貌。

第五章 文序、文病与文用

前面几章分别论述了张衡文章中一些涉及面比较大的题目，本章就几个相对比较零散的问题加以分析，包括文序、文病以及文用三个方面。

第一节 文序

将文章资料按照一定的次序或方式组织起来，使之形成一个前后统一、首尾浑然的整体，这就是文序的问题了。文序是谋篇布局中的一个环节，内容顺序和位置在文章中如何安排，直接影响文章的表达效果。文章贵有照映、呼应，才能有光彩，有精神。同时文章主旨的成功表达也有一定的技巧，虽然一样的文意，但一气直说的效果总不如用对比、映衬等方式来得更有令人印象深刻的力量。因此次序是一个值得关注的问题。张衡的作品，尤其是保存完整的几篇辞赋和诗文，其中内容的顺序有一定的规律。本节便拟将其中的这些规律勾勒出来。这不仅对了解张衡文章意旨的表现有一定的帮助，同时它本身也是一个有趣的现象。在张衡文章中，文序的表现大致有以下四种类型。

一、对比式

对比是一种常见而且重要的写作方式。它具有心理学的依据，对比会使事物的特点表现得更加鲜明，也会使人的认识更加深刻。因此在文意的表达上，运用对比的方法能够将文章主旨表现得清晰明确并且有力量。对比往往是正反的相形，在相反的对照中产生强烈的艺术效果，使白者愈白，黑者愈黑，不仅文意为之灼然昭朗，读者所得印象也因之明晰深切。

在张衡作品中，《二京赋》是运用对比手法的典型例子。这篇大赋的创作动机是由于东汉中期社会"王侯以下莫不逾侈"，有感于此，所以张衡作赋"因以讽谏"。现实的奢靡之风与赋中的讽谏之义，首先构成了一组对比。这样在文章立意上，确定了写作所当着力的两个焦点。《西京赋》从反面铺张长安奢丽侈靡的种种景象，然后《东京赋》从正面详叙洛都典礼之盛、政教之美。这种大开大阖的气势正是对比手法营造出的效果。《西京》《东京》两赋固然可以分别观之，欣赏其各自的笔力之雄、文藻之富，但要领会其旨意，则必须将两赋合起来看，从对比映照中认识其本意所在。

《二京赋》是摹拟班固《两都赋》的，《两都赋》也是运用对比法来写作的，但《二京赋》的对比法用得较好。原因何在呢？这是因为《西都赋》铺陈实写之笔固然可观，但于《东都赋》中实写事物处少，而虚写风神处多，也就是上文说过的多用比兴而少用赋法。这样两都的对比就成了一实一虚，在表达效果上不免一强一弱，不成对手，犹如力大的勇士与智多的谋士角抵相扑一样，旗鼓既不相当，对照也就缺少了充分饱满的力量。张衡《二京赋》在效仿班固《两都赋》的同时，避免了原作的不足。《西京赋》在侈靡之风的描写上固然踵事增华、穷形尽相,从实处落墨,《东京赋》在铺陈盛世景象上也运用了详尽的实笔,即洛都诸种典礼的盛况。《西京赋》写长安奢华之风,辞不厌繁地描写了西京物产之阜盛,宫室、官寺、后宫,尤其艳称离宫奢靡之状,还有城郭、市肆、游侠,又有郊畿富庶,且详写上林苑、昆明池,最后更是浓墨重彩地写了田猎、宴飨、水嬉、百戏、微行等游观之乐。《东京赋》写洛都政治之美,也是以繁缛无比之笔铺陈了朝会宴飨之礼、郊祀之礼、郊庙明堂之礼、耕藉礼、大射养老礼、大阅礼、大傩礼等多种盛典。这样在内容分量上就形成了平衡的局面,而避免了一轻一重的偏枯之势。西京之事是形象可见的,东京之事也是历历在目的,因为实对实,所以东西二京各自的社会风习、文化特点也就落到了实处,对比因之就有了更为强烈的效果。这依然像角抵相扑,气力相敌的两位勇士互搏,自然精彩倍出。

对比在《归田赋》中也有体现。《归田赋》是张衡的一篇小赋,其中所写归田之乐有两部分,一是放情弋钓,一是潜心典籍,在世俗与理想这两种欢乐之中,作者有取有舍,于是二者之间形成了细巧的对比。赋中写道:

> 尔乃龙吟方泽,虎啸山丘。仰飞纤缴,俯钓长流。触矢而毙,贪饵吞钩。落云间之逸禽,悬渊沈之魦鰡。于时曜灵俄景,系以望舒。极般游之至乐,虽日夕而忘劬。

> 感老氏之遗诫,将回驾乎蓬庐。弹五弦之妙指,咏周孔之图书。挥翰墨以奋藻,陈三皇之轨模。苟纵心于物外,安知荣辱之所如。

典籍之乐是作者所肯定的,而弋钓之乐则是其所否定的,作者之所以将两者都加描写，是为了通过对比来突出潜心典籍之乐的境界之高。如果单写他所肯定的典籍之乐，而不将弋钓之乐作为反衬，那么文章的表现力就不会有如此强烈的效果。同时对比的目的是为了主题更加突出，而非真的就是二者择一式的取此舍彼。如果拘泥地认为张衡归田先是沉溺于游乐，然后才幡然悔悟、折节读书，那就是未能领悟到对比手法的真正用意所在。

另外，《思玄赋》在铺张扬厉地描写了六合周游后，于末尾也归结到乐典籍、守道德，似乎前后也形成了对比。但这种理解似是而非。首先一点原因就是二者在内容的比例上是大小不相称的，笔墨的用力处也显然有着前后轻重之别，所以尽管有文意的翻转，但从文章次序的安排组织上来看，它不是运用对比手法的结果。这正如汉大赋"劝百讽一"的布局特点一样，扬雄称之为"犹骋郑卫之声，曲终而奏雅"[①]。排除其中价值评判的成分，只从其内容的比例来看，曲终奏雅，点出了文章的主旨，但前文绝大部分却是"郑卫之声"，既然有"一"与"百"的差距，故而尽管雅音与郑卫之声相对，但在篇幅上不成比例，因此二者并非对比的关系，仅仅是对而不比。还有一点原因，《思玄赋》最后一节主要在整篇文章的结构上起收束作用，因此它的特点更主要从文章布局方面认识，而非从文序角度来探究。

二、空间式

空间是人认知环境最直观的方式之一，故而空间顺序也自然而然地成为了人类心理把握世界最便利的秩序模式。张衡的作品中有很多便是按照空间次序来安排文章内容的。

[①] 《汉书》卷五七下《司马相如传》，第2609页。

四方观念起源甚古，四方顺序因此也就成为最自然的心理活动的顺序。在张衡诗赋中，《四愁诗》是该类型最简明的代表。诗分四段，每段首句依次咏叹道："我所思兮在太山""我所思兮在桂林""我所思兮在汉阳""我所思兮在雁门"。其中"太山""桂林""汉阳""雁门"即分别代指东南西北四个方向。但句中并没有直接用东西南北字眼，而是借用"太山""桂林"等地理意象来表示这种四方概念的。每节第二句也是用同样的手法感喟道："欲往从之梁父艰""欲往从之湘水深""欲往从之陇坂长""欲往从之雪纷纷"。四方所遇的艰阻用"梁父""湘水""陇坂"等来说明，北方则稍加变化，以最能代表北方特征的"雪"来借代，其中的意识活动仍然是按照四方这种空间次序来进行的。到了每段第三句，"侧身东望涕霑翰""侧身南望涕霑襟""侧身西望涕霑裳""侧身北望涕霑巾"，方才明确点出东南西北四个方向。每段前三句说的虽然都是同一方向，但每句均用不同字词表达相同意思，从而使句式有变化、不单调。《小雅·节南山》云："我瞻四方，蹙蹙靡所骋。"《四愁诗》正是将这种瞻望四方、蹙蹙靡骋的愁郁之情加以具体化和形象化的作品。因此所谓"四愁"，意谓"四方皆愁"，是一种途穷无往的伤恸，而非"四种哀愁"，其间大有分别。这一点从诗中以四方式的空间次序来写其愁情可以察知。

《思玄赋》中主体部分的周游描写，也是依照空间中的方位顺序来安排的。与《四愁诗》不同的是，《思玄赋》将四方扩展至五方并及天地。赋中每往一方位皆有提示之句，如东方"过少皞之穷野兮，问三丘乎句芒"，南方"指长沙以邪径兮，存重华乎南邻"，西方"顾金天而叹息兮，吾欲往乎西嬉"，中央"蹶白门而东驰兮，云台行乎中野"，北方"逼区中之隘陋兮，将北度而宣游"，然后"追慌忽于地底"而入地，"涉清霄而升遐"乃游天。东、南、西、中、北、地、天构成了神游的清晰整饬的次序。然而在这个顺序中有一个问题,那就是如果按照五方配合五行的观念来看,正常的排列顺序应当是东(木)、南(火)、中(土)、西(金)、北(水),但是赋文却将"中"和"西"对调了位置。这是为什么呢?其间的原因其实并不复杂。上文曾经说过,《思玄赋》中周游的内容是通过"傅会"之法写成的,各部分内容的描写与文意的表达与其次序前后的关联极小。因此该赋之所以将中央与西方的位置加以调换,是因为五方加入"天""地"之后,其整个序列成为了东、南、中、西、北、地、天。这样"中央"的位置不再居于正中,只有将中央与西方对换后,变成东、南、西、中、北、地、天,才能保持"中央"居中的布局形式。这是因为"中央"一节在全文的结构与内容上均有着特殊的作用和意义,必须居于中间。还有一个原因,自然的空间是立体的,无论按照怎样的顺序周游,"中央"始终处于空间的正中位置;但文章中表现出的空间却是线形的,在这种线形序列上,次序的问题很关键,位置的变动会使内容的表达产生前后的变化,这样"中央"就不能保证居于正中,于是中央与西方的先后顺序也就成为务必考虑的问题了。因此为了确保中央部分在赋中仍然居于结构的中心,必须将其与西方部分对调。

需要辨明的一点是,以"傅会"之法写成的辞赋等作品,尽管其各部分内容与其次序的关系不大,但"傅会"绝非与"次序"势不两立。二者是观察文章的不同角度,"傅会"着重从写作过程中所用的方法而言,"次序"主要从成篇后内容的排列顺序而言,一属文术范畴,一属文序范畴。正如庐山,成岭成峰,全在其横看侧看;虽然岭峰异态,同为庐山一面,但角度不同,所见便有了区别,二者并不矛盾。

在空间排列中,除了方位顺序外,还有位置顺序,即按照事物的前后内外左右等位置次序加以安排。《西京赋》便是这种文序方式的代表作品。

《西京赋》中能表示地形位置的内容描写大略上包括：总写建都地势，宫室及官寺，后宫离宫，城郭市肆，郊畿尤其上林苑、昆明池。其顺序大体按照"总—内—外"的方式。总写建都地势一节是鸟瞰长安外部远处情形；宫室等写城中，是全城中心，后宫离宫便稍远于中心，城郭市肆则又远，不过都还属"内"；之后笔触伸到郊畿的上林苑、昆明池，于是到了外部，但相对第一部分建都地势的外部描写为远处的外部，上林苑、昆明池是近处的外部。若从主体部分看，《西京赋》主要按"内—外"的顺序来写。

班固《西都赋》则不同，其描写次序如下：总写建都地势及城郭市肆，郊畿，宫室、后宫、官寺、离宫，其大致顺序为"总—外—内"。总写部分分别写了长安城之外部与内部，是从远处落笔，然后下文各承一条线索，也分别从外部与内部写，但郊畿相对地势、宫室相对城郭，又是从近处描写。因此可称作"双线分承式"。究其实，主要顺序为"外—内"。《西京赋》在摹拟《西都赋》时，将内容顺序由"外—内"改变为"内—外"，说明了张衡摹拟中求变化的文风。

三、月令式

除了空间顺序，时间顺序也是人类意识中一种基本的心理活动秩序。时间顺序较空间顺序更为简明单一，因为空间是三维的，而时间是一维的，它只有先后，没有上下左右，因此时间顺序具有极易被认识理解和把握的特点。在时间顺序中，有一种按照月份先后排列的形式，即月令顺序，是较为特别的类型。在张衡作品中，《东京赋》是一个最能体现月令顺序的例子。

《东京赋》的主体内容是列叙东汉前期国家诸种典礼的部分，其中包括朝会礼、郊祀礼、明堂礼、耕藉礼、大射礼、养老礼、大阅礼、大傩礼。这八种典礼不是随意罗列的，而是按照一定的顺序排列的，排列的方式便是月令顺序。兹依次说明于下：

朝会礼：正月初一。即赋中所说"孟春元日"。《后汉书·志五·礼仪中》"朝会"条："每岁首正月，为大朝受贺。"①

郊祀礼：正月。《后汉书·志四·礼仪上》"五供"条："正月上丁，祠南郊。礼毕，次北郊，明堂，高庙，世祖庙，谓之五供。"《后汉书·明帝纪》："（永平）三年春正月癸巳，诏曰：'朕奉郊祀，登灵台云云。'"②

明堂礼：正月。《后汉书·志八·祭祀中》"明堂"条："永平二年正月辛未，初祀五帝于明堂，光武帝配。"③从上条所引"五供"可知，郊祀礼在先，明堂礼在后。且郊祀祭天地，明堂祀五帝，天地与五帝有尊卑之别，故而郊祀礼当先于明堂礼。

耕藉礼：二月。赋曰："农祥晨正。"《国语·周语上》："农祥晨正。"韦昭注："农祥，房星也。晨正，谓立春之日晨中于午也。农事之候，故曰农祥。"④《说文》："曟，或省作晨，房星，为民田时者。"《明帝纪》："（永平）四年春二月辛亥，诏曰：'朕亲耕藉田，以祈农事。'"⑤

大射礼：三月。赋曰："春日载阳。"《明帝纪》："（永平二年）三月，临辟雍，初行大射礼。"⑥

养老礼：十月。赋曰："日月会于龙狵。"龙狵，即尾宿，又名龙尾，

---

① 《后汉书·志五·礼仪中》，第 3130 页。
② 《后汉书·志四·礼仪上》，第 3102 页。《后汉书》卷二《显宗孝明帝纪》，第 105 页。
③ 《后汉书·志八·祭祀中》，第 3181 页。
④ 韦昭注：《国语》，第 16 页。
⑤ 《后汉书》卷二《显宗孝明帝纪》，第 107 页。
⑥ 同上书，第 102 页。

或名析木。《礼记·月令》："孟冬之月，日在尾。"郑玄注："孟冬者，日月会于析木之津。"① 《东观汉记》卷二《显宗孝明皇帝》："（永平二年）十月，上幸辟雍，初行养老礼。诏曰：'十月元日，始尊事三老，兄事五更云云。'"② 范晔《后汉书》同。

大阅礼：十一月。赋曰："岁惟仲冬，大阅西园。"仲冬即十一月。范书于永平十五年（72）仅记："冬，车骑校猎上林苑。"当即十一月。

大傩礼：十二月。赋曰："尔乃卒岁大傩。"《后汉书·志五·礼仪中》"大傩"条："先腊一日，大傩，谓之逐疫。"范书《和熹邓后纪》亦称："岁终当飨，遣卫士，大傩逐疫。"③

以上所举各典礼，按照月令先后，自岁首正月至岁终腊月，依次叙述。汉代五行学说盛行，影响及于国家政治，其表现之一便是，君王为政须敬顺四时，遵循天地节候的运行规律来施教行化。这样才能天人统和，品物繁庶。《东京赋》正是在这种观念的引导下，将天地四时的月令顺序融入人事政治的秩序中，从而构成了一幅天人同构的整齐图景。

然而月令顺序与自然时间不同，月令顺序强调天地四时在周而复始运动中的永恒秩序，自然时间则仅是年月日的先后次序，所谓日复一日，年复一年，无始也无终，并不在乎秩序的存在与否。从上引史书所记各种典礼的年代可见，诸典礼并不按照历史编年的顺序来描写，如明堂礼在永平二年（59）正月，耕藉礼却在永平四年（61）二月，接着的大射、养老礼又回到二年的三月和十月。而耕藉又见永平十三年（70）二月，养老又见永平八年（65）十月。如若考虑到《东京赋》所写典礼涵括光武、明帝两朝这一事实的话，那么赋中所写也太过凌乱无次

---

① 《礼记正义》，《十三经注疏》，第1380页。
② 刘珍等撰，吴树平核注：《东观汉记校注》，第55页。
③ 《后汉书·志五·礼仪中》，第3127页。又卷十上《和熹邓后纪》，第424页。

了。但是如果认识到并把握住月令顺序，赋中的种种描写便顿时井然有序了。因此《东京赋》颂美洛都政治之美，不仅要表现其礼乐的庄严隆盛，更须体现东都政治合乎天时，营造出了天人相和、上下交谐的雍熙景象。张衡本人精于天文、阴阳、历算之学，对于天时运行、人事遵顺的道理，他深有领会。《东京赋》以月令顺序描写各种典礼，正是这种观念的形象表现。正因如此，在典礼叙述完成后，接以总括之语，盛称"阴阳交和，庶物时育"，"总集瑞命，备致嘉祥"的太平景象，更加说明月令顺序安排下的诸典礼所蕴含的依顺天时的政治意义。

由上可知，《东京赋》中所运用的时间顺序，并非普通的纪年顺序，而是强调顺依天时的月令顺序。这是一种特殊的时间顺序，它不仅是内容组织的次序问题，还暗示了张衡思想中理想政治的形态。这一点值得进一步关注。

四、并列式

并列式也是一种常见的文序形式。顾名思义，并列其实等同罗列，各部分之间在结构上没有逻辑关联性，在内容上也没有轻重之分，而是处于完全平等的地位，相互之间可以移换位置而不影响文章的整体意旨。张衡作品中运用这种序列形式的主要有《南都赋》与《七辩》。

《南都赋》在描写南阳山川物产、人事风俗时，所采用的顺序便属于并列式。赋的主体部分可以分为五大段：第一段写山，并及木、竹；第二段写川渎，并及水虫、陂泽、水草、水鸟；第三段写百谷、瓜果、香草；第四段写饮食、祭祀、宴会；第五段写祓禊、游乐。前三段写山川物产，其中无论是三段之间，还是每一段中的细目之间，均是以并列的形式安排的。尽管文章的叙述不得不有先后顺序，但若将文章内容按照层次排列成结构表的话，山、川渎、谷物三部分必然并列于同一级别，不分上下。同样，第一段中的木、竹，第二段中的水虫、水草、水鸟，第三段中的百谷、瓜果、香草，也同时属于次一级别，无所高低。后两段写人事风俗，也是同样的情形，可以类推。在上述五段之间，稍有先后顺序的是前三段与后两段。依照一般情况，在介绍某地时，总是先述自然环境，次及人文风俗。《世说新语·言语》载王武子、孙子荆各言其土地人物之美，即是先述其地其水，后述其人。尽管如此，从文章的结构来看，自然与人文实际上仍然是并列关系，而不存在主次之别。

从文序角度看，《七辩》内容的并列特点更加明显。除了引子与结尾外，中间作为被否定的内容，如宫室、滋味、音乐、女色、舆服、神仙，六者相提并论，无所轩轾。这是"七"体的共同特征，不烦多述，故且从略。详见《文术》"精思傅会"一节。

综上所述，张衡诗赋中的文序大致有对比、空间、月令、并列四种主要形式。汉人的诗文，比起唐宋的律诗、古文，它还没有过多的讲究，比起明清的小说、传奇，它也缺少精巧的组织，但限于时代和文体的双重原因，我们不必苛求古人。在具体的研究中，最重要的是看作品所采用的形式与其内容意旨的表达这两者之间契合的程度是否相得益彰。从以上的分析可以看出，张衡不同的作品按照各自相应的顺序来组织，在恰如其分地表达了文意的同时，也显示了他写作文章的匠心所在。识得其匠心所在，对于理解和欣赏文章的旨趣韵致便可以登堂入室了。

第二节 文病

文章写作须有法度，善用其法，则能尽法之妙；用之不善，必生弊病。即使名家也难免有疏漏纰缪之时。《文心雕龙·指瑕》说："古来文才，异世争驱；或逸才以爽迅，或精思以纤密，而虑动难圆，鲜无瑕病。"[1] 文章有大病，自然不足观，且难以流传后世。对于盛誉千载的名篇佳作，虽然于其全篇大体，须慎重周察，不能轻加訾议，但枝节上的弊病则不妨稍加指摘。用意不在吹毛求疵，只不过辨析利病，一来说明为文难以十全十美，二来表示论文不必虚美隐恶。白璧微瑕，不掩大瑜，绣虎一瘢，何碍伟丽。学术文章本为天下公器，又何须为贤者讳！

张衡文章，尤其辞赋，规模前人作品处甚多，其优点如立意、布局、字句等方面重法度而尚变化，已详上文。但也不免有弊病存在，其中最严重的一点便是摹拟形似，生吞活剥。他在借鉴前人文章时，未能仔细辨别人我异同，并加以镕裁，而是径直套用原文形貌，步趋字句，使得该部分与全文不能协调一致、浑然一体，犹如拆红装补紫衣，颜色乖异，睹之刺目。如《思玄赋》末尾："御六艺之珍驾兮，游道德之平林。结典籍而为罟兮，驱儒墨而为禽。"这几句用游猎之词作为比喻，直接套用司马相如《上林赋》中语，原文如下：

> 于是历吉日以斋戒，袭朝服，乘法驾，建华旗，鸣玉鸾，游乎六艺之囿，驰骛乎仁义之途，览观《春秋》之林，

---

[1] 范文澜：《文心雕龙注》，第637页。

射《狸首》，兼《驺虞》，弋玄鹤，舞干戚，载云䍐，掩群雅，悲《伐檀》，乐乐胥，修容乎《礼》园，翱翔乎《书》圃，述《易》道，放怪兽，登明堂，坐清庙，恣群臣，奏得失，四海之内，靡不受获。于斯之时，天下大说，向风而听，随流而化，卉然兴道而迁义，刑错而不用，德隆于三皇，功美于五帝。若此，故猎乃可喜也。

《思玄赋》遣词造喻，一本《上林赋》，为什么《上林赋》便具妙意，而《思玄赋》却有不妥呢？原因是两篇文章的语境完全不同。《上林赋》本是铺叙天子游猎之事的，在侈陈靡丽醉乐后，以治国正道之语为讽谏，这时司马相如仍用校猎的语汇来比喻崇礼乐、致太平等大事。赋文讽谏帝王要像游猎一样用心于礼乐要务，以六艺为苑囿，以仁义为广途，以礼乐为猎物，翱翔优游，左射右弋，以此创造出太平盛世，这样才能真正领略到"猎乃可喜"。文章旨意在前后的对照中蕴含着巧妙的贯通。其笔法一如《庄子·说剑》。然而《思玄赋》则完全不同，它本是描写神游之事的，与游猎题材毫不相关，却依然学步《上林赋》之法，也说御珍驾、游平林、结网罟、驱兽禽，与上文周游六合、历访古圣、飘逸飞腾、色彩绚丽的内容，在神气上不相衔接，不免画虎不类之弊。《归田赋》最后结尾因为有感于老子"驰骋田猎使人心发狂"的遗诫而回驾于蓬庐，潜心典籍，以乐终生，赋中这样写道："弹五弦之妙指，咏周孔之图书。挥翰墨以奋藻，陈三皇之轨模。"所叙弹五弦、咏图书、挥翰墨、陈轨模，用平实恰当的词语写出了自己的追求。《思玄赋》的心灵归宿与《归田赋》相同，但它最后仍用游猎之词写乐道之事，其心未免还游放在外，忘了"老氏之遗诫"。这种前后的不统一是《思玄赋》的瑕疵之一。

《思玄赋》的另一可议之处，是"升天"一段中长句的使用，赋文写道：

倚招摇摄提以低回刬流兮，察二纪五纬之绸缪遹皇。偃蹇夭矫娩以连卷兮，杂沓丛颎飒以方骧。皷泪飂戾沛以罔象兮，烂漫丽靡藐以迭逿。

《思玄赋》全篇除了寥寥几句四言、七言句外，均以六字句成文（不计兮字），因此诵读起来有一种整齐明朗的节奏感。而且虽然隶典用事，但不甚用难字，基本晓畅易懂。总而言之，《思玄赋》整体呈现出了隽爽清丽的风格。然而在临近文末却忽然连用了六句长句，每句十字或八字不等。这种奔放不羁的句式，扰乱了原本流畅的节奏美感，仿佛悠扬的小提琴协奏曲中陡然发出了一道激越的唢呐声。再者长句中夹杂着僻字生词，如"杂沓丛颎飒以方骧""皷泪飂戾沛以罔象"，使得句意晦暗蹇涩，影响了文意的连贯和畅达，就像欣赏一轴明丽的山水画卷，突然遇到了一段墨污水渍处，打断了整幅画意的延展。这种奔放的长句大概是模仿司马相如《大人赋》而来。司马赋中的这些句子，像"沛艾赳螑仡以佁儗兮，放散畔岸骧以孱颜。跮踱辌辒容以委丽兮，绸缪偃蹇怵奂以梁倚"等句，完全与上引《思玄赋》中长句为同一风格。《思玄赋》在效仿《大人赋》时，沿袭不化，留此一瘢，实可惋惜。

张衡作品中的第二种弊病为夸饰失理，事义相乖。夸饰作为一种修辞手法，其来源甚古，《诗经》《尚书》中已屡有运用。但其运用有分寸，虽然夸张，却于义无害。自从辞赋兴起后，夸饰手法随之成为其典型的修辞术，并得到了极大的发展。然而赋家在铺陈藻丽时，夸饰之法变成了浮夸之风，很多情况下不顾修辞与事义的协调，一味夸张，不仅不符合"客观真实",而且违背了"艺术真实"的原则,由此受到了批评家的严厉斥责。张衡作为汉代具有代表地位的辞赋大家,其赋作中也存在这一类浮夸失实之处。具体的事例,《文心雕龙·夸饰》曾举一条:

> 子云《羽猎》,鞭宓妃以饷屈原;张衡《羽猎》,困玄冥于朔野。奂彼洛神,既非罔两;惟此水师,亦非魖魅;而虚用滥形,不其疏乎![1]

刘勰所谓"困玄冥于朔野"的原句,今残存的张衡《羽猎赋》中已无其文,想是唐人编辑《艺文类聚》《初学记》等类书时芟除的。虽然张衡原文已难知其详,但与扬雄《羽猎赋》的例子比较来看,可以窥知其实。扬雄赋原文为:"鞭洛水之宓妃,饷屈原与彭胥。"其中"鞭"字下得极无义理,既显得意象怪诞,又使得文情不谐。以扬雄赋类推,张衡赋中"困玄冥于朔野"一句,"困"字也无道理。刘勰所批评的扬张二赋的事例,均为写水嬉内容。为了显示勇士潜水捕猎的本领,于是造出了"鞭宓妃""困玄冥"的夸张之词。金圣叹评《水浒》,每在奇笔处说某词与某词"不连",也就是说二词在施耐庵之前从来未曾经人搭配一处使用过,如"赤条条胖和尚"与"销金帐","大王"与"喊救人"等。若依照金氏之例,我们也可以说"鞭"与"宓妃"不连,"困"与"玄冥"不连。但《水浒》创造的这种奇笔,与扬雄、张衡等赋家的夸语不同,《水浒》之事奇而合理,赋家之语奇而悖理。合理则令人信服,悖理则招人讥嘲,文学欣赏的首要条件是心理上的可信,如果不可信,那么欣赏就无从说起了。

---

[1] 范文澜:《文心雕龙注》,第609页。

关于"奇"与"信"的关系问题，17世纪法国著名诗人布瓦洛（Boileau）在《诗的艺术》中曾提出一条原则："我绝不能欣赏一个背理的神奇，感动人的绝不是人所不信的东西。"① 我国清代乾隆（1736—1795）时期的诗人洪亮吉在《北江诗话》卷五中也说："诗奇而入理乃谓之奇；若奇而不入理，非奇也。"② 在谈到文学中"奇"的风格时，两人都强调了"入理"的重要性。所谓的"入理"，并非指其符合客观事理而言，而是指其符合艺术真实。而艺术真实，说到底是一种心理真实。因此违背心理真实的作品，自然就破坏了艺术真实。汉赋中这些奇诞的事象，既不合于常理，又不能令人信服于心，所以便沦落到矫诬的地步。像上举的两篇《羽猎赋》的例子便是这种文病的一个症状。再如像《南都赋》形容山的高峻，称之为"夏含霜雪"。该句摹拟扬雄《蜀都赋》中"霜雪终夏"一语。③ 成都西部的大邑县有西岭雪山，终年积雪，因杜甫"窗含西岭千秋雪"一语得名，所以扬雄之语可信。至于张衡之语则不能不令人怀疑。南阳地处中原，南邻楚地，且地势低于蜀中，说南阳的山竟然"夏含霜雪"，无论如何是一种浮夸之言。正如鲁迅《漫谈"漫画"》所说："虽然有夸张，却还是要诚实。'燕山雪花大如席'，是夸张，但燕山究竟有雪花，就含着一点诚实在里面，使我们立刻知道燕山原来有这么冷。如果说'广州雪花大如席'，那可就变成笑话了。"④《南都赋》的"夏含霜雪"因为舍弃了诚实，所以也同"广州雪花大如席"一样同成笑话了。这也是过于求奇，而罔顾事理，

---

① 〔法〕布瓦洛：《诗的艺术》（修订版），任典译，人民文学出版社2009年版，第33页。
② 洪亮吉：《北江诗话》，人民文学出版社1983年版，第86页。
③ "霜雪终夏"一句，《文选》卷四《南都赋》李善注引作"夏含霜雪"，与张衡赋同。兹从《古文苑》。
④ 鲁迅：《且介亭杂文二集》，载《鲁迅全集》第六卷，人民文学出版社1961年版，第186页。

虚饰骋言，造成了这个令人难以相信的"背理的神奇"。

张衡作品的第三个粗疏之处是贪用典故，有失检点。典故作为一种修辞手法，具有言约意丰的艺术效果和美学风格。但如果只是为了贪多逞博，唯求涂饰妆点，而不顾本义，率意堆垛，反而会求妍得媸。《南都赋》中有一例便犯此病。赋中为了夸耀帝乡人杰地灵，援用神话传说作为美饰，写道："耕父扬光于清泠之渊，游女弄珠于汉皋之曲。"游女一事用了《韩诗外传》郑交甫遇神女于汉皋台下的传说。这一条在渲染其地具有神异色彩上还较适宜。但"耕父"一事便没有这么恰当了。据《山海经·中山经》载：

> 丰山，有兽焉，其状如猨，赤目、赤喙、黄身，名曰雍和，见则国有大恐。神耕父处之，常游清泠之渊，出入有光，见则其国为败。

郭璞注曰："清泠水在西鄂县山上。神来时，水赤有光耀，今有屋祠之。"清泠之渊作为张衡本乡西鄂县的名胜之一，又有祠屋祭祀其神，张衡对之耳濡目染已久；神灵来游渊上时，水光赤艳华耀的情景，想来也激发了张衡奇丽的文学想象力。这个神话的确富有引人入胜的艺术感染力，作者对其爱不释手并写入赋中以增加文章的色彩，对此我们也是可以理解的。但是他却忽略了很重要的一点，那就是耕父神话的寓意——"见则其国为败"。关于这一点，何焯曾经指出，他说："《山海经》'耕父之神见，则其国为败'。非佳事也，赋家夸饰漫用之耳。"① 笼统而言，这种"见则其国为败"的不佳之事，自然不宜于出自颂美的赋家笔下。

---

① 何焯：《义门读书记》卷四五，第863页。

若具体就《南都赋》而言,援用耕父的典故尤其不妥。何以言之?前文已经说过,《南都赋》的主旨是颂帝乡、望巡幸,对于帝制时代的文人,宣扬上德以尽忠孝是其应尽的政治义务,而颂美是其最主要的方式。因此,在歌颂帝乡的钟灵毓秀时,搬用"见则其国为败"这样寓意不佳的神话故事,无论如何是一件极不妥善的做法。幸而张衡生于文网不密的汉代,如果是在宋代或清代,遇上乌台诗案或文字惨狱,恐怕就得陷身其内,无地可避了。尽管古人文章的律法没有后世那么严密,但从文学创作的规律而言,典故运用不当终究属于文章一病,这是难以讳饰的。

同样是"耕父"的典故,也出现于《东京赋》"大傩"一节中。大傩之礼作为一种宗教仪式,目的在于驱逐疫鬼,其中的主要环节之一是"逐鬼投洛水中,仍上天池,绝其桥梁,使不复度还"[①]。张衡赋中也写道,"逐赤疫于四裔,然后凌天池,绝飞梁。捎魑魅,斮獝狂,斩蜲蛇,脑方良",将魑魅、獝狂、蜲蛇、方良诸恶戾之鬼斩杀灭绝,之后又"囚耕父于清泠,溺女魃于神潢。残夔魖与罔像,殪野仲而歼游光",使其永远不得再为害人间。其中"耕父"与女魃、夔魖等恶鬼并列一处,均为逐疫的对象,可见其为不祥之物了。然而在《东京赋》中作为被逐杀的疫鬼,到《南都赋》中摇身一变又成为帝乡的神灵,这种前后的矛盾实在太过明显了。《南都赋》"耕父"尽管属于"宝利珍怪"一节内容,但所谓的"怪"当从《说文》训"异",是"奇异"而非"怪异"之意;所以"宝利珍怪"即"宝利珍异",皆从褒美取义。在褒扬颂美之词中,羼入疫鬼之文,为了贪用典实而不顾其义,不能不说是一败笔。

法国文艺批评家丹纳(Hippolyte Adolphe Taine),提出了衡量艺术品价值高下的三条标准,在特征的重要程度与有益程度外,又提出效果

---

① 《后汉书·志五·礼仪中》注引《东京赋》注,第3129页。

集中的程度。所谓效果集中,即在一部具体作品中,各个部分皆须通力合作以表现事物的特征,不能有一个元素不起作用,或用错力量。[①]典故的使用也须服从"效果集中"的原则,不起作用固然无谓,用错力量尤为不可。《南都赋》中"耕父"一典的运用便有用错力量的弊病。作者蛊惑于神耕父的光耀,只注视到其诗意的彩丽,而未顾及事义是否贴切妥适。这种贪用典故,有失检点的缺点,也是赋家文过其意、理不胜辞的表现之一。

黄季刚先生《文心雕龙札记》将"文章之瑕"总结为五大族:一曰体瑕,二曰事瑕,三曰语瑕,四曰字瑕,五曰抄袭之瑕。[②]上文针对张衡作品而摘出的三类文病,第一类摹拟形似、生吞活剥,近于《札记》所说的抄袭之瑕;第二类夸饰失理、事义相乖,亦即《札记》之语瑕;第三类贪用典故、有失检点,属于《札记》之事瑕。以上所举,虽为微瑕细病,但为文章完美计,不得不加以论列。至于其他方面,为求胜前人,力加变化翻新,在形成自己独特风貌的同时,也不免有过于好胜之处,但利多弊少,也无需一一指摘了。

第三节 文用

文章的写作均有着一定的目的,也就是"为了什么"而写,这属于文章功用的问题。文章的功用在很大程度上会影响文章的写作,包括作家的心理、写作的动机、修辞的方式、作品的风格等各个方面。张衡对于文章功用有哪些具体表现呢?如果从其现存的作品中,我们将这一问题加以说明,那么对于张衡的文章也就会有一个更加深刻的认识。

---

① 〔法〕丹纳:《艺术哲学》,傅雷译,人民文学出版社1963年版,第394页。
② 范文澜:《文心雕龙注》引黄侃《札记》,第639页。

中国古代文学在历史发展过程中，发生过形形色色的变化，在这些变化之中，关乎文章功用方面的转变，最明显的便是从实用文学分流出抒情文学的支脉，并逐渐衍为巨流。汉代文学受到国家政治的影响极为深巨，在崇尚儒学的意识形态引导下，文学更主要的功能是为现实政治服务。当然这种实用，并不是简单的工具式的利用，而是文学的思想、目的、内容、技艺，均是围绕着具体的现实问题而发，是一种对现实的关怀。东汉中期以后，这种情形开始了转变，前此以实用为目的的文学局面出现了新的突破，而以抒情为目的的诗文作品如雨后春笋般密集地涌现出来。这种潮流日渐泛衍，到建安（196—220）时期蔚为大观，从而开启了古代文学的又一个新时代。李辰冬曾将中国古代文学史很形象地分为"歌谣""宗经""咏怀""传奇""平话"五个时期，其中汉代属于"宗经"时期，魏晋南北朝则属于"咏怀"时期，东汉则为从"宗经"走向"咏怀"的桥梁。[①] 这很能说明两个时代的文学在功用上所具有的极为不同的面貌。从文章功用角度而言，宗经强调的是经世致用，咏怀崇尚的则是抒写我情。古语所说的"穷则独善其身，达则兼济天下"，正可以借来说明二者的不同，宗经的文学功用观可谓是兼济式，而咏怀的文学功用观则近于独善式。从大体而言，这两种文学功用观有着比较明晰的界限；但二者并不是水火不容、冰炭相斥的，对于伟大的诗人，宗经与咏怀、兼济与独善，又能够极为浑然密契地融合为一体，而其他的作家也时时会出现二者相互浸染甚或纠结的复杂情形。

　　张衡所处的时代正当抒情文学滥觞之时，他一只脚立于宗经文学的旧潮之中，另一只脚又跨入了咏怀文学的新流之内。他既有如《二京赋》般讽谏侈靡的兼济抱负，也有如《思玄赋》般思图身事的独善情

[①] 李辰冬：《文学新论》，东大图书公司1975年版，第55、169页。

怀。这种兼具实用与抒情的文学功用观,使得张衡的作品形成了畛域分明的两大类型;同时因为兼济与独善两种情感的不时冲突,产生了一些具有多重思想意蕴的作品,从而令张衡的文章有时闪现出了一种泛着复色的光彩。

上文中我们已对张衡的几篇具有代表性的大赋和诗文,如《二京赋》《南都赋》《思玄赋》《应间》《四愁诗》等,作了较为充分的阐释,此处不再过多叙述,而是将目光重点放在他的几篇封事、疏、策等实用功能更为突出的作品上。这些作品以内容较为完整的《上顺帝封事》《上陈事疏》《请禁绝图谶疏》《阳嘉二年京师地震对策》四篇文章为主。其中《上顺帝封事》,张溥辑《张河间集》题为《大疫上书》,是出于"延光四年冬京师大疫"[1]而作。《上陈事疏》是因为顺帝永建(126—132)年间"政事渐损,权移于下"而写。《请禁绝图谶疏》与《阳嘉二年京师地震对策》两篇,顾名思义,很明显地表露了张衡上疏对策的动机。这四篇作品无不与现实的政事密切相关。

《上顺帝封事》的具体写作背景如下:延光四年(125)冬因京师大疫,造成"民多病死,死有灭户"的惨状,张衡时任太史令,其职责"在于考变禳灾,思任防救",但他"未知所由,夙夜征营",尽管他通过灾异之说,推测了政事之过的原因,但最终并未提出任何实质性的建议。然而这篇封事恳切真挚,可以说完全出于一片关切时事的至诚之心。东汉安、顺二帝之际,国事迍邅。延光四年(125)三月,安帝南巡,病逝途中,随从大臣秘不发丧。本为太子的顺帝,因其母李氏前此为阎皇后所害,此时也已被废为济阴王。于是阎后与其兄阎显出于私心,密谋另立济北王刘寿之子刘懿为帝。同年十月,少帝刘懿薨。阎后

---

[1]《后汉书》志十七《五行志·五》"疫"条注引,第3350页。

兄妹再次密谋征立诸侯王子。十一月,时在京师奔安帝丧的济阴王被中黄门孙程等十九人拥立,是为顺帝,而阎显等人被诛,政局于是暂趋稳定。张衡此时从公车司马令再转为太史令,回想刚刚过去的政变情形,时事的苍黄不定,令他不能不为之焦心忧虑。京师大疫,张衡认为一大原因就是由阎氏操纵的废立之事,欺罔了安帝的在天之灵,使得他怨怒,于是导致了疫气。再一个原因就是顺帝听从有司的建议,为安帝恭陵凿开神道,由此出现"发冢移尸"的现象,并且违背了《月令》"仲冬土事无作"的训诫,使得地气上泄,从而令民众遭受疾疫之灾。正是这些人事的悖谬和过误,上干天和,破坏了天人之间原本的稳定秩序,给人间降下了大疫的灾祸。面对人事的这种对天命的无知以及行事的荒谬,张衡作为一个旁观者,内心产生了无可消释的担忧。他对眼前天人的混乱状态不能默无一语,他不仅出于对国家人民的关怀和怜悯,而且还出于维护并恢复天人之间和顺状态的责任感,于是他向皇帝奏上了这篇封事。具体的应对措施在文章中并没有表述,而且大疫原因的探究在今日看来其逻辑也不免可笑,但是如果我们设身处地来解读这篇作品时,可见张衡本人对阎氏的专权以及顺帝冬日动土伤民一事,无论从思想上还是从情感上,均怀着一种深刻的不满。这种对现实的批判,体现了他对现实深切的关怀。这就是《上顺帝封事》的写作动机,也是他文章功能实用化的体现。

《上陈事疏》同样出于对时政的深切忧思。为了说明《疏》中所指的时事,首先需要考定此文的作年。范晔《后汉书·张衡传》将其列于顺帝阳嘉元年(132)之后,袁宏《后汉纪》系于永和五年(140),今人孙文青《张衡年谱》以为当在永建五年(130)。张衡卒于永和四年(139),不可能死后一年犹上书陈事,可知袁氏《后汉纪》之说误。至于孙文青定于永建五年(130)之说,是因为《疏》中曰"前年京师地震土裂",地震事在永建三年(128),后推两年乃为五年。然而这又与范书抵牾,史传叙事依照年代先后次序,此《疏》既然列在阳嘉元年(132)之后,不可能反而接以昔年之事。这是因为孙氏《年谱》太过拘泥本传"前年"一词,其实"前年"当指今年之前,而非确指"去年之去年"。因此孙说也未惬。如果结合史事来看,本《疏》当作于阳嘉三年(134)。这里有三条证据:首先,《疏》中说到"顷年雨常不足",史书于永建二年(127)、三年(128)、五年(130),阳嘉元年(132)、二年(133)、三年(134)均有旱情的明文记载,且阳嘉三年(134)二月和五月诏书中也大为不安地频频言及"久旱""连旱",因此阳嘉三年(134)较永建五年(130)更符合"顷年"的描述。其次阳嘉二年(133)四月"京师地震",《疏》中说"前年京师地震土裂","前年"谓上一年,正指阳嘉二年(133)。这是《上陈事疏》作于阳嘉三年(134)的第二条证据。再者,《疏》中痛陈宦官窃势专权之弊,由此之故张衡不久迁为侍中,被顺帝引在左右,随时讽议。顺帝曾问张衡天下所疾恶者,宦官恐张衡毁谤他们,于是都瞪着张衡,张衡不敢直言,"乃诡对而出"。阉宦惧张衡终为其患,因此共加谗毁,于永和元年(136)出为河间相。这些事情与《疏》中所言有着密切的因果关系,因此它不会作于此前数年的永建五年(130),而应作于此前不久的阳嘉三年(134)。

既已确定此疏的作年,接着再看当日的时政状况。顺帝由济阴王登基,完全得力于宦官孙程等人的密谋拥戴。因此即位以后,他便不顾典制,大肆封侯赐爵,自万户侯以下凡十九人同日受封。顺帝即位后的第三年即永建三年(128),孙程等三人拜为骑都尉,其余为奉朝请。顺帝乳母宋娥因曾参与孙程等阴谋拥立顺帝之事,阳嘉二年(133)也被封为山阳君,食邑五千户。此后这些人便结党营私,共相货赂,把持朝政,争执权势。阳嘉二年(133)地震等灾,当时被推举对策的李固直言不讳地陈述了时政之弊,他说:"今封阿母,恩赏太过;常侍近臣,威权太重。"① 又说:"宜罢退宦官,去其权重,裁置常侍二人,方直有德者,省事左右。"② 顺帝看了李固的对策,心有所动,于是"即时出阿母还弟舍,诸常侍悉叩头谢罪",但"阿母宦者疾固直言,因诈飞章以陷其罪"。③ 张衡《上陈事疏》即为此而发。此疏虽不似李固对策那样质直激切,但在和婉多讽的语气中依然蕴藏着深沉殷切的忧虑。言及宦官之祸,他提醒顺帝说"近世郑(众)、蔡(伦)、江(京)、樊(登)、周广、王圣,皆其效矣"。除了郑、蔡为和帝时人外,江、樊、周、王四人在顺帝登基前皆对其构陷排挤,不仅使时为太子的顺帝被废为济阴王,而且在安帝死后又拒迎其登位。回想这些不久前亲遭的惨痛经历,宦官执政的祸害当令顺帝怵然惊心了。张衡的这个讽谏策略是比较高明的。然后他以汉人常用的方法,通过将灾变与政事相互附会,以期给皇帝以警示。他认为,亢旱之灾,出自群臣奢侈,僭越礼制;地震土裂,由于威权分裂,人民受扰。我们对这种天人感应式的诠释依旧不必顾及其是非,仅从他对"阴阳未和,灾眚屡见"的深深不安中,可以看到张衡忧怀时事的急切之情。这是张衡《上陈事疏》最直接的心理动机。

《阳嘉二年京师地震对策》也是一篇有极强针对性的文章。阳嘉二年(133)四月京师地震,五月顺帝下诏,令群公卿士"悉心直言厥咎,靡有所讳"④。张衡借此机会,陈述了自己对上年新颁的贡举孝廉政策的不同意见。《对策》提出三个问题:一、贡举新法只重章句奏案之术,而不顾士子德行,不合贡举孝廉的本意。二、若因州郡贡举不实,一旦

---

① 袁宏:《后汉纪》卷一八,载《两汉纪》(下),中华书局2002年版,第354页。
② 《后汉书》卷六三《李固传》,第2077页。
③ 同上书,第2078页。
④ 《后汉书》卷六《孝顺帝纪》,第262页。

免黜刺史、二千石等地方大员十余人,将会扰吏害民。三、将选举大权归于三公,不仅容易泄露台阁秘密,而且必使货赂多行,真伪混淆,昏乱朝政。以上三条意见有的放矢,其直接针对的便是阳嘉元年(132)颁布的两道诏书。据《后汉书·孝顺帝纪》载:

> (十一月)辛卯,初令郡国举孝廉,限年四十以上,诸生通章句,文吏能笺奏,乃得应选。
>
> (闰十二月)辛卯,诏曰:"间者以来,吏政不勤,故灾眚屡臻,盗贼多有。退省所由,皆以选举不实,官非其人,是以天心未得,人情多怨。《书》歌股肱,《诗》刺三事。今刺史、二千石之选,归任三司。"①

第一条意见是针对十一月的诏书而发,第二、三条意见针对的则是闰十二月的诏书。其实此次贡举新法,完全出于时任尚书令左雄的提议。东汉以来,贡士名目繁多,如茂才、至孝、廉吏、方正、直言、敦厚、有道、明经、宽博、武猛、治剧等。然而选举腐败,"富者乘其材力,贵者阻其势要,以钱多为贤,以刚强为上"②。面对这种情况,于是左雄提出了上述"限年四十以上,诸生通章句,文吏能笺奏,乃得应选"的纠治方案。这个方案在当时朝廷内引起了不小的争论,反对派中,除了张衡,还有黄琼、胡广、崔瑗等人。尽管如此,左雄的建议"虽颇有不密,固亦因识时宜"③,因此最终得到采用。范晔称反对派的意见"泥滞

---

① 以上两条引文均见《后汉书》卷六《孝顺帝纪》,第261页。
② 王符:《潜夫论笺校正》卷二《考绩》,汪继培笺,彭铎校正,中华书局1985年版,第68页。
③ 《后汉书》卷六一"论",第2042页。

旧方",二者政见的异同是非此处不论,仅看其面对时政的弊病,不因循苟且,而能积极思考,寻求改革之术、对治之方,这种态度便是值得赞许的。

在讨论到张衡的思想时,最受学者重视的,当推《请禁绝图谶疏》这篇大作了。此文被视为张衡科学思想的伟大证明,也被誉为反迷信的卓越宣言。但如果我们仔细阅读这篇疏文,并结合东汉文化的实际情形,以及张衡本人的学术特点,就会发现此前对本文存在着严重的误读,而且历来对其如潮的高度评价,若张衡有知的话,也当会觉得是一种"不虞之誉"。

图谶全出于政治投机者之手,利用附会穿凿之术、拆字隐语之技,向世人传达一种受命于天的暗示和欺惑。自王莽柄政,此风大盛,光武中兴,沉迷如故。章帝以降,更与经学相提并论,互相杂糅,至于鱼目混珠的荒唐境地。尽管如此,在东汉一开始就有人对图谶不以为然,甚至加以激烈反对,前者如尹敏,后者如桓谭。① 之后通儒贾逵、马融、张衡、朱穆、崔寔、荀爽等人,均斥以为妄。② 这种意识形态的争论,不仅是一个关乎国家政权合理性的重要问题,而且也与具体行政方式的有效与否密切相关。因此信奉图谶,还是坚持理性,就成为一个非常现实的政治问题了。张衡的这篇《请禁绝图谶疏》便是以现实政治为中心的作品。这是我们解读该文的正确切入点。

《请禁绝图谶疏》主要从两大方面论证了图谶之伪,一是对于以往史事的错乱混淆,与经典及史实不合,如《尚书》载大禹治水,而《春秋谶》谓共工理水;公输班与墨翟事见战国,而图谶乃谓在春秋时。二

---

① 分别见《后汉书》卷二八上《桓谭传》,第 959—961 页;卷七九上《儒林·尹敏传》,第 2558 页。
② 《后汉纪》卷一八引华峤语,第 352 页。

是图谶自命前知，却不能预言政统的变化，如王莽篡汉与顺帝复位，图谶之书对其竟然毫不知情。由此可知所谓的图谶，"殆必虚伪之徒，以要世取资"，"欺世罔俗，以昧势位"，完全出于政治上的私利之心。

在宗经时代，政治上的一切行事活动均以经典为最高依据。《尚书》开篇的"粤若稽古"，便是汉朝人政治思想的普遍心理，《诗品》序所说的"撰德驳奏，应资往烈"，也是汉朝人讨论具体政事的典型方法。因此往古史事是否确切可信，便涉及后世政治的依据是否可靠的问题。如果都像图谶之说，"一卷之书，互异数事"，乖谬错乱，后人如何准依？既然前事纷扰不定，是非不一，又如何能作为后事之师？图谶的这种淆乱虚伪之弊，不仅对政治思想、国家宪章起着腐蚀的破坏作用，而且在日常的行政工作中也会导致变乱纷杂的不良后果。这是图谶对政治的积极危害。从消极方面讲，汉朝人对政统秩序极为重视，异姓的篡国固然罪大恶极，同姓的争位同样害国乱政，因为二者都扰乱破坏了正常的政统秩序。尤其东汉人，经过王莽窃国之后，对维护刘氏政权统绪更为自觉和坚定。再加上和帝以来外戚阉宦轮流柄政的昏乱状况，更使帝位继承者的合理性问题日益迫切。然而大肆宣扬图谶之人，对此重大事件反而置若罔闻，不能提前预知，岂非因其本身所具有政治欺骗性的缘故嘛！

文中还有一个争议较大的问题，那就是，既然张衡反对图谶，为何又对律历、卦候、九宫、风角等占卜之术加以推重呢？朱熹对此不满，说："如杨震辈皆尚谶纬，张平子非之，然平子之意，又却理会风角、鸟占，何愈于谶纬！"[①] 这也让现代的学者十分为难，为了标举张衡崇尚科学、反对迷信的伟大思想，将《请禁绝图谶疏》作为最有力的证

---

① 黎靖德编：《朱子语类》卷一三九，中华书局1986年版，第3299页。

据，但是文末这几句对"律历、卦候、九宫、风角"赞许的话又似乎要将前面的积极态度推翻。无奈之余，学者们往往有意地忽略这个矛盾，仅盛誉其禁绝图谶的科学思想。

这个十分明显而尖锐的矛盾，其实并非张衡本身的因素造成的，相反倒是现代学者无意之中为自己设下的论证陷阱。因为他们对这篇文章解读的切入点是"科学"，而非我们上文所说的"政治"。汉代时，不论是人文科学，还是自然科学，所有的学术并没有完全的独立性，它们更多地是依附于政治而存在。张衡虽然致思于天文、阴阳、历算之学，但他并不是后世的书斋学者，纯粹以学术的求真为使命，而是更注重学术在现实政治中的运用。他受安帝征召，迁为太史令，"乃研核阴阳，妙尽璇机之正，作浑天仪，著《灵宪》《算罔论》"[①]。顺帝阳嘉元年（132），他再任太史令时，又造了候风地动仪。首先，他的这些学术成就，并非像古希腊"爱智"的哲人那样为学术而学术，而是由其职责范围所决定的。据史书载，太史令的职务包括："掌天时、星历。凡岁将终，奏新年历。凡国祭祀、丧、娶之事，掌奏良日及时节禁忌。凡国有瑞应、灾异，掌记之。"又下设"明堂及灵台丞一人……灵台掌候日月星气，皆属太史"[②]。而太史令的这些职务又与日常政治活动密切相关。他制造浑天仪，著《灵宪》《算罔论》，在探索和推算日月星辰运行规律的背后，其最终的目的是为了制订正确的历法，从而保证国家的政治活动能够遵循天时、井然有序。他发明地动仪，最根本的动机是因为安帝、顺帝之时，频繁发生的大规模地震灾害。地震作为灾异之中极为严重的天变现象，不仅造成民众的灾难，而且从社会的普遍心理与思想上，使得国家政权的合理性遭到了极大的怀疑和动摇。因此太史掌记灾

---

① 《后汉书》卷五九《张衡传》，第 1897—1898 页。
② 《后汉书》志二五《百官志二》，第 3572 页。

异的职责完全与国家政治休戚相关。张衡之所以以极其强烈的态度反对图谶，就在于图谶之学"无效"，且对政治起着莫大的损害作用。他在本《疏》中说"律历、卦候、九宫、风角，数有征效"，所谓的"征效"强调的还是政治实用性。

以上从"政治"角度来分析《请禁绝图谶疏》，能够较为圆融地解决张衡反对图谶之学又信奉占卜之术的矛盾，而且也从中找到了张衡学术的一贯之处。如果从"科学"的角度来看这个问题，便使得情况复杂了许多。关键点就在于对"科学"的含义认识模糊，没有明确的界定。"科学"并非即等同"真理"，它强调的是一种方法。这种方法就是以实验的方式来检验某种假设的正确与否。古今的"科学"虽然有高低精粗之别，但有一个不变的宗旨即是"理性精神"。凡是通过理性来做客观探索的便可以归入科学的范围，反之，不依照理性的便非科学。因此是否属于科学，一是其是否具有理性精神，一是其是否具有实验的方法。科学与非科学的区别决定于上述两点，而不在于其考察的对象。张衡重视"律历、卦候、九宫、风角"，一个原因就是它们在实际运用过程中"数有征效"。这个"数"字表明了张衡之言得自实验的方法，他为什么不说"偶"有征效？就是因为在他看来，这些术数在长期多次的实践中屡有成效。另一个原因，这些术数的服务目标是国家的现实政治，而政治属于理性的活动，容不得任性和恣肆。从张衡本人的学术抱负和性格品行来看，他也是追求理性的人，而且职责所在，绝不会以不可靠的诈伪之术来指导日常政治的活动。因此他以"律历、卦候、九宫、风角"为当务之急，是建立在政治实践的基础上，并且有着较为自觉的理性精神，后人不能轻易加以否定，甚或一概抹煞。

从"科学"角度切入，使情况变得复杂，还有一个因素，就是分析者缺乏历史的观点。对此余英时的论述值得重视，他说："事实上以占卜为'迷信'是现代人的观念，汉人限于当时的知识水平，则并未有此想法。"他接着举出《论衡·卜筮篇》《白虎通·蓍龟篇》《潜夫论·卜列篇》为证，并说"何况占卜星相之类的民间信仰一直到今天仍或多或少流行在每一文化之中，所以研究通俗文化史尤其不能以'科学'为借口而持一种非历史的态度"。① 正由于这种"非历史的态度"，造成了许多不必要的误会。朱子好学深思，犹有此病，更何况他人。再者在宇宙和人生中，科学还有很多尚未阐明的问题，不能因为未经说明，便武断地将其归入所谓的迷信。如果像盲人用餐一样，除了吃进嘴里的才是真实存在之物，眼不见的便认为虚幻不实，未免太过可笑。我们应当秉承"多闻阙疑，慎言其余"的古训，庶几可免妄议妄言之病。

以上通过对张衡《上顺帝封事》《上陈事疏》《阳嘉二年京师地震对策》《请禁绝图谶疏》四篇文章的分析，可以极为明显地看出他的文章为现实政治而作的特点。这虽然不是他个人独有的现象，但他却是表现突出的一例。至于像《二京赋》《思玄赋》，以及《归田赋》《应间》，无不与现实政治有着或深或浅的关联。尽管他迈出了跨向"咏怀"文学的一大步，但浓厚的政治实用意识和强烈的现实关怀一直是他文章写作的基色。这一点不仅研究张衡需如此，在我们探讨汉代文学时也应当加倍关注，而且在总结中国文学精神时也是永远不可忽略的重要现象。

---

① 余英时：《士与中国文化》，上海人民出版社1987年版，第198页。

小结

上文通过从文章学角度对张衡作品的考察，可以得出如下几点结论：

一、从"文资"来看，张衡文章取资主要有两方面，首先是古代典籍，最重要的为《诗经》《左传》《尚书》《周礼》《楚辞》，其次还有《周易》《国语》《老子》《山海经》等。其中《左传》《周礼》两书，与张衡倾向古文经学、反对图谶的学术背景有密切的关系。《楚辞》则是兼受时代风气与个人经历的体现。其次是世俗部分，包括时代风俗、奇谈轶闻、世俗事物、诗歌体裁等方面，说明张衡文章富于民俗文化的特征。

二、从"摹拟"来看，张衡作品有立意、结构布局、字句三方面特点。立意之摹拟，包括依本、变翻、拓展、深化四个类型。结构布局之摹拟，分为整体布局之摹拟与局部结构之摹拟两类。字句之摹拟，有改换字面、改易字序，及取其大意而不袭文词三种方式。寓变化于摹拟是张衡文章写作的一个特征。

三、在"文术"方面，其值得注意之处可以归纳为三点，即"精思傅会"，用缀联排比法组织材料；"繁类成艳"，用繁衍充类法扩展内容；"赋者铺也"，用写实直陈法表达文意。三者的内涵分别为：精思傅会，它不要求各部分之间有严密的逻辑关系，是以聚合的形式，而非以化合的方式熔炼成文。繁类成艳有两种形式,一是前人之作未及者增以新文,二是前人之作简约者加以繁辞。赋者铺也,即多用赋笔,少用比兴,在本着历史事实的同时,又有着文学的镕裁和情韵。

四、在"文风"上,张衡作品表现出崇典爱俗,好奇乐异,重尚文藻三个特征。崇典方面,除用典外,张衡文章还营造出典雅高古的气息。这与时代文化及个人学术类型相关。爱俗方面,他在世俗事物及民间体裁两方面均有吸收借鉴。好奇方面,这源于他的性格特点,即对奇异事物充满惊叹赏爱,并由此感发出艺术激情。具体表现在用典上,包括:喜用神话传说,或将现实事物神话化;好用题材诞异的典事;多用远古的人事为典。这与他崇尚《楚辞》及久任太史令一职有着密切的关系。藻丽方面,张衡文章在写作技艺上,一方面在于文笔刻画愈加精美工细,一方面在于重视文章色泽,尤其是骈偶等文采之美的雕饰与琢炼。这受东汉好尚辞章、推崇文采之风的影响。

五、从"文序""文病"和"文用"来看,首先,在张衡的诗赋中,文序类型大体有对比、空间、月令、并列四种主要形式。其次,张衡作品中存在的瑕疵文病主要有三种:摹拟形似、生吞活剥;夸饰失理、事义相乖;贪用典故、有失检点。简要而言,即抄袭之瑕、语瑕、事瑕。再次,张衡的作品,尤其是疏策封事体裁,其文章功能与对现实政事的深沉忧虑有着紧密关系。并且关于张衡在科学与谶纬之间一直聚讼不决的矛盾,也可以从其作品"政治功能中心"的角度得到较为圆融的解决。

下编

第一章　张衡文章著作辑补考辨

张衡的文章著作，据《后汉书》本传载，"所著诗、赋、铭、七言、《灵宪》、《应间》、《七辩》、《巡诰》、《悬图》凡三十二篇"①，另外还有《算罔论》《周官训诂》②。东汉文章辑集尚未成风，故范书仅列篇数。将其与同时作家的作品相比，在数量上可以说业已很多了。至于像经子等著作，则大多散亡，十不存一，或仅能知其书名而已。关于张衡的文章与著作，隋代以后诸种史书著录略有参差，如：

《隋书·经籍志》集部著录"后汉河间相《张衡集》十一卷。注：梁十二卷，又一本十四卷"。③子部"天文类"有张衡撰《灵宪》一卷，"五行类"有《黄帝飞鸟历》一卷。④

《旧唐书·经籍志》丁部集录著录"《张衡集》十卷"。⑤丙部子录"天文类"有张衡《灵宪图》一卷、《浑天仪》一卷。"五行类"又有《黄帝飞鸟历》一卷。⑥《新唐书·艺文志》同。

---

① 《后汉书》卷五九《张衡传》，第1940页。
② 同上书，第1898、1939页。
③ 《隋书》卷三五，中华书局1973年版，第1057页。
④ 《隋书》卷三四，第1018、1026页。
⑤ 《旧唐书》卷四七，中华书局1975年版，第2055页。
⑥ 同上书，第2036、2043页。

《宋史·艺文志》集部著录"《张衡集》六卷"。子部"天文类"有"张衡《大象赋》一卷"。①

文集的卷数越来越少,可知出于篇目散佚之故。《宋史》虽仍有"《张衡集》六卷"的记载,但实际上在宋以后便日渐散佚了。子部著作则仅仅有《灵宪(图)》《黄帝飞鸟历》还在隋唐流存,到宋代则一并亡佚。而《浑天仪》不见于《隋志》,《新唐书志》亦不著录,只在《旧唐书志》中出现,也说明其流传不甚广,处于亡佚的边缘。

鉴于以上原因,明末张溥在严燮《七十六家集》基础上,编《汉魏六朝百三家集》,其中辑有《张河间集》。张辑共有诗文四十三篇。清代严可均辑《全上古三代秦汉三国六朝文》,在《全后汉文》中收录张衡诗歌之外的文章凡三十八篇。诗歌方面,冯惟讷《古诗纪》与丁福保《全汉三国晋南北朝诗》较为全面,然仍多讹误。逯钦立《先秦汉魏晋南北朝诗》考辨精核,相对冯、丁二书则尤加可靠。张震泽《张衡诗文集校注》在上述诸书的基础上,收录了张衡的韵散诗文三十七篇,然未收天文著作《灵宪》等四文。

尽管经过历代的辑录考辨,对张衡流存的作品有了比较可信的整理,但尚未尽善,其中仍有一些问题存在,比如有误收之文,也有遗漏之作。有些文章虽然已经亡佚,仅存题名,然而加以搜集,略加考证,对张衡研究也会有参考价值。张衡作为一位卓越的学者,其经子著作是其学术的重要组成部分。虽然这些著作多所亡佚,然加以考证说明,同样也会有一定的意义。本章对于确切无疑的作品,仅标出其著录情况,而对有问题的作品则加以较详的论述,并以"按"字标识。

张衡文章著作,其流存情形复杂,为眉目清晰计,下文将其作品分

---

① 《宋史》卷二〇八,中华书局1977年版,第5328页。又卷二〇六,第5231页。

别为几种类型,并用相应的字词来表示其存佚情况,其中"存"表示基本完整,"残"表示不全,"佚"表示已亡,"误"表示误收,"补"表示新增。若本无成书,仅存遗说,则标以"散句"。

《二京赋》

【存】。见《昭明文选》。

《二京赋》在收入《文选》之前,曾以不同方式流传于世,据《隋书·经籍志》载:

> 《五都赋》六卷并录。注:张衡及左思撰。
> 《杂都赋》十一卷。注:《二京赋音》二卷,李轨、綦毋邃撰。
> 《杂赋注本》三卷。注:梁有……薛综注张衡《二京赋》二卷,晁矫注《二京赋》一卷,傅巽注《二京赋》二卷。①

其中或于唐代仍传,如《旧唐书·经籍志》著录有:

> 《二京赋》二卷。
> 薛综《二京赋音》二卷。②

另有"綦毋邃《三京赋音》一卷"。按:其中"三"疑为"二"之讹。

以上几种注本、单行本多已不存,今《二京赋》以《昭明文选》所录为最古。

张辑、严辑俱收。

---

① 《隋书》卷三五,第1083页。
② 《旧唐书》卷四七,第2077页。

《南都赋》

【存】。见《昭明文选》。

张辑、严辑俱收。

《思玄赋》

【存】。见范晔《后汉书》卷五九《张衡传》。又见《昭明文选》。

张辑、严辑俱收。

按：赋中有七言"天长地久岁不留"十二句，《古诗纪》别出，题为《思玄诗》，兹不别出。又有四言歌"天地烟煴"八句，逯钦立《汉诗》收，兹亦不别出。

《归田赋》

【存】。见《昭明文选》。又见《艺文类聚》卷三六。

《艺文类聚》引文中无"尔乃龙吟方泽"至"悬渊沈之魦鰡"八句。

张辑、严辑俱收。

《温泉赋》（并序）

【存】。见《艺文类聚》卷九、《初学记》卷七。又见《古文苑》卷五。

《艺文类聚》收序与正文，未收"乱曰"以下文字。《初学记》所收赋序，剪裁不全。正文与"乱"则全。《古文苑》所收较全，序、赋、乱俱录。序同《初学记》，然又将《艺文类聚》所引之序作为赋之正文（少"嘉洪泽之普施"一句），因此前后有所重复。

又《水经注·渭水》注引《温泉赋序》，与《初学记》所引同，均经剪割。《昭明文选·雪赋》注引"遂适骊山，观温泉"二句。

张辑、严辑俱收。

按：此赋疑非完篇。

《羽猎赋》

【残】。见《艺文类聚》卷六六、《初学记》卷二二。

另《文选》魏文帝《芙蓉池作诗》注引"风翊翊其扶轮"一句；陆机《汉高祖功臣颂》注引"开阊阖兮坐紫宫"一句。《太平御览》卷八〇九引"乘瑶碧之雕轩，建辉天之华旗"二句。

张辑、严辑俱收。张辑无"风翊翊""开阊阖""乘瑶碧"等散句。

按：《文心雕龙·夸饰》曰："张衡《羽猎》，困玄冥于朔野。"亦为本赋中佚句，其中有"困玄冥""朔野"等词，唯原句已难知其详。

《定情赋》

【残】。见《艺文类聚》卷一八。

另《文选·洛神赋》注引"思在面为铅华兮，患离尘而无光"二句。

张辑、严辑俱收。张辑无"思在面"二句。

【补】。宋葛胜仲《丹阳集》卷八《书渊明集后三首》其二云："张衡《定情》有云：想逾里兮折杞檀，惧龙吠兮我所惊。"① 此二句不见于他书，未知葛氏何据。兹存以备考。

按：赋中有七言"大火流兮草虫鸣"四句，《古诗纪》依《广文选》题为《定情歌》；逯氏讥其杜撰题目，改题为《叹》。兹不别出。

《扇赋》

【残】。凡两条，均见《北堂书钞》卷一三四。

张辑、严辑俱收。张辑无"憯周"条。

《舞赋》

【残】。见《艺文类聚》卷四三、《初学记》卷一五、《古文苑》卷五。

篇题，《古文苑》作"观舞赋"（张溥《张河间集》同），《文选》傅毅《舞赋》注引作"七盘舞赋"，其余均作"舞赋"。

《艺文类聚》《初学记》与《古文苑》所引同，均无"徘徊相佯，

---

① 葛胜仲：《丹阳集》卷八，文渊阁四库全书本。

□□□□。提若霆震,闪若电灭。搴兮宕往,彳兮中辄"六句。此六句为合并《文选》潘岳《射雉赋》注引"搴兮宕往,彳兮中辄"二句,及陆云《为顾彦先赠妇诗》注引"裾若飞燕,袖如回雪。徘徊相俨,瞥若电伐"四句而成。又《太平御览》卷三八一引"裾若飞烟,袖如回雪。窣若霆震,瞥若电灭。于是粉黛施兮玉质粲,珠簪挺兮缁发乱"六句。中有删简。

另《初学记》卷一五引"且夫九德之歌"以下凡十句。《文选》潘岳《笙赋》注亦引其中"移风易俗,限一齐楚"二句。唯"限"字《初学记》作"混"。又《后汉书·文苑传·边让》注、《文选》傅毅《舞赋》注、陆机《日出东南隅行》注、鲍照《数诗》注引"历七盘而屣蹑"一句。《太平御览》卷五七四亦引此句,唯"屣"作"纵"。又《文选》嵇康《琴赋》注引"含清哇而吟咏,若离鸿鸣姑耶"二句。张协《七命》注引上句。又《文选》陆机《演连珠》注引"既娱心以悦目"一句。

张辑、严辑俱收。张辑之文与《类聚》同,且未录散句。

按:赋中有七言歌"惊雄逝兮孤雌翔"二句,逯氏《汉诗》收。兹不别出。

《髑髅赋》

【存】。见《古文苑》卷五。又见《艺文类聚》卷一七、《初学记》卷一四、《太平御览》卷三七四。

《古文苑》所引文字最全。《艺文类聚》引文为起始至"不疾而速"一段,然中间多所剪裁。《初学记》所引为"死为休息"至"不疾而速"一段,中无"飞锋曜景,秉尺持刀"二句。《太平御览》所引与《艺文类聚》基本相同,唯多"下据朽壤,上负玄霜"二句。

又《文选》颜延之《五君咏·向常侍》注引"星回日运,风举龙骧"二句;郭泰机《答傅咸诗》注引"飞锋曜景,秉尺持刀"二句。

张辑、严辑俱收。

《冢赋》

【存】。见《古文苑》卷五。又见《艺文类聚》卷四〇、《初学记》卷一四。

《古文苑》所引文字最全。《艺文类聚》引"系以修隧"以下四句及"奕奕将将"以下六句,凡十句。《初学记》引"乃立厥堂,乃相厥宇"两句及"在冬不凉"以下四句,凡六句。

张辑、严辑俱收。

《逍遥赋》

【补】【残】。见《北堂书钞》卷一〇九。

出《书钞》卷一〇九《乐部九·琴》,据孔广陶校注本,赋存"即疏炼石体,稷生挥妙琴"两句。陈禹谟、俞安期本唯存下句。[①]《玉烛宝典》卷五引张衡《逍遥赋》云"以日月为向牖"[②]。

张辑、严辑俱失收。

《鸿赋》(序)

【误】。见《太平御览》卷九一六。

张辑无。严辑收。

按:此篇实为隋卢思道《孤鸿赋序》中语,见《隋书》卷五七《卢思道传》。[③] 卢赋序中列举《周易》、扬雄《淮南》、张衡之语,以彰鸿之高德,并叙鸿之习性。序曰:"《大易》称'鸿渐于陆',羽仪盛也。《扬子》曰'鸿飞冥冥',骞翥高也。《淮南》云'东归碣石',违溽暑也。平子赋曰'南寓衡阳',避祁寒也。"观卢氏修辞之例,先引古人语,然后以己语加以阐释,故其中张衡之语实则仅"南寓衡阳"一句。此句本

---

① 虞世南:《北堂书钞》卷一〇九,孔广陶校注,清光绪十四年万卷堂刻本。
② 杜台卿《玉烛宝典》卷五,古逸丛书本。
③ 《隋书》卷五七,第1398页。

作"南翔衡阳",语出《西京赋》。

考其致误之由,乃因《御览》编者误分《孤鸿赋序》,于上述所引四家,遇"曰"字辄提行另写,而卢氏阐释之语,如"羽仪盛也""骞翥高也""违漘暑也",亦分别误作《易》、扬、《淮南》之文。因张衡在四人之末,遂将"避祁寒也"以下卢氏原文牵连一并误认作张衡所作。若将张衡与《淮南》相互改易,则"若其雅步清音"以下文字岂能亦属之《淮南》?严可均编《全后汉文》,未加细审,误作判断,又妄题《鸿赋序》以坐实其事,于是沿误至今。此文被定为张衡作,一误于《御览》,再误于严氏,实应亟加改正。

《大象赋》

【误】。见孙星衍《续古文苑》卷三。

《续古文苑》题作《天文大象赋》,隋李播作。

张辑收,题为《周天大象赋》。严辑《全后汉文》无,改移至《全隋文》卷三六,然仅录起首二字。

按:此文作者,历来纷纭其说,《新唐书·艺文志》载《天文大象赋》,题黄冠子李播撰,李台集解。李播即李淳风父。一本题杨炯撰,毕怀亮注。《中兴馆阁书目》题张衡撰,李淳风注。《宋史·艺文志五》"天文类"又题"张衡《大象赋》一卷,苗为注"。[①] 顾广圻定为隋李播撰。详见《续古文苑》卷三《天文大象赋》后所附顾氏跋语。

至于严氏仅录二十二字,乃因此赋考订传刻之功,出自孙星衍,而严与孙构隙交恶,铁桥不欲掠美,故略而不详。

《怨篇》(并序)

【残】。凡三条,分别见《太平御览》卷九八三、《文选》注。

---

① 《宋史》卷二〇六,第5231页。今点校本《宋史》误将"苗为注"三字羼入下行。

第一条序及"猗猗秋兰"以下八句,出《御览》;又见《广文选》卷九、《古诗纪》卷一三,二书均无序。第二条"同心离居,绝我中肠"两句。第三条"我闻其声,载坐载起"两句,均见《文选》王粲《赠士孙文始诗》注。以上三条题名均作《怨诗》,《文心雕龙·明诗》称之为《怨篇》,实则无异,兹且从古。

张辑收,无序。

按:又有"愿言不获,终然永思"二句,出《文选》嵇康《赠秀才入军诗》注。张震泽以为当属《怨篇》。姑附于此。

《同声歌》

【存】。见《玉台新咏》卷一、《乐府诗集》卷七六、《广文选》卷一三、《古诗纪》卷一三。

张辑收。

《歌》

【残】。见《太平御览》卷二〇。

歌为五言,凡四句:"浩浩阳春发,杨柳何依依。百鸟自南归,翱翔萃我枝。"《御览》引径称"张衡歌曰"。

又《北堂书钞》卷一五四引前两句,作"张衡诗曰:皓皓青春发,杨柳何猗猗"。

张辑无。

按:梅鼎祚《古乐苑》卷三二录此歌,解题曰:"《文心雕龙》曰:'张衡《怨篇》,清曲可味;仙诗缓歌,雅有新声。'此或仙诗缓歌之遗句耶?"[①]亦臆测之词,姑存备考。

---

① 梅鼎祚:《古乐苑》卷三二,明万历十九年吕胤昌刻本。

《古别离曲》

【补】。见宋王洙《分门集注杜工部诗》卷十。

该书卷十《湖城东遇孟云卿复归刘颢宅宿宴饮散因为醉歌》注引张衡《古别离曲》曰:"鸡鸣庭树枝,客子振衣起。别泪落如线,相顾不能止。"[1] 其后《锦绣万花谷·别集》卷二十"别离类·泪如线"、黄希、黄鹤《补注杜诗》卷四、元高楚芳《集千家注杜工部诗集》卷四、明杨伦《杜诗镜铨》卷五、清仇兆鳌《杜诗详注》卷六并从王注。

按:此曲不见于现存宋前文献,首见于北宋王洙《分门集注杜工部诗》,且宋人均沿王注,而无质疑者。考王书撰成于宋仁宗宝元二年(1039),《锦绣万花谷》之序写于孝宗淳熙十五年(1188),书分前集、后集、续集,别集虽不在其中,其编成当亦在此后不久。黄希、黄鹤书,前有董居谊序,作于宝庆二年(1226),序中载黄氏父子编订此书前后三十年,则此书当撰于宁宗、理宗时。可知王洙以后二百年,两宋之人俱以《古别离曲》属之张衡,当非无据。此后历元明清,注家均承王洙之说。今文献不足,录以备考。

《仙诗缓歌》

【佚】。见《文心雕龙·明诗》。

此诗仅存篇名。《文心雕龙》曰:"至于张衡《怨篇》,清典可味;仙诗缓歌,雅有新声。"

按:此诗当为五言体。察刘勰《明诗》此段专论五言,上言《古诗十九首》,下言建安之初"五言腾踊",中言"仙诗缓歌",又谓之"新声",可知此诗为五言体。至于言及四言《怨篇》,乃《文心》行文修辞之术。观其语气,意谓:张衡《怨篇》,体为四言,清典近于《诗经》;

---

[1] 王洙:《分门集注杜工部诗》卷十,四部丛刊景宋刊本。

而所为仙诗缓歌,则又能用五言,其新声新调正与汉魏诗坛五言新风之潮流相同。黄叔琳以为此处之仙诗缓歌即《同声歌》,纪昀讥之。① 黄氏固非,然其知《仙诗缓歌》当为五言体,则不为无见。

《四愁诗》(并序)

【存】。见《文选》卷二九、《玉台新咏》卷九、《古诗纪》卷一三。

又见《艺文类聚》卷三五、《太平御览》卷四七八。《类聚》所引四首,第一首七句全,其余三首均缺"路远莫致"最后两句。《御览》所引为四首中之"美人赠我""何以报之"两句,共引八句。其余卷中引用散句尤多,不枚举。

张辑诗、序两收。严辑收序。

按:严辑限于体例,别立《四愁诗序》一条。兹合之,不别出。此序出后人之手,王观国《学林》卷七"四愁诗序"条辨之甚详。② 然虽非张衡亲笔,由来已久,可以参考,不必删。

又骆宾王《骆丞集》卷三《和学士(一作道士)闺情诗启》曰:"李都尉鸳鸯之词,缠绵巧妙;班婕妤霜雪之句,发越清回;平子桂林,理在文外;伯喈翠鸟,意尽行间。"明颜文选注曰:"张衡字平子,有《桂林赋》。"③《桂林赋》之文,前未见记载,不知颜氏言出何据。陈熙晋以为即《四愁诗》之"我所思兮在桂林"句。④ 详味宾王原文,李陵鸳鸯之词出《赠苏武诗》("昔为鸳与鸯,今为参与商"),班氏霜雪之句出《怨歌行》("新裂齐纨素,皎洁如霜雪"),二者皆摘句;"平子桂林"与"伯喈翠鸟"相对,蔡邕有《翠鸟诗》,则所谓"桂林"者,亦

---

① 范文澜:《文心雕龙注》卷二,第87页。
② 王观国:《学林》卷七,中华书局1988年版,第224—225页。
③ 骆宾王:《骆丞集》卷三,颜文选注,文渊阁四库全书本。
④ 骆宾王:《骆临海集笺注》卷七,陈熙晋注,中华书局1961年版,第222页。

当为诗。前人亦有以桂林指诗篇者,如《南齐书·文学传论》:"桂林湘水,平子之华篇。"[1]骆丞此文因闺情诗而作,班、张之作,见于《玉台新咏》,李、蔡之篇,类乎闺阁柔情。况宾王此启,专论诗歌,岂能忽而言赋。故知"桂林"者实即《四愁诗》,所谓《桂林赋》,乃颜氏无稽之谈。因关乎张衡文章篇目之考订,故不惮辞繁,辨之如上。又骆氏此文,魏庆之《诗人玉屑》卷十二"历论诸家"条有节引,而谓出《李太白集》,或记忆偶误,当正。

《应间》(并序)

【存】。见《后汉书》卷五九《张衡传》及注引。

《应间》正文见本传,序则见注引《衡集》云云。

张辑、严辑俱收。张辑序附文后。

按:《文选》嵇康《琴赋》注引张衡《应问》"可剖其孙枝"一句。《胡氏考异》卷三据何义门、陈少章校改为《应间》。然李注所引之文,不见今本《应间》,不知何属。姑存疑。

又据《后汉书》本传注引《张衡集》,今本"美言以相剋"原作"美言以市"。

《七辩》

【残】。见《艺文类聚》卷五七。

另《文选》王融《曲水诗序》注引"回飙拂其寮,兰泉注其庭"二句;潘岳《西征赋》注引"巩洛之鳟,割以为鲜"二句;曹植《洛神赋》、陆机《日出东南隅行》注引"蟎蛴之领,阿那宜顾"二句;丘迟《旦发渔浦潭诗》注引"蹊路诡怪"一句。《北堂书钞》卷一四八引"玄清白醴,蒲陶酰醁"二句;卷一四二引"会稽之菰,冀野之粱。潏凌软

---

[1] 《南齐书》卷五二,中华书局1972年版,第908页。

面，糁以青粳"四句。《太平御览》卷六八四引"微雾之冠，飞翩之缨"二句。

张辑、严辑俱收。

《绶笥铭》

【存】。见《初学记》卷二六、《古文苑》卷一三。

又《初学记》卷二〇引序"南阳太守鲍德，有诏所赐绶金笥，为作铭曰"及铭文"懿矣兹笥"以下四句。序与卷二六所引有异文。《太平御览》卷六八二及七一一引序，与《初学记》卷二六略同。

张辑、严辑俱收。

《东巡诰》

【残】。见《艺文类聚》卷三九。

又《初学记》卷一三题名作"巡狩诰"，所引为"惟二月初吉"至"观礼于鲁而休齐焉"。《太平御览》卷五三七题名作"巡狩颂"，所引为"初吉"至"有双凤集于台"。

《类聚》无"丙寅朏"与"乙酉"五字，当据《初学记》《御览》补。

张辑、严辑俱收。

按：诰中有"皇皇者凤"四言歌六句，逯氏《汉诗》另录。兹不别出。

《司徒吕公诔》

【存】。见《艺文类聚》卷四七。

又《文选》江淹《恨赋》注引"玄室冥冥，修夜弥长"二句；谢朓《齐敬皇后哀策文》注引"去此宁寓，归于幽堂。玄室冥冥，修夜弥长"四句，且题作《吕司徒诔》。

张辑、严辑俱收。

《司空陈公诔》

【残】。凡两条，见《艺文类聚》卷四七、《北堂书钞》卷五四。

《艺文类聚》引"敬仲初育"至"公寔愍之"十九句（中有阙句），

及"乃陟司空"至"莫与比踪"九句（中有阙句），凡二十八句。《北堂书钞》引"后作鸿胪"以下共四句，皆《类聚》所无。

张辑、严辑俱收。

《大司农鲍德诔》

【存】。见《艺文类聚》卷四九。

张辑、严辑俱收。

《南阳文学儒林书赞》

【残】。见《北堂书钞》卷三九。

张辑、严辑俱收。

按：此文出《书钞》卷三九《政术部十三·劝课》，严氏言之未详，当据补。

《讥世》

【佚】。见《文心雕龙·论说》。

此文仅存篇名。《文心雕龙》曰："张衡讥世，韵似俳谐。"

按：《文心雕龙》将张衡《讥世》与孔融《孝廉论》、曹植《辩道论》相提并论。此文虽佚，观刘勰之语，知其为"论"体。

《与崔瑗书》

【残】。见《太玄经》范望注本载陆绩《述玄》引、《后汉书·张衡传》。

张辑、严辑俱收。

按：《述玄》与《张衡传》所引文字多有不同，比照二者，《述玄》引文较《后汉书》详，且词气古奥，当是直用口语，而范书则加以整炼。故陆氏所引当近张作原貌。

《与特进书》

【残】。凡四条，分别见《北堂书钞》卷一〇一、卷一二三、《文选》注。

张辑、严辑俱收。

按：此四条引文，（一）"蓬莱，太史之秘府，道家所贵云云"，出《北堂书钞》卷一〇一《艺文部七·藏书》。《书钞》引文首无"蓬莱"二字，当为梅鼎祚《东汉文纪》所加，而张溥、严可均遂沿之。（二）"铅刀强可一割"一条，不见今本《文选》注引。见于《北堂书钞》卷一二三《武功部十一·刀》，题为"张衡《与特进书》"。铁桥谓其出《文选》，乃沿明代梅鼎祚《东汉文纪》卷十三之误。此条又见《太平御览》卷三四六。此外，严氏引文亦有脱误，《书钞》《御览》原作"以为铅刀强可一割"，严辑脱"以为"二字。又孔广陶校注本《北堂书钞》作"以铅为刀强可一割"，与常见本不同，且句意亦胜，似可从。（三）"其言之不惭，恃鲍子之知我"出《文选》曹植《与杨德祖书》注。（四）"酸者不能不苦于言"出《文选》陆机《与冯文罴诗》注、刘琨《答卢谌诗》注、王微《杂诗》注。上引文均作"张平子书"，未明言"与特进书"。

严氏《全后汉文》抄录《东汉文纪》，断句残文，未能一一覆考引文出处，至有讹误，如第一、四条之仅标《北堂书钞》《文选》，不详篇卷，第二条之沿误未订，均当据以补正。

《表奏日蚀》

【残】。见《后汉书志·五行六·日蚀》阳嘉四年（135）注引。

张辑、严辑俱收。张辑题作《日蚀上表》。

《上顺帝封事》

【存】。见《后汉书志·五行五·疫》延光四年注引。

张辑、严辑俱收。张辑题作《大疫上疏》。

《上疏陈事》

【存】。见《后汉书》卷五九《张衡传》、《后汉纪》卷一九。

《后汉纪》所引少"备经险易者达物伪""百揆允当,庶绩咸熙""神明幽远,冥鉴在兹。福仁祸淫,景响而应。因德降休,乘失致咎"凡九句,另字句与《后汉书》所引不同之处亦时有。

张辑、严辑俱收。张辑题作《陈事疏》。

《论贡举疏》

【误】。见《通典》卷一六。

张辑、严辑俱收。

按:此疏不属张衡,乃蔡邕所作,为蔡邕于灵帝熹平六年(177)七月所上封事七条之第五事,见《后汉书》卷六〇下《蔡邕传》。[①] 今人多已指出其误,如刘师培《搜集文章志材料方法》、万光治《汉赋通论》、许结《张衡评传》,均致疑辨析,考其非张衡之作,已成定谳,故应改正。至于致误之因,上述诸家均未详言。

此疏误属张衡,由来已久,不仅张辑、严辑如此,梅鼎祚《东汉文纪》亦然,而最初致误当由杜佑《通典》。《通典》引文多有讹误,即如卷一六引张衡文之前,所引韦彪《上贡举议》系于光武时[②],然据《后汉书》卷二六《韦彪传》,实则其事在章帝建初(76—84)年间。[③] 以此观之,将蔡邕《封事》误系于张衡名下,亦出杜氏之疏忽。

《请禁绝图谶疏》

【存】。见《后汉书》卷五九《张衡传》。

张辑、严辑俱收。张辑题作《驳图谶疏》。

按:据《后汉书》本传注引《张衡集》,原文有"(公输)班与墨翟并当子思时,出仲尼后"一句。今本作"公输班与墨翟,事见战国,

---

① 《后汉书》卷六〇下,第1996页。
② 杜佑:《通典》卷一六,中华书局1988年版,第382页。
③ 《后汉书》卷二六,第917—918页。

非春秋时也"。张震泽将其合并，作"公输班与墨翟，并当子思时，出仲尼后，事见战国，非春秋时也"。可从。

又《后汉书》卷三〇下《郎顗襄楷传》"论"曰："张衡亦云：天文、历数、阴阳、占候今所宜急也。"① 此当即《疏》中谓："且律历、卦候、九宫、风角，数有征效，世莫肯学，而竟称不占之书。"而稍变其词。

《阳嘉二年京师地震对策》

【存】。见袁宏《后汉纪》卷一八。

张辑无。严辑收，且另附佚文一条。

按：张辑、严辑又俱有《论举孝廉疏》一文，然详其内容，实为《阳嘉二年京师地震对策》一篇删节之文。张辑径录梅氏《东汉文纪》，严辑则不标引文出处，今人张震泽注为出自袁宏《后汉纪》卷十八。实则皆误。所谓《论举孝廉疏》，当出《通典》卷一三。寻其致误之迹，《后汉纪》所引为本篇《对策》之文，《通典》乃加删节点窜，梅氏仅依《通典》将其录入《文纪》，并题为《论举孝廉疏》，张溥又沿袭不改。严可均虽搜集更广，然未能细考其间异同，于是兼存《对策》与《疏》，编为两文。张震泽细辨二者内容，定其本为一文，足纠严氏之疏谬；然因《对策》出于《后汉纪》，因率尔亦将《疏》归于袁宏之书。不知二者既为一文，虽有繁简之别，袁书岂能兼录并存。至此可知所谓《论举孝廉疏》，实出《通典》；而考其内容，则因与《对策》重复，故或当删去，或仅附后，不应别立一题。

又严辑于《对策》后附佚文一条，凡三十九字，系出《后汉书志·五行三·大水》永兴二年（351）注引《敦煌实录》。然将其附于《地震对策》之后，未知严氏出于何故。《东汉文纪》卷十三则题为《水灾对

---

① 《后汉书》卷三〇下，第1085页。

策》，而无"潜潭巴曰水逆者反命也宜修德以应之"十六字。张溥《张河间集》一仍梅书。审其内容，当以梅氏、张氏为近实际。

《上疏请专事东观收检遗文》

【残】。见《后汉书》卷五九《张衡传》注引。

张辑、严辑俱收。严辑归入《表求合正三史》中。

按：考《张衡传》："及为侍中，上书请得专事东观，收检遗文，毕力补缀。又条上司马迁、班固所叙与典籍不合者十余事。"可知"请专事东观"与"合正三史"并非一事，故此《疏》应单立一条，不得与他文相混为一。严辑非，张辑为允。

《表求合正三史》

【残】。凡五条，见《初学记》卷二一、《后汉书》卷五九《张衡传》注引。

张辑录三条，题为《求合正三史表》。严辑录一条（参《上疏请专事东观收检遗文》条）。

按：此五条，（一）"臣伏见陛下思光先绪，以典籍为本。而史书枝别条异，不同一贯。建武以来，新裁未就。"此条出《初学记》，张辑、严辑俱收。其中"新裁"二字，各本皆然，唯《初学记》作"新载"。（二）"《易》称宓戏氏王天下，宓戏氏没，神农氏作。神农氏没，黄帝、尧、舜氏作。史迁独载五帝，不记三皇，今宜并录。"此条出《张衡传》注引。张辑以小字附于第一条末。严辑无。说详下。（三）"《帝系》：'黄帝产青阳、昌意。'《周书》曰：'乃命少皞清。'清即青阳也，今宜实定之。"此条出《张衡传》注引。张辑以小字附于第一条末。严辑无。第二、三条所述二事，即本传所谓"条上司马迁所叙与典籍不合者"。李贤注谓"《衡集》其略"云云，可知所引当非原文。（四）"王莽本传，但应载篡事而已，至于编年月，纪灾祥，宜为《元后本纪》。"

此条出《张衡传》。张辑、严辑俱无。张震泽校本收。此处所叙之事，当即本传所谓"条上班固所叙与典籍不合者"。然此为史传转述之词，非张衡原语，仅可以此观其大意。（五）"更始居位，人无异望，光武初为其将，然后即真，宜以更始之号建于光武之初。"此条出《张衡传》。张辑、严辑俱无。张震泽校本收。此处所叙之事，当即"合正三史"（《史记》《汉书》《东观汉记》）中关于《东观汉记》者。此条亦史传转述之词，非张衡原语。

《奏事》（《上事》）

【残】。凡两条，分别见《初学记》卷二、《太平御览》卷一二，及《后汉书》卷五九《张衡传》注引。

张辑无。严辑收第一条。

按：此两条，（一）"飞尘增山，雾露助海。"出《初学记》卷二《天部下·露》，又见《御览》卷一二《天部十二·露》，均作"张衡奏事"。（二）"河洛五九，六艺四九，谓八十一篇也。"出《张衡传》注引，作"《衡集》上事"。

以上两条，本非一事；佚句残词，姑置一处。

《历议》

【误】。见《后汉书志·律历中》"延光论历"条引。

张辑、严辑俱收。

按：张溥、严可均皆误。此本为尚书令陈忠议历上奏中语，张、严俱误读《续汉书》原文，将"臣辄复重难（张）衡、（周）兴，以为云云"，误作"衡、兴以为"。陈忠之奏不过略引张、周之语而加反驳，张、严未达文意，径将"以为"之下文字牵连认作张衡、周兴之语，可谓疏谬。且此次论议历法，张衡、周兴"以为《九道法》最密"，然文中谓："前以为《九道》密近，今议者以为有阙，及甲寅元复多违失，皆未可取正。"若此《历议》出自张衡，前后何其矛盾之甚。故知此显非张衡之作。梅鼎祚《东汉文纪》卷十一题为《议历奏》，并属之陈忠，诚是，当从之。①

《灵宪》

【存】。见《后汉书志·天文上》注引、《开元占经》卷一。

其余节引者，如《春秋左传正义》《史记正义》《隋书·天文志上》《北堂书钞》《艺文类聚》《太平御览》《广韵》等甚多，不具引。

张辑、严辑俱收。

按：《灵宪》，或称《灵宪图》，或称《灵宪图注》，实即一文。《文选》颜延之《陶征士诔》引作"灵宪图注"，《艺文类聚》卷六《州部》引作"灵宪图"，考其引文，均为《灵宪》中语。古人图注合一，不当析而为二。至于称谓，或为详名，或为简称，其实则一。

张辑又有《灵应》一文，曰"昆仑东南"云云四十三字。考其语，实即《灵宪》之文。"应（應）"乃"宪（憲）"之误，两字形近而讹。此条本出《太平御览》卷一五七《州郡部三·叙州》，引作"张衡灵宪"。梅鼎祚《东汉文纪》卷十三据误本《御览》而题为《灵应》，张溥又沿梅氏之误，殊为疏忽。又王洙《分门集注杜工部诗》卷六《桥陵诗三十韵因呈县内诸官》注引此文又作"张衡《虑图》"。"虑（慮）"亦"宪（憲）"字之讹，二字古多混，如《洞冥记》作者郭宪，一作郭慮，即是其例。故所谓《灵应》《虑图》等名目，均当订正为《灵宪》。

《浑仪》

【存】。见《后汉书志·律历下》注引、《开元占经》卷一。

关于题名，《开元占经》作《浑仪注》，又作《浑仪图注》，又作《浑

---

① 梅鼎祚：《东汉文纪》卷十一，文渊阁四库全书本。

仪》；严辑作《浑天仪》。

另有佚句，《开元占经》卷六五引张衡《浑仪》曰："天市二十二星，帝座前有一耳。"①

张辑、严辑俱收。张辑无散句。

按：《浑仪》虽有《浑仪注》《浑仪图注》等异称，实则一文，其例正同《灵宪》。

《漏水转浑天仪制》

【残】。凡两条，见《初学记》卷二五、《文选》陆倕《新刻漏铭》。

（一）《初学记》卷二五引张衡《漏水转浑天仪制》曰："以铜为器，再叠差置，实以清水，下各开孔，以玉虬吐漏水入两壶，右为夜，左为昼。"（二）《文选》陆倕《新刻漏铭》注引张衡《漏水转浑天仪制》曰："盖上又铸金铜仙人，居左壶；为胥徒，居右壶，皆以左手抱箭，右手指刻，以别天时早晚。"此条于《初学记》卷二五散见两处。

张辑无。严辑附入《浑天仪》文后。

按：严辑"制"字作"注"。详其文意，此当别为一篇，严氏将其与《浑仪》一文合之，似非。

《算罔论》

【佚】。题名见《后汉书》卷五九《张衡传》。

此文仅存篇名。本传章怀太子注谓"《衡集》无《算罔论》，盖网络天地而算之，因名焉"，可知此文唐初已不存，注者亦仅能猜测言之。

按：《九章算术》卷四"开立圆"条刘徽注云："张衡算又谓：'立方为质，立圆为浑。'"又言："质六十四之面，浑二十五之面。"又云："方八之面，圆六之面。"洪颐煊疑皆《算罔论》之文。见洪氏《读书丛

---

① 瞿昙悉达：《开元占经》卷六五，文渊阁四库全书本。

录》卷二三"算罔论"条。① 未知是否，姑录以备考。

《玄图》

【残】。凡三条，见《太平御览》卷一、《文选·吴都赋》注引。

关于篇名，《后汉书·张衡传》作《悬图》。李贤注："盖玄与悬通。"

残句两条，（一）"玄者，包含道德，构掩乾坤，橐籥元气，禀受无原。"出《御览》卷一"天部一·元气"。（二）"玄者，无形之类，自然之根，作于太始，莫之与先。"出《御览》卷一"天部一·太始"。又见《文选》卢谌《赠刘琨诗》注引。（三）"枭羊喜获，先笑后愁。"出《文选·吴都赋》刘渊林注引。

张辑无。严辑收，并将第二、第一两条合为一条。

《地形图》

【佚】。见张彦远《历代名画记》卷三《述古之秘画真图》。

此图仅存题名。《历代名画记》云："《地形图》一，张衡。"

《周官训诂》

【佚】。见《后汉书》卷五九《张衡传》。

此书仅存题名，见《后汉书》本传记载。《隋书·经籍志》以后史书均未著录，可知亡佚已久。

按：胡广《王隆汉官篇解诂叙》曰："至顺帝时，平子为侍中，典校书，方作《周官解说》。"胡广所谓《周官解说》，当即《周官训诂》。胡《叙》见《后汉书志·百官一》注引。

《太玄经注》

【佚】。见常璩《华阳国志》卷十上《蜀郡士女赞》"扬雄"条。

《华阳国志》称扬雄《太玄》："其玄源渊懿，后世大儒张衡、崔子

---

① 洪颐煊：《读书丛录》卷二三，清道光二年富文斋刻本。

玉、宋仲子、王子雍等皆为注解"。①

按：姚振宗《后汉艺文志》卷三疑张衡注解《太玄》之作仅《玄图》一篇，而未注《太玄》全书，其言曰："按本传但载与崔子玉论《太玄》，而不言其为《太玄》注。常道将所云似即因《玄图》而牵合其说。若是，则平子但有《玄图》一篇之解耳。今从侯《志》并存之。"② 姚氏之言非是。《隋书·经籍志》"子部·儒家类"载《扬子太玄经》，有宋衷、王肃注本。宋注今犹有残存者，见于《文选》注。依宋、王例推之，张衡注《太玄》，必非仅《玄图》一篇。

《黄帝飞鸟历》

【佚】。见《隋书·经籍志》"子部·五行类"。

此历仅存题名。《隋志》云："《黄帝飞鸟历》一卷，张衡撰。"

按：观《黄帝飞鸟历》书名，"飞鸟"当即相风三足铜乌鸟。《隋志》将其归入"五行类"，与《风角占》等书并列，可知亦为风角之书。其书内容，不得其详。今考北宋曾公亮《武经总要·后集》卷十七"占候二·中国伐夷"条引"张衡曰云云"，似即《黄帝飞鸟历》中语。兹附录于下：

> 张衡曰：欲知中国将伐四夷者，当候四季受角之日，戊辰、戊戌、癸丑、癸未为角日。日中半夜风势紧急，从四季上来，谓四季属土。土畏木，今日角木克土，故知中国将伐四夷也。当以风止之处知所伐之地，假令东止辰，伐东夷；止未，伐南蛮；止戌，伐西戎；止丑，伐北狄。若风止有雨，景色温和，即不行。若四季受宫之日，丙辰、丙戌、辛未、

---

① 常璩：《华阳国志》卷十上，齐鲁书社2010年版，第130页。
② 姚振宗：《后汉艺文志》，载《二十五史补编》，中华书局1955年版，第2381页。

辛丑为受宫日，风从巳酉上来，或四季上来，皆外兵欲降，不为恶。若四季日，风从巳酉来，皆贼兵解散。若风和缓，天色温和，为不来，寒刻即来。①

《补易象象说》

【佚】。见《后汉书》卷五九《张衡传》。

《后汉书》曰："又欲继孔子《易》说《彖》《象》残缺者，竟不能就。"此书非唯未成，且并书名亦未定。姑存之。

《〈左传〉说》

【散句】。见《春秋左传正义》卷四五"昭公十二年"孔颖达据延笃言引"张平子说"。

《三坟》，三礼，礼为大防。《尔雅》曰：坟，大防也。

《书》曰：谁能典朕三礼。三礼，天地人之礼也。

《五典》，五帝之常道也。

《八索》，《周礼》八议之刑。索，空，空设之。

《九丘》，《周礼》之九刑。丘，空也，亦空设之。②

按：此说又见北宋刘恕《通鉴外纪》卷一"舜生三十"条、南宋张文伯《九经疑难》卷三"辩论八索九丘"条、王应麟《玉海》卷三五"八索"条、卷三七"三皇五帝书、古三坟"条、《小学绀珠》卷四"三坟""五典""九丘"条、卷八"八议"条。明清学人祖述者尤多，不备举。

张衡于《左传》极为精熟，文章征引援用处甚多。然张衡注解《左

---

① 曾公亮：《武经总要·后集》卷十七，文渊阁四库全书本。
② 《春秋左传正义》卷四五，《十三经注疏》，第2064页。

传》，史传无征，延笃所引，又仅为断句。盖本未有专书，不过师弟之间授经释词，偶作训诂，于是口耳流传，未必有所笔录。又张衡赋文，于《三坟》等故典，屡有言及，如《七辩》曰："旁窥《八索》，仰镜《三坟》。"《应间》亦曰："愍《三坟》之既颓，惜《八索》之不理。"故此训解，属之张衡，当无可疑。延笃所引，虽只存片段，然吉光片羽，亦可珍贵。兹附录于此，以备详考。

《阴阳逸说》

【散句】。见《初学记》卷四、《太平御览》卷二八。

《初学记》卷四"岁时部下·冬至"及《御览》卷二八"时序部十三·冬至"引《养生要集》曰："南阳张平子云：冬至阳气归内腹中，热物入胃易消化。"

按：《养生要集》见《隋志》"子部·医方类"，题张湛撰。书中所引张平子语，不知出于何处。《隋志》"医方类"叙曰："天有阴阳风雨晦明之气，人有喜怒哀乐好恶之情。"从来医家之理通于阴阳之说。《后汉书·张衡传》谓衡"尤致思于天文、阴阳、历算"，《养生要集》上引平子言，盖即张衡谈说阴阳之逸辞。

以上即为张衡文章与著作之大致情形。至于类书误引、注家未考者，皆不录。如《渊鉴类函》卷一"天部一·天四""仰青带"句注引张衡《叙行赋》曰："山峥嵘以崄狭，仰青天其如带。"此为张载《叙行赋》中句。赋见《艺文类聚》卷二七。陈廷敬《御选唐诗》卷十三李白《谢公亭》注、卷二十李白《登金陵凤凰台》注，均作张衡《叙行赋》，并误。盖依敕撰御定之《渊鉴类函》，而不敢有所违异。又如清徐炯《李义山文集笺注》卷六"为濮阳公祭太常崔丞文""邮书甚频"句下注："后汉《张衡传》奏记曰：使人未返，复获邮书。"此乃《后汉书》卷六五《张奂传》中语。诸如此类，均不单立条目，以免纷纭。

第二章　张衡作品校理

张衡作为东汉的代表性作家，其作品在《昭明文选》中占据了极为重要的地位。"京都"类的《二京赋》《南都赋》，"志"类的《思玄赋》《归田赋》，"杂诗"类的《四愁诗》，无不在文学史上有着独特的价值和深远的影响。《文选》自梁代编成以来，抄本、刻本流传众多，形成了繁多的版本形态。同时近年来所发现的日本藏《文选》古抄本残卷，也成了《文选》版本研究的热点。在这些版本中，张衡的相关作品随之出现了各式各类的异文，因此在此基础上对其诗赋进行全面的校理，无疑是一项极有价值的工作。

该章以南宋淳熙八年（1181）尤袤本《文选》为底本，同时参校以北宋本、陈八郎本、朝鲜正德本、韩国奎章阁本，同时参校日本藏九条本、上野本、弘安本、正安本、静嘉堂本、宫内厅本、室町本以及敦煌本等各种版本。上述诸版本中，尤袤本、陈八郎本、正德本、奎章阁本以及九条本所存张衡作品皆为完篇，其余则仅存某一二篇，甚或为残篇。每节除尤袤本、陈八郎本、正德本、奎章阁本外，均标明相应篇目的版本现存状况。

第一节 《西京赋》校理

《西京赋》现存《文选》版本有敦煌本(起"井干叠而百增"至篇终)、北宋本(起"岐梁汧雍"注至篇终),及九条本、上野本、弘安本、正安本(俱为完篇)。

有凭虚公子者,心奓体忲,雅好博古,学乎旧史氏,是以多识前代之载。

奓,上野本作"奢",正安本旁记:册子本作奢。九条本、陈八郎本、正德本、奎章阁本作"侈"。○按:《说文》以奓为奢之籀文。又奓、侈通,《左传·襄公十四年》"栾黡谓士匄曰"杜预注"栾黡汰侈",陆德明《释文》:"侈,本或作奓。"是也。又陈琳《为曹洪与魏文帝书》"情侈意奢",李善本侈作奓。可知此处作"侈"字者为五臣本。

代,九条本、上野本、弘安本、正安本、陈八郎本、正德本、奎章阁本作"世"。○按:代字避唐太宗讳。

言于安处先生曰:夫人在阳时则舒,在阴时则惨,此牵乎天者也。处沃土则逸,处瘠土则劳,此系乎地者也。

人,上野本、弘安本、正安本作"民"。○按:人字避唐太宗讳。

惨则觏于骩,劳则褊于惠,能违之者寡矣。小必有之,大亦宜然。

觏,九条本、上野本、弘安本、正安本、陈八郎本、正德本、奎章阁本作"鲜"。九条本旁记:善本作觏。○按:觏为六朝俗字。《颜氏家训·音辞篇》谓当时"专辄造字",以追来为归、更生为苏等。觏亦以会意而专辄所造之字。

骩,九条本、陈八郎本、正德本、奎章阁本作"歠"。○按:骩、歠古通用。

故帝者因天地以致化，兆人承上教以成俗，化俗之本，有与推移。何以核诸。

人，九条本、上野本、弘安本、正安本、陈八郎本、正德本、奎章阁本作"民"。

化俗，九条本、上野本、弘安本、正安本、陈八郎本、正德本、奎章阁本作"俗化"。九条本旁记、奎章阁本注记并谓：李善本作化俗。〇按：化、俗承上文"致化""成俗"而言。据词序，疑李善本近古。

秦据雍而强，周即豫而弱，高祖都西而泰，光武处东而约。政之兴衰，恒由此作。先生独不见西京之事欤。请为吾子陈之。

恒，陈八郎本、正德本、奎章阁本作"常"。〇按：常字避宋真宗讳。

由，九条本、上野本、正安本作"繇"。弘安本作"因"，旁记"繇"。〇按：李善注引《周礼》"夫筋力之所由憺（当作幨），恒由此作"，语出《考工记·弓人》，此句各本《周礼》无异文。则李善本《文选》与其所见唐本《周礼》均作"恒由此作"。

见，弘安本作"闻"，旁记"见"。

汉氏初都，在渭之浟，秦里其朔，实为咸阳。左有崤函重险，桃林之塞，缀以二华，巨灵赑屃，高掌远跖，以流河曲，厥迹犹存。右有陇坻之隘，隔阂华戎，岐梁汧雍，陈宝鸣鸡在焉。

屃，陈八郎本作"巗"。

于前则终南太一，隆崛崔崒，隐辚郁律。连冈乎嶓冢，抱杜含鄠，欲沣吐镐，爰有蓝田珍玉，是之自出。

则，上野本、弘安本、正安本作"则有"。〇按：上文"左有""右有"，此于前、后乃改作"则"字，以避重复。当以无"有"字者为是。

崛，陈八郎本、正德本、奎章阁本作"窟"。九条本作"崫"。〇按：窟，一体作"堀"。堀有"突"义（《玉篇》），且与"崛"字形相近。疑本作崛，或讹作堀，又改作窟。又：崫、崛结构改变，字义无异。

镐，正德本、奎章阁本作"滈"。〇按：镐为本字，滈为借字。见《说文》段注。

于后则高陵平原，据渭踞泾，澶漫靡迤，作镇于近。

后，北宋本作"是"。〇按：作后是。

则，正安本作"则有"，旁记：册子本无有字。〇按：此与上句皆以无"有"字者为是。

其远则九嵕甘泉，涸阴沍寒，日北至而含冻，此焉清暑。

则，陈八郎本、正德本、奎章阁本作"则有"。

尔乃广衍沃野，厥田上上，寔惟地之奥区神皋。

惟，陈八郎本、正德本、奎章阁本作"为"。〇按：作惟是，《山海经·西山经》"槐江之山，实惟帝之平圃"，赋文句式本此。惟有为义，后人遂误改作"为"。

昔者大帝说秦缪公而觐之，飨以钧天广乐。帝有醉焉，乃为金策，锡用此土，而翦诸鹑首。是时也，并为强国者有六，然而四海同宅西秦，岂不诡哉。

说，九条本、陈八郎本、正德本、奎章阁本作"悦"。〇按：喜悦之义，字古作"说"，后世作"悦"。张衡好古，疑本作"说"。

缪，九条本、上野本、弘安本、正安本、北宋本作"穆"。〇按：缪、穆古通用。

翦，弘安本、正德本、奎章阁本作"剪"。〇按：剪为俗字，见《玉篇》。

飨以，北宋本作"飨之"。〇按：以与止形近，止与之字形又同，《小雅·车舝》《礼记·表记》"高山仰止"，《释文》：本或作仰之。是止、之通用之证。盖以字讹作止，写者又作之。故当作"以"为是。

自我高祖之始入也，五纬相汁，以旅于东井。

　　汁，九条本、上野本、弘安本、正安本、陈八郎本、正德本、奎章阁本作"叶"。九条本旁记：李善本作汁。○按：李善注引《方言》："汁，叶也。"作"叶"字者，疑五臣据此而改。又《方言》卷三：协，汁也。自关而东曰协，关西曰汁。张衡盖即用关西之语。

　　于，弘安本、正安本作"乎"。

娄敬委辂，斡非其议，天启其心，人慸之谋。及帝图时，意亦有虑乎神祇，宜其可定以为天邑。

　　慸，弘安本作"诲"，旁记"慸"。○按：薛综注："慸，教也。"诲与教义同，当亦某家注文，而误作正文。

　　天邑，陈八郎本作"天启"。○按：陈八郎本注文作"天邑"，正文"天启"涉上文"天启其心"而误。

岂伊不虔思于天衢，岂伊不怀归于枌榆。天命不滔，畴敢以渝。

　　虔思，弘安本作"思虔"。○按：李善注："言此时岂惟不敬思居天气四交之处耶。"敬思，对应正文"虔思"，可知弘安本"思虔"误倒。

　　思于，上野本作"思乎"。

　　枌，上野本作"粉"。○按：粉为枌字之讹。

　　滔，九条本、上野本、弘安本、正安本、陈八郎本、正德本、奎章阁本作"諂"。九条本旁记：李善本作滔。○按：《左传·哀公十七年》"天命不諂"，《释文》："諂，本又作滔。"是諂、滔二字六朝隋唐时常通用。諂为本字，滔为假字。

于是量径轮，考广袤，经城洫，营郭郛，取殊裁于八都，岂启度于往旧。

　　径轮，陈八郎本、正德本、奎章阁本作"经纶"。上野本旁记亦作"经纶"。九条本旁记：五臣本轮作纶。正安本旁记：册子本作轮。上野本页眉记又云："陆善经：轮，回旋也。今案：《钞》轮为纶。五臣本为伦也。"○按：薛综注"南北为径"，是其所见本作"径"。五臣释"经纬"为东西，不见于故训，可知"经纬"二字为后世所改，五臣乃据文意而为训诂。又《周礼·地官·大司徒》"周知九州之地域广轮之数"，贾公彦引马融曰：南北为轮。马融与张衡为同时之人，且俱习《周官》，则赋文本作"轮"。《文选钞》与五臣作"纶"为后人所改。（上野本谓五臣作"伦"，误。）

启，陈八郎本、正德本、奎章阁本作"稽"。九条本旁记：五臣本作稽度。○按：岂，语词。"启度于往旧"者，谓拓大旧制。下文"狭百堵之侧陋，增九筵之迫胁"等，正与"启度"相应。五臣作"稽"，解作"岂考于往故旧制"，句意与下文不合，非。

乃览秦制，跨周法，狭百堵之侧陋，增九筵之迫胁。

乃，九条本、上野本、弘安本、正安本、陈八郎本、正德本、奎章阁本作"尔乃"。

狭，上野本、弘安本、正安本作"陿"。○按：狭、陿同。

侧，上野本、正安本作"仄"。○按：侧、仄通。

筵，九条本作"延"。○按：九筵，语出《周礼·考工记·匠人》。作"延"非。

正紫宫于未央，表峣阙于阊阖。疏龙首以抗殿，状巍峨以岌嶪。

峣，上野本、正安本作"尧"。○按：尧，峣之省文。

巍，九条本、陈八郎本、正德本、奎章阁本作"嵬"。○按：嵬，巍之省文。

亘雄虹之长梁，结棼橑以相接。蒂倒茄于藻井，披红葩之狎猎。饰华榱与璧珰，流景曜之韡晔。

亘，弘安本、正安本作"絙"。○按：絙，疑涉下句"结"字而加纟旁。

韡，九条本、上野本、弘安本、正安本、陈八郎本、正德本、奎章阁本作"暐"。九条本旁记：李善本作韡。○按：韡、暐皆明盛之义，字常通用。

雕楹玉磶，绣栭云楣。三阶重轩，镂槛文㮰。右平左城，青琐丹墀。

雕，九条本、陈八郎本、正德本、奎章阁本、尤袤本注文作"彫"。○按：彫刻之义，彫、雕通。

琐，上野本、弘安本、正安本作"璅"。○按：琐、璅通。

刊层平堂，设切厓隒。坻崿鳞眴，栈齴巉崄。襄岸夷涂，修路陵险。

切，九条本、上野本、弘安本、正安本、陈八郎本、正德本、奎章阁本作"砌"。九条本旁记：李善本作切。○按：李善注"切与砌，古字通"，可知原作"切"，九条本等改作"砌"。

厓，弘安本作"涯"。○按：涯为假字。

崿，九条本、上野本、弘安本、正安本、陈八郎本、正德本作"锷"。○按：崿、锷同音相假。

眴，弘安本作"峋"。○按：峋为正字，眴为同音假字。

陵，九条本、上野本、北宋本、陈八郎本、正德本、奎章阁本作"峻"。○按：陵、峻异体。

重门袭固，奸宄是防。仰福帝居，阳曜阴藏。洪钟万钧，猛虞趪趪。负笱业而余怒，乃奋翅而腾骧。

防，正安本作"坊"，旁记：册子本作防。○按：防、坊通用。《礼记·王制》"齐八政以防淫"，陆德明《释文》：防，本又作坊。《周礼·地官·稻人》"以防止水"，孙诒让《正义》：防，字俗作坊。

福，正安本旁记：《钞》福或作偪，言今所□宫殿与紫山彼相相副也。○按：福、偪古通用。《汉书·古今人物表》"福阳子"，《左传·襄公十年经》作"偪阳"。又颜师古《匡谬正俗》卷六以为"福"当从衣旁作"福"。

朝堂承东，温调延北，西有玉台，联以昆德。嵯峨崝嶫，罔识所则。

崝，上野本、正安本、北宋本作"捷"。正安本旁记：册子本作崝。〇按：崝、捷音同，故钞写相假。

嶫，北宋本作"業"。〇按：業为嶫之省文。

若夫长年神仚，宣室玉堂。麒麟朱鸟，龙兴含章。譬众星之环极，叛赫戏以辉煌。

仚，九条本、陈八郎本、正德本、奎章阁本作"仙"。

譬，上野本作"辟"。〇按：辟为譬之省文。

极，九条本、上野本、弘安本、正安本、陈八郎本、正德本、奎章阁本作"北极"。〇按：薛综注"极，北极也"，是本作极。盖或本于"极"旁注"北"字，钞者遂误入正文。

赫戏，陈八郎本、正德本、奎章阁本作"赫盛戏"。〇按：赫戏，古之习语，《离骚》"陟升皇之赫戏兮"、《思玄赋》"羡上都之赫戏兮"，且赫、戏双声，自以无"盛"字者为是。薛综注"赫戏，炎盛也"，陈八郎本等"盛"字盖涉注文而衍。

正殿路寝，用朝群辟。大夏耽耽，九户开辟。嘉木树庭，芳草如积。高门有闶，列坐金狄。

夏，九条本、弘安本、陈八郎本、正德本、奎章阁本作"厦"。〇按：夏、厦为古今字。

耽耽，上野本、弘安本、正安本、北宋本、正德本作"眈眈"。〇按：从耳从目之字，形近易混。自以作"耽耽"是。

内有常侍谒者，奉命当御。兰台金马，递宿迭居。

兰台，九条本、上野本、弘安本、正安本、陈八郎本、正德本、奎章阁本上有"外有"二字。〇按：有"外有"者文意为胜。

次有天禄石渠，校文之处，重以虎威章沟，严更之署。徼道外周，千庐内附，卫尉八屯，警夜巡昼。植铩悬敽，用戒不虞。

虎，陈八郎本、正德本、奎章阁本注文作"武"。○按：武，避唐李渊祖李虎讳。注文作"武"，犹未回改。

悬，弘安本作"比"。○按：作比字不知何据。

用，北宋本作"周"。○按：周、用形近而讹。

后宫则昭阳飞翔，增成合欢，兰林披香，凤皇鸳鸾。群窈窕之华丽，嗟内顾之所观。

增成，弘安本作"增城"。○按：胡刻本《西都赋》亦作"增城"，注引《汉书》"班婕妤居增城舍"。然今本《汉书·外戚传下》作"增成"。

驩，上野本、陈八郎本作"歡"。

皇，九条本、弘安本作"凰"。

鸳，正安本作"鹓"。○按：鸳、鹓音同相假。

嗟，上野本、弘安本、正安本、北宋本作"羌"。○按：王念孙《读书杂志·余编下》以为《文选》内羌字多作唶，因讹而为嗟。

故其馆室次舍，采饰纤缛。裹以藻绣，文以朱绿，翡翠火齐，络以美玉。流悬黎之夜光，缀随珠以为烛。金玥玉阶，彤庭辉辉。珊瑚林碧，瓀珉璘彬。珍物罗生，焕若昆仑。虽厥裁之不广，侈靡逾乎至尊。

侈，上野本、弘安本、正安本、北宋本作"参"。○按：参上文"心参体忲"条。

于是钩陈之外，阁道穹隆，属长乐与明光，径北通乎桂宫。命般尔之巧匠，尽变态乎其中。

乎，九条本、陈八郎本、正德本、奎章阁本作"于"。

后宫不移，乐不徙悬，门卫供帐，官以物辨。恣意所幸，下辇成燕。穷年忘归，犹弗能遍。瑰异日新，殚所未见。

后宫，九条本、弘安本、陈八郎本、正德本、奎章阁本上有"于是"二字。

辨，九条本、陈八郎本、正德本、奎章阁本作"辧"。○按：辧为后起俗字，古通作辨。见《说文》"宁，辨积物也"段注。据此赋文本作"辨"。

惟帝王之神丽，惧尊卑之不殊。虽斯宇之既坦，心犹凭而未摅。思比象于紫微，恨阿房之不可庐。觊往昔之遗馆，获林光于秦余。处甘泉之爽垲，乃隆崇而弘敷。既新作于迎风，增露寒与储胥。托乔基于山冈，直墆霓以高居。

处甘泉之爽垲，陈八郎本、正德本、奎章阁本"之"作"而"。○按：之、而草书形近易讹。《论衡·书虚篇》"孔子当泗水之葬"，《御览》五五六"之"作"而"。是其例。据文法，赋文作"之"是。

乃，弘安本作"迺"。○按：乃、迺通。《说文·乃部》："迺，惊声也。"段注："惊声者，惊讶之声，与'乃'字音义俱别。《诗》《书》《史》《汉》发语多用此字作'迺'，而流俗多改为'乃'。"

乔，弘安本、正安本作"高"。○按：吕延济注"乔，高也"，又乔、高形近，故钞写致误。

冈，弘安本、正安本作"岗"。○按：冈、岗古今字。

墆，上野本、弘安本、正安本作"㮦"。○按：木旁与土旁形近而讹。

通天眇以竦峙，径百常而茎擢。上辩华以交纷，下刻陗其若削。翔鹡仰而不逮，况青鸟与黄雀。伏棂槛而頫听，闻雷霆之相激。

訬，九条本、弘安本、陈八郎本、正德本、奎章阁本作"眇"。上野本旁记：五臣作眇。九条本旁记、奎章阁本注记：李善本作訬。○按：訬有烦扰、狡诈、轻捷诸义，俱与赋意不合。眇有高远之义，正契句意。疑当作眇，目、言形近，遂讹作訬。

峙，上野本、正安本作"跱"。○按：峙、跱通用。

辩，陈八郎本、正德本、奎章阁本作"辦"。九条本旁记：五臣本作辨。弘安本作"班"。○按：辮、辨必有一误。又斑为辩之俗字。

不，九条本、上野本、陈八郎本、正德本、奎章阁本作"弗"。○按：不、弗音同通用。

頯，九条本、陈八郎本、正德本、奎章阁本作"俯"。○按：頯、俯古今字。

柏梁既灾，越巫陈方。建章是经，用厌火祥。营宇之制，事兼未央。圜阙竦以造天，若双碣之相望。凤骞翥于甍标，咸遡风而欲翔。

圜，正安本、陈八郎本、正德本、奎章阁本作"圆"。正安本旁记：册子本作圜。○按：圜、圆字通用。

骞，上野本、正安本作"鶱"。○按：李善注引《说文》：鶱，飞貌也。黄侃《文选平点》卷一：据注引《说文》，骞改鶱。然则作字当从鸟，从马者讹。

闉阇之内，别风嶕峣。何工巧之瑰玮，交绮豁以疏寮。干云雾而上达，状亭亭以苕苕。

交，陈八郎本、正德本、奎章阁本作"文"。○按：据王念孙《读书杂志·余编下》，交绮即窗。作"交"是，"文"为形近之讹。

苕苕，九条本、弘安本、陈八郎本、正德本、奎章阁本作"迢迢"。北宋本作"岧岧"。九条本旁记、奎章阁本注记：李善本作岧。○按：据九条本旁记、奎章阁本注记，李善本原作"岧"，作"苕"为讹字。迢为假字。

神明崛其特起，井干叠而百增。跱游极于浮柱，结重栾以相承。累层构而遂陑，望北辰而高兴。

跱，九条本、上野本、弘安本、陈八郎本、正德本、奎章阁本作"峙"。○按：参上文"通天訬以竦峙"条。

陑，敦煌本正文、弘安本作"跻"。正安本旁记：册子本作跻。

○按：隮、跻通，隮为俗字。

消氛埃于中宸，集重阳之清澂。瞰宛虹之长鬐，察云师之所凭。上飞闼而仰眺，正睹瑶光与玉绳。将乍往而未半，怵悼慄而怂兢。非都卢之轻趫，孰能超而究升。

澂，九条本、陈八郎本、正德本、奎章阁本作"澄"。○按：澂为本字，澄为俗字。

睹，九条本、弘安本、陈八郎本、正德本、奎章阁本作"覩"。○按：覩，《说文》在目部，为睹之古文。

怂，九条本、陈八郎本、正德本、奎章阁本作"耸"。○按：怂、耸通。

驭娑骀荡，焘奡桔桀。枌诣承光，眒罒庨豁。榴桴重棼，锷锷列列。反宇业业，飞檐轕轕。流景内照，引曜日月。

榴，敦煌本、九条本、上野本、弘安本、正安本、陈八郎本、正德本、奎章阁本作"增"。○按：榴、增通。《礼记·礼运》"居榴巢"，陆德明《释文》：榴，本又作增。

反，陈八郎本、正德本、奎章阁本作"及"。九条本旁记：五臣本作及。奎章阁本注记：善本作反。○按：《西都赋》"上反宇以盖戴"，反宇即卷檐。反、及形近易讹，《淮南子·道应训》"桓公及至"、《诠言训》"莫能及宗"，王念孙云："及当为反，字之误也。"又张升（一作张叔）《反论》，《文选·魏都赋》等篇注误作《及论》。故作"反"是。

天梁之宫，寔开高闳。旗不脱扃，结驷方蕲。轹辐轻骛，容于一扉。

轹，敦煌本、九条本、上野本、弘安本、正安本、陈八郎本、正德本、奎章阁本作"枥"。北宋本及尤袤本注文亦作"枥"。○按：枥辐，薛综注"以箠枥于辐，使有声也"。《史记·楚元王世家》"嫂详为羹尽枥釜"，《索隐》"枥，谓以杓历釜旁使为声"。义与此同。盖本作"枥"，后人涉"辐"字改从"车"旁而作"轹"。

长廊广庑，途阁云蔓。闲庭诡异，门千户万。重闺幽闼，转相踰延。望窱窱以径廷，眇不知其所返。

途阁，敦煌本、九条本、陈八郎本、正德本、奎章阁本作"连阁"。上野本、弘安本、正安本作"延阁"。上野本旁记：五臣作连阁，李作途阁。九条本旁记、奎章阁本注记：李善本作途。正安本旁记：或作途，非。〇按：途阁，盖谓途道上覆阁屋，既可通车，又避风日。其形制与长廊相似。故当作"途"为是。至于连阁，则泛泛而称，不确。盖后人不知途阁之制，而妄改为连阁。胡绍煐《文选笺证》卷二谓作"连阁"是，其说非。若作延阁，则字与下"逾延"相复，亦非，疑其涉注文"延曼"而误。

踰，九条本、陈八郎本、正德本、奎章阁本作"逾"。

窱，敦煌本、上野本、弘安本、正安本、陈八郎本作"䍃"，正德本、奎章阁本作"䍃"。九条本旁记：五臣本作䍃。奎章阁本注记：善本作窱。〇按：䍃为窈之异体，䍃窱即窈窱。盖本作"窈"，后作"䍃"，继而又省作"䍃"。

既乃珍台蹇产以极壮，磴道逦倚以正东。似阆风之遐坂，横西洫而绝金墉。城尉不弛柝，而内外潜通。

磴，九条本、陈八郎本、正德本、奎章阁本作"蹬"。九条本旁记：李善本作磴。〇按：磴、蹬通。《说文·昌部》段注："登陟之道曰蹬，亦作磴。"

逦，敦煌本、北宋本作"丽"。〇按：丽为逦之省文。

前开唐中，弥望广潒。顾临太液，沧池漭沆。渐台立于中央，赫昈昈以弘敞。

唐，陈八郎本、正德本、奎章阁本作"堂"。九条本旁记：五臣本作堂。奎章阁本注记：善本作唐。〇按：唐、堂古通。《史记·魏世家》"仓唐"，《汉书·古今人物表》作"仓堂"。《后汉书·延笃传》"少从颍川唐溪典受左氏传"，李贤注："唐，与堂同也。"

漃，陈八郎本、正德本、奎章阁本作"象"。九条本旁记：五臣本作象。奎章阁本注记：李善象作漃。○按：漃，今作荡。作"象"误。

于，上野本、正安本无。○按：据句式，无"于"者非。

清渊洋洋，神山峨峨。列瀛洲与方丈，夹蓬莱而骈罗。上林岑以垒嵬，下崭岩以嵒嵓。长风激于别陼，起洪涛而扬波。浸石菌于重涯，濯灵芝以朱柯。海若游于玄渚，鲸鱼失流而蹉跎。

陼，敦煌本正文、九条本、陈八郎本、正德本、奎章阁本作"嶹"。九条本旁记：五臣本作陼。○按：今五臣本作"嶹"，与九条本旁记所见不同。据《篆隶万象名义》：陼，古嶹字。

洪，正安本旁记：册子本作鸿。○按：洪、鸿通用。《礼记·缁衣》"夫水近于人而溺人"，郑玄注"至于深渊洪波"，陆德明《释文》："本又作鸿。"又《尚书》"洪水""洪范"，《史记》作"鸿水""鸿范"。

濯灵芝以朱柯，以，陈八郎本、正德本、奎章阁本作"于"。敦煌本、九条本、上野本、弘安本、正安本作"之"。○按：以与於通，见《经词衍释》卷一。盖本作"以"，五臣本不知其通"于"，遂改。至于"之"，乃"以"字之讹，参上文"飨以钧天广乐"条。

鱼，九条本、上野本、弘安本、正安本作"鲵"。正安本旁记：或本作鱼。○按：李善注及五臣注，仅言鲸而未及鲵，可知其所见本均作"鲸鱼"。作"鲸鲵"者，盖因鲸字连类相及而改"鱼"作"鲵"。

跎，敦煌本作"跎"。○按：从它与从它之字多通。

于是采少君之端信，庶栾大之贞固。立修茎之仙掌，承云表之清露。屑琼蕊以朝殡，必性命之可度。美往昔之松乔，要羡门乎天路。想升龙于鼎湖，岂时俗之足慕。若历世而长存，何遽营乎陵墓。

采，正安本旁记：册子本作採。○按：採为后出字。

采少君之端信，之，敦煌本作"以"。○按：以为之之讹。

飧，敦煌本、九条本、上野本、弘安本、正安本作"飱"。北宋本作"餐"。○按：飧为飱之俗字。据《说文》，飱为餐之重文。飱为飧之俗字。三字常混用，其义通。

乔，敦煌本作"桥"。○按：乔、桥通用。《周南·汉广》："南有乔木"，陆德明《释文》："乔，本亦作桥。"又《吴越春秋·吴太伯传》"夷子余乔疑吾"，徐天祜注："《史记·世家》乔作桥。"并是其证。

要羡门乎天路、何遽营乎陵墓，两"乎"字，上野本俱作"于"。

徒观其城郭之制，则旁开三门，参涂夷庭，方轨十二，街衢相经。廛里端直，甍宇齐平。

廛，敦煌本、弘安本、正安本作"厘"。上野本作"纒"。○按：厘、纒皆廛之异体字。

北阙甲第，当道直启。程巧致功，期不阤陊。木衣绨锦，土被朱紫。武库禁兵，设在兰锜。匪石匪董，畴能宅此。

阤，敦煌本正文、上野本作"陀"。○按：参上文"鲸鱼失流而蹉跎"条。

匪，敦煌本、弘安本、正安本作"非"。

尔乃廓开九市，通阛带阓。旗亭五重，俯察百隧。周制大胥，今也惟尉。璙货方至，鸟集鳞萃。鬻者兼赢，求者不匮。

乃，弘安本作"迺"。○按：参上文"乃隆崇而弘敷"条。

廓，弘安本作"郭"。○按：郭、廓古今字。

璙，敦煌本、上野本、弘安本、正安本、北宋本及各本薛综注作"瑰"。○按：璙、瑰异体字。《说文》有"瑰"无"璙"。

赢，敦煌本作"羸"。○按：赢、羸形近而讹。

尔乃商贾百族，裨贩夫妇，鬻良杂苦，蚩眩边鄙。何必昏于作劳，邪赢优而足恃。彼肆人之男女，丽美奢乎许史。

昏，敦煌本、九条本、上野本、正安本、陈八郎本作"昬"。〇按：昬，唐本《说文》从民省，徐本从氏省。晁补之云："因唐讳民，改从氏。"实则一字而异体。

美，敦煌本、上野本、弘安本、正安本作"靡"。〇按：《广韵》，美为明母纸韵，靡为明母旨韵。后二字同入纸韵，故以音近而混。袁宏《三国名臣序赞》"风美所扇"，尤袤《李善与五臣同异》："五臣美作靡。"与此同例。

若夫翁伯浊质，张里之家，击钟鼎食，连骑相过。东京公侯，壮何能加。都邑游侠，张赵之伦。齐志无忌，拟迹田文。轻死重气，结党连群。实蕃有徒，其从如云。茂陵之原，阳陵之朱。趫悍虢豁，如虎如貙。睚眦蚩芥，尸僵路隅。丞相欲以赎子罪，阳石污而公孙诛。

趫，敦煌本、上野本、正安本作"趑"。正德本旁记：册子本作趑。〇按：趫、趑义不同，趫指善缘木，趑指行轻疾。此处作"趑"是。作"趫"者，盖因前文有"非都卢之轻趫"而误。

豁，敦煌本作"塮"。〇按：塮，一体从豁从土，与豁字形似，且二字音读亦近，故易相混。张协《七命》"画长豁以为限"，《李善与五臣同异》："五臣豁作塮。"与此同例。

貙，九条本、陈八郎本作"貐"。〇按：貙为本字，貐为异体省文。

若其五县游丽，辩论之士，街谈巷议，弹射臧否，剖析毫釐，擘肌分理。所好生毛羽，所恶成创痏。

剖，上野本、弘安本、正安本作"割"。〇按：据《玉篇·刀部》，割，古文作"刏"。刏与剖形近，故易相讹。扬雄《解嘲》"四分五剖"，九条本"剖"亦作"割"。

毫，敦煌本、上野本、正安本作"豪"。〇按：豪、毫音同借用。《尔雅·释兽》："犛，修毫"，陆德明《释文》："本或作豪。"《楚辞·七谏·沈江》"秋毫微哉而变容"，旧注："毫，一作豪。"并是其例。

鳌，敦煌本、上野本、正安本、九条本、北宋本、陈八郎本、正德本、奎章阁本作"鼇"。〇按：鳌、鼇通用。如李富孙《春秋左传异文释》卷九："昭廿四年经：杞伯郁鳌卒。公羊作郁鼇。"又如《墨子》"禽滑鳌"，《汉书·儒林传》作"禽滑鼇"。

创，九条本、弘安本、陈八郎本、正德本、奎章阁本作"疮"。〇按：创、疮古今字。

郊甸之内，乡邑殷赈。五都货殖，既迁既引。商旅联槅，隐隐展展。冠带交错，方辕接轸。封畿千里，统以京尹。

联，上野本作"连"。〇按：《说文》："联，连也。"二字义虽同，然诸本皆作"联"，独上野本作"连"，疑因注文"连属"而改。

辕，陈八郎本正文作"圆"。〇按：圆、辕音同而误。

郡国宫馆，百四十五。右极盩厔，并卷酆鄠。左暨河华，遂至虢土。上林禁苑，跨谷弥阜。

四十，敦煌本作"卌"。上野本、弘安本作"卌有"。（按：有字旁增）正安本作"卌陆有"。〇按：敦煌本"卌"为"四十"之简写，后人或以此句"百卌五"仅三字，与上下句式不类，因添"有"字。由此可逆知原本当作"四十"。正安本"陆"字衍。

苑，敦煌本、上野本、弘安本作"菀"。〇按：苑、菀通假。

东至鼎湖，邪界细柳。掩长杨而联五柞，绕黄山而款牛首。缭垣绵联，四百余里。植物斯生，动物斯止。众鸟翩翻，群兽骆駼。散似惊波，聚以京峙。伯益不能名，隶首不能纪。

邪，九条本、上野本、弘安本、陈八郎本、正德本、奎章阁本作"斜"。〇按：邪、斜古通。

垣，敦煌本、上野本、正安本作"亘"。弘安本旁记"亘"。正安本旁记：册子本作垣。○按：当作"垣"字。《西都赋》"缭以周墙"。《淮南子·本经》"侈苑囿之大"，高诱注："有墙曰苑，无墙曰囿。"上林禁苑自当有墙。赋文承《西都赋》句，而改"墙"为"垣"，于此可见赋家点窜旧作之迹。所谓"绵联"，正指墙垣连属之貌。若作"亘"，则"四百余里"句上无主语。且摹写上林苑地方之大，而用形容长度之"缭亘绵联"，亦不贴切。李善注"今并以亘为垣"，是。

翻，北宋本作"翩"。○按：翩翩、骎骎皆联绵字，作"翻"是。

骎，敦煌本、上野本、正安本作"否"。○按：否为省文。

駥，上野本作"俟"。○按：钞者为求笔画简省，以俟为駥之同音代字。

以，敦煌本、九条本、上野本、弘安本、正安本、北宋本、陈八郎本、正德本、奎章阁本作"似"。○按：据上句，作"似"是。

峙，敦煌本作"渚"。上野本、正安本作"跱"。○按：作"渚"是。渚为水中小渚，苑中群兽之聚，正似水中洲渚之形。于此可见其描摹酷肖。若作"峙"，如五臣注所谓"高丘"，则群兽奔聚非能高累如丘，转似猎获之兽尸堆积成山，非赋文之意矣。至于"跱"则因"峙"而讹，亦非。

林麓之饶，于何不有。木则枞括椶柟，梓械楩枫。嘉卉灌丛，蔚若邓林。郁蓊薆薱，櫹槮欇槮。吐葩飏荣，布叶垂阴。

柟，九条本、弘安本、陈八郎本、正德本、奎章阁本作"楠"。○按：柟、楠异体。

槭，弘安本、敦煌本注文作"梗"。○按：梗为槭之省文。

欇，九条本、弘安本、正安本作"楱"。○按：櫹欇为树木盛大貌，非木名。欇因上下文而加木旁。

草则箴莎菅蒯，薇蕨荔芀。王刍莔台，戎葵怀羊。苯䔿蓬茸，弥皋被冈。篠簜敷衍，编町成篁。山谷原隰，泱漭无疆。

蒯，敦煌本作"蕨"。○按：蕨为蒯之本字。

蒭，敦煌本、九条本、上野本、弘安本、正安本、陈八郎本、正德本、奎章阁本作"蒭"。○按：蒭为蒭之省文。

苯，九条本、陈八郎本、正德本作"莽"。○按：莽为苯之俗字。苯蕁叠韵，作"莽"非。

皋，弘安本作"泽"。○按：泽、皋形近而讹。

冈，敦煌本作"岗"。○按：冈、岗古今字。

簜，敦煌本作"荡"。○按：簜为大竹，自以从竹为是。荡为讹字。

濟，敦煌本作"荠"。○按：荠为濟之省文。

迺有昆明灵沼，黑水玄阯。周以金堤，树以柳杞。豫章珍馆，揭焉中峙。牵牛立其左，织女处其右。日月于是乎出入，象扶桑与濛汜。

阯，上野本、陈八郎本、正德本、奎章阁本作"沚"。弘安本作"趾"。○按：阯、沚通。趾字讹。

堤，弘安本作"提"。○按：提、堤形近而讹。

柳杞，弘安本作"杞柳"。○按：阯、杞、峙、右、汜古音属之部，而柳属幽部，与诸字之韵不协。盖因薛综注"多种杞柳之木"及《孟子·告子下》等"杞柳"之熟语而误倒。

峙，敦煌本、上野本、正安本作"跱"。○按：峙、跱通用。

桑，敦煌本作"㮣"。○按：桑、㮣异体。

其中则有鼋鼍巨鳖，鱣鲤鱮鲖，鲔鲵鳄鲨，修额短项，大口折鼻，诡类殊种。

鲖，弘安本、正安本作"鲷"。○按：鲖、项、种为韵，作鲷字非。

鲨，陈八郎本作"鲨"。敦煌本、九条本、上野本、弘安本、正安本、北宋本、尤衮本注文作"魦"。○按：鲨、鲨异体。魦为鲨之省文。

鸟则鹔鹴鸹鸰，鸳鸯鸿鹢。上春候来，季秋就温。南翔衡阳，北栖雁门。奋隼归凫，沸卉軿訇。众形殊声，不可胜论。

鴽，敦煌本作"驾"。○按：两字从鸟从马，字形绝似，极易相混。李富孙《春秋左传异文释》卷十："定元年传：荣驾鹅。《古今人物表》作驾鹅。唐石经同。"是其例也。

鹙，敦煌本、北宋本、尤袤本注文作"鹅"。○按：鹙、鹅异体。

鹎，正安本作"鹎"，旁记：册子本作鹎。○按：鹎，一作鹍。鸿鹎皆鹤类，《楚辞·大招》"鹍鸿群晨"是也。若作"鹎"，则为布谷鸟，与鸿不相类。且皇家巨苑，何贵养布谷小鸟？故自以作"鹎"为是。

奋，敦煌本、九条本、上野本、弘安本、正安本、陈八郎本、正德本、奎章阁本作"集"。九条本旁记：李善本作奋。《李善与五臣同异》：五臣作集。○按：薛综注"奋，迅声也"，是薛本作"奋"。此句写众鸟喧闹之状，隼之初奋，凫之将落，皆搏翼成声。若作"集"字，则栖枝之鸟，何来"迅声"？全失用字之精妙。敦煌本正文作"集归隼"，既脱"凫"字，又误倒"隼归"。

𩣡，敦煌本、九条本、上野本、弘安本、正安本作"軒"。陈八郎本、正德本、奎章阁本作"砰"。○按：𩣡、軒、砰音同可假，且拟声之词本无定字。

于是孟冬作阴，寒风肃杀。雨雪飘飘，冰霜惨烈。百卉具零，刚虫搏挚。

杀，敦煌本、上野本、弘安本、正安本作"煞"。○按：抄本"杀"字习作"煞"。

烈，弘安本作"冽"。○按：冽、烈同音通用。《楚辞·九思·哀岁》"北风兮潦冽"，一作烈。

具，弘安本作"俱"。○按：此句拟《小雅·四月》"百卉具腓"句，故作"具"是。

挚，陈八郎本、正德本、奎章阁本作"鸷"。○按：搏挚，即搏击。《大戴礼记·夏小正》"鹰始挚"，用字同。鸷为同音假字。

尔乃振天维，衍地络，荡川渎，簸林薄。鸟毕骇，兽咸作，草伏木棲，寓居穴托。起彼集此，霍绎纷泊。在彼灵囿之中，前后无有垠锷。

尔乃，敦煌本作"迺"。弘安本作"尔则"。

衍，敦煌本、正安本作"桁"。弘安本作"衔"。上野本旁记：衍，五臣作之。〇按：桁为木名，非。衔则因桁而讹，亦非。

棲，陈八郎本作"栖"。〇按：棲、栖同。

泊，北宋本作"洎"。〇按：洎、泊形近而讹。

彼，敦煌本、九条本、上野本、弘安本、正安本、陈八郎本、正德本、奎章阁本作"于"。〇按："于"字是。作"彼"字者，疑涉上文"起彼集此"之"彼"而误。

虞人掌焉，为之营域。焚莱平场，柞木翦棘。结罝百里，远杜蹊塞。麀鹿麎麎，骈田偪仄。

柞，九条本、弘安本、陈八郎本、正德本、奎章阁本作"槎"。〇按：李善引贾逵《国语注》："槎，邪斫也。"并曰："柞与槎同。"若作"槎"字则不烦说明。作"槎"者诸本，盖据李善注而改正文。

偪，弘安本作"逼"。〇按：偪、逼同。

仄，九条本、陈八郎本、正德本、奎章阁本作"侧"。〇按：仄、侧通。

天子乃驾彤轸，六骏駮。戴翠帽，倚金较。璲弁玉缨，遗光倏爚。

乃，敦煌本、上野本作"迺"。

彤，敦煌本、上野本、弘安本、正安本、尤袤本注文、陈八郎本正文、正德本、奎章阁本作"雕"。

戴，上野本作"载"。〇按：载、戴形近而讹。

璲，上野本、陈八郎本、正德本、奎章阁本作"琼"。正安本旁记：《钞》、五臣本璲作琼。奎章阁本注记：善本作璲。〇按：《左传·僖公二十八年》"楚子玉自为琼弁玉缨"。各本盖据《左传》而改"璲"为

"琼"。然薛综所据本作"璿",则作"琼"者为后人所改。

建玄弋,树招摇。棲鸣鸢,曳云梢。弧旌枉矢,虹旂蜺旄。华盖承辰,天毕前驱。千乘雷动,万骑龙趋。属车之簉,载猃獙獢。匪唯翫好,乃有秘书。小说九百,本自虞初。从容之求,寔侯寔储。

弋,敦煌本正文、九条本、上野本、弘安本、正安本、北宋本作"戈"。〇按:薛综注"玄弋,北斗第八星,为矛头",既为矛头之象,则自当作"玄弋"。若作"戈"则无所取意。何焯《义门读书记》卷四五亦以为当作"戈",与上引诸本正合。

棲,九条本、陈八郎本、正德本、奎章阁本作"栖"。

梢,陈八郎本作"稍"。〇按:稍、梢形近而讹。

辰,九条本、上野本、弘安本、正安本作"震"。北宋本作"宸"。正安本旁记:册子本作宸。〇按:震疑为宸字。宸一作宸,与震形近而讹。宸、辰可通。

獙,敦煌本、九条本、上野本、弘安本、正安本、北宋本作"獨"。〇按:獙、獨异体。

乃,敦煌本、九条本、上野本、陈八郎本、正德本、奎章阁本作"迺"。

翫,陈八郎本作"玩"。〇按:翫、玩相假。

于是蚩尤秉钺,奋鬣被般。禁御不若,以知神奸,螭魅魍魉,莫能逢旃。陈虎旅于飞廉,正垒壁乎上兰。

魍魉,九条本、上野本、弘安本、正安本、陈八郎本、正德本、奎章阁本作"蝄蜽"。〇按:蝄蜽、魍魉同。

壁,北宋本作"辟"。〇按:垒壁,星名,以形似垒壁故名。作"辟"非。

结部曲,整行伍。燎京薪,骇雷鼓。纵猎徒,赴长莽。迎卒清候,武士赫怒。缇衣韎韐,睢盱拔扈。光炎烛天庭,嚣声震海浦。河渭为之波盪,吴嶽为之陁堵。

虩，敦煌本、九条本、上野本、弘安本、正安本、陈八郎本、正德本、奎章阁本作"骇"。○按：骇、虩可通。然虩本义为疾雷击鼓，骇本义为惊。故赋文当以"虩"为正字，以"骇"为异体。

赴，弘安本作"起"。○按：起字无义，与赴字形近而讹。

迾，九条本作"烈"。上野本作"列"。○按：烈字疑误，盖迾字残左边，与烈字相似，遂致误也。又迾与列可通。

輆，敦煌本、上野本、弘安本、正安本作"欬"。○按：欬、輆异体。

拔，敦煌本、九条本、上野本、弘安本、正安本、陈八郎本、正德本、奎章阁本作"跋"。九条本旁记、奎章阁本注记：善本作拔。○按：跋为正字，拔为假字，可通。《豳风·狼跋序》"狼跋其胡"，陆德明《释文》："跋，本亦作拔。"用字与李善本同。

炎，九条本、陈八郎本、正德本、奎章阁本作"焔"。九条本旁记、奎章阁本注记：李善本作炎。弘安本作"棪"。○按：焔为焰之讹体，焰、炎可相假。盖焰一作燄，省文则为炎。弘安本"棪"形音俱近而讹。

盪，正安本旁记：册子本作荡。○按：盪、荡通。

嶽，敦煌本、弘安本、正安本、北宋本作"岳"。○按：岳为嶽之古文。

百禽悛遽，骇瞿奔触。丧精亡魂，失归忘趋。投轮关辐，不邀自遇。

悛，上野本作"棱"。○按：棱、悛形近而讹。

奔，北宋本作"本"。○按：本字误刻。

趋，敦煌本、九条本、上野本、正安本、陈八郎本、正德本、奎章阁本作"趣"。○按：趋、趣通。

邀，敦煌本、上野本、弘安本、正安本作"徼"。○按：徼、邀通。

飞罕潚箭，流镝攂挦。矢不虚舍，铤不苟跃。当足见蹶，值轮被轹。僵禽毙兽，烂若碛砾。但观置罗之所罥结，竿殳之所揎毕，叉蔟之所揌捔，徒搏之所撞拕，白日未及移其晷，已狝其什七八。

潚，陈八郎本、正德本、奎章阁本作"櫹"。奎章阁本注记：善本作潚。○按：潚箾双声联绵词，无定字。

舍，九条本、弘安本、陈八郎本、正德本、奎章阁本作"捨"。○按：舍有屋舍、居宿等义，捨为释、弃置等义。然古籍多用"舍"代"捨"。此处本字作"捨"，舍为捨同音假字。

磧，上野本、正安本作"積"。正安本旁记：或作磧，非。○按：磧砾形容禽兽毙者，散布遍野如碎石之洒地。作"積"则非。

毕，弘安本、陈八郎本、正德本、奎章阁本作"觱"。奎章阁本注记：综本觱作毕。九条本旁记：五臣本作觱。正安本旁记：册子本作觱。○按：毕、觱音同字通。《豳风•七月》"一之日觱发"，陆德明《释文》："觱发，《说文》作毕发。"然此处当以"毕"为正字。毕，《玉篇》：弋也。而弋为射义。本句"竿殳"皆投掷之器，与射义相近，故曰"揎毕"。而觱则为假字。

揎，敦煌本、上野本、弘安本、正安本作"橿"。○按：橿为揎之讹字。

㧊，敦煌本、上野本、弘安本、正安本作"秘"。○按：从手从木之字常混。

其曶，敦煌本、九条本、上野本、弘安本、正安本、陈八郎本、正德本、奎章阁本无"其"。○按：移其曶，不辞。无"其"字者是。且数句皆为六字句，"其"涉下句而衍。

什，九条本、陈八郎本、正德本、奎章阁本作"十"。○按：什、十通。

若夫游鹬高罩，绝阬逾斥。毚兔联獩，陵峦超壑。比诸东郭，莫之能获。乃有迅羽轻足，寻景追括。鸟不暇举，兽不得发。青骹挚于韝下，韩卢噬于绁末。

獩，弘安本、陈八郎本、正德本、奎章阁本"邀"。○按：联獩，本作"獺獩"，叠韵联绵词，义为兔走貌。联为獺之省文。而"邀"为

"邎"之异体字，韵部与"联""猭"亦不同。故当以"猭"为是。

陵，敦煌本、上野本、正安本作"淩"。○按：淩、陵皆有"越"义，故可通。石崇《思归引》"慠然有淩云之操"，五臣本"淩"作"陵"。

乃，敦煌本、上野本、正安本作"迺"。

有，陈八郎本、正德本、奎章阁本作"使"。○按：有、使俱通。然作"有"字义胜。上句写麑兔之迅捷难获，语气似含叹惜，下句继写迅羽轻足之矫捷更胜麑兔，令观猎者有意外之惊喜，显得佳境迭出。中用"乃有"作转折，便饶轻灵之趣。若用"乃使"，则文笔质实重滞，而神采尽失矣。

景，陈八郎本、正德本、奎章阁本作"影"。○按：景、影古今字。

及其猛毅髬髵，隅目高匡，威慴兕虎，莫之敢伉。

匡，九条本、上野本、正德本、奎章阁本作"眶"。○按：匡、眶古今字。

伉，陈八郎本、正德本、奎章阁本作"亢"。○按：亢为伉之省文。

迺使中黄之士，育获之俦，朱鬘𩯭鬣，植发如竿。袒裼戟手，奎蹄盘桓。

迺，九条本、弘安本、陈八郎本、正德本、奎章阁本作"乃"。

之士，敦煌本无此二字。○按：弘安本初亦无"之士"二字，后补。疑某本即无此二字。然"中黄育获之俦"六字成句，与下四字句不协，盖此本有脱文。

俦，九条本、弘安本、陈八郎本、正德本、奎章阁本作"畴"。○按：畴、俦通。

如竿，陈八郎本、正德本、奎章阁本作"隅中"。奎章阁本注记：综本隅中字作如竿。○按：隅中，与下桓、猭、狻等字不协韵，有误。疑为旧注而误入正文。隅与堣通，植发堣中，谓束发中高，其形状与"如竿"相合。或写"隅中"于"如竿"旁，钞者遂误写入正文。

袒，敦煌本、九条本、上野本、正安本作"禮"。〇按：袒、禮通。例如《郑风·太叔于田》"禮祸暴虎"，陆德明《释文》："本又作袒。"

奎，九条本、弘安本、陈八郎本、正德本、奎章阁本作"跬"。正安本旁记：册子本作跬。〇按：奎蹗，薛综注"开足也"，即迈步之义。据《说文》，奎本义为两髀之间，故引申有迈步之义。赋文因奎、蹗联用，后人遂增足旁而作"跬"。

盘，敦煌本正文及薛综注、上野本作"槃"。〇按：盘、槃通。

鼻赤象，圈巨狿，搏狒猥，批窳狻，揩枳落，突棘藩。梗林为之靡拉，朴丛为之摧残。

狒，敦煌本、正安本作"䙴"。上野本、弘安本、陈八郎本、正德本作"髴"。〇按：狒，《说文》作"䴖"，后异体讹写作"䙴"（北宋本注文䙴之禺作"禺"，同）。因字画繁多，乃造形声字"狒"。而"髴"为髣髴之义，此处为"狒"之同音假借。

猥，敦煌本、九条本、上野本、弘安本、正安本作"彙"。〇按：彙为本字，《说文》"彙，虫似豪猪者"是也。猥（又作蝟）则为后起形声字。

批，北宋本作"批"。〇按：批为批形近之讹。

窳，九条本、陈八郎本、正德本、奎章阁本作"㝢"。〇按：字本作"㝢"，或作"㝢"，繁文为"㝢"，又省作"窳"。

狻，弘安本作"酸"。〇按：李善注"狻音酸"，弘安本正文盖涉音注而误。

藩，敦煌本、上野本、正安本作"蕃"。〇按：藩、蕃通。如《齐风·东方未明》"折柳樊圃"毛传"樊，藩也"，陆德明《释文》："藩，本又作蕃。"

轻锐僄狡，趫捷之徒，赴洞穴，探封狐。陵重巘，猎昆骏。杪木末，獲獑猢。超殊榛，摕飞鼺。是时后宫嬖人昭仪之伦，常亚于乘舆。慕贾氏

之如皋，乐《北风》之同车。盘于游畋，其乐只且。

　　陵，敦煌本、弘安本、正安本、上野本作"凌"。正安本旁记：册子本作陵。○按：参上文"陵峦超壑"条。

　　巇，敦煌本、弘安本、正安本作"巘"。○按：巇、巘通。《大雅·公刘》"陟则在巘"，陆德明《释文》："本又作巇。"是其例。

　　昆，九条本、弘安本作"騉"。○按：昆、騉通，昆为假音字，騉为形声字。

　　昭，弘安本作"照"。○按：昭、照通。如鲍照，一作鲍昭。

　　盘，敦煌本、上野本、正安本作"般"。弘安本作"槃"。○按：盘、般、槃通。

于是鸟兽殚，目观穷。迁延邪睨，集乎长杨之宫。息行夫，展车马。收禽举胔，数课众寡。置互摆牲，颁赐获卤。

　　殚，敦煌本作"单"。弘安本作"弹"。○按：殚、单通。弹为殚形近之讹。

　　迁延，上野本、正安本作"延迁"。正安本旁记：册子本作迁延。○按：迁延，古书习语，如《左传·襄公十四年》"晋人谓之迁延之役"，《文选》中其例尤多。虽为叠韵联绵词，然未见有作"延迁"者。疑作"延迁"者误倒。

　　互，敦煌本、上野本、弘安本、正安本、北宋本作"牙"。○按：互，一作乐，与牙形近易混。

　　卤，九条本、正德本、奎章阁本作"虏"。上野本旁记：五臣作虏。正安本旁记：册子本作虏。○按：卤、虏通。《史记·高祖本纪》"诸所过毋得掠卤"，《集解》引应劭曰："卤，与虏同。"

割鲜野飨，犒勤赏功。五军六师，千列百重。酒车酌醴，方驾授饔。升觞举燧，既醻鸣钟。膳夫驰骑，察贰廉空。

犒，敦煌本、弘安本作"犒"。○按：《左传·僖公二十六年》"公使展喜犒师"，孔颖达疏引服虔："犒师，以师枯槁，故馈之饮食。"竹添光鸿会笺引惠栋："犒非古字，古文作稾，或作犒。张揖撰《广雅》始从牛旁高。"是则本字当作"稾"或"犒"，敦煌本犹存古义。

千列，敦煌本作"千里列"。○按：里字衍。

饔，敦煌本、上野本、正安本作"邕"。北宋本作"雍"。○按：雍为饔之省文假字。雍、邕又通，如《尚书·顾命》"天球"孔安国传"雍州所贡"，陆德明《释文》："雍，本亦作邕。"

觞，敦煌本、上野本、正安本作"醹"。○按：醹、觞同。

驰骑，敦煌本、九条本、上野本、弘安本、正安本作"骑驰"。○按：驰骑、骑驰两通。

炙炰夥，清酤奴。皇恩溥，洪德施。徒御悦，士忘罢。巾车命驾，迴旆右移。相羊乎五柞之馆，旋憩乎昆明之池。

夥，敦煌本正文、九条本、上野本、弘安本、正安本、陈八郎本、奎章阁本作"倮"。○按：夥、倮同，偏旁互易而已。

悦，敦煌本、九条本、上野本、弘安本、正安本、北宋本作"说"。正安本旁记：册子本作悦。○按：参上文"昔者大帝说秦缪公而觏之"句。

罢，九条本、弘安本、陈八郎本、正德本、奎章阁本作"疲"。○按：疲为本字，罢为假字。《说文·疒部》段注："疲，经传多假罢为之。"

迴，敦煌本、正安本作"回"。○按：迴、回同。

相羊，陈八郎本、正德本、奎章阁本作"儴佯"。弘安本作"相佯"。正安本旁记：册子本作佯。九条本旁记、上野本旁记：五臣本作儴佯。奎章阁本注记：善本作相羊。○按：相羊为叠韵联绵词，无定字。

乎，敦煌本、弘安本、正安本、北宋本无两"乎"。○按：据文法，"乎"为介词，有者较胜。

登豫章，简鹔红。蒲且发，弋高鸿。挂白鹄，联飞龙。磻不特絓，往必加双。

章，正安本旁记：册子本作樟。○按：章、樟通。

简，敦煌本作"蕳"。○按：写本中从竹之字常省从艸。

蒲，敦煌本作"蒱"。○按：蒱为蒲形近之讹。

鹄，陈八郎本、正德本、奎章阁本作"鹤"。九条本旁记：五臣本作鹤。奎章阁本注记：善本作白鹄。○按：鹄、鹤古书常通假。

于是命舟牧，为水嬉。浮鹢首，翳云芝。垂翠葆，建羽旗。齐栧女，纵櫂歌。发引和，校鸣葭。奏《淮南》，度《阳阿》。感河冯，怀湘娥。惊蝄蜽，惮蛟蛇。

櫂，九条本、上野本、弘安本、正安本、陈八郎本、正德本、奎章阁本作"棹"。○按：櫂、棹同。

和，敦煌本正文、九条本、上野本、正安本作"龢"。○按：龢，古和字，调谐之义，读平声。然此处为唱和之和，读去声，不得以龢代和。

蛇，敦煌本、上野本、弘安本、正安本作"虵"。○按：蛇、虵异体。

然后钓鲂鱧，纚鲲鲉。摵紫贝，搏耆龟。搯水豹，羁潜牛。泽虞是滥，何有春秋。

羁，弘安本作"縶"，旁记"羁"。○按：羁为本字，象绊马之形。后通作"縶"。

何有，北宋本作"何有乎"。

摘潎瀄，搜川渎。布九罭，设罜䍡。操昆鲕，殄水族。蘧藕拔，蜃蛤剥。逞欲败敛，效获麛鹿。㧎蓼渰浪，乾池涤薮。上无逸飞，下无遗走。攫胎拾卵，蚳蟓尽取。取乐今日，遑恤我后。既定且宁，焉知倾陁。

摘，敦煌本、九条本、上野本、弘安本、北宋本、奎章阁本作"擿"。○按：摘为擿之省文。

操，陈八郎本正文作"樑"。○按：写本从手从木之字常混。

昆，九条本、上野本、弘安本、正安本、陈八郎本、正德本、奎章阁本作"鲲"。○按：参上文"猎昆骏"条。

蘧，九条本、陈八郎本、正德本、奎章阁本作"蕖"。○按：蘧、蕖通。

畋，陈八郎本作"敛"。○按：敛涉下文而误。

敛，正德本作"渔"。○按：渔为正字，敛为异体。盖因捕兽为畋，从田从攵，故捕鱼亦以类相及而从攵作"敛"矣。

陁，上野本作"陀"。

大驾幸乎平乐，张甲乙而袭翠被。攒珍宝之玩好，纷瑰丽以参靡。临迥望之广场，程角觝之妙戏。

平乐，陈八郎本、正德本、奎章阁本下有"之馆"二字。九条本旁记：五臣本有之馆二字。奎章阁本注记：善本无之馆二字。○按：之馆，与上文"五柞之馆"相复，无者为佳。

张，陈八郎本、正德本、奎章阁本作"帐"。○按：甲乙为帐名，张有张设之义，张甲乙、袭翠被，皆为动宾结构。若作"帐"，则帐甲乙之帐，稍嫌复赘。

好，敦煌本脱。

参，九条本、陈八郎本、正德本、奎章阁本作"侈"。○按：参上文"心侈体忲"条。

觝，敦煌本、上野本、正安本作"牴"。上野本旁记：五臣作觝。○按：觝、牴通。《玉篇·角部》："觝，或作牴。"

妙，陈八郎本作"侈"。○按：侈涉上文而误。

乌获扛鼎，都卢寻橦。冲狭燕濯，胃突铦锋。跳丸剑之挥霍，走索上而相逢。

扛，敦煌本正文、弘安本、正安本从"角"。○按：从"角"者为"扛"之又体，见《匡谬正俗》卷六。

冲，敦煌本、九条本、弘安本作"衡"。○按：衡为冲形近之讹。

狭，敦煌本、上野本、正安本作"陿"。

胄，敦煌本作"㚇"。○按：㚇为胄之省文。

挥，敦煌本、上野本、弘安本、正安本作"徽"。正安本旁记：册子本作挥。○按：挥、徽通。《东京赋》"戎士介而扬挥"，扬挥即扬徽。

华嶽峨峨，冈峦参差。神木灵草，朱实离离。总会仙倡，戏豹舞罴。白虎鼓瑟，苍龙吹篪。女娥坐而长歌，声清畅而蜲蛇。洪涯立而指麾，被毛羽之襳襹。

嶽，敦煌本、上野本、弘安本、正安本作"岳"。○按：参上文"吴嶽为之陁堵"条。

冈，敦煌本、上野本、弘安本、正安本作"岗"。○按：参上文"托乔基于山冈"条。

峦，陈八郎本误作"鎏"。

倡，陈八郎本作"昌"。○按：昌为倡之省文。

舞，敦煌本、上野本、弘安本、正安本作"儛"。○按：儛为舞之别体。

苍，敦煌本作"仓"。○按：仓为苍之省文。

畅，敦煌本、上野本、正安本作"邑"。上野本旁记：五臣本作畅。正安本旁记：册子本作畅。○按：邑、畅古今字。

蛇，敦煌本作"虵"。上野本、弘安本、正安本作"蚘"。○按：蛇、虵、蚘异体。

度曲未终，云起雪飞。初若飘飘，后遂霏霏。複陆重阁，转石成雷。礔砺激而增响，磅磕象乎天威。

複，敦煌本、上野本、正安本、陈八郎本、正德本、奎章阁本作"復"。○按：複为重複义，復为往来义，本为二字，后相通用。此处赋文当以"複"为正字。

礔砺，正德本作"霹雳"。○按：礔砺为霹雳之俗字。

響，陈八郎本、正德本、奎章阁本作"音"。九条本旁记：五臣本作音。奎章阁本注记：善本作響。〇按：音谓乐声，響谓回声，其义不同。赋文写霹雳之洪声，自以作"響"为是。作"音"字者，盖"響"字之残文。

磅，陈八郎本、正德本、奎章阁本作"砰"。九条本旁记：五臣本作砰。〇按：磅、砰声同韵近，可通。

巨兽百寻，是为曼延。神山崔巍，欻从背见。熊虎升而挐攫，猨狖超而高援。怪兽陆梁，大雀踆踆。白象行孕，垂鼻辚囷。海鳞变而成龙，状蜿蜿以蜩蜩。含利颬颬，化为仙车。骊驾四鹿，芝盖九葩。蟾蜍与龟，水人弄蛇。

曼，陈八郎本、正德本、奎章阁本作"蔓"。〇按：曼延，兽名，又作漫衍。蔓为同音假字。

巍，九条本、上野本、正安本、陈八郎本、正德本、奎章阁本作"嵬"。〇按：参上文"状巍莪以岌嶪"条。

挐，北宋本、陈八郎本、正德本、奎章阁本作"挈"。〇按：挐，捉拿义，音挏，平声，宋元俗字。与挈形近而讹。

攫，陈八郎本作"貜"。〇按：貜为攫形近之讹。

囷，九条本、陈八郎本、正德本、奎章阁本作"輑"。奎章阁本注记：善本作囷。〇按：辚囷，又作轮囷、轮菌，屈曲之义，文籍中多见。然未见作"辚輑"者，不知上述诸本何据。

成，上野本作"为"。〇按：成、为俱通。

蜿，陈八郎本正文、正德本正文作"踠"。〇按：踠为蜿形近之讹。

蛇，敦煌本、上野本、弘安本、正安本、陈八郎本注文作"她"。

奇幻倏忽，易貌分形。吞刀吐火，云雾杳冥。画地成川，流渭通泾。东海黄公，赤刀粤祝。冀厌白虎，卒不能救。挟邪作蛊，于是不售。

吞，敦煌本作"天"。〇按：天为吞字之讹。

泾，北宋本作"江"。〇按：江与形、冥不协韵，当是因"泾"之残字而误。

粤，上野本、正安本、陈八郎本、正德本作"奥"。弘安本作"越"。〇按：奥为粤形近之讹。越、粤作语气词时常通。

蛊，北宋本作"虫"。〇按：虫因蛊之残字而误。

尔乃建戏车，树修旃。侲僮程材，上下翻翻。突倒投而跟絓，譬陨绝而复联。百马同辔，骋足并驰。橦末之技，态不可弥。弯弓射乎西羌，又顾发乎鲜卑。

僮，敦煌本、九条本、北宋本作"童"。〇按：童本义为奴仆，童子之童本作"僮"，今作"童"者为假字。

程，陈八郎本、正德本作"逞"。九条本作"呈"。〇按：程、逞、呈具有"见"义，可通。然据张衡《南都赋》"致饰程蛊"，此处赋文疑本作"程"，逞、呈皆后人所改。

譬，敦煌本、九条本、上野本、弘安本、正安本北宋本、陈八郎本、正德本、奎章阁本作"譬"。〇按：作"譬"是，"譬"为误刻。

陨，九条本、陈八郎本、正德本、奎章阁本作"殒"。〇按：陨、殒通。然殒有死义，引申为坠、绝等义。赋文当以"陨"为正字。

于是众变尽，心酲醉。盘乐极，怅怀萃。阴戒期门，微行要屈。降尊就卑，怀玺藏绂。便旋间阎，周观郊遂。若神龙之变化，章后皇之为贵。

盘，敦煌本、九条本、上野本、弘安本、正安本、北宋本正文作"般"。〇按：盘、般通。

就，正安本作"亂"，旁记：册子本作就。〇按：亂字非，盖"就"字残而误作"乱"，又写作"亂"。

绂，陈八郎本、正德本、奎章阁本作"黻"。〇按：绂为印玺绶带，黻为礼服黑青之纹。赋文当以"绂"为是，后人因绂、黻可通而改。

便，北宋本作"更"。○按：便旋，叠韵联绵词，作"更"非。

遂，上野本、弘安本、正安本、陈八郎本、正德本、奎章阁本作"隧"。○按：遂为郊外之路，隧为市中之道。此当以"遂"为正字，"隧"为假字。

章，陈八郎本、正德本、奎章阁本作"彰"。正安本旁记：册子本作彰。○按：彰、章通。

后皇，陈八郎本、正德本、奎章阁本作"皇后"。○按：蔡邕《独断》："帝嫡妃曰皇后。"赋文写帝王微行寻乐，不与后妃之事，当以"后皇"为是。

然后历掖庭，适驩馆。捐衰色，从嫕婉。促中堂之陿坐，羽觞行而无算。秘舞更奏，妙材骋伎。妖蛊艳夫夏姬，美声畅于虞氏。始徐进而羸形，似不任乎罗绮。嚼清商而却转、增婵蜎以此豸。纷纵体而迅赴，若惊鹤之群罷。振朱屣于盘樽，奋长袖之飒纚。

驩，九条本、陈八郎本、正德本、奎章阁本作"欢"。弘安本作"觀"。上野本旁记：五臣本作欢。○按：觀与欢形近而讹。驩、欢同。

陿，陈八郎本、正德本、奎章阁本作"狭"。

觞，敦煌本正文作"觴"。○按：觴、觞同。

無，北宋本作"舞"。○按：舞为無字之讹。

舞，敦煌本、九条本、上野本、弘安本、正安本作"儛"。○按：儛为舞之别体。

畅，敦煌本、正安本作"鬯"。上野本旁记：一本作鬯。○按：鬯、畅古今字。

嚼，上野本作"爵"。○按：爵为嚼之讹。

婵，敦煌本作"蝉"。○按：婵、蝉通。

蜎，敦煌本薛综注作"蜵"缺末笔。九条本、北宋本、陈八郎本正德本奎章阁本作"娟"。○按：蜎、蜵、娟通。

此，九条本、弘安本、北宋本、陈八郎本、正德本、奎章阁本作"趾"。上野本旁记：陆善经本、五臣本作趾。正安本旁记：萧云诸家皆为此字。○按：此豸，本字未详。"豸"与"止"通，"此"又从止，则"此豸"状舞步欲行欲止之容。作"趾"者为繁文。萧该既云"诸家皆为此字"，则萧本作"趾"无疑，而自萧该以后则多从之作"趾"矣。

罷，陈八郎本、正德本、奎章阁本作"羆"。○按：王念孙《读书杂志·余编》谓："羆与伎、氏、绮、豸、缅为韵，盖罷字之讹。韦注《国语》曰：罷，归也。言若惊鹤之群归也。"王说是。

朱屣，弘安本、陈八郎本作"朱履"。正德本、奎章阁本作"珠履"。上野本旁记：五臣作履。《李善与五臣同异》：五臣作珠履。奎章阁本注记：善本作朱屣。○按：《史记·货殖列传》"蹑利屣"，《集解》引徐广："屣，舞屣也。"《慧琳音义》卷七六"履屣"注引《声类》云："屣，舞履也。"是屣专指舞屣、舞履，而履则泛称，故作"屣"字确。又七盘舞者，其履唯求轻便，似无缀珠之理。

长，陈八郎本作"红"。○按：红字致误之由不详，待考。

袖，敦煌本、弘安本作"褎"。○按：褎，古袖字。

要绍修态，丽服飏菁。眳藐流眄，一顾倾城。展季桑门，谁能不营。列爵十四，竟媢取荣。盛衰无常，唯爱所丁。卫后兴于鬒发，飞燕宠于体轻。

眳，敦煌本作"昭"。陈八郎本、正德本、奎章阁本作"眧"。○按：召，一作臼，与名形近易讹。眳指眉睫之间，昭、眧无义，皆非。

一，敦煌本、上野本、弘安本、正安本、北宋本作"壹"。○按：一为数词，壹为形容词，其义有别。此处赋文作"一"是，作"壹"者不确。

燕，上野本、陈八郎本作"鷰"。正安本旁记：册子本作鷰。○按：鷰为燕之俗字。

尔乃逞志究欲，穷身极娱。鉴戒《唐诗》，他人是喻。自君作故，何礼之拘。增昭仪于婕妤，贤既公而又侯。许赵氏以无上，思致董于有虞。

王闶争坐于侧,汉载安而不渝。

志,陈八郎本、正德本、奎章阁本作"至"。○按:志、至同音假借。潘岳《杨仲武诔》"此亦款诚之至也",五臣本"至"作"志"。然赋文"逞志""究欲"对举,当以作"志"为胜。

鉴,奎章阁本作"鑑"。○按:鑑多用作名词,作"鉴"佳。

以,陈八郎本、正德本、奎章阁本作"之"。○按:参上文"飨以钧天广乐"条。

董,弘安本、正安本作"薰"。○按:薰为董之添笔讹字。

高祖创业,继体承基。暂劳永逸,无为而治。耽乐是从,何虑何思。多历年所,二百余朞。

暂,敦煌本、弘安本、正安本、陈八郎本、正德本、奎章阁本作"蹔"。九条本旁记:五臣本作蹔。○按:蹔为暂之俗字。

耽,敦煌本、上野本、弘安本、正安本作"躭"。○按:耽、躭异体字。

朞,陈八郎本、正德本作"基"。○按:基为朞之同音讹字。

徒以地沃野丰,百物殷阜。岩险周固,衿带易守。得之者强,据之者久。流长则难竭,柢深则难朽。故奢泰肆情,馨烈弥茂。

衿,九条本、陈八郎本、正德本、奎章阁本作"襟"。○按:衿,金文作"䘳",异体作"衿",俗体作"襟"。

强,敦煌本、九条本、陈八郎本、正德本、奎章阁本作"彊"。○按:彊为强之本字。

馨,敦煌本、上野本、弘安本、正安本、北宋本作"聲"。陈八郎本、正德本、奎章阁本作"而馨"。九条本作"而聲"。○按:国之大事,唯祀与戎。凡祀则陈粢盛,以其馨香致于神。赋文馨、烈并举,馨谓祚祀,烈谓功业,言西京国祚功烈之盛。若作"聲",则祚祀之义晦而不章。故当以"馨"为胜。"而"字关联"奢泰肆情""馨烈弥茂"二句,然两句句意承转甚明,无须"而"字始显。盖五臣注有"而",后人遂据以补正文。

烈，陈八郎本作"列"。○按：烈有业义，列字以音同而讹。

茂，敦煌本、正安本、北宋本作"楙"。上野本、弘安本作"懋"。○按：楙，茂之古字，义盛也。懋，勉也。赋文当以"楙""茂"为是，"懋"为同音假字。

鄙生生乎三百之外，传闻于未闻之者。曾仿佛其若梦，未一隅之能睹。此何与于殷人之屡迁，前八而后五。居相圮耿，不常厥土。盘庚作诰，帅人以苦。

乎，上野本作"于"。

未，九条本、上野本作"末"。○按：未、末写本常混而不别，其义两通。

者，陈八郎本、正德本、奎章阁本作"口"。九条本旁记：五臣本作口。奎章阁本注记：善本作者。○按：者、睹为韵，作"口"非。

曾，敦煌本作"增"。○按：增、曾同音相假。

睹，陈八郎本、正德本、奎章阁本作"覩"。○按：覩为睹之古文，参上文"正睹瑶光与玉绳"条。

与，九条本、上野本、弘安本、正安本、陈八郎本、正德本、奎章阁本作"异"。九条本旁记：李善本作与。○按：作"异"是，"与"为"异"形近之讹。

而，敦煌本、上野本、正安本"前八"下无"而"字。○按："而"有无俱通。

帅，陈八郎本、正德本作"师"。○按：帅，一作"帥"，与"师"形近而讹。

方今圣上，同天號于帝皇，掩四海而为家。富有之业，莫我大也。徒恨不能以靡丽为国华，独俭啬以龌龊，忘《蟋蟀》之谓何。岂欲之而不

能，将能之而不欲欤。蒙窃惑焉，愿闻所以辩之之说也。

號，弘安本作"号"。〇按：号为痛声，名号之号当作"號"。弘安本误为省文。

齷齪，敦煌本、上野本、弘安本、正安本作"偓促"。〇按：偓促，为齷齪之同音假字。

不欲，弘安本作"弗欲"。

辩，上野本、弘安本、陈八郎本作"辨"。〇按：辩、辨通。

之之，九条本、上野本、弘安本作"之"。〇按：作"之之"者是。上"之"为代词，指"岂欲之而不能，将能之而不欲"，下"之"为结构助词。

第二节 《东京赋》校理

《东京赋》所存《文选》版本有九条本（完篇）、宫内厅本（起"者乃整法服"至篇终）、冷泉本（起"崇业"至篇终）、北宋本（起篇首至"常畏人力之"）。

安处先生于是似不能言，怃然有间，乃莞尔而笑曰：若客所谓末学肤受，贵耳而贱目者也。苟有胸而无心，不能节之以礼，宜其陋今而荣古矣。由余以西戎孤臣而悝缪公于宫室，如之何其以温故知新，研核是非，近于此惑。

不能言，九条本、陈八郎本、正德本、奎章阁本下有"者"。〇按："者"字有无俱通。

莞，九条本、陈八郎本、正德本、奎章阁本作"莧"。九条本旁记：李善本作莞。奎章阁本注记：善本作䒒。〇按：胡绍煐《文选笺证》卷三："按作莧，此隶书之讹。"奎章阁本谓善本作"䒒"，盖莞从宂，宂为貌之古文，遂误增豸旁成藐。

缪，九条本、陈八郎本、正德本、奎章阁本作"穆"。○按：缪、穆古通。

温故知新，陈八郎本、正德本、奎章阁本作"温故而知新"。九条本旁记：五臣本有而字。○按："而"字盖据《论语》原文增，此处"温故知新""研核是非"皆四字句，不当有"而"字。

惑，九条本、陈八郎本、正德本、奎章阁本作"惑也"。○按：也，通耶，反问语辞。有"也"字者，文意益明，文气益永。

周姬之末，不能厥政，政用多僻。始于宫邻，卒于金虎。嬴氏搏翼，择肉西邑。

嬴，北宋本作"嬴"。○按：嬴为嬴形近之讹。

是时也，七雄并争，竞相高以奢丽。楚筑章华于前，赵建丛台于后。秦政利觜长距，终得擅场，思专其侈，以莫己若。迺构阿房，起甘泉，结云阁，冠南山。征税尽，人力殚。

觜，九条本旁记：《决》作觜，或作觜，非。○按：觜即觜之异体。

若，陈八郎本、正德本作"若也"。九条本旁记：五臣本有也字。○按："也"字舒展语气，有者较佳。

迺，九条本、陈八郎本、正德本、奎章阁本作"乃"。○按：参《西京赋》"乃隆崇而弘敷"条。

冠，陈八郎本、正德本作"观"。九条本作"馆"，旁注：观。又旁记：善本作冠。○按：注引《三辅故事》曰："秦二世胡亥起云阁，欲与山齐。"赋文又云"结云阁，冠南山"，则云阁应在南山，不然他处造阁，何能与山齐。云阁既在南山，若谓"观南山"或"馆南山"，则与"结云阁"句意重复，故作"观""馆"皆非。"冠"有高义，谓云阁高于南山。注云"冠，覆也"，不确。

然后收以太半之赋，威以参夷之刑。其遇民也，若薙氏之芟草，既蕴崇之，又行火焉。慄慄黔首，岂徒跼高天，蹐厚地而已哉，乃救死于其颈。敺以就役，唯力是视，百姓弗能忍，是用息肩于大汉，而欣戴高祖。

敺，九条本、陈八郎本、正德本、奎章阁本作"驱"。九条本旁记：李善本作敺。○按：敺，古驱字。

唯，陈八郎本、正德本、奎章阁本作"性"。九条本旁记：五臣本作惟。○按：仅、只义时，唯、惟通用。

弗，九条本、陈八郎本、正德本作"不"。

大，北宋本无。九条本旁记：册子本无大字。○按：张衡汉人，尊崇国号，自以有"大"字者为是，正如班固《两都赋序》所谓"大汉初定"。"息肩"典出《左传·襄公二年》"子驷请息肩于晋"，后人或据之而改赋文作"息肩于汉"。

高祖膺箓受图，顺天行诛，杖朱旗而建大号。所推必亡，所存必固。扫项军于垓下，缢子婴于轵涂。因秦宫室，据其府库。作洛之制，我则未暇。是以西匠营宫，目飐阿房。规摹逾溢，不度不臧。损之又损，然尚过于周堂。观者狭而谓之陋，帝已讥其泰而弗康。

轵，九条本、北宋本正文、陈八郎本、正德本、奎章阁本作"枳"。九条本旁记：李善本作轵。○按：《战国策·赵策二》"夫秦下轵道则南阳动"，鲍彪注："轵、枳通。"《汉书·高祖纪上》"降枳道旁"，颜师古注："枳音轵。轵道亭在霸成观西四里。"亦以枳、轵相通。

宫室，九条本、陈八郎本、正德本作"宫业"。正德本旁记"室"字。○按："宫业"词不习见，而薛综、李善、五臣皆不出注，知其本作"宫室"，不须注也。"业"字误。

又损之，九条本、陈八郎本、正德本、奎章阁本无"之"字。○按：朱谦之《老子校释》四十八章所列十四本（含《东京赋》此文）皆有"之"字，而高明《帛书老子校注》所引乙本、王弼本则作"损之又损"。无"之"者盖据通行王弼本而删也。

狭，九条本作"陜"。〇按：狭、陜同。

弗康，陈八郎本、正德本、奎章阁本作"不康"。九条本旁记：五臣本作不康。

且高既受命建家，造我区夏矣。文又躬自菲薄，治致升平之德。武有大启土宇，纪禅肃然之功。宣重威以抚和戎狄，呼韩来享。咸用纪宗存主，缋祀不辍，铭勋彝器，历世弥光。

武有，九条本作"武又"，旁记：摺本作有。〇按：有、又古通。赋文文帝武帝并举，一有德，一有功，两处字当一例。上句既用"又"，则下句亦当用"又"。后人不审，遂破通假，改下"又"字为"有"。

今捨纯懿而论爽德，以《春秋》所讳而为美谈，宜无嫌于往初，故蔽善而扬恶，祇吾子之不知言也。必以肆奢为贤，则是黄帝合宫，有虞总期，固不如夏癸之瑶台，殷辛之琼室也，汤武谁革而用师哉。盍亦览东京之事以自寤乎。

捨，北宋本作"舍"。〇按：舍为捨之假字。参《西京赋》"矢不虚舍"条。

往初，陈八郎本、正德本、奎章阁本作"故旧"。《李善与五臣同异》：五臣作故旧。〇按：往初、故旧两通。

故，陈八郎本、正德本、奎章阁本无"故"字。九条本旁记：往初，五臣本无。〇按："宜"字贯"无嫌于往初，蔽善而扬恶"两句，无"故"字是。九条本两句作"宜无嫌于故蔽善而扬恶"，则"故"字属上句，下又脱"旧"字。参上条。

祇，北宋本正文作"秖"。〇按：从禾从示之字常混，故秖、祇通。

必以，北宋本作"必"。〇按：北宋本脱"以"字。

则是，九条本、陈八郎本、正德本、奎章阁本作"是则"。九条本旁记：李善本作则是。○按：则是、是则俱通。

琼室也，北宋本无"也"字。○按：句末"也"字，后世刻本多删。

寤，陈八郎本、正德本、奎章阁本作"悟"。○按：悟、寤通。

乎，九条本无。

且天子有道，守在海外。守位以仁，不恃隘害。苟民志之不谅，何云岩险与襟带。秦负阻于二关，卒开项而受沛。彼偏据而规小，岂如宅中而图大。

且，北宋本无。九条本、陈八郎本、正德本、奎章阁本作"且夫"。九条本旁记：《钞》无夫。○按：语气词有无皆通，唯文气有缓促之异。

守，陈八郎本、正德本、奎章阁本作"狩"。九条本旁记：五臣本作狩。○按：守、狩于巡狩之义时通用。赋文"守"为守备义，作"狩"误。《左传·昭公二十三年》《淮南子·泰族训》"守在四夷"，皆作"守"。

仁，尤袤本注记、九条本旁记：综作人。○按：作"人"是，人即民，"守位以民，不恃隘害"，故下句接以"苟民志之不谅，何云岩险与襟带"。司马光谓"非民无以守国"，即此意。后人以人、仁通，又因仁政仁治之说盛行，故妄改作"仁"。

民，九条本作"人"。○按：避唐讳而改。

偏，北宋本正文作"徧"。○按：徧为偏形近之讹。

昔先王之经邑也，掩观九奥，靡地不营。土圭测景，不缩不盈。总风雨之所交，然后以建王城。

景，陈八郎本、正德本、奎章阁本作"影"。○按：景、影古今字。

审曲面势，泝洛背河，左伊右瀍。西阻九河，东门于旋。盟津达其后，太谷通其前。回行道乎伊阙，邪径捷乎轘辕。

九河，九条本、陈八郎本、正德本、奎章阁本作"九阿"。○按：九阿谓洛阳西之九坂。河为阿字之讹。

捷,九条本作"捷"。○按:捷、捷义不同。九条本音"接",则可知捷为捷形近之讹。

大室作镇,揭以熊耳。底柱辍流,镡以大岯。温液汤泉,黑丹石缁。王鲔岫居,能鳖三趾。宓妃攸馆,神用挺纪。龙图授羲,龟书畀姒。

大室,九条本、北宋本、陈八郎本、正德本、奎章阁本作"太室"。○按:大、太通。

揭,九条本、陈八郎本、正德本、奎章阁本作"楬"。○按:揭、楬通。

宓,九条本作"虙"。○按:宓、虙同。

畀,陈八郎本、正德本作"俾"。○按:畀、授同义,当作"畀"。畀与卑形近而讹,卑又加人作俾。

召伯相宅,卜惟洛食。周公初基,其绳则直。苌弘魏舒,是廓是极。经途九轨,城隅九雉。度堂以筵,度室以几。京邑翼翼,四方所视。汉初弗之宅,故宗绪中圮。巨猾间釁,窃弄神器。历载三六,偷安天位。于时蒸民,罔敢或贰。其取威也重矣。

弗之宅,九条本、北宋本、陈八郎本、正德本、奎章阁本作"弗之宅也"。○按:"也"字语气顿挫,有者较佳。

我世祖忿之,乃龙飞白水,凤翔参墟。授钺四七,共工是除。欃枪旬始,群凶靡余。区宇乂宁,思和求中。睿哲玄览,都兹洛宫。曰止曰时,昭明有融。既光厥武,仁洽道丰。登岱勒封,与黄比崇。

欃枪,北宋本作"攙抢"。○按:从木从手之字常相混。

宇,九条本、北宋本作"寓"。○按:寓为宇之籀文。

睿,北宋本作"叡"。○按:睿为叡之古文。

哲,北宋本作"喆"。○按:喆,从古文嚞而省,后又作"哲"。哲、喆常通用。

都,九条本作"睹"、北宋本作"覩"。○按:定都洛阳,乃东汉初之大事，赋文自当言及。若作"睹"或"觌"，则文意不明，且又与"览"字相复。

逮至显宗，六合殷昌。乃新崇德，遂作德阳。启南端之特闱，立应门之将将。昭仁惠于崇贤，抗义声于金商。飞云龙于春路，屯神虎于秋方。建象魏之两观，旌六典之旧章。

乃，陈八郎本、正德本、奎章阁本作"既"。〇按："乃"为承上启下之词，"既"无此意。

将将，九条本、北宋本作"锵锵"。〇按：将、锵古今字。《大雅·绵》"应门将将"，即赋文所本。

金商，陈八郎本、正德本作"宫商"。〇按：金商，西门名，因在西，五行属金，五音属商，故曰金商。作"宫"非。

其内则含德章台，天禄宣明。温饬迎春，寿安永宁。飞阁神行，莫我能形。濯龙芳林，九谷八溪。芙蓉覆水，秋兰被涯。渚戏跃鱼，渊游龟蠵。

饬，北宋本作"飭"。〇按：饬、饰通。飭为饰之俗字。

永安离宫，修竹冬青。阴池幽流，玄泉洌清。鹎鶋秋栖，鹘鸼春鸣。鵙鸠丽黄，关关嘤嘤。

洌，九条本、北宋本、奎章阁本作"冽"。陈八郎本作"列"。〇按：冽从仌（古冰字），寒凛义；洌从水，清澄义。赋文此处两字俱通。然薛综注"清澄貌"，则字当作"洌"，而尤袤本作"冽"；吕延济注"冷也"，则字当作"冽"，而九条本作"洌"。是二字混淆特甚。唯北宋本、正德本各有所当。然犹有说，此处既云"玄泉"，其地在北，自以"冽"字为合。若作"洌"，则洌、清义复，用字不如"冽清"之能涵括两义。至于陈八郎本作"列"乃讹字。

鸼，九条本、陈八郎本、正德本、奎章阁本作"鹏"。九条本旁记：李善本作鸼。〇按：禽鸟多依其啼声而命名，所谓"自呼其名"。鹘鸼盖亦因其鸣声如"骨舟"而得名，作"鹏"非。鹏为鹘字形近之讹。

鸬，陈八郎本、正德本、奎章阁本作"雎"。〇按：禽鸟字从鸟从隹两体义同，如鸡、鷄。鸬、雎亦其例。

丽，陈八郎本、正德本、奎章阁本作"鹂"。〇按：丽为鹂之省文。

于南则前殿灵台，龢驩安福。謻门曲榭，邪阻城洫。奇树珍果，钩盾所职。西登少华，亭候修敕。九龙之内，寔曰嘉德。西南其户，匪雕匪刻。我后好约，乃宴斯息。

则，九条本旁记：册子本则下有"有"字。〇按："有"字赘。

灵，九条本、陈八郎本、正德本、奎章阁本作"雲"。九条本旁记：李善本作灵台。〇按：汉明帝曾图画二十八将于洛阳南宫云台，即此处。后人因习知《大雅·灵台》，遂讹雲作灵也。若作"灵台"，则与下文"右立灵台"相重复，一宫之内，必不至于有两"灵台"。

龢驩，陈八郎本、正德本、奎章阁本作"合歡"。九条本旁记：五臣本作和歡。〇按：龢、和古今字。驩、歡同。

敕，九条本作"㽵"。〇按：㽵即整之异体字，与上下句不协韵，非。

雕，北宋本作"彫"。〇按：彫刻之义，彫、雕通。

于东则洪池清蘌，渌水澹澹。内阜川禽，外丰葭菼。献鳖蜃与龟鱼，供蜗蠃与菱芡。其西则有平乐都场，示远之观。龙雀蟠蜿，天马半汉。瑰异谲诡，燦烂炳焕。

洪池，北宋本作"鸿池"。〇按：洪、鸿通。参《西京赋》"起洪涛而扬波"条。

蘌，九条本、北宋本、奎章阁本作"籞"。〇按：蘌、籞通。《汉书·宣帝纪》"池籞未御幸者"，亦从竹。

渌，九条本作"绿"。〇按：渌、绿形近每讹，谢朓《鼓吹曲》"逶迤带渌水"，五臣本渌作绿。《在郡卧病呈沈尚书》"绿蚁方独持"，李善本"绿"作"渌"。

　　廘，九条本、陈八郎本、正德本、奎章阁本作"麞"。〇按：廘、麞同。

　　燦，九条本、陈八郎本、正德本、奎章阁本作"粲"。〇按：粲为燦之省文。

奢未及侈，俭而不陋。规遵王度，动中得趣。于是观礼，礼举儀具。经始勿亟，成之不日。犹谓为之者劳，居之者逸。慕唐虞之茅茨，思夏后之卑室。

　　侈，北宋本作"夻"。〇按：侈、夻通。胡克家《文选考异》卷一以为作"夻"是。

　　趣，北宋本作"趨"。〇按：趣、趨通。胡克家《文选考异》卷一以为薛综、李善作"趨"，五臣作"趣"。

　　儀，九条本、陈八郎本、正德本、奎章阁本作"義"。〇按：既云"观礼"，则所见自是仪式，且古之行礼，以进退合宜、举动得当为优，故当以"儀"为是。

　　经始，九条本、正德本、奎章阁本上有"是以"二字。〇按："是以"为因果连词，此处用之无谓。

乃营三宫，布教颁常。复庙重屋，八达九房。规天矩地，授时顺乡。造舟清池，惟水泱泱。左制辟雍，右立灵台。因进距衰，表贤简能。冯相观祲，祈褫禳灾。

　　教，九条本、陈八郎本、正德本、奎章阁本作"政"。九条本旁记：本作教。〇按：作"教"是。《周礼·地官·大司徒》："正月之吉始和，布教于邦国都鄙，乃县教象之法于象魏，使万民观教象。"即赋文所本。作"政"者，盖因《左传·成公二年》引诗"布政优优，百禄是遒"，而古政教一体，故讹作"政"字。然"布政优优"为《商颂·长发》句，原作"敷政优优"，其诗意与赋文全不相合，故自当以《周礼》之"布教"为是。

于是孟春元日，群后旁戾。百僚师师，于斯胥泊。藩国奉聘，要荒来质。具惟帝臣，献琛执贽。当觐乎殿下者，盖数万以二。

　　旁，陈八郎本作"傍"。〇按：旁，薛综注"四方也"，而"傍"为"依、近"之义，二者不合，作"傍"非。盖因旁、傍有时可通，而不加细审，肊改旧文。

　　藩，北宋本作"蕃"。〇按：藩、蕃通。如《左传·昭公二十六年》"以藩屏周"，陆德明《释文》："藩，亦作蕃。"

　　乎，九条本、陈八郎本、正德本、奎章阁本作"于"。

尔乃九宾重，胪人列。崇牙张，镛鼓设。郎将司阶，虎戟交铩。龙辂充庭，云旗拂霓。夏正三朝，庭燎晳晳。撞洪锺，伐灵鼓，旁震八鄙，轩磕隐訇，若疾霆转雷而激迅风也。

　　鼓，陈八郎本、正德本、奎章阁本作"鼓"。〇按：鼓为鼓之异体。

　　晳晳，北宋本注文、陈八郎本、正德本、奎章阁本作"晣晣"。九条本作"晣晣"，旁记：善本作晳。〇按：晳为正体，晣为异体。晰则为晣形近之讹。

　　撞，北宋本作"橦"。〇按：橦为撞形近之讹。

　　洪，陈八郎本作"鸿"。〇按：洪、鸿通。参《西京赋》"起洪涛而扬波"条。

　　鼓，陈八郎本、正德本、奎章阁本作"鼓"。〇按：鼓为鼓之异体。

　　轩，九条本、陈八郎本、正德本、奎章阁本作"軯"。〇按：尤袤本音注"普耕"，则轩为軯字之讹。

是时称警跸已，下雕辇于东厢。冠通天，佩玉玺，纡皇组，要干将。负斧扆，次席纷纯，左右玉几，而南面以听矣。

　　警，九条本作"驚"。〇按：驚为警形近之讹。

　　雕，九条本、北宋本、陈八郎本、正德本、奎章阁本作"彫"。

○按：雕、彫通。

廂，北宋本作"箱"。○按：司马相如《上林赋》"青龙蜿蜒于东箱"，李善引孙炎《尔雅注》："箱，夹室前堂也。"作"箱"者盖即本诸《上林赋》。

皇，九条本、陈八郎本、正德本作"黄"。○按：《后汉书·舆服志下》："乘舆黄赤绶，四采，黄赤缥绀……长二丈九尺九寸。"帝绶有四采，非仅"黄"而已。"皇"为大义，皇组，即所谓"长二丈九尺九寸"。作"黄"非。

而南面以听，陈八郎本、正德本、奎章阁本上有"穆穆"二字。九条本旁记：五臣本有穆穆。○按："穆穆"与下文"穆穆焉"文复，疑为错乱，不当有。

然后百辟乃入，司仪辨等，尊卑以班，璧羔皮帛之贽既奠，天子乃以三揖之礼礼之。穆穆焉，皇皇焉，济济焉，将将焉，信天下之壮观也。

辨，北宋本、尤袤本注文作"辩"。○按：辨、辩通。尤刻所据本盖作"辩"，尤刻改正文为"辨"，而注文仍旧。

璧，九条本旁记：或作辟。○按：辟盖璧之省文。

揖，北宋本作"挹"。○按：挹为揖形近之讹。

皇皇焉，北宋本脱。

将将，北宋本作"锵锵"。○按：将、锵古今字。参上文"立应门之将将"条。

也，北宋本脱。

乃羡公侯卿士，登自东除，访万机，询朝政。勤恤民隐，而除其眚。人或不得其所，若己纳之于隍。荷天下之重任，匪怠皇以宁静。

东除，九条本、正德本、奎章阁本作"东涂"。九条本旁记：善本作除。《李善与五臣同异》：五臣除作塗。○按：古上殿，天子从中阶，诸侯从东西阶。赋文云"登",自当作"除"。作"塗"者,盖因除、涂形近而讹,"涂"又加土作"塗"。

民,陈八郎本、正德本、奎章阁本作"人"。九条本旁记:五臣本作人。〇按:人字避唐讳。

皇,九条本、北宋本作"遑"。九条本旁记:五臣本作皇。〇按:皇、遑通。《商颂·殷武》"不敢怠遑",《左传·襄公二十六年》引作"怠皇"。

发京仓,散禁财。赉皇寮,逮舆台。命膳夫以大飨,饔饩浃乎家陪。

寮,九条本、陈八郎本、正德本、奎章阁本作"僚"。〇按:寮、僚通。

饔,陈八郎本、正德本作"雍"。〇按:雍为饔之误省,作"饔"是。

春醴惟醇,燔炙芬芬。君臣欢康,具醉熏熏。千品万官,已事而竣。勤屡省,懋乾乾。清风协于玄德,淳化通于自然。宪先灵而齐轨,必三思以顾愆。招有道于侧陋,开敢谏之直言。聘丘园之耿洁,旅束帛之戋戋。上下通情,式宴且盘。

醇,北宋本作"淳"。〇按:醇为正字,淳为假字。

欢,北宋本作"驩"。〇按:驩、欢同。

具,陈八郎本、正德本作"其"。〇按:具醉,谓君臣俱醉。作"其"非,其为具形近之讹。

熏熏,九条本、陈八郎本、正德本、奎章阁本作"薰薰"。〇按:《大雅·凫鹥》"公尸来止熏熏",王先谦《诗三家义集疏》:"熏、薰、醺三字古通。"

懋,陈八郎本、正德本、奎章阁本作"茂"。〇按:懋,勉也。懋为正字,茂为假字。参《西京赋》"馨烈弥茂"条。

宪先灵而齐轨,而,九条本、陈八郎本、正德本、奎章阁本作

"以"。〇按：而、以俱通。

侧，九条本、陈八郎本、正德本、奎章阁本作"仄"。〇按：侧、仄通。

及将祀天郊，报地功，祈福乎上玄，思所以为虔。肃肃之仪尽，穆穆之礼殚。然后以献精诚，奉禋祀，曰：允矣天子者也。

诚，九条本无，旁记：五臣有诚字。〇按：献精诚、奉禋祀，三字成句，有"诚"为是。

者，陈八郎本、正德本、奎章阁本无。九条本旁记：五臣本无"者"字。〇按：有"者"是。"者"为代词，指上文所述礼仪诸事。"允矣天子者也"，谓此信为天子之事也。

乃整法服，正冕带。珩纮纮綖，玉笄綦会。火龙黼黻，藻繂鞶厉。结飞云之袷辂，树翠羽之高盖。建辰旒之太常，纷焱悠以容裔。六玄虬之弈弈，齐腾骧而沛艾。

整，宫内厅本作"憼"。〇按：憼为整之异体。

纮，北宋本作"紘"。〇按：紘为纮之异体。

疏，宫内厅本、北宋本正文作"流"。〇按：流为疏形近之讹。从方从弓之字，手写不别。弓与氵行书相近，故讹。

焱，宫内厅本作"飙"。九条本、陈八郎本、正德本、奎章阁本作"飚"。宫内厅本旁记：集今案，《钞》《音决》飙作焱。九条本旁记：善本作焱。〇按：薛综注"焱，火花也"，谓旌旗之上所画日月星三辰之光焰。而飙与飚义为疾风，与赋意不合，非。盖焱与猋形近而讹，猋即飙与飚之省文，遂辗转而误。

虬，九条本、正德本、奎章阁本作"蚪"。〇按：虬为虯之俗体。蚪为虯之讹体。

弈弈，九条本、陈八郎本、正德本、奎章阁本作"奕奕"。〇按：

弈、奕通。

而，陈八郎本、正德本、奎章阁本作"之"。九条本旁记：五臣本作之。〇按："六玄虬之弈弈，齐腾骧而沛艾"两句句式不同，若皆用"之"字，句意易晦，且声韵单调。

龙辀华轙，金鐆镂钖。方釳左纛，钩膺玉镶。銮声哕哕，和铃鉠鉠。重轮贰辖，疏毂飞軨。羽盖威蕤，葩瑶曲茎。顺时服而设副，咸龙旂而繁缨。

鐆，北宋本、陈八郎本作"鍐"。〇按：鐆为鍐之误文。

膺，北宋本脱。

哕，宫内厅本作"鐬"。〇按：哕、鐬同。《鲁颂·泮水》"銮声哕哕"，王先谦《诗三家义集疏》："哕，亦作鐬。"

辖，宫内厅本作"鎋"。〇按：辖、鎋同。

威，九条本、陈八郎本、正德本、奎章阁本作"葳"。〇按：《说文》无"葳"字。葳蕤，古皆作"威蕤"。张衡、许慎皆东汉中期时人，固当作"威"为是。

顺，宫内厅本作"偹"。九条本、北宋本作"備"。九条本旁记：折本作顺。〇按：《后汉书·舆服志上》载"五时车"，"各如方色"，即赋所写。五时，谓春、夏、季夏、秋、冬，应五色（青赤黄白黑）、五方（东南中西北）。车马五色，各依五方，故曰"顺时服"。五时皆"顺"，自涵"備"义。若作"備"，则失"顺"义，又与下句"咸"义复。偹、備异体字。

立戈迤夏，农舆辂木。属车九九，乘轩并毂。琱弩重旃，朱旄青屋。

迤，九条本、陈八郎本、正德本、奎章阁本作"迆"。〇按：迆为迤之省文。

奉引既毕，先辂乃发。鸾旗皮轩，通帛缁斾。云罕九斿，闟戟轇辐。髶髦被绣，虎夫戴鹖。驸承华之蒲梢，飞流苏之骚杀。总轻武于后陈，奏

严鼓之嘈囋。戎士介而扬挥，戴金钲而建黄钺。

鸾，陈八郎本、正德本、奎章阁本作"鎏"。九条本旁记：五臣本作鎏。○按：《后汉书·舆服志上》："前驱有九斿云䍐，凤皇闟戟，皮轩鸾旗，皆大夫载。"与赋文相合。鸾旗者，编羽旄，以象鸾鸟。五臣本作"鎏"，字之讹也。

绮，宫内厅本、九条本、陈八郎本、正德本、奎章阁本作"蒨"。九条本旁记：李善本作绮。○按：《左传·定公四年》："分康叔以大路、少帛、綪茷、旃旌、大吕。"綪茷，即赋文"绮斾"所本。綪、蒨通用，如《春秋左传异文释》："定四年传'綪茷'，《杂记》注引作'蒨斾'，《诗·六月》疏引作蒨。"

闟，陈八郎本、正德本、奎章阁本作"钑"。○按：闟、钑通。《史记·商君列传》"持矛而操闟戟者旁车而趋"，司马贞《索隐》："闟，亦作钑。"

辒，九条本、陈八郎本、正德本、奎章阁本作"辒"。○按：辒、辒同。

鼓，北宋本作"皷"。

清道案列，天行星陈。肃肃习习，隐隐辚辚。殿未出乎城阙，斾以迥乎郊畛。盛夏后之致美，爰敬恭于明神。

案，宫内厅本、九条本、陈八郎本、正德本、奎章阁本作"按"。九条本旁记：李善本作案。○按：案、按通。

以，九条本、陈八郎本、正德本、奎章阁本作"已"。九条本旁记：李善本作以。○按：以、已通。

迥，陈八郎本、正德本、奎章阁本作"反"。○按：迥、反俱通。

敬恭，九条本、陈八郎本、正德本、奎章阁本作"恭敬"。○按：张衡大赋，多用典籍之成语，非因协韵，不轻改旧文。此处"敬恭于明神",语出《大雅·云汉》。恭敬、敬恭语无二义,亦非押韵,何必改易?故当以"敬恭"为宜。

尔乃孤竹之管,云和之瑟,雷鼓齉齉,六变既毕,冠华秉翟,列舞八佾。元祀惟称,群望咸秩。扬槱燎之炎炀,致高烟乎太一。神歆馨而顾德,祚灵主以元吉。

  齉,北宋本作"齉",且缺末笔。○按:齉、齉同。缺笔为避唐高祖李渊讳。

  秩,宫内厅本、北宋本、陈八郎本作"袟"。○按:从禾从示之字,手写常混。

  槱,宫内厅本、九条本、陈八郎本、正德本、奎章阁本作"楢"。九条本旁记:善本作槱。○按:槱为本字,楢为省文假字。两字之义有别。

  乎,陈八郎本、正德本、奎章阁本作"于"。○按:乎、于俱通。

  祚,宫内厅本作"胙"。○按:祚、胙通,如《潜夫论·五德志》"凡蒋邢茅祚祭",汪继培笺:"僖二十四年《左传》祚作胙。"

然后宗上帝于明堂,推光武以作配。辩方位而正则,五精帅而来摧。尊赤氏之朱光,四灵懋而允怀。

  配,宫内厅本作"妃",旁记:《决》为配字,善本作配。○按:配、妃于配偶、婚配义时,两字通用。赋文之"配"为配享,作"妃"误。

  辩,九条本、陈八郎本、正德本、奎章阁本作"辨"。○按:辩、辨通。

于是春秋改节,四时迭代。蒸蒸之心,感物曾思。躬追养于庙祧,奉蒸尝与禴祠。

  曾,宫内厅本、九条本、陈八郎本、正德本、奎章阁本作"增"。○按:增为正字,曾为假字。

  庙,陈八郎本、正德本、奎章阁本作"宗"。宫内厅本旁记、九条本旁记:五臣本作宗。○按:宗为近祖之庙,祧为远祖之庙。下文"灵祖""皇考",正应此处"祧""宗"。故赋文当作"宗祧"为胜。

祠,宫内厅本作"祀",旁记:善本作祔祠。○按:祠、祀通。《小雅·天保》"禴祠蒸尝",李富孙《诗经异文释》:"祠、祀形声相似,古亦通。"又《大雅·生民》"克禋克祀"毛传"祠于郊禖",陆德明《释文》:"本亦作祀。"盖《天保》有两本,《文选》诸本各以所见为据,故致此赋有祠、祀之异。

物牲辩省,设其楅衡。毛炰豚胉,亦有和羹。涤濯静嘉,礼仪孔明。万舞奕奕,钟鼓喤喤。灵祖皇考,来顾来飨。神具醉止,降福穰穰。

楅,宫内厅本、九条本作"福"。○按:薛综注:"横木于牲角端,以备抵触,谓之楅衡。"字从木为是。

胉,宫内厅本、陈八郎本、正德本、奎章阁本作"狛"。○按:胉义为豚肋,狛则为兽名,两义迥异。是则"狛"为"胉"形近之讹。

舞,宫内厅本作"儛"。○按:儛为舞之别体。

奕奕,宫内厅本、北宋本"弈弈"。○按:奕、弈通。

来顾来飨,北宋本作"来顾飨"。○按:北宋本脱下"来"字。

及至农祥晨正,土膏脉起。乘銮辂而驾苍龙,介驭间以剡耜。躬三推于天田,修帝籍之千亩。供禘郊之粢盛,必致思乎勤己。兆民劝于疆埸,感懋力以耘籽。

脉,宫内厅本作"覛"。○按:脉,一作脈。覛,籀文作眽。脈、脉形似音同,故致讹。

銮,宫内厅本作"鸾"。○按:銮、鸾通。

苍,宫内厅本作"仓"。○按:仓为苍之省文。

籍之,陈八郎本、正德本、奎章阁本作"藉于"。○按:籍、藉通。又"修帝籍之千亩",义即修千亩之籍田。若作"修帝藉于千亩",据语法,"于千亩"为地点补语,然句意显为不通。作"于"非。

民，陈八郎本正文、正德本正文作"人"。九条本旁记：五臣本作人。宫内厅本"民"缺末笔。〇按：避唐讳。

场，北宋本作"扬"。〇按：扬为场形近之讹。

感，宫内厅本、九条本、北宋本、陈八郎本、正德本、奎章阁本作"咸"。〇按：何焯、王念孙皆谓"感"为"咸"字之讹。上列诸本可证。然孙志祖《文选考异》卷一谓："此言感上之躬耕勤己而勉力于耘耔也。作感字自可通。"孙说非也。赋云"兆民劝于疆场"，"劝"字已明示民之见帝躬耕而自勉力，故"咸懋力以耘耔"。若作"感"，则"劝""感"义复，文意累赘。

春日载阳，合射辟雍。设业设虡，宫悬金镛。鼖鼓路鼗，树羽幢幢。于是备物，物有其容。伯夷起而相仪，后夔坐而为工。张大侯，制五正，设三乏，厞司旌。并夹既设，储乎广庭。

悬，宫内厅本旁记、九条本旁记：《音决》作县。〇按：悬、县通。

是，宫内厅本作"时"。〇按：是即此时之义。宫内厅本涉刘良注而误。

乏，宫内厅本旁记：或为贬，布检反，非；诸、萧并为贬，音乏，亦非也。〇按：乏，即护具，皮革所制。作"贬"非。

旌，宫内厅本作"旍"。〇按：旌、旍同。

设，陈八郎本、正德本、奎章阁本作"饰"。九条本旁记：五臣本作饰。奎章阁本注记：善本作设字。〇按：设，安置之义。饰字于义不通。饰为设音近之讹。

于是皇舆凤驾，辇于东阶，以须消启明，扫朝霞，登天光于扶桑。天子乃抚玉辂，时乘六龙。发鲸鱼，铿华钟。大丙弭节，风后陪乘。摄提运衡，徐至于射宫。

徐至于射宫，九条本无"于"字。

礼事展，乐物具。《王夏》阕，《驺虞》奏。决拾既次，雕弓斯彀。达余萌于暮春，昭诚心以远喻。进明德而崇业，涤饕餮之贪欲。仁风衍而外流，谊方激而遐骛。

  达余萌于，宫内厅本作"达于余萌"。○按：揆之句意及句式，"余"字误置于上，当乙正。

  喻，九条本、北宋本作"谕"。九条本旁记：五臣本作喻。宫内厅本作"論"。○按：喻、谕通。論为谕形近之讹。

日月会于龙狵，恤民事之劳疚。因休力以息勤，致歡忻于春酒。执銮刀以袒割，奉觞豆于国叟。降至尊以训恭，送迎拜乎三寿。

  日月会于龙狵，于，冷泉本无。○按：此为六字句式，冷泉本脱"于"。

  狵，九条本、北宋本注文、陈八郎本、正德本、奎章阁本作"駹"。○按：狵、駹异体。

  民，宫内厅本、冷泉本、九条本、陈八郎本、正德本、奎章阁本作"人"。○按：避唐讳。

  歡，宫内厅本、冷泉本作"懽"。○按：歡、懽同。

  忻，北宋本、陈八郎本注文、正德本注文作"欣"。○按：忻、欣同。

  銮，宫内厅本、冷泉本作"鸾"。○按：銮、鸾通。

  至，九条本作"主"。○按：至尊，天子也。主为至形近之讹。

  乎，陈八郎本、正德本、奎章阁本作"于"。○按：乎、于俱通。

敬慎威仪，示民不偷。我有嘉宾，其乐愉愉。声教布濩，盈溢天区。

  民，宫内厅本、冷泉本作"人"。○按：避唐讳。

  濩，九条本、冷泉本、北宋本作"護"。九条本旁记：五臣本作濩。○按：言商汤乐名时，濩、護通。言"布濩"时，未见有作"護"者。作"護"者，以形近音同而假也。

  盈，宫内厅本作"赢"。○按："赢"字非，盖或本假"盈"作

"赢",继又讹作"蠃"耳。

文德既昭,武节是宣。三农之隙,曜威中原。岁惟仲冬,大阅西园。

隙,宫内厅本、冷泉本作"隟"。○按:隟为隙之异体。

曜,正德本、奎章阁本作"耀"。九条本旁记:五臣本作耀。○按:曜、耀通。

虞人掌焉,先期戒事。悉率百禽,鸠诸灵囿。兽之所同,是谓告备。

鸠,宫内厅本旁记:勼,《决》九尤反,或为鸠,非也。○按:据此知《音决》作"勼"。《说文》:"勼,聚也。从勹,九声。读若鸠。"是"勼"为本字,"鸠"为同音假字。然典籍通用"鸠",用"勼"者极罕见。《音决》以"鸠"为非,其说稍拘。

乃御小戎,抚轻轩。中畋四牡,既佶且闲。戈矛若林,牙旗缤纷。

畋,宫内厅本、冷泉本、陈八郎本、正德本、奎章阁本作"田"。○按:田、畋古今字。

纷,九条本旁记:《决》作幡。○按:缤纷、缤幡同,皆叠韵联绵词。

迄上林,结徒营。次和树表,司铎受钲。坐作进退,节以军声。三令五申,示戮斩牲。陈师鞠旅,教达禁成。

迄上林,结徒营,陈八郎本作"迄于上苑,结徒为营"。正德本、奎章阁本作"迄于上林,结徒为营"。九条本旁记:于,善本无;为,折本有,善本无。宫内厅本旁记:五臣作结徒为营。○按:上苑为上林之误。又薛综注:"营,域也。"即车徒各依表识,陈列听命之处。非营帐之谓。又注:"结,止也。"结徒营,意谓止车徒之众,列于营域之中。《西都赋》所谓"水衡虞人,修其营表",即谓平治田场,树立木表。若依五臣作"结徒为营",则句意为"结徒众为域",不通至极。五臣本乃误解赋文,妄添"为"字。盖注家意中以"营帐"理解"营"字,以为徒众既至,搭建营帐。然大阅田猎,非行兵征战,何须搭造营帐?再者焚莱平场,乃虞人事先治就,不待车徒之至始临事料理。添一"为"字,遂使文意扞格不通。"为"字既是误加,则两句俱为三字句,"于"字亦不当有。颜师古《匡谬正俗》卷五所引《东京赋》"迄于上林,结徒为营",所据亦为误本。

次,宫内厅本、冷泉本、九条本、陈八郎本、正德本、奎章阁本作"叙"。九条本旁记:李善本作次。○按:《周礼·夏官·大司马》"以叙和出",郑玄注:"用次第出和门。"赋文此段全依《大司马》,"斩牲""坐作"皆《大司马》原文,唯"钲"字因押韵而改原文之"铙"。"叙和"即非用韵,则当亦用其成语。作"次"者,因"叙"训"次",而以注文改正文也。薛综本已作"次",则改易之本由来久矣。

火列具举,武士星敷。鹅鹳鱼丽,箕张翼舒。轨尘掩远,匪疾匪徐。

列,宫内厅本、冷泉本、九条本、陈八郎本、正德本、奎章阁本作"烈"。○按:《郑风·大叔于田》"火烈具举",《毛传》:"烈,列。"郑笺:"列人持火俱举。"作"列"者用本字,作"烈"者则从通行本《诗经》用假字。

尘,陈八郎本、正德本作"陈"。九条本旁记:五臣本作阵。○按:《礼记·曲礼上》"尘不出轨",孔颖达疏:"车行迟,故尘埃不起,不飞扬出辙外也。"轨尘掩远,即此意。盖车行疾,则尘飞扬;车行缓,则尘不起。今尘起而不飞扬出辙外,状车驾之行既不过疾,亦不甚缓,而缓急得中。此句用旁笔形容,全从"尘"字着眼,故作"陈""阵"者皆非也。

远,冷泉本作"迹"。○按:迹、远同义,然诸本皆作"远",独此本作"迹",盖涉注文而误笔作"迹"也。

驭不诡遇,射不翦毛。升献六禽,时膳四膏。马足未极,舆徒不劳。成礼三殴,解罘放麟。不穷乐以训俭,不殚物以昭仁。慕天乙之弛罟,因教祝以怀民。仪姬伯之渭阳,失熊罴而获人。

殴，九条本、陈八郎本、正德本、奎章阁本作"驱"。尤袤本校记：一作驱。九条本旁记：李善本作毆。宫内厅本作"毆"。○按：殴，俗作毆，并与驱同。

罢，北宋本作"罘"。○按：罘，涉上文而讹。

民，陈八郎本、正德本、奎章阁本作"人"。九条本旁记：五臣本作人。冷泉本旁记：善本作人。○按：避唐讳，然与下句重韵。又据今存版本，五臣本作"人"，李善本作"民"，冷泉本疑误记。

泽浸昆虫，威振八寓。好乐无荒，允文允武。薄狩于敖，既瑓瑓焉。岐阳之蒐，又何足数。

昆，宫内厅本旁记：《决》为蜫。○按：《说文》："蚰，虫之总名也。……读若昆。"蚰为古文，蜫后起字，而典籍通作昆。

既，冷泉本脱。

瑓，宫内厅本、陈八郎本、正德本、奎章阁本作"琐"。九条本旁记：李善本作琐。尤袤本校记：一作琐。○按：瑓、琐同。又九条本旁记疑误。

尔乃卒岁大傩，殴除群厉。方相秉钺，巫觋操茢。侲子万童，丹首玄制。桃弧棘矢，所发无臬。飞砾雨散，刚瘅必毙。煌火驰而星流，逐赤疫于四裔。

殴，宫内厅本、冷泉本作"驱"。九条本、陈八郎本、正德本、奎章阁本作"驱"。九条本旁记：李善本作毆。○按：駆、驱同。余参上文"成礼三殴"条。

厉，冷泉本、九条本、陈八郎本、正德本、奎章阁本作"疠"。宫内厅本作"励"。○按：疠为本字，古多借厉为疠。至于"励"，则为同音讹字。

童，北宋本作"僮"。○按：僮为正字，童为假字。参《西京赋》"侲僮程材"条。

然后凌天池，绝飞梁。捎魑魅，斮獝狂。斩蜲蛇，脑方良。囚耕父于清泠，溺女魃于神潢。残夔魖与罔像，殪野仲而歼游光。八灵为之震慴，况鯫蜮与毕方。

凌，宫内厅本旁记：集案《钞》凌为陵。冷泉本旁记：凌，《钞》为陵。○按：凌、陵通。参《西京赋》"陵峦超壑"条。

捎，宫内厅本、北宋本作"梢"。○按：梢与捎可通。

魑，宫内厅本、九条本、陈八郎本、正德本、奎章阁本作"螭"。宫内厅本旁记：善本作鬼。○按：善本作鬼，谓善本从鬼作魑。魑、螭通。

斮，宫内厅本、九条本作"戳"。九条本旁记：折本作斮。○按：戳为斮之异体。

蛇，宫内厅本、冷泉本作"虵"。○按：蛇、虵异体。

潢，宫内厅本作"黄"。○按：黄为潢之误省。

像，宫内厅本、冷泉本、九条本、陈八郎本、正德本、奎章阁本作"象"。○按：像为相似义，象为形象义，故"象"为本字，"像"为假字。《淮南子·泛论训》"水生罔象"，即赋所写。《庄子·天地》有"象罔"，亦可为一证。

野，宫内厅本旁记：《决》作埜。○按：《说文》："壄，古文野。埜，省字。"

蜮，北宋本、奎章阁本作"蜮"。○按：蜮、蜮异体字。

毕，陈八郎本作"罼"。九条本旁记：五臣本作罼。○按：《山海经》之《西山经》《海外南经》皆载"毕方鸟"，《淮南子·泛论训》亦谓"木生毕方"。则"罼"为"毕"字之讹无疑。

度朔作梗，守以郁垒。神荼副焉，对操索苇。目察区陬，司执遗鬼。京室密清，罔有不韪。

垒，宫内厅本作"櫐"。○按：櫐为垒形近之讹。

司，九条本作"伺"，旁记：折本作司。○按：方相、巫觋逐杀鬼物，郁垒、神荼职执遗鬼。司，义为专主，谓其职责之所在；伺，义为候察，谓其行事之状。司、伺俱可通。然"伺"字似较胜。

于是阴阳交和，庶物时育。卜征考祥，终然允淑。乘舆巡乎岱嶽，劝稼穑于原陆。同衡律而壹轨量，齐急舒于寒燠。省幽明以黜陟，乃反旆而回复。

嶽，北宋本作"岳"。○按：岳为嶽之古文。

壹，正德本、奎章阁本作"一"。○按：壹为动词，一为数词，此以"壹"为是。

旆，九条本旁记：五臣作饰。○按：今五臣本无作"饰"者，九条本疑误。

望先帝之旧墟，慨长思而怀古。俟阊风而西遐，致恭祀乎高祖。既春游以发生，启诸蛰于潜户。度秋豫以收成，观丰年之多稌。嘉田畯之匪懈，行致赉于九扈。左瞰旸谷，右睨玄圃。眇天末以远期，规万世而大摹。且归来以释劳，膺多福以安愈。

阊，北宋本作"昌"。○按：昌为阊之省文。

乎，九条本、陈八郎本、正德本、奎章阁本作"于"。○按：乎、于通。

启，北宋本正文作"含"。○按：含为启之讹字。

度，宫内厅本、冷泉本、九条本、北宋本作"又"。○按：又秋豫、既春游相对成文，作"又"是。"度"盖"又"与上字"户"误合而讹。

豫，宫内厅本、北宋本作"誉"。○按：誉、豫通。王融《三月三日曲水诗序》"信可以优游暇豫"，李善注引《孙子兵法》"优游暇誉"，曰："誉犹豫，古字通。"

懈，宫内厅本作"解"。○按：懈、解通。

行，宫内厅本、冷泉本、九条本、陈八郎本、正德本、奎章阁本作"勤"。九条本旁记：李善本作行。○按：勤疑涉注文而误。刘良注

"嘉其勤而匪懈，皆赐赉之"，"勤"字释"匪懈"。盖或写"勤"字于"匪懈"旁，钞者误入正文也。再者"致赉于九扈"为天子所为，冠以"勤"字殊不宜，当以"行"字为是。

于，九条本、北宋本作"於"。宫内厅本、冷泉本作"乎"。〇按：于、於、乎俱通。

眇天末以远期，以，北宋本作"而"。〇按：以、而可通。然下句"规万世而大摹"既作"而"，则上句不当复用"而"字使相重也。

世，尤袤本注文、陈八郎本注文作"代"。〇按：避唐讳。

膺，北宋本作"應"。〇按：膺、應通。《尔雅·释诂下》"應，当也"，陆德明《释文》："應，本或作膺。"《古文苑·卫顗〈太守殷君碑〉》"幼應琼兰之美"，章樵注："應，一作膺。"并是其例。

总集瑞命，备致嘉祥。圈林氏之驺虞，扰泽马与腾黄。鸣女牀之鸾鸟，舞丹穴之凤皇。植华平于春圃，丰朱草于中唐。惠风广被，泽洎幽荒。北爕丁令，南谐越裳，西包大秦，东过乐浪。重舌之人九译，金稽首而来王。

牀，九条本作"床"。〇按：床为牀之俗体。

皇，陈八郎本作"凰"。〇按：皇、凰古今字。

植，宫内厅本、冷泉本作"殖"。〇按：《广雅·释诂三》："植，多也。"王念孙疏证："植，谓蕃植也，字通作殖。"植、丰对举，则"植"亦多义。薛综注"植，犹种也"，不确。植、殖通假，后世表繁多、孳生之义，通用"殖"，故或本改之也。

植华平于春圃，于，陈八郎本、正德本、奎章阁本作"之"。〇按：据句法，作"于"是。作"之"字，与上两句句式重复。

广，九条本作"横"。宫内厅本旁记、冷泉本旁记：善本作横。〇按：横、广互训，且其声类相同，古通用。孙志祖《文选考异》卷一、黄侃《文选平点》卷一以为当作"横"。

洎，北宋本作"暨"。〇按：洎、暨通。《书·无逸》"爰暨小人"，刘逢禄《今古文集解》："暨，《商颂谱》作洎。"

丁令，宫内厅本、冷泉本、九条本、陈八郎本、正德本、奎章阁本作"丁零"。九条本旁记：善本作令。〇按：令、零通。

裳，宫内厅本、冷泉本、陈八郎本作"嘗"。〇按：《论衡·恢国》"越常重译"，《汉书》卷六四下《贾捐之传》"越裳氏重九译而献"，颜师古注"王充《论衡》作越嘗"。裳、常、嘗音同通用，无定字。

重舌之人，宫内厅本、冷泉本、九条本、北宋本作"重舌人之"。〇按："重舌之人九译"作状语，言其远来之辗转。若作"重舌人之九译"，则变为名词短语，语法不通。

是以论其迁邑易京，则同规乎殷盘。改奢即俭，则合美乎斯干。登封降禅，则齐德乎黄轩。为无为，事无事，永有民以孔安。

是以，宫内厅本、九条本、陈八郎本、正德本、奎章阁本作"是故"。九条本旁记：《钞》为是以，善同之。〇按：是以、是故同，皆承上启下之词。

盘，宫内厅本作"般"。〇按：盘、般通。孔安国《尚书序》"盘庚三篇合为一"、《盘庚上》"盘庚五迁"，陆德明《释文》并曰："盘，本又作般。"

即，北宋本、陈八郎本、正德本、奎章阁本作"節"。〇按：改奢、即俭，为改彼奢侈，就此俭约。与上"迁邑""易京"同为动宾短语。若作"節"，则節、俭同义，乃成并列之词，而句式不一矣。且有与下文"遵節俭"相复。

民，宫内厅本、冷泉本作"人"。〇按：避唐讳。

遵節俭，尚素朴。思仲尼之克己，履老氏之常足。将使心不乱其所在，目不见其可欲。

克，陈八郎本、正德本作"尅"。九条本旁记：五臣本作尅。冷泉本作"剋"。○按：战胜之义时，克、剋通。尅为剋之异体字。

乱其所在，陈八郎本、正德本、奎章阁本作"乱于所在"。九条本旁记：其，五臣本作于。宫内厅本、冷泉本作"乱所在"。○按：其，代指心，作"于"非。无"其"字者，有脱文。

贱犀象，简珠玉。藏金于山，抵璧于谷。翡翠不裂，玳瑁不蔟。所贵惟贤，所宝惟谷。民去末而反本，感怀忠而抱悫。于斯之时，海内同悦，曰：吁！汉帝之德，侯其祎而。

抵，九条本、北宋本、陈八郎本、奎章阁本作"扺"。○按：抵为排挤，扺为投掷，字义有别，然以形近，故常混用。据句意，当以"抵"为是。

蔟，陈八郎本、正德本、奎章阁本作"簇"。○按：蔟、簇通。

惟，北宋本作"唯"。○按：惟、唯通。

民，宫内厅本、冷泉本、陈八郎本、正德本作"人"。○按：避唐讳。

反，冷泉本作"返"。○按：返为反之后起分化字。

同，北宋本作"國"。○按：國，一作"国"，与"同"形近而讹。

悦，陈八郎本、正德本作"说"。九条本旁记：五臣本作说。○按：悦、说通。

德，陈八郎本、正德本、奎章阁本作"德馨"。九条本旁记：五臣本有馨字。○按：祎，美也。德可称美，德馨称美则义赘。馨字盖涉下文"乃知大汉之德馨"而衍。

盖蒉荚为难莳也，故旷世而不觌。惟我后能殖之，以至和平，方将数诸朝阶。然则道胡不怀，化胡不柔。声与风翔，泽从云游。万物我赖，亦又何求。

世，陈八郎本、正德本、奎章阁本作"代"。九条本旁记：五臣本作代。○按：避唐讳。

惟，宫内厅本、冷泉本、北宋本作"唯"。〇按：惟、唯通。

殖，陈八郎本、正德本、奎章阁本作"植"。九条本旁记：五臣本作植。〇按：殖、植通。

以至和平，北宋本作"以至于和平"。宫内厅本无"平"字。九条本旁记：默无折有。宫内厅本旁记：集案五家本和下有平字，师说平字异本。冷泉本旁记：或说无平字。〇按：平字衍，此句当读"惟我后能殖之以至和"，故薛综注曰："惟我帝有至和之德，故必能殖之。"或衍平字而破读，又增"于"字，益误。

将，陈八郎本、正德本、奎章阁本作"当"。宫内厅本旁记、冷泉本旁记：（集案五家本）将作当。〇按：将、当皆通。

德寓天覆，辉烈光燭。狭三王之趦趄，轶五帝之长驱。踵二皇之遐武，谁谓驾迟而不能属。

辉，宫内厅本、冷泉本、北宋本、尤袤本注文作"煇"。〇按：篆文从火作"煇"，俗作"辉"。

燭，陈八郎本、正德本、奎章阁本作"爥"。〇按：燭为爥之省文。

狭，冷泉本、九条本作"陕"。〇按：狭、陕同。

轶五帝之长驱，之，宫内厅本、九条本作"而"。九条本旁记：五臣本作之。〇按：作"而"是。之字于语法表属格，"趦趄"就三王之礼法而言，"长驱"则非就五帝而言，乃谓汉帝将长驱而轶五帝也。"而"字承转，作"之"非。

不能，北宋本作"能"。〇按：北宋本脱"不"字。

东京之懿未馨，值余有犬马之疾，不能究其精详，故粗为宾言其梗概如此。若乃流遁忘反，放心不觉，乐而无节，后离其戚，一言几于丧国，我未之学也。

精详，宫内厅本、冷泉本、九条本、北宋本无"精"字。〇按：有

"精"字义胜。

放心，冷泉本作"心放"。○按：作"放心"是，四句主语皆暗指客。若作"心放"，则此句主语成"心"，而句法紊乱矣。

我未之学，宫内厅本、冷泉本无"之"字。○按：未之学，宾语前置，义即未学其事也。"之"字固可省，然此句为之点出，表述较胜。

且夫挈缾之智，守不假器，况纂帝业而轻天位。瞻仰二祖，厥庸孔肆。常翘翘以危惧，若乘奔而无辔。

且夫，宫内厅本无。冷泉本、九条本、北宋本无"夫"字。○按：且、且夫俱通。二词发语，表递进，无者非。

缾，九条本、北宋本、陈八郎本、正德本、奎章阁本作"瓶"。○按：瓶为缾之异体字。

仰，宫内厅本、冷泉本、九条本、陈八郎本、正德本、奎章阁本作"望"。九条本旁记：李善本作仰。○按：二祖，谓高祖、光武。瞻望为远望，而二帝皆在今日之上，故作"仰"字较胜。

白龙鱼服，见困豫且。虽万乘之无惧，犹怵惕于一夫。终日不离其辎重，独微行其焉如。

怵惕，宫内厅本作"怵戒"，旁记：善本作怵惕。○按：当作"怵戒"。李善注引孔安国"怵惕，悚惧也"，又引《方言》"戒，备也"，可知原作"怵戒"。后人误据注中"怵惕"而改正文。说详胡克家《文选考异》卷一。又"怵惕"仅有悚惧之义，"怵戒"则兼有戒备之义，于意尤圆。

不离其，九条本、陈八郎本、正德本、奎章阁本作"不离于"。○按：其、于两通。

其焉如，北宋本作"以焉如"。○按：其作语词，有揣测、反诘之意。作"以"字无味。

夫君人者，黈纩塞耳，车中不内顾。珮以制容，銮以节涂，行不变玉，

驾不乱步。却走马以粪车，何惜骐骥与飞兔。

君人，陈八郎本作"人君"。○按：君人者，谓临治万民者。下文至"故王业可乐焉"，皆言治国理民之正术。作"人君"则此义晦而不显。

不内顾，九条本旁记：不，册子本无。○按：薛综注："内顾，谓不外视臣下之私也。"孙志祖《文选考异》卷一、黄侃《文选平点》卷一均据薛注定"不"为衍字。

涂，宫内厅本、冷泉本作"途"。○按：途为涂之俗体。

以，宫内厅本、冷泉本、九条本、陈八郎本、正德本、奎章阁本作"于"。九条本旁记：李善本作以。○按："以"有用义，作"于"非。

方其用财取物，常畏生类之殄也。赋政任役，常畏人力之尽也。取之以道，用之以时。山无槎枿，畋不麛胎。草木蕃庑，鸟兽阜滋。民忘其劳，乐输其财。百姓同于饶衍，上下共其雍熙。

常畏生类，畏，陈八郎本、正德本、奎章阁本作"惧"。九条本旁记：五臣本作惧。○按：上下盖用排比，作"畏"字似胜。

人力之尽，宫内厅本脱"之"。

殄也、尽也，宫内厅本、冷泉本无"也"字。

枿，宫内厅本、冷泉本、九条本作"蘖"。九条本旁记：折本作枿。○按：枿、蘖通。《书·盘庚上》"若颠木之有由蘖"，陆德明《释文》："蘖，本又作枿。"又《汉书·叙传下》"叙魏豹田儋韩信传第三"刘德注引《诗》"包有三枿"，今本《诗经》作"苞有三蘖"。

畋，宫内厅本作"田"。○按：田、畋古今字。

蕃，宫内厅本、冷泉本、九条本、陈八郎本、正德本、奎章阁本作"繁"。宫内厅本旁记：集案《钞》《决》繁为蕃。○按：蕃、繁通。《书·洪范》"庶草蕃庑"，《史记·宋微子世家》作"庶草繁庑"，《说文·林部》作"庶艸緐庑"。緐即繁之正体。

民，宫内厅本、冷泉本、陈八郎本、正德本、奎章阁本作"人"。〇按：避唐讳。

百姓，宫内厅本、冷泉本上有"故"字。宫内厅本旁记：集案五家本无故字。冷泉本旁记：善本无故。〇按：无"故"字是。下文"故王业可乐焉"，总括上文，"百姓同于饶衍，上下共其和熙"仍是"王业可乐"之一端，不当有"故"。

同于，弘安本作"同于其"。〇按："其"字涉下句衍。

洪恩素蓄，民心固结。执谊顾主，夫怀贞节。忿奸慝之干命，怨皇统之见替。玄谋设而阴行，合二九而成谲。登圣皇于天阶，章汉祚之有秩。若此，故王业可乐焉。

蓄，宫内厅本、冷泉本作"畜"。〇按：蓄、畜通。

民，宫内厅本、冷泉本、九条本、陈八郎本、正德本、奎章阁本作"人"。〇按：避唐讳。

谊，宫内厅本、冷泉本、九条本、陈八郎本、正德本、奎章阁本作"義"。〇按：谊、義通。

今公子苟好勦民以媮乐，忘民怨之为仇也。好殚物以穷宠，忽下叛而生忧也。夫水所以载舟，亦所以覆舟。坚冰作于履霜，寻木起于蘖栽。昧旦丕显，后世犹怠。况初制于甚泰，服者焉能改裁。

公子，宫内厅本、冷泉本、陈八郎本正文、正德本正文作"吾子"。冷泉本旁记：集并《钞》为公子，陆本为吾子。九条本旁记：五臣本作吾。〇按：赋中相称皆云"吾子"，如凭虚公子告安处先生，《西京赋》曰"请为吾子陈之"，《东京赋》曰"幸见指南于吾子"；安处先生言于凭虚公子，《东京赋》曰"祗吾子之不知言也"，未见有呼"公子"者。称谓之语，有面称、背称、叙称之别。"吾子"者，面称也；"公子"者，叙称也。此处以叙称作面称，非。

剿民，宫内厅本、九条本作"剿人"。九条本旁记：折本作民。○按：避唐讳。

民怨，宫内厅本、冷泉本、九条本、陈八郎本、正德本、奎章阁本作"人"。九条本旁记：李善本作民。○按：避唐讳。

仇也，九条本无"也"字，旁记：折本有。○按："也"字表判断语气，有者为是。

忽，宫内厅本作"忿"。冷泉本作"忘"。○按："忽"与上句之"忘"同义相对，作"忿"者乃形近之讹。冷泉本作"忘"，盖因"忽"字训"忘"，又涉上文而误也。

忱也，九条本、陈八郎本、正德本无"也"字。九条本旁记：折本有也字。○按：参上句"忘民怨之为仇也"条。

故相如壮上林之观，扬雄骋羽猎之辞，虽系以隤墙填堑，乱以收罝解罘，卒无补于风规，祇以昭其愆尤。

辞，陈八郎本作"词"。○按：辞、词通。

系，冷泉本、九条本、陈八郎本、正德本、奎章阁本作"係"。○按：系、係通。

隤，冷泉本、九条本、陈八郎本、正德本、奎章阁本作"頹"。○按：隤、頹通。《周南·卷耳》"我马虺隤"，陆德明《释文》："《说文》作頹。"又《楚辞·九叹·逢纷》"意晻晻而日頹"，旧校："頹，一本作隤。"

收罝解罘，宫内厅本、冷泉本、九条本作"收其罝罘"。九条本旁记：折本无其字，折本有解字。○按：《上林赋》末云"隤墙填堑"，《羽猎赋》末云"收罝罘"，是赋语所本。然一为四字，一为三字，为求工整，故加字作"收罝解罘"，以对"隤墙填堑"。若作"收其罝罘"，则失骈对之式。

臣济㲋以陵君，忘经国之长基。故函谷击柝于东，西朝颠覆而莫持。

㲋，宫内厅本、冷泉本、陈八郎本、正德本、奎章阁本作"奢"。九条本旁记：五臣本作奢。○按：《说文》以㲋为奢之籀文。

陵，宫内厅本、冷泉本、陈八郎本、正德本、奎章阁本作"凌"。○按：陵、凌通。参《西京赋》"陵峦超壑"条。

西朝，陈八郎本、正德本、奎章阁本作"西朝廷"。九条本旁记：五臣本有廷。○按：西朝廷，疑涉注"西京朝廷"而衍"廷"字。

颠覆，宫内厅本作"颠"，旁小字标"覆"。○按：宫内厅本作"颠"是，"覆"字疑衍。观薛综注"颠，陨也"，若正文作"颠覆"则不须再注"颠"字矣。"覆"字盖涉五臣注"颠覆"而误增。

莫持，宫内厅本、冷泉本、九条本下有"也"字。九条本旁记：折本无也字。○按："也"为语终之辞，此下文句转入另一层意，故当以有"也"者为是。

凡人心是所学，体安所习。鲍肆不知其臭，翫其所以先入。《咸池》不齐度于䗪咬，而众听或疑。能不惑者，其唯子野乎。

臭，宫内厅本、冷泉本、九条本、陈八郎本、正德本、奎章阁本作"臭"。○按：臭为臭之俗体。

所以，宫内厅本、冷泉本作"所"。○按：所，处所之义。翫，习也。本句盖为倒装，谓以先入而习其所也。或误以"所以"为一词，而删"以"字。

众听或疑，宫内厅本、冷泉本、九条本、陈八郎本作"众听者惑疑"。正德本、奎章阁本作"众听者疑惑"。九条本旁记：五臣本作疑惑。○按：作"或疑"是，"疑"与下"野"为韵（疑、野古音可协）。胡绍煐《文选笺证》卷三以为当作"而众听者惑"，"疑"字涉注而误，"惑"与下"野"为韵。惑、野之韵未见相协，胡氏之说大误。或，即惑也，与下句"能不惑者"字相应，盖钞写致异。"者"字有无俱通。

客既醉于大道，饱于文义，劝德畏戒，喜惧交争。罔然若醒，朝罢夕倦，夺气褫魄之为者，忘其所以为谈，失其所以为夸。

饱于，陈八郎本、正德本、奎章阁本作"饱其"。○按："醉于""饱于"句法相同，作"其"非。

義，宫内厅本、冷泉本作"誼"。○按：義、誼通。

罔，宫内厅本、冷泉本、九条本、陈八郎本、正德本、奎章阁本作"惘"。九条本旁记：李善本作罔。○按：罔、惘同。

罢，九条本、陈八郎本作"疲"。冷泉本旁记：五、《决》并善本作疲。○按：疲为本字，罢为假字。参《西京赋》"士忘罢"条。

倦，宫内厅本、冷泉本、九条本无。九条本旁记：折本夕下有倦字。○按："朝罢夕"不词，且"朝罢夕倦"与"夺气褫魄"皆并列之语，有"倦"者是。

之为者，九条本、陈八郎本、正德本作"之为者也"。九条本旁记：李善本无也字。○按："也"字有无俱通。然有"也"字使文势拖缓，不如无"也"字者为紧健。

忘，陈八郎本、正德本作"妄"。○按："妄"与下句"失"字相照，作"妄"为讹字。

夸，冷泉本作"奢"。○按：夸、谈义近，作"奢"非。

良久乃言曰：鄙哉予乎，习非而遂迷也，幸见指南于吾子。若仆所闻，华而不实。先生之言，信而有征。鄙夫寡识，而今而后，乃知大汉之德馨，咸在于此。昔常恨《三坟》《五典》既泯，仰不睹炎帝帝魁之美，得闻先生之余论，则大庭氏何以尚兹。走虽不敏，庶斯达矣。

予，宫内厅本、冷泉本作"余"。○按：予、余通。

乎，九条本无。○按：乎为叹词，有者文意较胜。

习非，陈八郎本、正德本上有"予"字。○按：主语"予"已见上句，此"予"字衍。

也，宫内厅本、冷泉本无。○按：也为语辞，表判断，有者是。

而今，冷泉本作"而如今"。○按：而即如也，薛综注"如今日"是也。冷泉本"如"字乃注文而误阑入正文。

睹，冷泉本、陈八郎本、正德、奎章阁本作"覩"。○按：覩为睹之古文。

第三节 《南都赋》校理

《南都赋》有宫内厅本、冷泉本、九条本（三本皆完篇），集注本存残片（始"于显乐都"至"陪京之南"），北宋本（自李善注"山有鸺鶹"至篇末）。

于显乐都，既丽且康。陪京之南，居汉之阳。割周楚之丰壤，跨荆豫而为疆。体爽垲以闲敞，纷郁郁其难详。

尔其地势，则武阙关其西，桐柏揭其东。流沧浪而为隍，廓方城而为墉。汤谷涌其后，淯水荡其胷。推淮引湍，三方是通。

揭，陈八郎本作"楬"。○按：揭、楬通。

胷，宫内厅本作"匈"。○按：匈为胷之省文。

其宝利珍怪，则金彩玉璞，随珠夜光。铜锡铅锴，赭垩流黄。

怪，宫内厅本、冷泉本、九条本作"恠"。○按：恠为怪之异体字。

彩，宫内厅本作"采"。○按：彩为采之后起分化字，经典俱作"采"。

随，九条本、奎章阁本作"隋"。○按：国号"隋"字乃"随"字之省，隋唐之时写本盖依例省"随"作"隋"。

绿碧紫英，青䰽丹粟。太一馀糧，中黄穀玉。松子神陂，赤灵解角。耕

父扬光于清泠之渊,游女弄珠于汉皋之曲。

糧,冷泉本作"粮",旁记:证本作糧。○按:粮为糧之俗体。

渊,冷泉本、陈八郎本、正德本、奎章阁本作"泉"。九条本旁记:五臣本作泉。宫内厅本作"渊"。○按:泉字避唐讳。渊为渊之俗体。

其山则崆峒嶜崯,嵂崒嶜崱。岝㟧崜嵬,崄嵼屹嶐。幽谷嶜岑,夏含霜雪。或岩嶙而缅连,或豁尔而中绝。鞠巍巍其隐天,俯而观乎云霓。

崜,冷泉本、陈八郎本、正德本、奎章阁本作"嵘"。九条本旁记:五臣作荞。○按:崜、嵘音同,叠韵联绵词常改易声符,大赋中习见,下皆准此例。

崱,宫内厅本、冷泉本、九条本有"山"旁。○按:"崱"字因上文而增"山"旁。

岝,宫内厅本作"峭"。○按:岝、峭音近相假。

㟧,宫内厅本、九条本作"嶺"。○按:嶺为㟧之繁文。

屹,九条本作"岋"。○按:九条本旁记"岋"音:鱼乞。然"岋"属没韵,屹、乞属讫韵。依韵当作"屹"为是。

嶐,冷泉本、陈八郎本、正德本、奎章阁本作"㠗"。○按:嶐、㠗音同相假。

岑,陈八郎本作"嵒"。○按:《汉书·扬雄传上》载《校猎赋》"玉石嶜嵒",亦作"嵒"。各本音注"岑"音"吟","吟"属疑母,与"嵒"同,而"岑"属崇母,声纽绝异。又上字"嶜"音"岑",盖正文"岑"涉上字音注而误。

连,宫内厅本、冷泉本、九条本、陈八郎本、正德本、奎章阁本作"联"。○按:连、联通。

若夫天封大狐,列仙之陬,上平衍而旷荡,下蒙笼而崎岖。坂坻嶵巍而成巘,溪壑错缪而盘纡。芝房菌蠢生其隈,玉膏滗溢流其隅。昆仑无以爹，阆风不能逾。

巀，宫内厅本、冷泉本、九条本、陈八郎本、正德本、奎章阁本作"嶭"。九条本旁记：善本作巀。○按：巀、嶭异体字。

巚，宫内厅本、冷泉本、九条本、陈八郎本、正德本、奎章阁本作"巘"。○按：巚、巘通。参《西京赋》"陵重巘"条。

盘，宫内厅本作"槃"。○按：盘、槃通。

滵，宫内厅本作"密"。○按：密为滵之省文。

爹，九条本、陈八郎本、正德本、奎章阁本作"侈"。九条本旁记：善本作爹。○按：爹、侈通。

不，宫内厅本、冷泉本作"弗"。○按：不、弗通。

其木则柽松楔樱，慢栢杻橿。枫柙枦枥，帝女之桑。楈枒栟榈，柍柘檍檀。结根竦本，垂条婵媛。布绿叶之萋萋，敷华蕊之蓑蓑。玄云合而重阴，谷风起而增哀。

杻，陈八郎本作"柤"。○按：陈八郎本音注"女九"，则字当从"丑"。"柤"为"杻"形近之讹。

攒立丛骈，青冥盯瞑。杳蔼蓊郁于谷底，森莘莘而刺天。虎豹黄熊游其下，毂玃猱狿戏其巅。鸾鹭鹁鸼翔其上，腾猿飞蠝栖其间。其竹则箽笼篁箊，筱簳筬箠。缘延坻阪，澶漫陆离。阿那蓊茸，风靡云披。

盯，宫内厅本、冷泉本、九条本作"芊"。陈八郎本、奎章阁本作"盯"。○按：盯瞑、芊瞑同。李善注引《楚辞》"远望兮芊眠"，又曰"芊眠与盯瞑音义同"，则李善本原作"盯"，作"芊"者盖据《楚辞》而改。又盱为盯形近之讹。

于谷底，宫内厅本、冷泉本、九条本无此三字。九条本旁记：折本有于谷底。○按：赋文以"谷底"与"刺天"对举，极言树木之高茂，故有"于谷底"较胜。

鷟，宫内厅本、冷泉本、九条本、陈八郎本、奎章阁本作"鷩"。〇按：鷩为鷟之省文。

蝸，宫内厅本、冷泉本、九条本、陈八郎本、奎章阁本作"獼"。〇按：獼为蝸之异体字。

延，宫内厅本、冷泉本、九条本、陈八郎本、奎章阁本作"衍"。〇按：缘、延叠韵，平声，"衍"为上声，疑非。

阪，九条本、陈八郎本、奎章阁本作"坂"。〇按：阪、坂同。

郁，九条本作"那"。〇按：那为郁之俗体。

尔其川渎，则湠漫藻泧，发源岩穴。潜匽洞出，没滑溅潏。布濩漫汗，浒沆洋溢。总括趋欿，箭驰风疾。流湍投濈，砏汃輣轧。长输远逝，漻淚减汩。

滑，宫内厅本作"汨"。〇按：滑、汨同音相假。《楚辞·远游》"无滑而魂兮"，旧校："滑，一作汨。"

溅，宫内厅本作"潚"。〇按：溅属月部，潏、潚属质部，此处为叠韵联绵词，故作"潚"为是。

趋，宫内厅本、冷泉本、九条本、陈八郎本、正德本、奎章阁本作"趣"。〇按：趋、趣通。

欿，九条本作"浛"，旁记：五臣本作欿。〇按：欿训合，谓川渎合受众水。作"浛"无义。

淚，宫内厅本作"戾"。〇按：戾为淚之省文。

其水虫则有鹦龟鸣蛇，潜龙伏螭。鲟鳣鲖鳙，鼋鼍鲛鳞。巨蟒函珠，駮瑕委蛇。

鹦，宫内厅本、冷泉本作"鹦"。陈八郎本、正德本、奎章阁本作"鹦"。冷泉本旁记：五臣本作鹦。〇按：此句写水虫，字固当从虫，从鸟非。

鲛，陈八郎本、正德本、奎章阁本作"蛟"。九条本旁记：五臣本作蛟。○按：鲛、蛟通。

鱮，冷泉本、九条本作"蠵"。○按：鱮、蠵通。

蜯，宫内厅本、冷泉本、陈八郎本、正德本、奎章阁本作"蚌"。○按：《说文》有蚌无蜯，蜯为蚌后起字。

駮瑕委蛇，冷泉本、陈八郎本、正德本、奎章阁本作"駮蝦蜲蛇"。九条本作"駮蝦委蛇"。九条本旁记：善本作瑕，五臣本作蜲。○按：瑕、蝦古通。九条本旁记暇疑为瑕之讹。又蜲、委通。

于其陂泽，则有钳卢玉池，赭阳东陂。贮水渟洿，亘望无涯。

于，九条本、陈八郎本、正德本、奎章阁本无。○按：本句列举陂泽，非指地点，不当有"于"字。

赭阳东陂，宫内厅本、冷泉本、九条本无此四字。九条本旁记：折本有。○按：赭阳，地名，在南阳。赭阳东陂，盖谓钳卢玉池在赭阳之东。此四字为佚注而误入正文。且"池"字已入韵，不当连句用韵。

其草则蘺芋蘋莞，蒋蒲蒹葭。藻茆菱芡，芙蓉含华。从风发荣，斐披芬葩。

其，北宋本无。○按：据上下文例，有"其"字是。

则，宫内厅本、冷泉本、九条本、陈八郎本、正德本、奎章阁本作"则有"。○按：据上下文例，有"有"者是。

蒲，北宋本作"蒱"。○按：蒱为蒲形近之讹。

含，宫内厅本作"莲"，旁记"含"。○按：芙蓉即莲，"莲"字盖涉注而误。

斐，冷泉本、陈八郎本、正德本、奎章阁本作"菲"。九条本旁记：五臣本作"菲"。○按：斐、菲通。《小雅·巷伯》"萋兮斐兮"，陆德明《释文》："斐，本或作菲。"

其鸟则有鴛鴦鵠鷖，鸿鸨駕鵝。鸀鳿鵾鷞，鶒鵜鶌鸠。嚶嚶和鸣，澹淡随波。

駕，九条本、陈八郎本作"驾"。○按：驾为駕之讹。参《西京赋》

"駕鹙鸿鹨"条。

鹅，九条本、陈八郎本作"鵞"。〇按：鹅、鵞异体。

鸐，宫内厅本、冷泉本、陈八郎本、正德本、奎章阁本作"鸙"。九条本旁记：五臣本作"鸙"。〇按：鹅、鸐叠韵，俱属辖韵，鸐属锡韵，故当作"鸙"为是。

其水则开窦洒流，浸彼稻田。沟浍脉连，隄塍相辊。朝云不兴，而潢潦独臻。决渫则暵，为溉为陆。冬稌夏穛，随时代熟。其原野则有桑漆麻苎，菽麦稷黍。百谷蕃庑，翼翼与与。

则，宫内厅本、冷泉本、九条本下有"有"字。九条本旁记：五臣本无。〇按：以下非列举，有"有"者非。

连，宫内厅本、冷泉本作"联"。〇按：连、联通。

隄，宫内厅本、九条本、陈八郎本、正德本、奎章阁本作"堤"。〇按：堤为隄之或体。

不兴，宫内厅本、冷泉本作"未兴"。〇按："不"义为"不必"，"未"义为"尚未"，据句意，作"未"非。

渫，宫内厅本、陈八郎本、正德本、奎章阁本作"泄"。〇按：泄为渫之异体字。

桑漆，宫内厅本。九条本作"桒柒"。北宋本无"漆"字。〇按：桒为桑之异体字。柒为漆之异体字。赋文此处皆四字句，北宋本脱"漆"字。

苎，宫内厅本、冷泉本、陈八郎本、正德本、奎章阁本作"紵"。〇按：苎、紵同，义皆麻属。

若其园圃，则有蓼蕺蘘荷，蘠蔗姜蟠，菥蓂芋瓜。乃有樱梅山柿，侯桃梨栗。楟枣若留，穰橙邓橘。其香草则有薛荔蕙若，薇芜荪苃。唵暖蓊蔚，含芬吐芳。

蔗，陈八郎本、正德本、奎章阁本作"柘"。九条本旁记：五臣本作柘。○按：蔗、柘同。《楚辞·招魂》"有柘浆些"，旧校："柘，一作蔗。"

䪥，陈八郎本、正德本、奎章阁本作"蓄"。九条本旁记：五臣本作蓄。○按：䪥为小蒜，与姜同类，作"蓄"非。

瓜，北宋本作"苽"。○按：苽同菰，草名，即蒋，已见上文。此处写园圃之产，作"瓜"为是。

侯，宫内厅本、冷泉本、九条本、陈八郎本、正德本、奎章阁本作"猴"。○按：侯桃为木名，加木则为"猴"，二字实通。

若留，宫内厅本、冷泉本、陈八郎本、正德本、奎章阁本作"若榴"。九条本作"楉榴"，旁记：善本作石。○按："若留"因其物类而加木旁则为"楉榴"，其字实无别。

若其厨膳，则有华芗重秬，滍皋香秔。归雁鸣鵽，黄稻鱻鱼，以为芍药。酸甜滋味，百种千名。春卵夏笋，秋韭冬菁。苏蒻紫姜，拂彻膻腥。酒则九酝甘醴，十旬兼清。醪敷径寸，浮蚍若蓱。其甘不爽，醉而不酲。

鱻，冷泉本、陈八郎本、正德本、奎章阁本作"鲜"。○按：据李善注引《声类》"鱻，小鱼也"，字当作"鲜"。汉代以后两字混用。

彻，冷泉本、正德本、奎章阁本作"撤"。九条本旁记：五臣本作撤。○按：彻、撤可通。《仪礼·有司彻》"有司彻"，陆德明《释文》"彻，字又作撤"。

蚍，冷泉本、九条本、北宋本注文、尤袤本注文、奎章阁本作"蚁"。○按：蚍、蚁可通。《晋书音义中·列传第二十五》："蚍，一作蚁。"

若，冷泉本作"如"。○按：如、若通。

蓱，宫内厅本、冷泉本、九条本作"萍"。○按：蓱、萍通。

及其纪宗绥族，禴祠蒸尝。以速远朋，嘉宾是将。揖让而升，宴于兰

堂。珍羞琅玕，充溢圆方。琢琱狖猎，金银琳琅。

紃，九条本、正德本、奎章阁本作"斜"。九条本旁记：五臣本作紃。○按：字正体作"纠"，异体作"紃"，讹体作"斜"。

襘，北宋本作"衸"。○按：襘、衸同。

升，宫内厅本作"昇"。○按：升、昇古今字。

琢琱，宫内厅本、冷泉本、陈八郎本、正德本、奎章阁本作"彫琢"。○按：李善注引《尔雅》，先曰"玉谓之琱"，次曰"理玉曰琢"，则原本当作"琱琢"，后人误倒。彫、琱通。

侍者蛊媚，巾幡鲜明。被服杂错，履蹑华英。僝才齐敏，受爵传觞。献酬既交，率礼无违。弹琴撅籥，流风徘徊。清角发徵，听者增哀。客赋醉言归，主称露未晞。接欢谯于日夜，终恺乐之令仪。

蛊，九条本作"蠱"。○按：蛊为蠱之误省。

受，陈八郎本、正德本、奎章阁本作"授"。九条本旁记：五臣本作授。○按：受、授两通。然据"传觞"，似当作"授爵"，授、传同义。

觞，九条本、陈八郎本、正德本、奎章阁本作"觞"。○按：觞、觞异体字。

无违，北宋本作"不违"。○按：不、无通。

谯，九条本、陈八郎本、正德本、奎章阁本作"宴"。○按：谯、宴通。

于是暮春之禊，元巳之辰，方轨齐轸，被于阳濒。朱帷连綱，曜野映云。男女姣服，骆驿缤纷。致饰程蛊，便绍便娟。微眺流睇，蛾眉连卷。

濒，宫内厅本、冷泉本、九条本、陈八郎本、正德本、奎章阁本作"滨"。九条本旁记、奎章阁本注记：善本作濒。○按：濒、滨古今字。

綱，陈八郎本、正德本、奎章閣本作"綱"。奎章阁本注记：善本作網字。○按：既云"朱帷"，则与"網"无涉，当作"綱"字为是。

綱，系帷之绳。

映，宫内厅本、冷泉本、九条本、陈八郎本、正德本作"暎"。九条本旁记：善本作映。奎章阁本作"英"。〇按：暎、映同。英为暎字之讹。

蛾，陈八郎本作"娥"。〇按：蛾眉，眉之纤曲如蛾须。娥为假字。

卷，宫内厅本、冷泉本、陈八郎本、正德本、奎章阁本作"婘"。九条本旁记：五臣本作婘。〇按：连卷，曲貌。婘，好貌。作"卷"是。

于是齐僮唱兮列赵女，坐南歌兮起郑儛，白鹤飞兮茞曳绪。脩袖缭绕而满庭，罗襪蹑蹀而容与。翩绵緜其若绝，眩将坠而复举。翘遥迁延，蹻蹩蹁跹。结九秋之增伤，怨西荆之折盘。弹筝吹笙，更为新声。寡妇悲吟，鶤鸡哀鸣。坐者悽欷，荡魂伤精。

坐，北宋本作"座"。〇按：坐与起对，为动词，作"座"非。

歌，陈八郎本作"哥"。〇按：哥、歌古今字。

儛，宫内厅本、冷泉本、九条本、陈八郎本、正德本、奎章阁本作"舞"。〇按：儛为舞之别体。

茞，冷泉本、陈八郎本、正德本、奎章阁本作"繭"。〇按：茞为繭之异体字。

襪，冷泉本、九条本、陈八郎本、正德本、奎章阁本作"韈"。〇按：襪为正体，韈为异体。

绵緜，宫内厅本、九条本、奎章阁本作"绵绵"，冷泉本、陈八郎本、正德本作"緜緜"。〇按：绵、緜同，字形结构改易而已。

蹻，正德本、奎章阁本作"蹩"。〇按：蹻、蹩同，字形改易。

蹩，宫内厅本、冷泉本、陈八郎本、正德本、奎章阁本作"馋"。九条本旁记：五臣本作馋。〇按：蹩、馋通。

盘，宫内厅本、冷泉本、北宋本作"槃"。冷泉本旁记：五臣作盘。〇按：盘、槃通。

悽，陈八郎本正文误作"情"。

精，冷泉本、陈八郎本、正德本、奎章阁本作"情"。九条本旁记：五臣本精作情。○按：精、魂并举，谓精气。作"情"非。

于是群士放逐，驰乎沙场。騄骥齐镳，黄间机张。足逸惊飚，镞析毫芒。俯贯鲂鰡，仰落双鸧。鱼不及窜，鸟不暇翔。

驰乎，陈八郎本作"驰子"。冷泉本、正德本、奎章阁本作"驰于"。○按：乎、于同。子为于之讹。

騄骥，陈八郎本、正德本、奎章阁本作"骥騄"。九条本旁记：五臣作骥騄。○按：騄骥、骥騄义同。

间，陈八郎本正文、正德本正文作"閒"。○按：间、閒同。

飚，宫内厅本作"飙"。冷泉本作"猋"。○按：飚、飙同。又"猋"与"飚"字义不同，作"猋"非。盖飙与飚省文为猋，猋与猋形近而讹。参《东京赋》"纷猋悠以容裔"条。

尔乃抚轻舟兮浮清池，乱北渚兮揭南涯。汰瀺灂兮舩容裔，阳侯浇兮掩凫鹥。追水豹兮鞭蝄蜽，惮夔龙兮怖蛟螭。

尔，北宋本无。○按：更端发语词，尔乃、乃于义无别，然赋中多作"尔乃"。

清池，陈八郎本、正德本、奎章阁本作"青池"。九条本旁记：五臣本作青池。奎章阁本注记：善本作清池。○按：清池、青池义同，皆谓池水之清澈者。

揭，陈八郎本、正德本作"楬"。○按：揭、楬通。

涯，宫内厅本作"崖"。○按：涯、崖通。

舩，陈八郎本作"舡"。正德本作"船"。○按：舩、舡为船之异体字。

于是日将逮昏，乐者未荒。收驎命驾，分背回塘。车雷震而风厉，马鹿超而龙骧。夕暮言归，其乐难忘。此乃游观之好，耳目之娱。未睹其美

者，焉足称举。

将逮，宫内厅本、冷泉本、九条本、陈八郎本、正德本、奎章阁本作"既逮"。九条本旁记：善本作将逮。奎章阁本注记：善本作将。○按：作"将逮"胜。将者，事欲至之谓；既者，事已然之谓。黄昏将近，遂收欢毕会，继之"夕暮言归"，叙次井然。若作"日既逮昏"，便与"夕暮"相复，叙写之层次亦随之不明矣。

驩，陈八郎本、正德本、奎章阁本作"歡"。九条本旁记：五臣本作歡。○按：驩、歡同。

言归，宫内厅本、冷泉本、九条本、陈八郎本、正德本、奎章阁本作"而归"。九条本旁记、奎章阁本注记：善本作言。○按："言归"为诗文常语，当作"言"字，作"而"者后人所改。

此，宫内厅本、冷泉本、九条本、陈八郎本、正德本、奎章阁本作"斯"。○按：此、斯义同。

睹，宫内厅本、冷泉本、九条本、陈八郎本、正德本、奎章阁本作"覩"。○按：覩、睹古今字。

其美者，北宋本无"其"字。○按：其为指示代词，无"其"字则文意不明。

举，陈八郎本、正德本、奎章阁本作"欤"。宫内厅本、冷泉本、九条本作"誉"。九条本旁记：五臣作欤，折本作举。奎章阁本注记：善本欤作举。○按：作"称举"较胜。称举，谓称美列举。作"誉"则"称""誉"同义，失"列举"之意。"欤"字为怀疑不定之辞，而赋文则表反问之意，二者不合，作"欤"非。

夫南阳者，真所谓汉之旧都者也。远世则刘后甘厥龙醢，视鲁县而来迁。奉先帝而追孝，立唐祀乎尧山。固灵根于夏叶，终三代而始蕃。非纯德之宏图，孰能揆而处旃。

旧都者，冷泉本、九条本、陈八郎本、正德本、奎章阁本无"者"字。〇按："者"字有无俱通。

世，冷泉本、陈八郎本、正德本、奎章阁本作"代"。九条本旁记：五臣本作代。〇按：避唐讳。

视，冷泉本、九条本、陈八郎本、正德本、奎章阁本作"覗"。奎章阁本注记：善本覗作视。〇按：覗、视义同形近，俱通。

祀，宫内厅本、冷泉本作"祠"。〇按：祀、祠通。参《东京赋》"奉烝尝与禴祠"条。

乎，宫内厅本、冷泉本作"于"。九条本、陈八郎本、正德本、奎章阁本作"於"。〇按：乎、于、於通。

近则考侯思故，匪居匪宁。秽长沙之无乐，历江湘而北征。曜朱光于白水，会九世而飞荣。察兹邦之神伟，启天心而寤灵。

考侯，冷泉本、陈八郎本、正德本、奎章阁本作"孝侯"。九条本旁记：五臣作孝侯。奎章阁本注记：善本孝作考。〇按：《后汉书》卷十四《城阳恭王祉传》作"考侯"。

会九世而飞荣，而，陈八郎本、正德本、奎章阁本作"之"。〇按："而"表顺承，作"之"非。

邦，宫内厅本、冷泉本、九条本、陈八郎本、正德本、奎章阁本作"都"。九条本旁记、奎章阁本注记：善本作邦。〇按：考侯之时，南阳尚无南都之名。邦谓封国，"察兹邦之神伟"，即所谓"人杰地灵"之"地灵"。作"都"不确。

于其宫室，则有园庐旧宅，隆崇崔嵬。御房穆以华丽，连阁焕其相徽。圣皇之所逍遥，灵祇之所保绥。章陵郁以青葱，清庙肃以微微。皇祖歆而降福，弥万祀而无衰。帝王臧其擅美，咏南音以顾怀。

于其，宫内厅本、冷泉本、九条本、北宋本、陈八郎本、正德本、奎章阁本作"于是"。○按：其为指示代词，谓南都，作"是"非。

逍遥灵祇之所，陈八郎本脱此六字。

皇祖，陈八郎本正文作"陵祖"。○按："陵"字涉上文"章陵"字而误。

且其君子，弘懿明叡，允恭温良。容止可则，出言有章。进退屈伸，与时抑扬。

明叡，九条本、陈八郎本、正德本、奎章阁本作"睿哲"。宫内厅本、冷泉本作"叡哲"。九条本旁记：善本作明叡。奎章阁本注记：善本睿哲作明睿。○按：李善注"叡，哲也。已见《东京赋》"，检《东京赋》有"叡哲玄览"句，则此当作"叡哲"。作"明叡"者，盖因《尚书》"睿作圣，明作哲"之文而改也。叡、睿同。

伸，宫内厅本、冷泉本、九条本、陈八郎本、正德本、奎章阁本作"申"。○按：申、伸通。

方今天地之雎剌，帝乱其政，豺虎肆虐，真人革命之秋也。尔其则有谋臣武将，皆能攫戾执猛，破坚摧刚。排揵陷扃，蹳蹈咸阳。高祖阶其涂，光武揽其英。是以关门反距，汉德久长。

豺，宫内厅本、冷泉本、北宋本作"犲"。○按：犲为豺之异体字。

虎，宫内厅本、冷泉本、九条本、北宋本注文、尤袤本注文、陈八郎本、正德本、奎章阁本作"狼"。○按：豺狼、豺虎俱通。作"狼"者，疑"虎"为唐讳而改作"狼"也。

虐，北宋本脱。

皆能，宫内厅本、冷泉本无此二字。冷泉本旁记：善本有。九条本旁记：本无。○按："皆能"有无俱通。

蹳，宫内厅本、冷泉本作"蹯"。九条本、陈八郎本、正德本、奎章阁本作"踏"。九条本旁记、奎章阁本注记：综本作蹈。○按：蹯、踏皆蹋字之俗体。蹳蹈、蹋蹈义同。

揽，陈八郎本、正德本、奎章阁本作"览"。奎章阁本注记：综本览作揽。九条本旁记：五臣本作览。〇按：揽、览通。《庄子·在宥》"此揽乎三王之利"，陆德明《释文》："揽，本亦作览。"此处揽为正字，览为假字。

及其去危乘安，视人用迁。周召之俦，据鼎足焉，以庀王职。缙绅之伦，经纶训典，赋纳以言。是以朝无阙政，风烈昭宣也。

人，宫内厅本、北宋本正文作"民"。〇按：此用《书·盘庚》"视民利用迁"语，作"人"字者避唐讳。说见孙志祖《文选考异》卷一。

召，宫内厅本、冷泉本、九条本、陈八郎本、正德本作"邵"。九条本旁记：李善本作召。〇按：召为邵之假字。《左传·襄公二十九年》"使工为之歌周南召南"，陆德明《释文》："召，本亦作邵。"

俦，宫内厅本、冷泉本作"畴"。〇按：俦、畴通。嵇康《幽愤诗》"曾莫能俦"，五臣本作"畴"。

缙，冷泉本、陈八郎本、正德本、奎章阁本作"搢"。九条本旁记：五臣本作搢。〇按：缙、搢通用。

于是乎鲵齿眉寿，鲐背之叟，皤皤然被黄发者，喟然相与歌曰：望翠华兮葳蕤，建太常兮裶裶。驷飞龙兮骙骙，振和鸾兮京师。总万乘兮徘徊，按平路兮来归。

鲵，宫内厅本、冷泉本、九条本、陈八郎本、正德本、奎章阁本作"兒"。九条本旁记：善本作鲵。〇按：兒为鲵之同音假字。

然，冷泉本、九条本、陈八郎本、正德本、奎章阁本作"焉"。九条本旁记：善本作然。〇按：然、焉通用。《经传释词》卷七："《祭义》国人称愿然，《大戴记·曾子大孝篇》然作焉。"又《鄘风·定之方中》"终焉允臧"，《诗三家义集疏》："焉，唐石经作然。"

望翠华兮葳蕤，兮，九条本、陈八郎本、正德本、奎章阁本作"之"。〇按：歌用楚辞体，作"兮"字是。

和，宫内厅本、冷泉本作"龢"。○按：龢为和之古字。

鸾，冷泉本、九条本、陈八郎本、正德本、奎章阁本作"銮"。○按：銮、鸾通用。

岂不思天子南巡之辞者哉。遂作颂曰：皇祖止焉，光武起焉。据彼河洛，统四海焉。本枝百世，位天子焉。永世克孝，怀桑梓焉。真人南巡，睹旧里焉。

本枝百世，世，陈八郎本、正德本、奎章阁本作"代"。奎章阁本注记：善本作世。九条本旁记：五臣本作代。○按：避唐讳。

永世克孝，世，陈八郎本、正德本、奎章阁本作"代"。○按：避唐讳。

第四节　《思玄赋》校理

本篇有九条本、室町本（皆完篇）、北宋本（起"畏立辟以危身"句李善注"曰宁正言不讳以危身"至"遒白露之为霜"李善注"蒹葭苍苍白露"。又起"集太微之阆阆"李善注至"伐河鼓之磅硠"注，中有残缺），同时校以南宋黄善夫本《后汉书》。

仰先哲之玄训兮，虽弥高而弗违。匪仁里其焉宅兮，匪义迹其焉追。潜服膺以永靓兮，绵日月而不衰。

弗，奎章阁本作"不"。○按：弗、不通。

焉宅兮，九条本脱"兮"字。

迹，陈八郎本、正德本、奎章阁本作"跡"。○按：跡为迹之异体字。

靓，陈八郎本、正德本、奎章阁本作"靖"。奎章阁本注记：善本作靓。○按："靖"为正字，"靓"为假字。靖有安、乐、敬诸义，谓服膺先哲之玄训，安仁乐道、敬恭不衰。靓为装饰义，与文意不合，故当是"靖"之同音假字。

伊中情之信修兮，慕古人之贞节。竦余身而顺止兮，遵绳墨而不跌。志搏搏以应悬兮，诚心固其如结。

搏搏，《后汉书》作"團團"。○按：搏、團通，皆"博"字之假。《桧风·素冠》"劳心慱慱兮"，毛传："慱慱，忧劳也。"此句言其心志忧劳，摇摇然似悬旌。

旌性行以製珮兮，佩夜光与琼枝。纕幽兰之秋华兮，又缀之以江离。美襞积以酷烈兮，允尘邈而难亏。

製，《后汉书》作"制"。○按：製表具象之作，制表抽象之作，二字亦可通用。《晏子春秋·内篇谏下》"古圣人製衣服也"，孙星衍《音义》："製，《艺文类聚》作制。"

珮，九条本、室町本、陈八郎本、正德本、奎章阁本、《后汉书》作"佩"。○按：珮为佩之后起字，常通用。然后世亦间有分别，《初学记》卷二六引蔡谟《毛诗疑字议》云："佩者，服用之称；珮者，玉器之名。称其服用则字从人，名其器则字从玉。"意谓佩为动词，珮为名词。

江离，陈八郎本、正德本、奎章阁本、《后汉书》作"江蓠"。○按：离、蓠通。《离骚》作"离"，后人因其为草名而增草头。

美襞积二句，《后汉书》无。○按：黄善夫本脱，中华书局本《后汉书》有此二句，是。烈，中华本作"裂"。酷烈，谓香气之盛。裂为假字。

既姱丽而鲜双兮，非是时之攸珍。奋余荣而莫见兮，播余香而莫闻。幽独守此仄陋兮，敢怠遑而舍勤。幸二八之遴虞兮，嘉傅说之生殷。

仄，陈八郎本、正德本、奎章阁本作"侧"。九条本旁记：五臣本作侧。奎章阁本注记：善本作仄。○按：侧、仄通。

遴，室町本、《后汉书》作"皇"。○按：皇、遴通用。

嘉，九条本、室町本、陈八郎本、正德本、奎章阁本、《后汉书》作"喜"。九条本旁记、奎章阁本注记：善本作嘉。○按：作"嘉"是。

嘉有美义，谓傅说生于殷高宗之时，其事足令后人叹美。幸、嘉皆含艳美之意。"喜"字与句意不协，盖为"嘉"形近之讹。

尚前良之遗风兮，恫后辰而无及。何孤行之茕茕兮，子不群而介立。感鸾鹥之特棲兮，悲淑人之希合。

  风，室町本作"凬"。〇按：凬为风之古文。

  棲，陈八郎本、正德本作"栖"。〇按：栖息之字古作"西"，后作"栖"，异体作"棲"。棲、栖通用。

  希，《后汉书》作"稀"。〇按：希为稀之省文。

彼无合而何伤兮，患众伪之冒真。旦获谳于群弟兮，启金滕而后信。览蒸民之多僻兮，畏立辟以危身。

  彼无合而何伤兮，而，九条本、陈八郎本、正德本、奎章阁本、《后汉书》作"其"。九条本旁记、奎章阁本注记：善本作而。〇按：赋文此句句式、句意皆仿《离骚》"虽萎绝其亦何伤兮，哀众芳之芜秽"，疑本作"其"，"其"一作"亓"，与"而"隶书形近而讹。

  后，《后汉书》作"乃"。〇按：而后、而乃表承接，俱通。

增烦毒以迷惑兮，羌孰可为言己。私湛忧而深怀兮，思缤纷而不理。愿竭力以守谊兮，虽贫穷而不改。执彫虎而试象兮，阽焦原而跟趾。庶斯奉以周旋兮，恶既死而后已。

  增，九条本、陈八郎本、正德本、奎章阁本、《后汉书》作"曾"。〇按：增、曾同音相假。

  惑，《后汉书》作"或"。〇按：或，古惑字。

  可为言，陈八郎本、正德本、奎章阁本作"可以为言"。《后汉书》作"可与言"。〇按：赋文六字成句，"以"字衍。又为、与一声之转，可通用，如《经词衍释》卷二："《论语》'道不同不相为谋'，《盐铁论·忧边篇》作'不相与谋'。"

湛，陈八郎本、正德本、奎章阁本作"沈"。○按：湛、沈古今字。

谊，陈八郎本、正德本、奎章阁本、《后汉书》作"義"。九条本旁记：五臣本作義。奎章阁本注记：善本作谊。○按：谊，古义字。

彫，陈八郎本、正德本、奎章阁本、《后汉书》作"雕"。○按：彫、雕通。

试，室町本作"诚"。○按：据注引《尸子》"欲与象斗以自试"，诚为试字之讹。

趾，九条本、室町本、陈八郎本、正德本、奎章阁本、《后汉书》作"止"。○按：止、趾古今字。

奉，陈八郎本、正德本、奎章阁本作"奉信"。九条本旁记：五臣本有信字。奎章阁本注记：善本无信。○按：此句谓执义而不改，即"守谊"也，与"信"无关，"信"字衍。

恶，九条本、室町本、陈八郎本、正德本、奎章阁本、《后汉书》作"要"。奎章阁本注记：善本作恶。殿本《后汉书》作"安"。○按：恶、安皆要字之讹。"要"训"当"，谓奉守仁义，当死而后已。

俗迁渝而事化兮，泯规矩之员方。宝萧艾于重笥兮，谓蕙芷之不香。斥西施而弗御兮，𫄨骥裹以服箱。行颇僻而获志兮，循法度而离殃。惟天地之无穷兮，何遭遇之无常。

员，室町本、陈八郎本、正德本、奎章阁本作"圆"。《后汉书》作"圜"。○按：员为圆之本字，圜与圆同。

宝，《后汉书》作"珍"。○按：《文选》李善注引旧注"《后汉》作珍，盖琉字相似误耳。"琉即古宝字，珍一作"琜"，与"琉"形近。

芷，九条本、室町本、北宋本、陈八郎本、正德本、奎章阁本、《后汉书》作"茝"。○按：茝即芷，字通用。《九歌·悲回风》"兰茝幽而独芳"，旧校："茝，一作芷。"

綮騕裹，《后汉书》作"羁要褭"。○按：綮为马绊，羁为马络头，既谓"服箱"，自以"羁"字为是，不然缚绊马足，何能驾车。又"要"为"騕"之省文。又"褭"字讹，中华本《后汉书》亦作"裹"。

颇，《后汉书》作"陂"。○按：颇、陂义同，通用。《离骚》"循绳墨而不颇"，《楚辞补注》引旧校："颇，一作陂。"

循，室町本作"脩"。○按：循、脩古字通。《庄子·天地》"循于道之谓备"，陆德明《释文》："循，或作脩。"

不抑操而苟容兮，譬临河而无航。欲巧笑以干媚兮，非余心之所尝。袭温恭之黻衣兮，被礼义之绣裳。辨贞亮以为擎兮，雜伎艺以为珩。昭绿藻与琱瑹兮，璜声远而弥长。

笑，九条本作"咲"。○按：笑、咲同。

以干媚，以，奎章阁本作"而"。○按："以"字表目的，"而"字非。

被，《后汉书》作"披"。○按：被、披通。

雜，陈八郎本、正德本、奎章阁本作"離"。九条本旁记：五臣本作離。奎章阁本注记：善本作雜。○按："雜"有参错聚合义，"離"为附丽义，与赋文不合。離为雜形近之讹。

伎，《后汉书》作"技"。○按：伎、技通。

与琱瑹，陈八郎本、正德本、奎章阁本作"以彫琢"。九条本、室町本作"与琱琢"。《后汉书》作"与雕琢"。九条本旁记：五臣本作彫，李善本作瑹。奎章阁本注记：善本作琱瑹。○按：琱瑹为玉石之名，与"绿藻"并举，皆冠带之饰物。因琱与彫、雕音同通用，琢与瑹字形相似，故讹作"彫琢""雕琢"也。以、与通，皆并列连词。

淹棲迟以恣欲兮，耀灵忽其西藏。恃己知而华予兮，鹝鸠鸣而不芳。冀一年之三秀兮，遒白露之为霜。时霣霣而代序兮，畴可与乎比伉。咨姤嫫之难竝兮，想依韩以流亡。恐渐冉而无成兮，留则蔽而不彰。

楼，陈八郎本、正德本、奎章阁本作"栖"。奎章阁本注记：善本作楼。北宋本作"搂"。○按：楼、栖通，参上文"感鸾鹥之特楼兮"条。搂为楼之讹体。

耀，陈八郎本、正德本、奎章阁本作"曜"。《后汉书》作"燿"。○按：耀、曜、燿通。

华予兮，室町本无"兮"。○按："兮"字脱。

代序兮，室町本无"兮"。○按："兮"字脱。

姤，九条本、室町本、陈八郎本、正德本、奎章阁本作"妎"。《后汉书》作"妒"。九条本旁记、奎章阁本注记：善本作姤。○按：妒、嫮对举，即《离骚》"好蔽美而嫉妒"之妒、美，故曰"难竝"。妎、妒为异体字。姤为妎形近之讹。

竝，九条本、室町本、陈八郎本、正德本、奎章阁本、《后汉书》作"并"。○按：并为竝之俗体。

冉，室町本旁记、奎章阁本作"苒"。○按：苒为冉之假字。

心犹豫而狐疑兮，即岐阯而膽情。文君为我端蓍兮，利飞遁以保名。历众山以周流兮，翼迅风以扬声。二女感于崇岳兮，或冰折而不营。天盖高而为泽兮，谁云路之不平。勔自强而不息兮，蹈玉堦之嶢崢。

犹豫，九条本作"犹预"。《后汉书》作"犹與"。○按：犹豫、犹與、犹预通，皆双声联绵词。

岐，室町本作"歧"。○按：岐、歧形近混用，当以"岐"为是。

阯，九条本、室町本、陈八郎本、正德本、奎章阁本作"趾"。九条本旁记：善本作阯。○按：山脚之义，阯、趾通用，后专用"阯"。

膽，九条本、室町本、陈八郎本、正德本、奎章阁本作"擔"。《后汉书》作"攄"。○按：膽同臚，臚通作膽。此句本《离骚》"就重华而陈词"，臚亦陈也。"攄"为抒发、散布义，不合赋意，乃"臚"字之讹。

利，陈八郎本、正德本、奎章阁本作"欲"。九条本旁记：五臣本作欲。奎章阁本注记：善本作利。〇按：《易·遯》"上九"："肥遯，无不利。"故赋文云"利"，作"欲"字文意不通。

飞遁，陈八郎本、奎章阁本作"肥遯"。室町本、正德本作"飞遯"。〇按：姚宽《西溪丛语》卷一曰："'肥'字古作'𣬉'，与古'蜚'字相似，即今之'飞'字，后世遂改为'肥'字。"上九之爻于卦象为最上，故取义"飞"也。又遁、遯通用。

风，室町本作"凨"。〇按：凨为风之古文。

岳，陈八郎本、正德本、奎章阁本作"嶽"。九条本旁记：五臣本作嶽。奎章阁本注记：善本作岳。〇按：岳为嶽之古字。

强，陈八郎本、正德本、奎章阁本作"彊"。九条本旁记：五臣本作彊。奎章阁本注记：善本作强。〇按：彊为强之本字。

堦，九条本、室町本、陈八郎本、正德本、奎章阁本、《后汉书》作"階"。〇按：堦、階同。

惧筮氏之长短兮，钻东龟以观祯。遇九皋之介鸟兮，怨素意之不逞。游尘外而瞥天兮，据冥翳而哀鸣。鹛鹗竞于贪婪兮，我修絜以益荣。子有故于玄鸟兮，归母氏而后宁。

逞，陈八郎本、正德本、奎章阁本作"呈"。九条本旁记：五臣本作呈。奎章阁本注记：善本作逞。〇按：怨，通"蕴"。《荀子·哀公》"富有天下而无怨财"，杨倞注："怨，读为蕴。"本句意谓素意蕴积而不得通。逞训为通，故本字应作"逞"。呈为逞之假字。注引《字林》训为"尽"，不确。

鹛，奎章阁本作"雕"。〇按：鹛、雕同。

絜，九条本、奎章阁本、《后汉书》作"潔"。〇按：絜、潔通。

占既吉而无悔兮，简元辰而俶装。旦余沐于清源兮，晞余发于朝阳。漱

飞泉之沥液兮，咀石菌之流英。翾鸟举而鱼跃兮，将往走乎八荒。过少皞之穷野兮，问三丘于句芒。

源，《后汉书》作"原"。〇按：原、源古今字。

于朝阳，于，九条本作"乎"。室町本作"兮"。〇按：于、乎通。兮为乎形近之讹。

皞，陈八郎本、正德本、奎章阁本作"昊"。九条本旁记：五臣本作昊。奎章阁本注记：善本作皞。〇按：皞、昊通。李富孙《春秋左传异文释》卷四："昭十七年传'少皞挚之立也'，《初学记》九引作'少昊'。"

于句芒，于，九条本、陈八郎本、正德本、奎章阁本、《后汉书》作"乎"。九条本旁记、奎章阁本注记：善本作于。室町本作"兮"。〇按：于、乎通。兮为乎形近之讹。

何道真之淳粹兮，去秽累而飘轻。登蓬莱而容与兮，鳌虽抃而不倾。留瀛洲而采芝兮，聊且以乎长生。

飘，九条本、室町本、陈八郎本、正德本、奎章阁本作"影"。《后汉书》作"票"。〇按：票、飘古通。《小雅·蓼莪》"飘风发发"，陆德明《释文》："飘，本又作票。"影、飘未见有相通假者，疑为形近之讹字。

容与兮，室町本无"兮"。〇按："兮"字脱。

采，九条本、陈八郎本、正德本、奎章阁本作"採"。九条本旁记、奎章阁本注记：善本作采。〇按：採为采之后出字。

馮归云而遐逝兮，夕余宿乎扶桑。饮青岑之玉醴兮，飡沆瀣以为粮。发昔梦于木禾兮，穀昆仑之高冈。

馮，九条本、室町本、陈八郎本、正德本、奎章阁本、《后汉书》作"憑"。〇按：馮为憑之古字。

饮，《后汉书》作"噏"。〇按：饮、噏两通。

飧，陈八郎本、正德本、奎章阁本、《后汉书》作"餐"。○按：飧、餐同。参《西京赋》"屑琼蕊以朝飧"条。

粻，陈八郎本作"粮"。《后汉书》作"糧"。○按：粻、糧通。《楚辞·哀时命》"日饥馑而绝糧"，旧校："糧，一作粻。"粮为糧之俗体。

昆，室町本作"崐"。○按：崐为后出字。

朝吾行于汤谷兮，从伯禹乎稽山。嘉群神之执玉兮，疾防风之食言。指长沙之邪径兮，存重华乎南邻。哀二妃之未从兮，翩缤处彼湘濒。流目眺夫衡阿兮，觌有黎之圮坟。痛火正之无怀兮，托山阪以孤魂。

汤，室町本旁记、正德本、奎章阁本作"旸"。○按：汤谷、旸谷同。《书·尧典上》"曰旸谷"，孙星衍《今古文注疏》："史迁旸作汤。"

从伯禹乎稽山，乎，《后汉书》作"于"。○按：乎、于通。

嘉，《后汉书》作"集"。九条本作"喜"。○按："嘉"有赞美之义，与"疾"对举，作"喜"与文意不合。喜为嘉形近之讹。

神，陈八郎本、正德本、奎章阁本作"臣"。○按：《史记·孔子世家》"山川之神足以纲纪天下，其守为神"，裴骃《集解》："守山川之祀者为神，谓诸侯也。"是得以神称诸侯也。张衡此赋以古史为题材，踵步《离骚》，运以瑰丽之思，出为想象之词，自以作"群神"为胜。

执玉兮，兮，室町本作"乎"。○按：乎为兮形近之讹。

之邪径，之，九条本、室町本、陈八郎本、正德本、奎章阁本、《后汉书》作"以"。○按：之、以通。

缤，《后汉书》作"傧"。○按：李贤注："傧，弃也。"舜南巡，二妃留江湘之间。其不从巡狩，未闻是被舜所弃。章怀注不可从。翩缤，盖为联绵词，其义待考。李周翰注"美貌"，似亦未切。

濒，《后汉书》作"濒"。○按：濒、濒古今字。

眺，《后汉书》作"覜"。○按：覜为眺之假字。

覩，《后汉书》作"睹"。○按：覩、睹古今字。

衡阿，陈八郎本、正德本、奎章阁本作"阿衡"。九条本旁记：五臣本作阿衡。奎章阁本注记：善本作衡阿。○按：衡阿，谓衡山之曲。作"阿衡"者疑误倒。

阪，九条本、室町本、《后汉书》作"陂"。陈八郎本、正德本、奎章阁本作"坡"。奎章阁本注记：善本作陂。○按：阪、陂、坡，义同形近，皆通。

愁郁郁以慕远兮，越卬州而游遨。跻日中于昆吾兮，憩炎火之所陶。扬芒熛而绛天兮，水泫沄而涌涛。温风翕其增热兮，怒郁悒其难聊。

郁郁，《后汉书》作"蔚蔚"。○按：蔚为郁之假字。《后汉书·仲长统传》"彼之蔚蔚"，李贤注："蔚与郁古字通。"亦以"蔚"假"郁"。此其《后汉书》之惯例欤。

以慕，陈八郎本、正德本、奎章阁本作"之茂"。九条本旁记：五臣本作之茂。奎章阁本注记：善本作以慕。○按："愁郁郁之茂远"，于句法、文意皆不通。"愁郁郁以慕远"，谓愁怀郁郁，而思慕远游以舒散也。

卬，室町本、陈八郎本、正德本、奎章阁本作"邛"。○按：卬州在正南方，邛在蜀中。赋文行游之地时在南方，作"邛"非，乃"卬"字形近之讹。

游遨，《后汉书》作"愉敖"。○按：李贤注："愉，乐也。敖，游也。"然《思玄》文情郁苦幽怨，无所为乐，章怀之注显乖本文。"愉"盖"游"音近之讹（愉属侯部，游属幽部）。敖、遨古今字。

炎火，《后汉书》作"炎天"。○按：作"炎火"是。赋文谓憩于炎火所炽之昆吾山，山火腾烈扬光，而使高天亦为之成绛色。若作"炎天"，则火非在天，且又与下句"绛天"句意不顺。

昆，陈八郎本作"崐"。○按：崐为后出字。

风，室町本作"凬"。○按：凬为风之古文。

悒，《后汉书》作"邑"。○按：邑为悒之省文。

羁旅而无友兮，余安能乎留兹。顾金天而叹息兮，吾欲往乎西嬉。前祝融使举麾兮，缅朱鸟以承旗。躔建木于广都兮，摭若华而踌躇。超轩辕于西海兮，跨汪氏之龙鱼。闻此国之千岁兮，曾焉足以娱余。

羁，陈八郎本、正德本、《后汉书》作"羇"。○按：羁、羇同。

使举麾，陈八郎本、正德本、奎章阁本"使"上有"而"字。九条本旁记：五臣本有而字。奎章阁本注记：善本无而。○按：赋文皆六字句，有"而"字者非。《离骚》"前望舒使先驱兮"，即此句所本，亦可证无"而"为是。

摭，九条本、室町本、《后汉书》作"拓"。○按：拾取义之字，《说文》作"拓"，后异体作"摭"。

思九土之殊风兮，从蓐收而遂徂。欸神化而蝉蜕兮，朋精粹而为徒。蹶白门而东驰兮，云台行乎中野。乱弱水之潺湲兮，逗华阴之湍渚。号冯夷俾清津兮，櫂龙舟以济予。会帝轩之未归兮，怅倘佯而延伫。恫河林之蓁蓁兮，伟关雎之戒女。

风，室町本作"凬"。○按：凬为风之古文。

中野，室町本作"中墅"。陈八郎本、正德本、奎章阁本作"西墅"。奎章阁本注记：善本作中野。○按：中野，即野中。或以为此时行游在西方，故改"中"为"西"以应方位。又误以"野"字不入韵，而妄改为"墅"字。遂成"西墅"谬语，绝不可通。且五臣本于该词无注，盖皆后人肊改。室町本"中"字无误，"墅"字盖亦改以协韵。

弱，室町本作"溺"。○按：溺为弱之讹。

櫂，陈八郎本、正德本、奎章阁本作"棹"。○按：櫂、棹通。

倘佯，陈八郎本作"徜佯"。《后汉书》作"相佯"。○按：倘佯、徜佯、相佯，叠韵联绵词，无定字，皆通。

恟，《后汉书》作"呹"。○按：恟、呹通。

黄灵詹而访命兮，樛天道其焉如。曰近信而远疑兮，六籍阙而不书。神逵昧其难覆兮，畴克谋而从诸。

樛，九条本、《后汉书》作"摎"。○按：摎，求也。正字当作"摎"。樛、摎形近，且从木从手之字常不别，故又讹作"樛"。

逵，九条本、陈八郎本正文作"逵"。○按：逵常作动词、形容词，未见作名词"道路"者。逵为逵形近之讹。

克，九条本、室町本作"尅"。室町本旁记"克"。○按：克、尅于"胜"义时通用，于"能"义时用"克"不用"尅"。九条本误，室町本已校改。

谋，九条本、室町本、陈八郎本、正德本、奎章阁本作"谟"。奎章阁本注记：善本作谋。○按：谋、谟通。

牛哀病而成虎兮，虽逢昆其必噬。鳖令殪而尸亡兮，取蜀禅而引世。死生错其不齐兮，虽司命其不晰。

错其不齐，其，九条本、室町本、陈八郎本、正德本、奎章阁本、《后汉书》作"而"。奎章阁本注记：善本作而。○按：其、而俱通。"其"一作"亓"，与"而"隶体相似，故相混。五臣本"其"字多作"而"，如《离骚经》"时亦犹其未央"、蔡邕《郭有道碑文》"言观其高"及此句，"其"皆作"而"。

晰，陈八郎本、正德本、奎章阁本、《后汉书》作"晣"。○按：晰、晣异体字。

窦号行于代路兮，后膺胙而繁庑。王肆侈于汉庭兮，卒衔恤而绝绪。尉龙眉而郎潜兮，逮三叶而遘武。董弱冠而司衮兮，设王隧而弗处。

胙，九条本、室町本、陈八郎本、正德本、奎章阁本、《后汉书》作"祚"。〇按：胙为本字，祚为后起字。凡言"赏赐""禄位"之义，胙、祚相通互用。

庑，九条本、室町本作"芜"。〇按："芜"亦有蕃滋、丰茂之义，读上声。芜为庑之假字。

恤，陈八郎本、正德本、奎章阁本作"卹"。奎章阁本注记：善本作恤。〇按：卹、恤同。

设，九条本作"误"。〇按：误为设形近之讹。

弗处，九条本作"不处"。〇按：弗、不通。

夫吉凶之相仍兮，恒反仄而靡所。穆届天以悦牛兮，竖乱叔而幽主。文断袪而忌伯兮，阉谒贼而宁后。通人暗于好恶兮，岂昏惑而能剖。

仄，陈八郎本、正德本、奎章阁本、《后汉书》作"侧"。九条本旁记：五臣本作侧。奎章阁本注记：善本作仄。〇按：仄、侧通。

届天，《后汉书》作"负天"。〇按：《左传·昭公四年》载此事曰"梦天压己"。自天而言，则为"压己"，自穆而言，则为"负天"，此事理之至显者。作"届"者，盖"负"字行书与"届"相似而讹也。李周翰注："届，至也。谓天至穆子之上而压也。"是全不顾句法而强解也。

昏，九条本、室町本、陈八郎本、正德本、奎章阁本作"昏"。《后汉书》作"爱"。〇按："爱"字义胜。爱惑、通人对举，人之智每因爱、惑之情而蔽。下文嬴政、梁叟皆以"爱"言，辇贿、言天皆以"惑"言。"爱"字本作"㤅"，与"昬""昏"形似故讹。又昬、昏异体字。参《西京赋》"何必昏于作劳"条。

而，《后汉书》作"之"。〇按：而、之可通。

嬴擿谶而戒胡兮，备诸外而发内。或辇贿而违车兮，孕行产而为对。慎灶显以言天兮，占水火而妄讯。梁叟患夫黎丘兮，丁厥子而剚刃。亲所

睍而弗识兮，矧幽冥之可信。毋繇謇以倖己兮，思百忧以自疹。

摛，九条本作"摘"。〇按：摘为摛之省文。

行产，正德本正文、奎章阁本正文作"在产"。尤袤《李善与五臣同异》：五臣行作在。正德本旁记：六臣作行。奎章阁本注记：善本作行。〇按："行"为行旅之义，谓其人于行旅途中遇孕者生子。作"在"者非。

显以，《后汉书》作"显于"。〇按：于为以之讹。

讯，九条本、室町本、陈八郎本、正德本、奎章阁本作"谇"。〇按：讯、谇通用。《小雅·雨无正》"莫肯用讯"，王先谦《三家义集疏》："鲁讯作谇。"《庄子·山木》"虞人逐而谇之"，陆德明《释文》："谇，本又作讯。"

梁叟，陈八郎本、正德本、奎章阁本作"良叟"。〇按：陈琳《为曹洪与魏文帝书》"季梁犹在"，五臣梁作良，与此同。良、梁同音通用。《韩非子·喻老》"身死高梁之东"，王先慎集解引卢文弨曰："凌本梁作良。"是其例。

剚，九条本、室町本、陈八郎本、正德本、奎章阁本作"倳"。《后汉书》作"事"。〇按：剚、倳、事同字。《广韵·志韵》："事，又作剚、倳。"

睍，陈八郎本、正德本、奎章阁本作"视"。奎章阁本注记：善本作睍。《后汉书》作"睇"。〇按：《说文》："睍，迎视也。"又："睇，目小视也。"皆注目细视之意，极切文情，较"视"为胜。睍、睇盖异体字，从是从弟之字每同，如鶗、鵜即其例。

毋，陈八郎本、正德本、奎章阁本作"无"。〇按：毋、无通。

倖，九条本、室町本、陈八郎本、正德本、奎章阁本、《后汉书》作"洋"。奎章阁本注记：善本作倖。〇按：倖、洋同训"引"，疑皆假字。本字待考。

彼天监之孔明兮，用柴忱而祐仁。汤蠲体以祷祈兮，蒙厐褫以拯民。景

三虑以营国兮，荧惑次于他辰。魏颗亮以从治兮，鬼亢回以獘秦。

祐，室町本、《后汉书》作"佑"。〇按：祐、佑同。洪迈《容斋三笔》"六经用字"条："佑、祐、右三字一也，而在《书》为佑，在《易》为祐，在《诗》为右。"

民，《后汉书》作"人"。〇按：避唐讳，盖李贤所改。

他，室町本作"佗"。《后汉书》作"它"。〇按："它"为古文，又作"佗"，隶变而作"他"。

治，《后汉书》作"理"。〇按：避唐高宗讳，亦李贤所改。

獘，《后汉书》作"敝"。陈八郎本作"獎"。正德本、奎章阁本作"弊"。奎章阁本注记：善本作獘。〇按：据《左传·宣公十五年》，老人结草以亢御杜回，获之，于是秦师遂败。敝有败义，正合《左传》。弊、敝通。獎为弊之异体字。李善本作"獘"亦同音相假，其例如《左传·僖公十年》"獘于韩"，李富孙《异文释》："《论衡》引作獘。"。

咎繇迈而种德兮，树德懋于英六。桑末寄夫根生兮，卉既凋而已育。有无言而不酬兮，又何往而不复。盍远迹以飞声兮，孰谓时之可蓄。

咎繇，九条本、室町本作"皋繇"。〇按：咎繇、皋繇古同用。

树德，九条本、室町本、《后汉书》作"德树"。〇按：德树，谓咎繇之德如树之盛，子孙蕃衍于英六，枝叶繁茂，历年绵久。"咎繇"以下四句皆以树为喻，故先言"种"，继则下句又以桑为说。此其修辞之巧。本句与《大雅·荡》"枝叶未有害，本实先拨"及《左传·文公七年》"公族，公室之枝叶也"皆以树为喻同。盖后人习闻"树德"之语，而不知此"德树"为喻，遂肥改耳。

懋于，《后汉书》作"茂乎"。陈八郎本作"懋於"。〇按：茂，楙之今字，盛也。懋，勉也。茂为本字，懋为楙之假字。又：于、乎、於通。

凋，九条本、《后汉书》作"彫"。〇按：凋为正字，彫为假字。凋零之义，凋、彫可通。

育，《后汉书》作"毓"。○按：毓、育古今字。

酬，《后汉书》作"雠"。○按：《大雅·抑》"无言不雠"，陈启源《毛诗稽古编》："韩诗雠作酬。"则李善所引《毛诗》实为《韩诗》，李贤所引为《毛诗》。

仰矫首以遥望兮，魂憯怛而无畴。逼区中之隘陋兮，将北度而宣游。行积冰之皑皑兮，清泉洦而不流。

憯怛，陈八郎本、正德本、奎章阁本作"怛憯"。九条本旁记：五臣本作怛憯。奎章阁本注记：善本作憯怛。○按：典籍皆作"憯怛"，未见有作"怛憯"者，疑五臣本误倒。

畴，陈八郎本、正德本、奎章阁本作"俦"。○按：畴、俦通。

逼，陈八郎本、正德本、奎章阁本、《后汉书》作"偪"。奎章阁本注记：善本作逼。○按：偪、逼同。

皑皑，室町本、《后汉书》作"硙硙"。奎章阁本注记：善本作硙硙。○按：皑皑为白义，硙硙为高义，高与厚义近，故硙硙可训为厚。此硙硙谓冰厚之貌，承上"积"字来。是故此处当作"硙硙"，作"皑皑"为假字。

洦，陈八郎本、正德本作"洰"。○按：洦字从仌（冰），从水作"洰"者为讹体。

寒风凄其永至兮，拂穹岫之骚骚。玄武缩于壳中兮，腾蛇蜿而自纠。鱼矜鳞而并凌兮，鸟登木而失条。

风，室町本作"凨"。○按：凨为风之古文。

凄其，《后汉书》作"凄而"。○按：《邶风·绿衣》"凄其以风"，张衡盖用《诗》语。作"而"者殆"其"字之讹。参上文"死生错其不齐兮"条。

缩于，《后汉书》作"缩於"。〇按：于、於通。

腾，室町本、《后汉书》作"螣"。〇按：螣为正字，盖因其为神蛇能飞，故又作"腾蛇"。腾为假字。

蛇，九条本作"虵"。〇按：蛇、虵同。

蜿，陈八郎本、正德本、奎章阁本作"宛"。九条本旁记：五臣本作宛。奎章阁本注记：善本作蜿。〇按：据九条本，宛为宛之讹字。蜿为宛之分化字。

纠，九条本、正德本、奎章阁本作"糾"。室町本作"紏"。〇按：糾为纠之讹体，紏为纠之异体。参《南都赋》"及其紏宗绥族"条。

坐太阴之屏室兮，慨含唏而增愁。怨高阳之相寓兮，佃颛顼而宅幽。庸织路于四裔兮，斯与彼其何瘳。望寒门之绝垠兮，纵余绁乎不周。

屛，九条本、室町本、陈八郎本、正德本、奎章阁本、《后汉书》作"屏"。〇按：《说文·广部》段注："庰，与尸部之屏义同，而所谓各异。此字从广，谓屋之隐蔽者也。"赋文作"庰"极确，"屏"为假字。

唏，室町本作"欷"。〇按：唏、欷同。

寓，陈八郎本、正德本、奎章阁本、《后汉书》作"寓"。〇按：王念孙《读书杂志·余编下》："寓训为寄，不训为居。寓当作寓，字之误也。"寓、寓形近易讹，其例又如《读书杂志·汉书第十五·叙传》：攸攸外寓，"寓当作寓，字之误也"。

佃颛顼而宅幽，而，《后汉书》作"之"。〇按：作"之"是。"之"在"颛顼宅幽"句主谓语间，使之为"佃"之宾语。此句与上句"怨高阳之相寓"句式相同。

织路，《后汉书》作"织络"，李贤注：织或作识，络或作骆。〇按："路"字疑涉"织"字而改从纟作"络"。

裔，九条本、室町本、陈八郎本、正德本、奎章阁本作"垠"。奎章阁本注记：善本作裔。《后汉书》作"商"。○按：裔为远义，垠为边义。赋文"四裔"意在言其所游之远，非欲言其所游为边地也。且作"垠"字，又与下句"绝垠"用字相复，亦非遣词之宜。又《后汉书》"商"为"裔"字之讹，中华本无误。

迅猋潚其臘我兮，鹜翩飘而不禁。越岩嘅之洞穴兮，漂通川之㴍㴍。经重廇乎寂漠兮，慜坟羊之深潜。

猋，陈八郎本、正德本、奎章阁本、《后汉书》作"飈"。奎章阁本注记：善本作猋。○按：猋为猋字之讹，猋即飈之省文。参《东京赋》"纷猋悠以容裔"条。

越，《后汉书》作"趡"。○按：据赋意，乃往赴洞穴而入之，若作"越"，则凌空而过，不入洞穴，与赋意不合。

嘅，《后汉书》作"嘾"。九条本作"闭"。○按：嘅为嘾之异体字。

漂，《后汉书》作"摽"。○按：摽为漂形近之讹。

川，室町本、陈八郎本、正德本、奎章阁本、《后汉书》作"渊"。奎章阁本注记：善本作川。○按：渊义为深水，㴍㴍为深貌，故取以形容。且上句言"洞穴"，亦与"渊"相应，故作"渊"是。李善作"川"盖避唐讳，《山海经·海内北经》"从极之渊深三百仞"，郝懿行笺疏："李善注《江赋》引此经'渊'作'川'。"亦其例也。至于五臣本及《后汉书》作"渊"者，盖后人回改也。

廇，陈八郎本、正德本、奎章阁本、《后汉书》作"阴"。奎章阁本注记：善本作廇。九条本作"瘠"。○按：廇、阴同。瘠为廇之讹字。

慜，九条本、室町本、《后汉书》作"愍"。○按：慜、愍同。

深潜，九条本、陈八郎本、正德本、奎章阁本、《后汉书》作"潜深"。奎章阁本注记：善本作深潜。○按：深、潜古音俱属侵部，然潜属盐韵，而深、禁、㴍属侵韵。据韵，当作"潜深"为宜。

追荒忽于地底兮，轶无形而上浮。出石密之暗野兮，不识蹊之所由。速烛龙令执炬兮，过钟山而中休。瞰瑶谿之赤岸兮，吊祖江之见刘。

荒，《后汉书》作"慌"。○按：慌忽、荒忽同，皆双声联绵词。

石密，《后汉书》作"右密"。○按：据《山海经·西山经》，钟山在密山西北，"自密山至于钟山，四百六十里，其间尽泽也"。既向西行，故曰"右"。又"其间尽泽"，故"不识蹊之所由"。作"石"字非，李善注"此石密疑是密山"，固已疑之也。

谿，陈八郎本、正德本、奎章阁本作"溪"。奎章阁本注记：善本作谿。○按：溪为谿之后起字。

聘王母于银台兮，羞玉芝以疗饥。戴胜憖其既欢兮，又诮余之行迟。载太华之玉女兮，召洛浦之宓妃。咸姣丽以蛊媚兮，增嫮眼而蛾眉。舒玅婧之纤腰兮，扬杂错之袿徽。

聘，室町本作"躬"。○按：聘为访问之义，躬乃非，乃为聘形近之讹。

饥，陈八郎本、正德本、奎章阁本作"饑"。○按：饥为饥饿义，饑为饑馑义，二字有别，作"饥"字是。

载，陈八郎本、正德本作"戴"。○按：载为戴字之讹，不然玉女如何戴耶。

眼，陈八郎本、正德本、奎章阁本作"服"。奎章阁本注记：善本作眼。○按：嫮眼，即《楚辞》之"嫮目"。嫮眼、蛾眉，尤足"蛊媚"也。作"服"字非。

蛾，九条本、室町本作"娥"。○按：娥为蛾之假字。参《南都赋》"蛾眉连卷"条。

扬，陈八郎本、正德本、奎章阁本作"袒"。九条本旁记：五臣本作袒。奎章阁本注记：善本作扬。○按：袒为袒露之义，与文意不合。

"扬"与上句"舒"字并举，其义相应，作"扬"是。

訬，《后汉书》作"妙"。陈八郎本、正德本、奎章阁本作"眇"。奎章阁本注记：善本作訬。〇按：眇、妙古今字，古皆以眇为妙。訬为烦扰、轻狡义，不合文意，盖为眇之讹。

菁，九条本、正德本、《后汉书》作"腰"。陈八郎本、奎章阁本作"要"。奎章阁本注记：善本作腰。〇按：要、腰古今字，菁为腰之异体字。

离朱唇而微笑兮，颜的礫以遗光。献环琨与琛缡兮，申厥好以玄黄。虽色艳而赂美兮，志皓荡而不嘉。双材悲于不纳兮，并咏诗而清歌。歌曰：天地烟煴，百卉含葩。鸣鹤交颈，鵾鸠相和。处子怀春，精魂回移。如何淑明，忘我实多。

笑，九条本、室町本作"咲"。〇按：咲、笑同。

礫，陈八郎本、正德本、奎章阁本作"皪"。《后汉书》作"礰"。〇按：的礫、的皪、的礰同，叠韵联绵词，无定字。

琛，《后汉书》作"玙"。〇按：玙疑涉上字"与"而讹。

申厥好以玄黄，以，陈八郎本、正德本、奎章阁本作"之"。〇按：当作"以"，义为"用"，谓用玄黄以申其好。"之"字不合句法，非。王念孙《读书杂志·荀子第一·荣辱》"伤人之言"条谓"之"为"以"字之误。与《思玄》此句误同。

赂，《后汉书》注：赂或作贻。〇按："贻"字常作动词，"赂"字兼作名词，作"贻"疑非，盖"赂"形近之讹。

皓荡，陈八郎本、正德本、奎章阁本作"浩荡"。《后汉书》作"浩盪"。〇按：皓为浩之同音假字。荡、盪通。

卉，九条本、陈八郎本、正德本、奎章阁本、《后汉书》作"卉"。〇按：卉为卉之古字。

葩，《后汉书》作"蘤"。〇按：蘤、葩义同，皆花也。然"蘤"读上声纸韵,与和、移、多不协韵。"蓶"盖为鷨之讹,鷨即䧉之异体字。

鹤,九条本、室町本作"鵋"。○按:鵋为鹤之异体字。

鴡,九条本、陈八郎本、正德本、奎章阁本、《后汉书》作"雎"。奎章阁本注记:善本作鴡。○按:鴡、雎同,从鸟从隹之字形异义同。参《东京赋》"鴡鸠丽黄"条。

如何二句,陈八郎本脱。

将荅赋而不暇兮,爰整驾而亟行。瞻崑仑之巍巍兮,临紫河之洋洋。伏灵龟以负坻兮,亘螭龙之飞梁。登阆风之層城兮,构不死而为牀。屑瑶蘂以为糇兮,斛白水以为浆。

崑仑,室町本作"崐崘"。○按:崑仑、崐崘同。

紫,九条本作"萦"。○按:紫河,谓河水之曲。作"萦"字讹。

负,正德本、奎章阁本作"具"。奎章阁本注记:善本作负。○按:负谓背负,作"具"字无义,乃"负"形近之讹。

风,室町本作"凬"。○按:凬为风之古文。

層,《后汉书》作"曾"。○按:曾、層通。

牀,九条本作"床"。○按:床为牀之俗体。

瑶,陈八郎本、正德本、奎章阁本作"琼"。奎章阁本注记:善本作瑶。○按:《离骚》"精琼靡以为粻",为《思玄》此句所本。古人拟前贤之文,每改易数字,以为己作,扬雄《反骚》、张衡《思玄》即其显例。若作"琼""粻"则嫌因袭太甚,疑为五臣据《离骚》而改也。

糇,陈八郎本、正德本、奎章阁本作"糧"。奎章阁本注记:善本作糇。○按:详上条。

蘂,九条本作"蕊"。《后汉书》作"橤"。○按:蘂、蕊、橤同。

抨巫咸作占梦兮,乃贞吉之元符。滋令德于正中兮,含嘉秀以为敷。既垂颖而顾本兮,亦要思乎故居。安和静而随时兮,姑纯懿之所庐。

抨，九条本作"伻"。〇按：字本作"俜"，《说文》："俜，使也。"抨、伻皆同音假字。

作，陈八郎本、正德本、奎章阁本作"使"。《后汉书》作"以"。〇按：《思玄》一赋，六字成句，第四字例作虚词，作"以"是。"以"一作"㠯"，与"作"形近易讹。五臣本作"使"非，"抨"即使义，若作"使"，则句意如骈拇赘指，岂复成句耶。

乃，《后汉书》作"迺"。〇按：乃、迺通。参《西京赋》"乃隆崇而弘敷"条。

亦，《后汉书》作"爾"。〇按："亦"与上句"既"两虚词相应，使句意如顺流之水。"爾"字无义，盖其字或作"尔"，与"亦"形近而讹。

戒庶僚以夙会兮，佥供职而并讶。丰隆軯其震霆兮，列缺晔其照夜。云师虣以交集兮，涷雨沛其洒涂。轙琱舆而树葩兮，扰应龙以服路。百神森其备从兮，屯骑罗而星布。

僚，《后汉书》作"寮"。〇按：僚、寮通。

并讶，陈八郎本、正德本、奎章阁本作"来迓"。奎章阁本注记：善本作并。《后汉书》作"并迓"。〇按：迓，迎也。"讶"字讹。《离骚》"九疑缤其并迎"，为此句所本。"并"者，相率皆来之义。作"来"非。

供，《后汉书》作"恭"。〇按：供、恭可通。《庄子·天地》"至无而供其求"，陆德明《释文》："供，本亦作恭。"

晔，陈八郎本、正德本、奎章阁本作"煜"。九条本旁记：五臣本作煜。奎章阁本注记：善本作晔。《后汉书》作"曅"。〇按：晔、煜义同。曅为晔之或体。

涷，室町本作"凍"。〇按：涷雨，暴雨也。作"凍"非。

涂，陈八郎本、正德本、奎章阁本作"途"。〇按：涂、途通。

路，九条本、室町本、陈八郎本、正德本、奎章阁本、《后汉书》

作"辂"。○按：路亦有车义，《魏风·汾沮洳》"殊异乎公路"，毛传："路，车也。"是其例。路、辂音义皆同，故通用。《礼记·月令》"乘鸾路"，陆德明《释文》："路，本亦作辂。"又如曹植《王仲宣诔》"光光戎路"，五臣本路作辂。

振余袂而就车兮，修剑揭以低昂。冠崷崷其映盖兮，珮綝纚以辉煌。仆夫俨其正策兮，八乘腾而超骧。氛旄溶以天旋兮，蜺旌飘以飞飏。抚轸轵而还睨兮，心勺爍其若汤。羡上都之赫戏兮，何迷故而不忘。

崷崷，室町本作"罜罜"。《后汉书》作"芎芎"，李贤注：一作岌。○按：芎，字书无高义，唯章怀有此训，疑误。"崷"字是。作"岌岌"者，盖据《离骚》"高余冠之岌岌"而改。室町本"罜"，乃"罜"之异体，与文意不合，疑为"芎"字之讹。

映，陈八郎本作"暎"。○按：映、暎同。

珮，九条本、室町本、陈八郎本、正德本、奎章阁本、《后汉书》作"佩"。○按：珮为佩之后起字。详上文"旌性行以製珮兮"条。

纚，陈八郎本、正德本、奎章阁本作"丽"。奎章阁本注记：善本作纚。○按：丽为纚之省文。

腾，《后汉书》作"摅"。○按：摅为张舒散布义，与句意不切。章怀注"摅犹腾也"，是其亦依"腾"字为说。盖"摅"为误字，其义不可通，故假"腾"为训。

飏，室町本、陈八郎本、正德本、奎章阁本、《后汉书》作"扬"。奎章阁本注记：善本作飏。○按：飏，古扬字。

飘以飞飏，以，《后汉书》作"而"。○按：以、而俱通。

勺爍，室町本作"勺爍"。陈八郎本、正德本、奎章阁本作"灼爍"。奎章阁本注记：善本作勺爍。《后汉书》作"灼藥"。○按：勺爍、勺爍、灼爍、灼藥，叠韵联绵词，无定字。

若,《后汉书》作"如"。〇按：如、若通。《楚辞·悲回风》"心踊跃其若汤"，即此句所本。此处疑本作"若"字。

左青琱之揵芝兮，右素威以司钲。前长离使拂羽兮，后委衡乎玄冥。属箕伯以函风兮，懲泱溘而为清。拽云旗之离离兮，鸣玉鸾之譻譻。涉清霄而升遐兮，浮蠛蠓而上征。纷翼翼以徐戾兮，焱回回其扬灵。

左青琱之揵芝兮，之，九条本、陈八郎本、正德本、奎章阁本、《后汉书》作"以"。奎章阁本注记：善本作之。〇按：之、以皆语助，无实义，可通用。

揵，陈八郎本、正德本作"犍"。〇按：犍为揵形近之讹。

后委衡乎玄冥，九条本、室町本、陈八郎本、正德本、奎章阁本、《后汉书》作"委水衡乎玄冥"。室町本旁记：今本作后委衡乎玄冥，误。奎章阁本注记：善本有后字。〇按：旧注"水衡，官名也"，是原有"水"字。胡绍煐《文选笺证》卷十七："'后'字是后人所加，传写者脱去'水'字，遂增一'后'字以足其句，宜删。"胡氏之说是。

风，室町本作"凬"。〇按：凬为风之古文。

懲，九条本、室町本旁记、陈八郎本、正德本、奎章阁本作"澄"。《后汉书》作"澂"。〇按：懲、澂通假，例如李富孙《易经异文释》卷三：君子以懲忿窒欲，"刘作澂，蜀才作澄"。澄为澂之俗字。

拽，室町本作"抴"。陈八郎本、正德本、奎章阁本、《后汉书》作"曳"。〇按：篆文作"抴"，后作"曳"。拽为曳之后起字。

鸾，陈八郎本、正德本、奎章阁本作"鑾"。〇按：鑾、鸾通用。

青，九条本、陈八郎本、正德本、奎章阁本、《后汉书》作"清"。〇按：青、清通用。

蠛蠓，室町本、陈八郎本、正德本、奎章阁本作"戳蒙"。奎章阁本注记：善本作蠛蠓。《后汉书》作"蔑蒙"。〇按：戳蒙，为蠛蠓同音假字。蒙蒙为蠛蠓之省文。

焱，陈八郎本、正德本、奎章阁本作"猋"。奎章阁本注记：善本作焱。〇按：焱为火花义，猋为疾风义，据文意，作"猋"是。

叫帝閽使辟扉兮，覿天皇于琼宫。聆广乐之九奏兮，展洩洩以彤彤。考治乱于律均兮，意建始而思终。惟般逸之无斁兮，惧乐往而哀来。素女抚絃而余音兮，太容吟曰念哉。既防溢而靖志兮，迨我暇以翱翔。

閽，陈八郎本、正德本、奎章阁本、《后汉书》作"闇"。〇按：閽、闇同，此与昬、昏例同。参《西京赋》"何必昏于作劳"条。

覿天皇于琼宫，于，九条本作"於"。奎章阁本注记：善本作於。〇按：於、于通。

洩洩，室町本作"泄泄"。〇按：洩、泄同。

彤彤，陈八郎本、《后汉书》作"肜肜"。〇按：肜为彤之讹字。中华本《后汉书》作"彤"，是。

治，《后汉书》作"理"。〇按：避唐讳。

均，《后汉书》作"钧"。〇按：钧、均通。

建，陈八郎本、正德本、奎章阁本作"逮"。奎章阁本注记：善本作建。〇按："逮"字非，其义即今言"到"也，到始而思终，语意不通。作"建"是。

般，陈八郎本、正德本、奎章阁本、《后汉书》作"盘"。奎章阁本注记：善本作般。〇按：般、盘通。

女，《后汉书》无。〇按：无"女"字者是。旧注"素，素女也"，是旧本即无"女"字也。《思玄》此篇六字成句，"女"显为衍字，盖将注文羼入正文而致。素女而称"素"，犹上文窦皇后之称"窦"、叔孙穆子之称"穆"、晋文公之称"文"诸例。

絃，《后汉书》作"弦"。〇按：絃、弦通。

太，奎章阁本、《后汉书》作"大"。〇按：大、太古同。

靖，《后汉书》作"静"。〇按：静、靖通。李善注引《字林》"靖，立也"，不合句意。句云"既防溢而靖志"，其取义与蔡邕《静情赋》之"静"同。

追我暇以翱翔，以，九条本作"而"。〇按：当作"以"字。以、而同义，皆连词，上句用"而"，故此句用"以"以避复。

出紫宫之肃肃兮，集太微之闟闟。命王良掌策驷兮，逾高阁之将将。建罔车之幕幕兮，猎青林之芒芒。弯威弧之拔剌兮，射嶓冢之封狼。观壁垒于北落兮，伐河鼓之磅硠。乘天潢之汎汎兮，浮云汉之汤汤。

太，九条本作"大"。〇按：大、太古同。

将将，《后汉书》作"锵锵"。〇按：将、锵古今字。参《东京赋》"立应门之将将"条。

猎，室町本作"獦"。〇按：獦为猎之异体字。

拔剌，《后汉书》作"拔剌"。〇按：拔、拔、剌古音皆属月部，故拔、拔与剌俱叠韵。

弯威弧之拔剌兮，兮，正德本、奎章阁本无"兮"字。奎章阁本注记：善本有兮。〇按：有"兮"字是。

冢，九条本、室町本、北宋本作"塚"。奎章阁本注记：善本作塚。〇按：塚为冢之分化字。

汎汎，陈八郎本、正德本、奎章阁本作"泛泛"。九条本旁记：五臣本作泛泛。奎章阁本注记：善本作汎汎。〇按：《说文·水部》"泛"字段注："《邶风》曰：汎彼柏舟，亦汎其流。上汎谓汎汎，浮皃也；下汎当作泛，浮也。汎、泛古同音而字有区别如此。"据段说，此句当作"汎"。

倚招摇摄提以低佪剹流兮，察二纪五纬之绸缪遹皇。偃蹇夭矫娩以连卷

兮，杂沓丛顇飒以方骧。緘汩飘淚沛以罔象兮，烂漫丽靡藐以迭逷。

佪，陈八郎本、正德本、奎章阁本作"徊"。《后汉书》作"回"。○按：佪、徊、回通。

娩，室町本作"婏"。陈八郎本、正德本、奎章阁本、《后汉书》作"媙"。奎章阁本注记：善本作娩。○按：黄侃《文选平点》卷二："《说文》：'娩，疾也。'娩当从兔。"李善注"娩，跳也"，与"疾"义近，盖即"娩"字之讹。婏、媙为假字。

娩以，陈八郎本、正德本、奎章阁本无"以"字。○按：揆之下文三句句式，有"以"字是。

丛，九条本作"藂"。○按：藂为丛之俗体。

顇，九条本、室町本作"萃"。○按：萃、顇音同，可通用。

緘，《后汉书》作"馘"。○按：緘、馘皆与"或"同。

飘淚，陈八郎本、正德本、奎章阁本、《后汉书》作"飅戾"。○按：飘淚、飅戾，双声联绵词，无定字。

藐，九条本作"邈"。○按：藐、邈通。

逷，室町本、陈八郎本、正德本、奎章阁本作"盪"。奎章阁本注记：善本作逷。○按："逷"字误刻，据李善注"逷音唐"，字当作"逿"。盪、逿通。

凌惊雷之砊礚兮，弄狂电之淫裔。逾痝鸿于宕冥兮，贯倒景而高厉。廓汤汤其无涯兮，乃今窥乎天外。

凌，室町本作"凌"。○按：凌为正字，凌为假字，古通用。

裔，九条本作"襅"。○按：襅为裔之异体字。

痝鸿，室町本作"庞鸿"。陈八郎本、正德本、奎章阁本作"濛鸿"。九条本旁记：五臣本作濛。奎章阁本注记：善本作痝。《后汉书》作"庞澒"。○按：痝鸿、庞鸿、濛鸿、庞澒，叠韵联绵词，无定字。

窥,《后汉书》作"穷"。〇按：此时游行将毕,驻足观览,回看天宇,但见惊雷狂电,鸿濛香冥,宇宙荡荡无涯之景。"乃今窥乎天外"一句总括以上游天之文,此文章收束之法。作"穷"字非。平子神游九天之外,周行八极之表,其俯临旧乡,返辔而归,乃收心检束之意,非如阮籍之穷途恸哭而返也。

据开阳而頫眂兮,临旧乡之暗蔼。悲离居之劳心兮,情悁悁而思归。魂眷眷而屡顾兮,马倚輈而徘徊。虽遊娱以媮乐兮,岂愁慕之可怀。

頫,陈八郎本、正德本、奎章阁本作"俯"。奎章阁本注记：善本作頫。〇按：頫、俯古今字。

眂,《后汉书》作"盼"。陈八郎本、正德本、奎章阁本作"视"。奎章阁本注记：善本作眂。〇按：眂,古文视字。中华本《后汉书》作"盼"。盼为美目貌,盼为恨视义,皆与赋意不切,盖为眂之讹。

暗,正德本正文、奎章阁本正文作"谙"。九条本旁记：五臣本作谙。奎章阁本注记：善本作暗。〇按：暗蔼,谓旧乡之昏濛辽远。五臣正文作"谙",而注文作"暗",疑"谙"为讹字。

倚,室町本作"猗"。〇按：猗为倚之讹。

徘徊,室町本作"俳佪"。《后汉书》作"俳回"。〇按：徘徊、俳佪、俳回同。

遊娱,陈八郎本、正德本、奎章阁本作"遊遨"。奎章阁本注记：善本作娱。《后汉书》作"遨游"。〇按：娱亦乐也,与"媮乐"义复,疑当作"遨"。遊遨、遨游同。

出阊阖兮降天途,乘焱忽兮驰虚无。云菲菲兮绕余轮,风眇眇兮震余旗。缤连翩兮纷暗暧,儵眩眃兮反常闾。

途,《后汉书》作"涂"。〇按：途、涂通。

焱,陈八郎本、正德本、奎章阁本作"猋"。《后汉书》作"飚"。

○按：猋为猋之讹字，猋为飈之省文。参《东京赋》"纷猋悠以容裔"条。

菲菲，九条本、陈八郎本、正德本、奎章阁本、《后汉书》作"霏霏"。○按：菲菲为花香貌，霏霏为云貌，正字当作"霏"，"菲"为假字。

风，室町本作"凨"。○按：凨为风之古文。

连，《后汉书》作"联"。○按：连翩、联翩同。

儵，《后汉书》作"倏"。○按：儵、倏通。

收畴昔之逸豫兮，卷淫放之遐心。修初服之娑娑兮，长余佩之参参。文章奂以粲烂兮，美纷纭以从风。御六艺之珍驾兮，游道德之平林。结典籍而为罟兮，敺儒墨以为禽。玩阴阳之变化兮，咏《雅》《颂》之徽音。嘉曾氏之《归耕》兮，慕历阪之欽崟。

佩，《后汉书》作"珮"。○按：珮为佩之后起字。详上文"旌性行以製珮兮"条。

奂，九条本、陈八郎本、正德本、奎章阁本、《后汉书》作"焕"。奎章阁本注记：善本作奂。○按：奂，古焕字。

纷纭，室町本作"汾沄"。○按：纷纭、汾沄同。

风，室町本作"凨"。○按：凨为风之古文。

而为，陈八郎本作"之为"。○按：之疑为而之讹。

敺，室町本作"敺"。陈八郎本、正德本、奎章阁本作"驱"。奎章阁本注记：善本作敺。《后汉书》作"欧"。○按：敺为驱之古字。欧疑为敺之讹，敺即敺之俗字。

以为，九条本、室町本、陈八郎本、正德本、奎章阁本、《后汉书》作"而为"。○按：而、以皆连词，俱通。然上下数句之语辞皆两两相同，且不可改换他字，唯此两句作"而为""以为"皆通，故疑下句当作"以为"，与上句稍加变易。不然此段骈句之句式两两相同，殊觉板滞，有此变换，文气方能灵动。再者一句才六字，若作"而"字，则上下句中有两字相复，亦是文章之瑕病。

阪，《后汉书》作"陵"。〇按：此赋已有意于声律，每句第三字与第六字之平仄多相对者，虽未严密，而其文章之用心可见也。阪为仄声，崟为平声，其平仄相对。而陵为平声，故于音读之低昂轻重，不如"阪"字为胜。

嶔，室町本、陈八郎本、正德本、奎章阁本作"钦"。奎章阁本注记：善本作嶔。〇按：钦为假字，通作嶔。

崟，室町本作"岭"。〇按：岭疑为崯之讹字，崯即崟之异体。

恭夙夜而不贰兮，固终始之所服。夕惕若厉以省愆兮，惧余身之未敕。苟中情之端直兮，莫吾知而不恧。默无为以凝志兮，与仁义乎逍遥。不出户而知天下兮，何必历远以劬劳。

恭，《后汉书》作"共"。〇按：共为恭之借字，古通用。

夙夜，陈八郎本、正德本、奎章阁本、《后汉书》作"夙昔"。奎章阁本注记：善本作夜。〇按：昔通夕，夙昔即夙夕，亦即夙夜。疑或本"夜"字残坏，而讹作"夕"，又因与下句"夕惕"字重复，遂改为"昔"。

所服，九条本、室町本、《后汉书》句末有"也"字。〇按：此乃效仿《离骚》"今直为此萧艾也""莫好脩之害也"等句。《思玄》步武《离骚》，如唐临晋帖，务求酷肖，自当以有"也"字者为是。

夕惕若厉，陈八郎本作"若夕惕厉"。〇按：陈八郎本为误刻。

未敕，九条本、室町本、《后汉书》句末有"也"字。〇按：有"也"字者是，详上条。

不恧，九条本、室町本句末有"也"字。〇按：服、敕、恧三句为韵，自当一例有"也"字。

默，《后汉书》作"墨"。〇按：默、墨同音相假。《楚辞·九章·怀沙》"孔静幽默"，旧注："《史记》默作墨。"

逍遥，《后汉书》作"消摇"。〇按：逍遥、消摇同，《庄子》"逍遥游"一作"消摇游"。

必，九条本无"必"。奎章阁本注记：善本无必。〇按：作"何必"文意显豁。

系曰：天长地久岁不留，俟河之清秖怀忧。愿得远渡以自娱，上下无常穷六区。超逾腾跃绝世俗，飘遥神举逞所欲。天不可阶仙夫稀，柏舟悄悄兮不飞。松乔高跱孰能离，结精远游使心携。回志朅来从玄谋，获我所求夫何思。

久，陈八郎本、正德本、奎章阁本作"远"。奎章阁本注记：善本作久。〇按：此句用《老子》第七章"天长地久"语，且赋文长、久皆就时间而言，作"远"指空间言者不切。

秖，室町本卒"衹"。正德本作"秖"。《后汉书》作"祇"。〇按：秖、秖、衹、祇等字皆通用不别。

渡，陈八郎本、正德本、奎章阁本、《后汉书》作"度"。九条本旁记：五臣本作度。奎章阁本注记：善本作渡。〇按：渡为度之分化字。

超，奎章阁本作"迢"。〇按：超、逾同义，迢为超形近之讹。

飘遥，九条本、室町本、陈八郎本、正德本、奎章阁本作"飘飖"。奎章阁本注记：善本作遥。《后汉书》作"飅飅"。〇按：飘遥、飘飖、飅飅，叠韵联绵词，无定字。

稀，《后汉书》作"希"。〇按：希为稀之省文。

兮，九条本、陈八郎本、正德本、奎章阁本、《后汉书》作"兮"。〇按：兮为兮之俗体。

柏，陈八郎本、正德本、奎章阁本作"柏"。〇按：柏为柏之异体字。

携，室町本作"携"。奎章阁本注记：善本作携。〇按：携、携异体字。

谋，九条本、《后汉书》作"諆"。○按：諆为欺义，不合文意。李贤注"諆或作谟"（今本作"諆或作谋"），则"諆"为"谟"字之讹。然"谟"字亦非，韵脚字离、撋、谋、思皆之部字，而谟为鱼部字，不协韵。盖谟、谋字义相通，或本"谋"误作"谟"，而校者以"谟"不入韵，遂妄改作"諆"也。

第五节　《归田赋》《四愁诗》校理

《归田赋》现存《文选》抄本有九条本、室町本（皆完篇）。

游都邑以永久，无明略以佐时。徒临川以羡鱼，俟河清乎未期。感蔡子之慷慨，从唐生以决疑。谅天道之微昧，追渔父以同嬉。超埃尘以遐逝，与世事乎长辞。

临川，九条本作"临河"。○按：李善注引《淮南子》"临河羡鱼"语，则李善本亦本作"河"字。若作"临川"，则当引扬雄《河东赋》。盖"临河"与下句"河清"字复，后人遂改为"川"。不知此赋以"河"字关联上下二句，谓空临河羡鱼，而河清无期，何为俟也。正其修辞之巧也。

追渔父以同嬉，以，九条本、室町本作"而"。○按：以、而皆连词，可通。

于是仲春令月，时和气清。原隰郁茂，百草滋荣。王雎鼓翼，鸧鹒哀鸣。交颈颉颃，关关嘤嘤。于焉逍遥，聊以娱情。

鸧鹒，陈八郎本、正德本、奎章阁本作"仓庚"。○按：仓庚为鸧鹒之省文。

尔乃龙吟方泽，虎啸山丘。仰飞纤缴，俯钓长流。触矢而毙，贪饵吞钩。落云间之逸禽，悬渊沉之魦鰡。

触,陈八郎本、正德本、奎章阁本作"解"。奎章阁本注记:善本作触。○按:解为触之讹。"触"与《西都赋》"鸟惊触丝"之"触"同。五臣本注文皆作"触",可证其正文作"解"为误字也。

钩,九条本、陈八郎本、正德本、奎章阁本作"鉤"。○按:钩为鉤之俗体。

魦,九条本、室町本作"鲨",奎章阁本作"魦"。○按:《说文》作"魦","从鱼,沙省声"。作鲨、魦者为魦之繁文。

于时曜灵俄景,系以望舒。极般游之至乐,虽日夕而忘勌。感老氏之遗诫,将回驾乎蓬庐。弹五絃之妙指,咏周、孔之图书。挥翰墨以奋藻,陈三皇之轨模。苟纵心于物外,安知荣辱之所如。

曜,九条本作"耀"。○按:曜、耀通,《思玄赋》"耀灵忽其西藏"作"耀"字。

系,陈八郎本、正德本、奎章阁本作"继"。奎章阁本注记:善本作系。○按:系、继皆有"续"义,可通。《后汉书·安帝纪》"亲德系后",李贤注:"系,即继也。"

般,陈八郎本、正德本、奎章阁本作"盘"。奎章阁本注记:善本作般。○按:般、盘通。

将,陈八郎本、正德本、奎章阁本作"且"。奎章阁本注记:善本作将。○按:将、且义同俱通。

絃,九条本作"弦"。○按:絃、弦通。

弹五絃之妙指,之,九条本、室町本作"于"。○按:于字不可通,作"之"是。

模,陈八郎本作"范"。○按:"范"字不入韵,非。

物,室町本、陈八郎本、正德本、奎章阁本作"域"。奎章阁本注记:善本作物。○按:物外即事外也,此盖用《庄子》义。作"域外"

不切文情。

安，陈八郎本、正德本、奎章阁本作"焉"。〇按：安、焉义同。

《四愁诗》现存《文选》版本有九条本、室町本（皆完篇），同时参校以《玉台新咏》，并及《艺文类聚》《太平御览》等类书。

序

张衡不乐久处机密，阳嘉中，出为河间相。时国王骄奢，不遵法度。又多豪右并兼之家。衡下车，治威严，能内察属县，姦滑行巧劫，皆密知名，下吏收捕，尽服擒。诸豪侠遊客，悉惶惧逃出境。郡中大治，争讼息，狱无系囚。

姦滑，九条本、室町本、陈八郎本、正德本作"奸猾"。奎章阁本作"奸猾"，注记：善本作"姦滑"二字。《玉台新咏》作"姦猾"。〇按：姦为邪恶之义，奸为干犯之义，二字本不同。因姦异体作奸，奸省文遂成奸，故姦、奸后通用。又滑、猾通假，如《左传·昭公二十六年》"无助狡滑"，陆德明《释文》："滑，又作猾。"

擒，室町本、陈八郎本作"禽"。〇按：禽为本字，擒为后起分化字。

遊，陈八郎本、正德本、奎章阁本、《玉台新咏》作"游"。〇按：遊、游同。

时天下渐獘，郁郁不得志，为《四愁诗》。屈原以美人为君子，以珍宝为仁义，以水深雪雰为小人。思以道术相报，贻于时君，而惧谗邪不得以通。

獘，九条本、室町本、陈八郎本、正德本、奎章阁本、《玉台新咏》作"弊"。〇按：獘为弊之异体字。

屈原，九條本、室町本、陈八郎本、正德本、奎章阁本前有"依"字。九条本旁记、奎章阁本旁记：善本无依字。〇按："依"字释《四愁诗》之作意，有者为是，不然上下文断为两截，文意不相连属。

雾,《玉台新咏》作"氛"。○按：雾、氛通。

邪，九条本作"耶"。○按：耶为邪之讹体。

其辞曰：

一思曰： 我所思兮在太山，欲往从之梁父艰。侧身东望涕霑翰。美人赠我金错刀，何以报之英琼瑶。路远莫致倚逍遥，何为怀忧心烦劳。

太,《类聚》作"泰"。○按：泰、太通。

父,《玉台新咏》《类聚》作"甫"。○按：父、甫通。

英,《御览》三四六作"双"，八〇九作"美"。○按：《御览》三四六引诗题作"古诗"。"双"涉下文"双玉盘"而误，美为英形近之讹。

何为,《类聚》作"何以"。○按："何以"与上句"何以报之"语复，非。

忧,《类聚》作"愁"。○按：题作"四愁"，则似作"愁"字是。

二思曰： 我所思兮在桂林，欲往从之湘水深。侧身南望涕沾襟。美人赠我金琅玕，何以报之双玉盘。路远莫致倚惆怅，何为怀忧心烦伤。

所思,《类聚》作"所望"。○按："望"字非，疑涉"东望""南望"等"望"字误。

沾，陈八郎本、正德本、奎章阁本、《玉台新咏》《类聚》作"霑"。○按：浸润、濡湿之义，沾、霑通。

襟，室町本作"衿"。○按：衿，金文作"裣"，异体作"衿"，俗体作"襟"。

金，九条本、陈八郎本、正德本、奎章阁本、《玉台新咏》作"琴"。九条本旁记、奎章阁本注记：李善本作金。《类聚》《御览》作"翠"。○按：金、琴皆非。胡绍煐《文选笺证》卷二三以曹植《美女篇》"腰佩翠琅玕"为证，疑为当作"翠"。胡氏之说是，《类聚》三五、《御览》七五八所引正作"翠"。据上下金错刀、貂襜褕、锦绣段诸物，金、貂、锦皆材质，翠为翡翠，亦是材质。而"琴"非制琅玕之物，五臣注"琴，雅器也，以美玉饰之"，若是则当曰"琅玕琴"，作"琴琅玕"不合修辞之法。故五臣说非。若作"金琅玕"，则"金"与"金错刀"相复，且琅玕为似玉之石，岂是"金"之所制耶。"金"字盖涉上文而误，"琴"字则似为"翠"字之讹。

盘，《御览》作"槃"。〇按：盘、槃通。

"路远"二句，《类聚》无。〇按：此为《类聚》编者所删。

伤，《玉台新咏》作"怏"。〇按：怏为不服而忿怨之义，与诗意不合。

三思曰：我所思兮在汉阳，欲往从之陇阪长。侧身西望涕沾裳。美人赠我貂襜褕，何以报之明月珠。路远莫致倚踟蹰，何为怀忧心烦纡。

欲往，《类聚》作"往欲"。〇按："往欲"为"欲往"之误倒。

阪，九条本、室町本、《类聚》作"坂"。〇按：阪、坂同。

沾，陈八郎本、正德本、奎章阁本、《玉台新咏》、《类聚》作"霑"。〇按：沾、霑通。

踟蹰，《玉台新咏》作"峙㠘"。〇按：踟蹰、峙㠘，叠韵联绵词，无定字。

"路远"二句，《类聚》无。〇按：此为《类聚》编者所删。

四思曰：我所思兮在鴈门，欲往从之雪纷纷。侧身北望涕沾巾。美人赠我锦绣段，何以报之青玉案。路远莫致倚增叹，何为怀忧心烦惋。

鴈，《玉台新咏》作"雁"。〇按：鴈、雁异体字。

沾，陈八郎本、正德本、奎章阁本、《玉台新咏》、《类聚》作"霑"。〇按：沾、霑通。

怀忧心烦惋，陈八郎本作"烦忧心怀惋"。〇按：上文末句中间三字皆作"怀忧心"，陈八郎本"怀""烦"二字误倒。

"路远"二句，《类聚》无。〇按：此为《类聚》编者所删。

参考文献

一、古籍：

《春秋左传正义》,《十三经注疏》, 中华书局 1980 年版。

《礼记正义》,《十三经注疏》, 中华书局 1980 年版。

《论语注疏》,《十三经注疏》, 中华书局 1980 年版。

《毛诗正义》,《十三经注疏》, 中华书局 1980 年版。

《孟子注疏》,《十三经注疏》, 中华书局 1980 年版。

《尚书正义》,《十三经注疏》, 中华书局 1980 年版。

《周礼注疏》,《十三经注疏》, 中华书局 1980 年版。

《周易正义》,《十三经注疏》, 中华书局 1980 年版。

班固：《汉书》, 中华书局 1962 年版。

曾公亮：《武经总要》, 文渊阁四库全书本。

曾国藩：《经史百家杂钞》, 岳麓书社 1987 年版。

常璩：《华阳国志》, 齐鲁书社 2010 年版。

陈寿：《三国志》, 中华书局 1959 年版。

陈熙晋：《骆临海集笺注》, 中华书局 1961 年版。

杜台卿：《玉烛宝典》, 中华书局 1985 年版。

杜佑：《通典》, 中华书局 1988 年版。

范晔:《后汉书》,中华书局 1965 年版。

房玄龄等:《晋书》,中华书局 1974 年版。

高塘:《论文集钞·文品杂说》,载黄秀文、吴平编《华东师范大学图书馆藏稀见丛书汇刊》第 24 册,北京图书馆出版社 2006 年版。

葛胜仲:《丹阳集》,文渊阁四库全书本。

郭茂倩:《乐府诗集》,中华书局 1979 年版。

郭庆藩辑:《庄子集释》,中华书局 1961 年版。

何焯:《义门读书记》,中华书局 1987 年版。

洪亮吉:《北江诗话》,人民文学出版社 1983 年版。

洪适:《隶释·隶续》,中华书局 1985 年版。

洪兴祖:《楚辞补注》,中华书局 1983 年版。

洪颐煊:《读书丛录》,清道光二年富文斋刻本。

侯康:《补后汉书艺文志》,载《二十五史补编》,中华书局 1955 年版。

黎靖德编:《朱子语类》,中华书局 1986 年版。

李昉:《太平御览》,中华书局 1960 年版。

郦道元:《水经注校证》,陈桥驿校证,中华书局 2007 年版。

刘文典:《淮南鸿烈集解》,中华书局 1989 年版。

刘熙载:《艺概》,上海古籍出版社 1978 年版。

刘勰:《文心雕龙》,黄霖整理集评,世纪出版集团 2008 年版。

刘昫:《旧唐书》,中华书局 1975 年版。

刘义庆:《世说新语汇校集注》,刘孝标注,朱铸禹汇校集注,上海古籍出版社 2002 年版。

梅鼎祚:《古乐苑》,明万历十九年吕胤昌刻本。

梅鼎祚:《历代文纪》,文渊阁四库全书本。

倪思宽：《二初斋读书记》，清嘉庆八年涵和堂刊本。

欧阳询：《艺文类聚》，上海古籍出版社1982年版。

瞿昙悉达：《开元占经》，文渊阁四库全书本。

司马迁：《史记》，中华书局1959年版。

孙星衍：《续古文苑》，清嘉庆十二年刻本。

脱脱等：《宋史》，中华书局1977年版。

王符：《潜夫论笺校正》，汪继培笺，彭铎校正，中华书局1985年版。

王观国：《学林》，中华书局1988年版。

王念孙：《读书杂志》，江苏古籍出版社1985年影印王氏家刻本。

王逸：《楚辞章句》，文渊阁四库全书本。

王洙：《分门集注杜工部诗》，四部丛刊景宋刊本。

韦昭注：《国语》，上海古籍出版社1978年版。

魏庆之：《诗人玉屑》，中华书局2007年版。

魏徵等：《隋书》，中华书局1973年版。

萧统编：《文选》，李善注，中华书局1977年版。

萧统编：《文选》，六臣注，中华书局1986年版。

萧子显：《南齐书》，中华书局1972年版。

徐坚：《初学记》，中华书局1962年版。

徐陵编：《玉台新咏笺注》，吴兆宜注，中华书局1985年版。

许维遹：《吕氏春秋集释》，中华书局2009年版。

严可均：《全上古三代秦汉三国六朝文》，中华书局1955年版。

颜文选注：《骆丞集》，文渊阁四库全书本。

姚鼐：《古文辞类纂》，中国书店1988年版。

姚振宗：《后汉艺文志》，载《二十五史补编》，中华书局1955年版。

叶梦得：《避暑录话》，载《丛书集成初编》，商务印书馆1939年版。

叶燮：《原诗》，载《清诗话》本，上海古籍出版社1978年版。

余嘉锡：《世说新语笺疏》，中华书局1983年版。

虞世南：《北堂书钞》，孔广陶校注，清光绪十四年万卷堂刻本。

庾信：《庾子山集注》，倪璠注，中华书局1980年版。

袁宏：《后汉纪》，载《两汉纪》，中华书局2002年版。

张惠言：《七十家赋钞》，世界书局1964年版。

张溥：《汉魏六朝百三家集》（影印四库荟要本），吉林出版集团有限责任公司2005年版。

张溥：《汉魏六朝百三家集题辞注》，殷孟伦注，人民文学出版社1963年版。

张彦远：《历代名画记》，明刻津逮秘书本。

章樵注：《古文苑》，龙溪精舍刊本。

昭梿：《啸亭杂录》，中华书局1980年版。

赵明诚：《宋本金石录》，中华书局1991年版。

朱谦之：《老子校释》，中华书局1984年版。

二、论著：

〔德〕利希滕贝格：《格言集》，范一译，辽宁教育出版社1998年版。

〔法〕布瓦洛：《诗的艺术》（修订版），任典译，人民文学出版社2009年版。

〔法〕丹纳：《艺术哲学》，傅雷译，人民文学出版社1963年版。

白静生：《班兰台集校注》，中州古籍出版社1991年版。

曹增祥：《张衡》，中华书局1960年版。

陈槃：《汉晋遗简识小七种》，上海古籍出版社2009年版。

澄明：《大科学家张衡》，上海四联出版社 1954 年版。

邓安生：《蔡邕集编年校注》，河北教育出版社 2002 年版。

邓文宽：《我国古代的伟大科学家张衡》，书目文献出版社 1984 年版。

范文澜：《文心雕龙注》，人民文学出版社 1962 年版。

方诗铭：《方诗铭文集》，上海社会科学院出版社 2010 年版。

高光复：《汉魏六朝四十家赋述论》，黑龙江教育出版社 1988 年版。

龚克昌：《汉赋研究》，山东文艺出版社 1984 年版。

龚克昌：《张衡》，山东教育出版社 1983 年版。

简宗梧：《汉赋史论》，东大图书公司 1993 年版。

蒋天枢：《论学杂著》，中州古籍出版社 1985 年版。

金国永：《司马相如集校注》，上海古籍出版社 1993 年版。

康有为：《新学伪经考》，中华书局 1956 年版。

赖家度：《张衡》，上海人民出版社 1956 年版。

蓝旭：《东汉士风与文学》，人民文学出版社 2004 年版。

雷立柏：《张衡，科学与宗教》，社会科学文献出版社 2000 年版。

李辰冬：《文学新论》，东大图书公司 1975 年版。

李曰刚：《辞赋流变史》，文津出版社 1987 年版。

蔺羡璧主编：《文章学》，南开大学出版社 1985 年版。

刘师培：《中国中古文学史讲义·汉魏六朝专家文研究》，上海古籍出版社 2011 年版。

刘斯翰：《汉赋：唯美文学之潮》，广州文化出版社 1989 年版。

刘永平等：《科圣张衡》，河南人民出版社 1996 年版。

刘志伟：《文选资料汇编·赋类卷》，中华书局 2013 年版。

鲁迅：《且介亭杂文二集》，载《鲁迅全集》第六卷，人民文学出版社 1961 年版。

陆侃如:《中古文学系年》,人民文学出版社1985年版。

逯钦立:《先秦汉魏晋南北朝诗》,中华书局1983年版。

罗振玉、王国维:《流沙坠简》,中华书局1993年版。

马积高:《赋史》,上海古籍出版社1987年版。

皮锡瑞:《经学通论》,中华书局1954年版。

钱穆:《国学概论》,商务印书馆1997年版。

钱锺书:《管锥编》,生活·读书·新知三联书店2008年版。

石云涛:《早期中西交通与交流史稿》,学苑出版社2003年版。

孙梅:《四六丛话》,人民文学出版社2010年版。

孙文青:《张衡年谱》,商务印书馆1935年版。

谭一寰:《张衡》,贵州人民出版社1980年版。

陶秋英:《汉赋之史的研究》,中华书局1939年版。

万光治:《汉赋通论》,巴蜀书社1989年版。

王葆心:《古文辞通义》,武汉大学出版社2008年版。

王冠:《赋话广聚》,北京图书馆出版社2006年版。

王克芬:《中国古代舞蹈史话》,人民音乐出版社1980年版。

王水照:《历代文话》,复旦大学出版社2007年版。

王渭清:《张衡诗文研究》,中国社会科学出版社2010年版。

王兆彤:《张衡》,江苏人民出版社1983年版。

王志尧等:《张衡评传》,河南大学出版社1997年版。

吴讷、徐师曾:《文章辨体序说·文体明辨序说》,人民文学出版社1962年版。

吴树平:《东观汉记校注》,中华书局2008年版。

徐光烈:《张衡》,香港育英书局1961年版。

许结:《张衡评传》,南京大学出版社1999年版。

叶敏：《张衡》，香港上海书局1968年版。
余英时：《士与中国文化》，上海人民出版社1987年版。
俞剑华：《中国画论类编》，人民美术出版社1986年版。
张震泽：《张衡诗文集校注》，上海古籍出版社1986年版。
周天游：《八家后汉书辑注》，上海古籍出版社1986年版。

三、论文：

曹道衡：《略论〈两都赋〉和〈二京赋〉》，《文学评论》1992年第3期。

陈君：《论张衡对汉魏文学传统的贡献》，《河南教育学院学报》（哲学社会科学版）2006年第1期。

郭建勋、李慧：《论张衡在诗赋形制表现上的创新》，《湖南大学学报》（社会科学版）2015年第4期。

韩亮：《张衡数术穷天地诗文誉千秋》，《中原文献》1969年10月。

蓝旭：《张衡的心态及其创作道路》，《中央民族大学学报》（哲学社会科学版）2002年第4期。

雷立柏：《探讨张衡研究的现在情况》，《中国文化》2001年Z1期。

李春英：《从汉代经学的演进看汉代辞赋的创作特征——以司马相如、班固、张衡为例》，《辽宁师范大学学报》（社会科学版）2007年第3期。

刘周堂：《论张衡〈二京赋〉对汉大赋讽谏艺术发展的贡献》，《中国文学研究》1987年第4期。

汪祚民：《民歌传统与文人创作的融合——试论张衡的诗歌》，《南都学坛》（社会科学版），1990年第2期。

王渭清：《科学与神学的纠葛——兼论张衡科技成就与东汉神学政

治之关系》,《社会科学家》2008年第7期。

许结:《"玄"与"礼"的交织——论张衡的宇宙人生观》,《中州学刊》2001年第5期。

许结:《张衡〈思玄赋〉解读——兼论汉晋言志赋之承变》,《社会科学战线》1998年第6期。

张荫麟:《纪元后二世纪间我国第一位大科学家张衡》,《东方杂志》21卷23号,1924年12月。

张荫麟:《张衡别传》,《学衡》第40期,1925年4月。

赵坚:《张衡主要赋作系年》,《上海师大学报》(哲学社会科学版),1984年第1期。

周健:《两都与二京》,《湘潭大学社会科学学报》1983年第1期。

周健:《论张衡的文学成就》,《暨南学报》(哲学社会科学)1988年第3期。

周寅宾:《张衡的科学发明和文学贡献》,《湖南师院学报》1977年4期。

周跃西:《科学与艺术完美结合的第一人——张衡》,《中州大学学报》2004年第4期。

附录：
张衡作品取资典籍详目

（一）《诗经》

《西京赋》：

21 在渭之涘。《大雅·大明》。①

31 高门有闶。《大雅·绵》：皋门有伉。按：高与皋通。

31 用戒不虞。《大雅·抑》。

52 其从如云。《齐风·敝笱》。

55 封畿千里。《商颂·玄鸟》：邦畿千里。按：封、邦同音假借以避讳。

61 百卉具零。《小雅·四月》：百卉具腓。

61 麀鹿麌麌。《小雅·吉日》。

63 倚金较。《卫风·淇奥》：宽兮绰兮，倚重较兮。

63 载猃猲獢。《秦风·驷驖》：载猃歇獢。按：獢、歇二者音义均通。

63 武士赫怒。《大雅·皇矣》：王斯赫怒，爰整其旅。

---

① 句前数字为该句在《张衡诗文集校注》一书中页码，以便检核。下同。

63 缇衣韎韐。《小雅·瞻彼洛矣》：韎韐有奭。

68 袒裼戟手。《郑风·大叔于田》：袒裼暴虎，献于公所。

68 其乐只且。《王风·君子阳阳》。

73 遑恤我后。《邶风·谷风》。

84 捐衰色，从嬿婉。《邶风·新台》：燕婉之求。

85 卫后兴于鬒发。《鄘风·君子偕老》：鬒发如云。

85 他人是媮。《唐风·山有枢》。

《东京赋》：

94 政用多僻。《大雅·板》：民之多僻。

94 岂徒跼高天，蹐厚地而已哉。《小雅·正月》：谓天盖高，不敢不跼，谓地盖厚，不敢不蹐。

98 且高既受命建家。《大雅·文王》：文王受命，有此武功。

98 武有大启土宇。《鲁颂·閟宫》：大启尔宇。

99 呼韩来享。《商颂·殷武》：自彼氐羌，莫敢不来享。

103 其绳则直。《大雅·绵》。

103 京邑翼翼，四方所视。《商颂·殷武》：商邑翼翼，四方之极。

107 曰止曰时。《大雅·绵》。

109 立应门之将将。《大雅·绵》：应门将将。

109 渚戏跃鱼。《大雅·灵台》：王在灵沼，于牣鱼跃。

109 西南其户。《小雅·斯干》。

110 经始勿亟，成之不日。《大雅·灵台》：庶民攻之，不日成之，经始勿亟，庶民子来。

114 造舟清池。《大雅·大明》：造舟为梁。

114 惟水泱泱。《小雅·瞻彼洛矣》：维水泱泱。按：惟、维通。

116 献琛执贽。《鲁颂·泮水》：来献其琛。

116 崇牙张，镛鼓设。《周颂·有瞽》：崇牙树羽。又《商颂·那》：庸鼓有斁。按：镛与庸同音假借。

116 庭燎晢晢。《小雅·庭燎》。

119 匪怠皇以宁静。《商颂·殷武》：不敢怠遑。

120 燔炙芬芬。《大雅·凫鹥》。

122 肃肃之仪尽，穆穆之礼殚。《周颂·雝》：有来雝雝，至止肃肃，相维辟公，天子穆穆。

123 六玄虬之奕奕。《小雅·车攻》：四牡奕奕。

123 銮声哕哕。《鲁颂·泮水》：鸾声哕哕。按：銮、鸾二字通假。

123 和铃鉠鉠。《周颂·载见》：和铃央央。按：鉠、央二字通假。

123 龙辀华辏，金錽镂钖。方钑左纛，钩膺玉瓖。《大雅·韩奕》：钩膺镂钖。

123 咸龙旗而繁缨。《周颂·载见》：龙旗阳阳。

123 爰敬恭于明神。《大雅·云汉》：敬恭明神。

131 雷鼓鼛鼛。《小雅·采芑》：伐鼓渊渊。《商颂·那》：鞉鼓渊渊。

131 冠华秉翟。《邶风·简兮》：右手秉翟。

131 奉蒸尝与禴祠。《小雅·天保》：禴祠蒸尝。

131 毛炰豚胎，亦有和羹。《鲁颂·閟宫》：毛炰胾羹。又《商颂·烈祖》：亦有和羹。

131 涤濯静嘉，礼仪孔明。《大雅·既醉》：笾豆静嘉。又《小雅·楚茨》：礼仪既备。又《小雅·信南山》：祀事孔明。

131 万舞奕奕。《商颂·那》：万舞有奕。按：有奕即奕奕。

131 钟鼓喤喤。《周颂·执竞》。

131 神具醉止。《小雅·楚茨》。

131 降福穰穰。《大雅·执竞》。

135 兆民劝于疆埸,感戁力以耘耔。《小雅·信南山》:疆埸翼翼。又《小雅·甫田》:或耘或耔。

136 春日载阳。《豳风·七月》。

136 设业设虡。《周颂·有瞽》。

136 树羽幢幢。《周颂·有瞽》:崇牙树羽。

136 张大侯。《小雅·宾之初筵》:大侯既抗。

137 决拾既次。《小雅·车攻》:决拾既佽。按:次、佽二字通假。

137 致欢忻于春酒。《豳风·七月》:为此春酒,以介眉寿。

137 送迎拜乎三寿。《鲁颂·閟宫》:三寿作朋。

137 敬慎威仪。《大雅·抑》。

137 示民不偷。《小雅·鹿鸣》:视民不恌。按:示、视古今字,偷、恌假借。

137 我有嘉宾。《小雅·鹿鸣》。

142 兽之所同。《小雅·吉日》。

142 既佶且闲。《小雅·六月》。

143 陈师鞠旅。《小雅·采芑》。

143 火列具举。《郑风·大叔于田》:火烈具举。按:列、烈二字通假。

143 好乐无荒。《唐风·蟋蟀》。

143 允文允武。《鲁颂·泮水》。

143 薄狩于敖。《小雅·车攻》:搏兽于敖。按:薄狩、搏兽二词音义皆同。

152 终然允淑。《鄘风·定之方中》:终然允臧。

152 观丰年之多稌。《周颂·丰年》:丰年多黍多稌。

152 嘉田畯之匪懈。《豳风·七月》:田畯至喜。又《大雅·烝民》:

夙夜匪懈。

157 亦又何求。《周颂·臣工》。

160 常翘翘以危惧。《豳风·鸱鸮》：予室翘翘。按：《毛传》：翘翘，危也。

《南都赋》：

175 嘤嘤和鸣。《小雅·伐木》：鸟鸣嘤嘤。

178 百谷蕃庑，翼翼与与。《小雅·楚茨》：我黍与与，我稷翼翼。

180 禴祠烝尝。《小雅·天保》：禴祠烝尝，于公先王。

180 客赋醉言归，主称露未晞。《鲁颂·有駜》：鼓咽咽，醉言归。又《小雅·湛露》：湛湛露斯，匪阳不晞。厌厌夜饮，不醉无归。

181 接欢宴于日夜，终恺乐之令仪。《小雅·鱼藻》：岂（恺）乐饮酒。又《小雅·湛露》：岂弟（恺悌）君子，莫不令仪。

186 乐者未荒。《唐风·蟋蟀》：好乐无荒。

193 驷飞龙兮骙骙。《小雅·采薇》：四牡骙骙。

193 本枝百世，位天子焉。《大雅·文王》：文王孙子，本支百世。

193 永世克孝，怀桑梓焉。《周颂·闵予小子》：永世克孝。又《小雅·小弁》：维桑与梓，必恭敬止。

《思玄赋》：

196 志团团以应悬兮，诚心固其如结。《桧风·素冠》曰：劳心慱慱。又《小雅·正月》：心之忧矣，如或结之。按：慱慱、团团同音相假。

197 悲淑人之希合。《曹风·鸤鸠》：淑人君子，其仪不忒。又《小雅·鼓钟》：淑人君子，其德不回。

199 览蒸民之多僻兮，畏立辟以危身。《大雅·板》：民之多辟，无自立辟。按：上辟通僻。

199 袭温恭之黻衣兮，被礼义之绣裳。《秦风·终南》：君子至止，黻衣绣裳。

199 淹栖迟以恣欲兮。《陈风·衡门》：衡门之下，可以栖迟。

199 遒白露之为霜。《秦风·蒹葭》：蒹葭苍苍，白露为霜。

203 遇九皋之介鸟兮。《小雅·鹤鸣》：鹤鸣于九皋，声闻于天。

212 卒衔恤而绝绪。《小雅·蓼莪》：出则衔恤。

213 有无言而不雠兮。《大雅·抑》：无言不雠，无德不报。

224 雎鸠相和。《周南·关雎》：关关雎鸠。

224 处子怀春。《召南·野有死麕》：有女怀春。

224 如何淑明，忘我实多。《秦风·晨风》：如何如何，忘我实多。

227 爰整驾而亟行。《小雅·何人斯》：尔之亟行，皇脂尔车。

230 迨我暇以翱翔。《小雅·伐木》：迨我暇矣。

236 情悁悁而思归。《陈风·泽陂》：中心悁悁。①

236 魂眷眷而屡顾兮。《小雅·小明》：眷眷怀顾。《正月》：屡顾尔仆。

237 收畴昔之逸豫兮。《小雅·白驹》：逸豫无期。

237 游道德之平林。《小雅·车舝》：依彼平林。

239 柏舟悄悄吝不飞。《邶风·柏舟》：忧心悄悄，愠于群小。又：静言思之，不能奋飞。

《归田赋》：

243 于焉逍遥。《小雅·白驹》：所谓伊人，于焉逍遥。

《冢赋》：

253 陟彼景山。《商颂·殷武》。

---

① "情悁悁而思归"，李善注引作《毛诗》、李贤注引作《国风》"劳心悁悁"。按：此句出自刘向《九叹·惜贤》。

253 有觉其材。《小雅·斯干》：有觉其楹。

253 奕奕将将。《小雅·巧言》：奕奕寝庙。又《大雅·绵》：应门将将。

253 塞渊虑弘。《邶风·燕燕》：其心塞渊。

《定情赋》：

268 大火流兮草虫鸣。《豳风·七月》：七月流火。

268 秋为期兮时已征。《卫风·氓》：秋以为期。

《应间》：

274 申伯、樊仲，实翰周邦。《大雅·崧高》：维申及甫，维周之翰。按：注云：翰，幹也。

274 服衮而朝，介圭作瑞。《大雅·崧高》：锡尔介圭，以作尔宝。按：注云：宝，瑞也。

275 深厉浅揭，随时为义。《邶风·匏有苦叶》：深则厉，浅则揭。

275 昔有文王，自求多福。《大雅·文王》：聿修厥德，永言配命，自求多福。

275 鸣于乔木。《小雅·伐木》：出自幽谷，迁于乔木。

279 于心有猜，则簋飧豆䋫犹不屑餐。《小雅·大东》：有饛簋飧。

290 虽有犀舟劲楫，犹人涉卬否，有须者也。《邶风·匏有苦叶》：人涉卬否，卬须我友。

《七辩》：

298 乐国之都。《魏风·硕鼠》：适彼乐国。

298 应门锵锵。《大雅·绵》：应门将将。按：锵锵、将将同音相假。

299 螬蛴之领。《卫风·硕人》：领如蝤蛴。

300 夭绍纤折。《陈风·月出》：舒夭绍兮。

300 驷秀骐之駮駮。《大雅·崧高》：四牡蹻蹻。按：駮駮，读如蹻蹻。

300 穆如清风。《大雅·烝民》：吉甫作诵，穆如清风。

300 率由旧章。《大雅·假乐》：不愆不忘，率由旧章。

301 汉虽旧邦，其政维新。《大雅·文王》：周虽旧邦，其命维新。

《绶笥铭》：

313 厥器惟旧，中实惟新。《大雅·文王》：周虽旧邦，其命维新。

《东巡诰》：

317 惟二月初吉。《小雅·小明》：二月初吉。

《司徒吕公诔》：

323 绰兮其宽。《卫风·淇奥》：宽兮绰兮。

323 既明且哲，式保令名。《大雅·烝民》：既明且哲，以保其身。

《司空陈公诔》：

327 爰肃爰邕。《召南·何彼襛矣》：曷不肃邕。

327 德音孔昭。《小雅·鹿鸣》。

327 亹亹庶绩。《大雅·崧高》：亹亹申伯，王缵之事。

327 蔼蔼百僚。《大雅·卷阿》：蔼蔼王多吉士。

327 怀柔远人。《周颂·时迈》：怀柔百神，及河乔岳。

《大司农鲍德诔》：

331 丕显奕世。《大雅·文王》。

331 建旐屯留，其茂如林。《大雅·大明》：殷商之旅，其会如林。

331 总角有声。《大雅·文王有声》：文王有声，遹骏有声。

331 日就月成。《周颂·敬之》：日就月将。

331 天实为之。《邶风·北门》。

331 如何无思。《王风·君子于役》：如之何勿思。

（二）《左传》

《西京赋》：

19 政之兴衰，恒由此作。《左传》昭公十三年：存亡之道，恒由是兴。

21 涸阴冱寒。《左传》昭公四年：申丰曰：其藏冰也，深山穷谷，固阴冱寒，于是乎取之。

25 天命不谣。《左传》昭公二十六年：子高曰：天命不谣。

31 奉命当御。《左传》襄公二十六年：子朱曰：朱也当御。

42 旗不脱扃。《左传》宣公十二年：楚人惎之脱扃。

63 禁御不若，以知神奸，螭魅魍魉，莫能逢旃。《左传》宣公三年：王孙满谓楚子曰：昔夏铸鼎象物，百物而为之备，使民知神奸。故民入川泽山林，不逢不若，螭魅罔两，莫能逢之。

71 息行夫，展车马。《左传》成公十六年：子反命军吏察夷伤，补卒乘，缮甲兵，展车马。

《东京赋》：

94 既蕴崇之。《左传》隐公六年：周任有言曰：若农夫之务去草，芟夷蕴崇之。

94 驱以就役，唯力是视。《左传》僖公二十四年：除君之恶，唯力是视。

94 是用息肩于大汉。《左传》襄公二年：郑成公疾，子驷请息肩于晋。

99 宣重威以抚和戎狄。《左传》襄公十一年：子教寡人和诸戎狄。

103 其取威也重矣。《左传》僖公二十七年：先轸曰：报施救患，取威定霸，于是乎在。

109 建象魏之两观，旌六典之旧章。《左传》哀公三年：夏五月辛卯，司铎火……季桓子至，御公立于象阙之外，命救火者，伤人则止，财可为也，命藏象魏，曰：旧章不可亡也。①

110 于是观礼，礼举仪具。《左传》襄公十年：诸侯宋鲁，于是观礼。

123 珩纮綖綖。《左传》桓公二年：珩纮綖綖，昭其度也。

123 火龙黼黻，藻繂鞶厉。《左传》桓公二年：火龙黼黻，昭其文也。藻繂鞶鞈，鞶厉游缨，昭其数也。

123 戎士介而扬挥。《左传》昭公二十一年：扬徽者，公徒也。按：徽与挥古字通。

131 群望咸秩。《左传》昭公十三年：乃大有事于群望。

136 于是备物，物有其容。《左传》昭公九年：礼以行事，事有其物，物有其容。

137 降至尊以训恭。《左传》成公十二年：享以训恭俭。

143 鹅鹳鱼丽，箕张翼舒。《左传》昭公二十一年：（十一月）丙戌，与华氏战于赭丘，郑翩愿为鹳，其御愿为鹅。又《左传》桓公五年：（王伐郑）原繁、高渠弥以中军奉公，为鱼丽之阵。

143 不穷乐以训俭。《左传》成公十二年：享以训恭俭。

143 岐阳之蒐。《左传》昭公四年：成王有岐阳之蒐。

148 桃弧棘矢，所发无臬。《左传》昭公四年：桃弧棘矢，以除其灾。

152 卜征考祥。《左传》襄公十三年：先王卜征五年，而岁习其祥，祥习则行。

152 行致贽于九扈。《左传》昭公十七年：九扈为九农正，扈民无

---

① "旧章"，《尚书·蔡仲之命》亦曰："无作聪明乱旧章。"按：详句意，《东京赋》显用《左传》之语。

淫者也。

160 且夫挈缾之智,守不假器。《左传》昭公七年:人有言曰:虽有挈缾之智,守不假器,礼也。

161 今公子苟好剿民以媮乐,忘民怨之为仇也。《左传》宣公十二年:无及于郑而剿民,将焉用之。又桓公二年:怨耦曰仇。

164 昧旦丕显,后世犹怠。《左传》昭公三年:谗鼎之铭曰云云。

164 臣济侈以陵君。《左传》昭公十八年:毛得以济侈于王都。

166 若仆所闻,华而不实。《左传》文公五年:且华而不实,怨之所聚也。

166 先生之言,信而有征。《左传》昭公八年:君子之言,信而有征。

《南都赋》:

168 流沧浪而为隍,廓方城而为墉。《左传》僖公四年:楚国方城以为城,汉水以为池。

《思玄赋》:

196 幸二八之遻虞兮。《左传》文公十八年:昔高阳氏有才子八人……高辛氏有才子八人。

199 庶斯奉以周旋兮。《左传》文公十八年:奉以周旋,不敢失队(坠)。

203 惧筮氏之长短兮。《左传》僖公四年:筮短龟长,不如从长。

208 集群神之执玉兮。《左传》哀公七年:禹合诸侯于涂山,执玉帛者万国。

230 聆广乐之九奏兮,展泄泄以彤彤。《左传》隐公元年:郑庄公与母姜氏隧而相见,公入而赋,大隧之中,其乐也融融。姜出而赋,大隧之外,其乐也泄泄。按:彤彤,同融融。

239 俟河之清祇怀忧。《左传》襄公八年：周诗有之曰：俟河之清，人寿几何？

《归田赋》：

242 俟河清乎未期。《左传》襄公八年：周诗有之曰：俟河之清，人寿几何？

《应间》：

274 立功立事，式昭德音。《左传》昭公十二年：昔周穆王好游行，祭公谋父作《祈招》之诗以止王心，其诗曰：祈招之愔愔，式昭德音。

275 曩滞日官。《左传》桓公十七年：天子有日官，诸侯有日御。

275 人生在勤，不索何获。《左传》宣公十二年：楚箴曰：民生在勤，勤则不匮。又昭公二十七年：吴公子光曰：上国有言：不索何获？吾欲求之。

282 鸟师别名。《左传》昭公十七年：郯子曰：我高祖少皞挚之立也，凤鸟适至，故纪于鸟，为鸟师而鸟名云云。

282 四叔三正。《左传》昭公二十九年：晋太史蔡墨曰：少皞氏有四叔，曰重，曰该，曰修，曰熙，实能金木及水。使重为句芒，该为蓐收，修及熙为玄冥。世不失职，以济穷桑，此其三祀也。

288 立事有三，言为下列。《左传》襄公二十四年：鲁叔孙豹曰：太上有立德，其次有立功，其次有立言。

294 斐豹以弊督燔书。事见《左传》襄公二十三年。

294 礼至以掖国作铭。事见《左传》僖公二十四年。

294 弦高以牛饩退敌。事见《左传》僖公二十三年。

《七辩》：

300 实慰我心。《左传》襄公十七年：邑中之黔，实慰我心。

301 于是二八之俦，列乎帝庭。《左传》文公十八年：昔高阳氏有才子八人……高辛氏有才子八人。

301 揆事施教，地平天成。《左传》文公十八年：舜臣尧，举八恺，使主后土，以揆百事，莫不时序，地平天成。①

《绶笥铭》：

313 天祚明德。《左传》宣公三年。

《东巡诰》：

317 展义省方。《左传》庄公二十七年：天子非展义不巡狩。

《司徒吕公诔》：

323 登受八命。《左传》僖公九年：王使宰孔赐齐侯胙……下拜，登受。

《司空陈公诔》：

327 天祚明德。《左传》宣公三年。

《大司农鲍德诔》：

331 弁冕鸣横。《左传》昭公元年：吾与子弁冕端委，以治民临诸侯。

331 教以义方。《左传》隐公三年：石碏谏曰：臣闻爱子教之以义方，弗纳于邪。

331 国丧遗爱。《左传》昭公二十年：及子产卒，仲尼闻之出涕曰：古之遗爱也。

（三）《尚书》

《西京赋》：

22 厥田上上。《尚书·禹贡》"雍州"：厥田惟上上。

52 寔蕃有徒。《尚书·仲虺之诰》：寔繁有徒。

---

① "地平天成"语出《尚书·大禹谟》："地平天成，六府三事允治，万世永赖，时乃功。"然此处所用乃本《左传》。

90 耽乐是从。《尚书·无逸》：惟耽乐之从。

90 多历年所。《尚书·君奭》：故殷礼陟配天，多历年所。

《东京赋》：

97 所推必亡，所存必固。《尚书·仲虺之诰》：推亡固存，邦乃其昌。

98 且高既受命建家，造我区夏矣。《尚书·盘庚中》：永建乃家。又《康诰》：用肇造我区夏。

103 周公初基。《尚书·康诰》：周公初基，作新大邑于东国洛。

103 偷安天位。《尚书·太甲下》：天位艰哉。

107 睿哲玄览，都兹洛宫。《尚书·洪范》：明作哲……睿作圣。

116 百僚师师。《尚书·皋陶谟》。

119 发京仓，散禁财。《尚书·武成》：散鹿台之财，发钜桥之粟。

120 勤屡省。《尚书·益稷》：屡省乃成。

120 招有道于侧陋。《尚书·尧典》：明明扬侧陋。

131 元祀惟称，群望咸秩。《尚书·洛诰》：称秩元祀，咸秩无文。

131 四灵懋而允怀。《尚书·周官》：民其允怀。

131 蒸蒸之心，感物曾思。《尚书·尧典》：（虞舜）克谐以孝，烝烝乂。

136 伯夷起而相仪，后夔坐而为工。《尚书·舜典》：有能典朕三礼？佥曰伯夷。又：帝曰：夔，命汝典乐。

152 同衡律而壹轨量，齐急舒于寒燠。《尚书·舜典》：同律度量衡。又《洪范》：谋，时寒若……豫，恒燠若。

152 省幽明以黜陟。《尚书·舜典》：三载考绩，三考，黜陟幽明。

152 膺多福以安恁。《尚书·毕命》：予小子永膺多福。

152 佥稽首而来王。《尚书·大禹谟》：禹拜稽首。又：四夷来王。

157 所贵惟贤。《尚书·旅獒》：所宝惟贤，则迩人安。

161 草木蕃庑。《尚书·洪范》：庶草蕃庑。

《南都赋》：

178 百谷蕃庑。《尚书·洪范》：庶草蕃庑。

190 赋纳以言。《尚书·益稷》：敷纳以言。①

《思玄赋》：

196 幽独守此仄陋兮。《尚书·尧典》：明明扬侧陋。按：仄陋即侧陋。

196 嘉傅说之生殷。《尚书·说命·序》：高宗梦得说，使百工营诸野，得诸傅岩。

213 咎繇迈而种德兮。《尚书·大禹谟》：皋繇迈种德。

《应间》：

274 是故伊尹思使君为尧舜，而民处唐虞。《尚书·说命》引伊尹曰：予弗克俾厥后惟尧舜，其心愧耻，若挞于市。

274 咎单、巫咸，实守王家。《尚书·君奭》：巫咸乂王家。

《七辩》：

300 启乃嘉猷。《尚书·君陈》：尔有嘉谋嘉猷。

《东巡诰》：

317 帝道横被，旁行海表。《尚书·尧典》：光被四表。（按：横被即光被。）又《立政》：方行天下，至于海表，罔有不服。

317 一人有韪，万民赖之。《尚书·吕刑》：一人有庆，兆民赖之。

《司徒吕公诔》：

323 伯夷秩唐，唐宗允叙。《尚书·舜典》：帝曰：咨，四岳，有能

---

① 《左传》僖公二十七年引作"赋纳以言"。

典朕三礼？佥曰：伯夷。帝曰：俞，咨伯，汝作秩宗。

《司空陈公诔》：

327 亹亹庶绩。《尚书·尧典》：允釐百工，庶绩咸熙。

327 辑宁侯卫。《尚书·汤诰》：俾予一人，辑宁尔邦家。

327 协和万邦。《尚书·尧典》。

《大司农鲍德诔》：

331 种德以迈。《尚书·大禹谟》：皋繇迈种德。

331 濬哲之资。《尚书·舜典》：濬哲文明。

331 若惟允之。《尚书·舜典》：命汝作纳言，夙夜出纳朕命，惟允。

331 股肱或毁。《尚书·益稷》：臣作朕股肱耳目。

（四）《周易》

《西京赋》：

90 何虑何思。《周易·系辞下》：天下何思何虑。

90 富有之业，莫我大也。《周易·系辞上》：富有之谓大业。

《东京赋》：

100 守位以仁。《周易·系辞下》：何以守位？曰：仁。

109 乃宴斯息。《周易·随》：君子以向晦入宴息。

120 懋乾乾。《周易·乾》：君子终日乾乾。

120 聘丘园之耿洁，旅束帛之戋戋。《周易·贲》：贲于丘园，束帛戋戋。

131 祚灵主以元吉。《周易·坤》：黄裳元吉。

137 时乘六龙。《周易·乾·文言》：时乘六龙以御天也，云行雨施，天下平也。

137 进明德而崇业。《周易·乾·文言》：君子进德修业。

143 成礼三驱。《周易·比》：王用三驱，失前禽也。按：驱与驱同。

152 卜征考祥。《周易·履》：视履考祥，其旋元吉。

161 民忘其劳，乐输其财。《周易·兑·彖辞》：说以先民，民忘其劳。

164 坚冰作于履霜。《周易·坤·文言》：履霜，坚冰至。

《思玄赋》：

213 又何往而不复？《周易·泰》：无平不陂，无往不复。

224 天地烟煴。《周易·系辞下》：天地絪缊，万物化醇。

224 鸣鹤交颈。《周易·系辞上》：鸣鹤在阴，其子和之。

228 安和静而随时兮。《周易·随》：随时之义大矣哉！

239 上下无常穷六区。《周易·系辞下》：上下无常，刚柔相易。

《髑髅赋》：

248 不行而至，不疾而速。《周易·系辞上》：唯神也，故不疾而速，不行而至。

《应间》：

274 佐国理民，有云为也。《周易·系辞下》：是故变化云为，吉事有祥，象事知器，占事知来。

274 贵以行令，富以施惠，惠施令行，故《易》称以大业。《周易·系辞上》：盛德大业，至矣哉。富有之谓大业，日新之谓盛德。

275 虽老氏曲全，进道若退，然行亦以需。《周易·需·彖》：需，须也，险在前也。刚健而不陷，其义不困穷矣。

275 深厉浅揭，随时为义。《周易·随》：随时之义大矣哉！

290 不能通其变。《周易·系辞下》：通其变，使民不倦。

290 不见是而不惛，居下位而不忧。《周易·乾·文言》：不见是而无闷，乐则行之，忧则违之。（按：惛犹闷。）又：居上位而不骄，在下位而不忧。

《东巡诰》：

317 展义省方，观民设教。《周易·观·象》：先王以省方观民设教。

317 旁行海表。《周易·系辞上》：旁行而不流。

《司徒吕公诔》：

323 黄耳金铉，公铼以盈。《周易·鼎》：鼎，黄耳金铉。又：鼎折足，覆公铼。

《司空陈公诔》：

327 凤飞观国，流光末裔。《周易·观》：观国之光。

《大司农鲍德诔》：

331 童蒙求我。《周易·蒙》：匪我求童蒙，童蒙求我。

《阳嘉二年京师地震对策》：

368《易》不远复。《周易·复》：不远复。

（五）《周礼》

《西京赋》：

19 恒由此作。《周礼·考工记·弓人》：夫筋之所由憺，恒由此作。

27 增九筵之迫胁。《周礼·考工记·匠人》：周人明堂，度九尺之筵，东西九筵，南北七筵。

61 焚莱平场。《周礼·夏官·牧师》：凡田事赞焚莱。

63 弧旌枉矢。《周礼·考工记·辀人》：弧旌枉矢，以象弧也。

《东京赋》：

102 审曲面势。《周礼·考工记序》：或审曲面势，以饬五材，以辨民器。

103 经途九轨，城隅九雉。《周礼·考工记·匠人》：国中九经九纬，经涂九轨。又：城隅之制九雉。

103 度堂以筵，度室以几。《周礼·考工记·匠人》：室中度以几，堂上度以筵。

109 旄六典之旧章。《周礼·天官·太宰》曰：太宰掌建邦之六典：一曰治典，二曰教典，三曰礼典，四曰政典，五曰刑典，六曰事典。

109 献鳖蜃与龟鱼，供蜗蠃与菱芡。《周礼·天官·鳖人》：春献鳖蜃，秋献龟鱼，祭祀供蜃蠃。又《笾人》：加笾之实，菱芡栗脯。按：蜃与蠃同。

116 负斧扆，次席纷纯，左右玉几而南面以听矣。《周礼·春官·司几筵》：大朝觐、大飨射，凡封国命诸侯，王位设黼依（斧扆），依前南乡（向），设莞筵纷纯，加缫席画纯，加次席黼纯，左右玉几。①

116 尊卑以班，璧羔皮帛之贽既奠。《周礼·春官·大宗伯》：子执谷璧，男执蒲璧……孤执皮帛，卿执羔，大夫执雁，士执雉……

123 咸龙旗而繁缨。《周礼·春官·巾车》：锡樊缨。郑玄曰：樊读如鞶。谓今之马大带也。繁与鞶古字通。

131 孤竹之管，云和之瑟。《周礼·春官·大司乐》：孤竹之管，云和之琴瑟。

131 雷鼓䶏䶏，六变既毕。《周礼·春官·大司乐》：靁鼓靁鼗，孤竹之管，云和之琴瑟，云门之舞，冬日至，于地上之圜丘奏之，若乐六变，则天神皆降，可得而礼矣。

131 飏槱燎之炎炀。《周礼·春官·大宗伯》：以槱燎祀司中、司命、风师、雨师。

131 物牲辩省，设其楅衡，毛炰豚胉，亦有和羹。《周礼·地官·封人》：凡祭祀，饰其牛牲，设其楅衡……歌舞牲，及毛炮之豚。

131 涤濯静嘉。《周礼·春官·大宗伯》：凡祀大神，享大鬼，祭大

---

① "负斧扆"，又见《礼记·明堂位》：天子负斧扆，南乡而立。

示，师执事而卜日宿，眠涤濯。

136 宫悬金镛。《周礼·春官·小胥》：正乐县（悬）之位，王宫县，诸侯轩县，卿大夫判县，士特县。

136 鼖鼓路鼗。《周礼·地官·鼓人》：以鼖鼓鼓军事。又《春官·大司乐》：路鼓路鼗。

136 制五正。《周礼·夏官·射人》：画五正之侯，中朱，次白，次苍，次黄，玄居外。

136 并夹既设。《周礼·夏官·射鸟氏》：射则取矢，矢在侯，高则以并夹取之。

137 《王夏》阕，《驺虞》奏。《周礼·春官·大司乐》：大射，王出入，令奏《王夏》。又《春官·钟师》：凡射，王奏《驺虞》。

142 岁惟仲冬，大阅西园。《周礼·夏官·大司马》：中（仲）冬，教大阅。

142 是谓告备。《周礼·春官·小宗伯》：告备于王。

142 次和树表，司铎授钲。《周礼·夏官·大司马》：虞人莱所田之野为表，百步则一，为三表；又五十步为一表。田之日，司马建旗于后表之中……中军以鼙令鼓，鼓人皆有三鼓。司马振铎，群吏作旗，车徒皆作鼓行。鸣镯，车徒皆行，及表乃止……遂以狩田，以旌为左右和之门。群吏各帅其车徒，以叙和出，左右陈车徒。

142 坐作进退，节以军声。《周礼·夏官·大司马》：以教坐作进退疾徐疏数之节。

143 示戮斩牲。《周礼·夏官·大司马》：（大阅）斩牲，以左右徇阵。曰：不用令者斩之。

143 升献六禽，时膳四膏。《周礼·天官·庖人》：掌供六畜、六兽、六禽。又：凡用禽献，春行羔豚膳膏香，夏行腒鱐膳膏臊，秋行犊麛膳膏腥，冬行鱻羽膳膏羶。①

《舞赋》：

258 九德之歌，九韶之舞。《周礼·春官·大司乐》。

《应间》：

288 万方亿丑，并质共剂。《周礼·天官·小宰》：听卖买以质剂。又《地官·质人》：凡卖儥者质剂焉，大市以质，小市以剂。

《七辩》：

301 和邦国而悦远人。《周礼·春官·大司乐》：以和邦国，以谐万民，以安宾客，以说远人，以作动物。

（六）《礼记》

《西京赋》：

63 栖鸣鸢。《礼记·曲礼上》：前有尘埃，则载鸣鸢。

《东京赋》：

114 复庙重屋，八达九房。《礼记·明堂位》：复庙、重檐、刮楹、达乡。

116 穆穆焉，皇皇焉，济济焉，将将焉，信天下之壮观也。《礼记·曲礼下》：天子穆穆，诸侯皇皇，大夫济济，士将将。

135 乘銮辂而驾苍龙，介驭间以剡耜。躬三推于天田，修帝籍之千亩。《礼记·月令》：孟春之月……乘銮辂，驾苍龙。……是月也，天子乃以元日，祈谷于上帝。乃择元辰，天子亲载耒耜，措之于参保介之御间，率三公九卿诸侯大夫躬耕帝籍。天子三推，三公五推，卿诸侯九推。

137 因休力以息勤。《礼记·月令》：孟冬之月……是月也，大饮烝，

---

① 四膏，又见《礼记·内则》，《十三经注疏》，第1464页。

天子乃祈来年于天宗，祠于公社及门闾，腊先祖五祀，劳农以休息之。

152 既春游以发生，启诸蛰于潜户。《礼记·月令》：（仲春之月）蛰虫咸动，启户始出。

《思玄赋》：

196 潜服膺以永靓兮。《礼记·中庸》：回之为人也，择乎中庸，得一善则拳拳服膺，而弗失之矣。

230 左青琱之揵芝兮，右素威以司钲；前长离使拂羽兮，后委衡乎玄冥。《礼记·曲礼上》：行，前朱鸟而后玄武，左青龙而右白虎，招摇在上，急缮其怒。

《应间》：

288 溽暑至而鹑火栖。《礼记·月令》：季夏之月，土润溽暑。

《大司农鲍德诔》：

331 习射矍相，飨老虞庠。《礼记·射义》：孔子射于矍相之圃。《王制》：周人养国老于东胶，养庶老于虞庠。

（七）《论语》《孟子》

《西京赋》：

90 无为而治。《论语·卫灵公》：无为而治者，其舜也欤。

《东京赋》：

92 如之何其以温故知新。《论语·为政》：温故而知新，可以为师矣。

131 列舞八佾。《论语·八佾》：八佾舞于庭。

156 思仲尼之克己。《论语·颜渊》：子曰：克己复礼为仁。

157 一言几于丧国。《论语·子路》：如不善而莫之违也，不几乎一言而丧邦乎？

《思玄赋》：

196 虽弥高而弗违。《论语·子罕》：仰之弥高。

196 匪仁里其焉宅兮。《论语·里仁》：里仁为美。择不处仁，焉得知？

199 要既死而后已。《论语·泰伯》：死而后已，不亦远乎？

《应间》：

274 盖闻前哲首务，务于下学上达。《论语·宪问》：子曰：不怨天不尤人，下学而上达，知我者其天乎！

274 吾子性德体道，笃信安仁，约己博艺，无坚不钻。《论语·泰伯》：笃信好学。《里仁》：仁者安仁。《子罕》：博我以文，约我以礼。又：钻之弥坚。

294 且韫椟以待价，踵颜氏以行止。《论语·子罕》：子贡曰：有美玉于斯，韫椟而藏诸？求善贾而沽诸？子曰：沽之哉，沽之哉，我待贾者也。又《述而》：子谓颜渊曰：用之则行，舍之则藏，惟我与尔有是夫。

《七辩》：

301 学而不厌，教而不倦。《论语·述而》：学而不厌，诲人不倦。

《绶笥铭》：

313 俾作帝臣。《论语·尧曰》：帝臣不蔽。

313 大赉福仁。《论语·尧曰》：周有大赉，善人是富。

313 匕涓有邻。《论语·里仁》：德不孤，必有邻。

《司空陈公诔》：

327 入孝出友。《论语·学而》：弟子入则孝，出则悌。按：友与悌意同。

《大司农鲍德诔》：

331 时不我与。《论语·阳货》：岁不我与。

《阳嘉二年京师地震对策》：

368《论》不惮改。《论语·学而》：过则勿惮改。

《东京赋》：

119 人或不得其所，若己纳之于隍。《孟子·万章下》：伊尹曰：思天下之民，匹夫匹妇，不与被尧舜之泽者，若己推而内之沟中。

143 驭不诡遇。《孟子·滕文公下》：为之诡遇，一朝而获十。

157 放心不觉。《孟子·告子上》：有放心而不知求。

《应间》：

275 乃金声而玉振之。《孟子·万章下》：集大成也者，金声而玉振之也。

279 枉尺直寻，议者讥之。《孟子·滕文公下》：且夫枉尺而直寻者，以利言也。

279 意之无疑，则兼金盈百而不嫌辞，孟轲以之。事见《孟子·公孙丑下》。

294 弈秋以棋局取誉。《孟子·告子上》：弈秋，通国之善弈者也。

294 王豹以清讴流声。《孟子·告子下》：王豹处于淇，而河西善讴。

294 曾不慊夫晋楚。《孟子·公孙丑下》：曾子曰：晋楚之富，不可及也。彼以其富，我以吾仁，彼以其爵，我以吾义，吾何慊乎哉。

《大司农鲍德诔》：

331 孰其能御。《孟子·梁惠王上》：其如是，孰能御之。

（八）《老子》《庄子》

《东京赋》：

97 损之又损，然尚过于周堂。《老子》第四十八章：损之又损之，以至于无为。

103 窃弄神器。《老子》第二十九章：天下神器，不可为也，不可执也，为者败之。

107 睿哲玄览，都兹洛宫。《老子》第十章：涤除玄览。

156 为无为，事无事，永有民，以孔安。《老子》第六十三章：为无为，事无事。又第五十七章：我无为而民自化……我无事而民自富。

156 履老氏之常足。《老子》第四十六章：天下有道，却走马以粪；天下无道，戎马生于郊。罪莫大于可欲，祸莫大于不知足，咎莫大于欲得。故知足之足，常足矣。

156 将使心不乱其所在，目不见其可欲。《老子》第三章：不见可欲，使民心不乱。

160 终日不离其辎重。《老子》第二十六章：是以圣人终日行不离辎重。

160 却走马以粪车。《老子》第四十六章：天下有道，却走马以粪。天下无道，戎马生于郊。

《思玄赋》：

237 不出户而知天下兮。《老子》第四十七章：不出户而知天下。

239 天长地久岁不留。《老子》第七章：天长地久。

《归田赋》：

245 感老氏之遗诫。《老子》第十二章：驰骋田猎，令人心发狂。

《应间》：

275 虽老氏曲全，进道若退。《老子》第二十二章：曲则全，枉则直。又第四十一章：进道若退。

《东京赋》：

156 尚素朴。《庄子·马蹄》：同乎无欲，是谓素朴。

157 藏金于山，抵璧于谷。《庄子·天地》：藏金于山，藏珠于渊。

《应间》：

275 曾何贪于支离，而习其孤技邪？《庄子·列御寇》：朱泙漫学屠龙于支离益，单千金之家，三年技成而无所用其巧。

290 子忧朱泙曼之无所用，吾恨轮扁之无所教也。朱泙曼事见《庄子·列御寇》。轮扁事见《天道》。

（九）《楚辞》

《西京赋》：

27 亘雄虹之长梁。《楚辞·远游》：建雄虹之采旄。

85 逞志究欲。《楚辞·大招》。

《南都赋》：

172 青冥盱瞑。《楚辞》王褒《九怀·通路》：远望兮仟眠。按：仟（李善注作"芉"）眠与盱瞑音义同。

《思玄赋》：

196 伊中情之信脩兮，慕古人之贞节。《楚辞·离骚》：苟中情其好脩。又刘向《九叹》：原生受命于贞节。

196 遵绳墨而不跌。《楚辞·离骚》：遵绳墨而不颇。

196 繻幽兰之秋华兮，又缀之以江离。《楚辞·离骚》：扈江离与辟芷兮，纫秋兰以为佩。①

196 允尘邈而难亏。《楚辞·离骚》：芳菲菲其难亏。

196 幽独守此仄陋兮。《楚辞·九章·涉江》：幽独处乎山中。

196 尚前良之遗风兮。《楚辞·九辩》：窃慕诗人之遗风。

196 子不群而介立。《楚辞·九章·抽思》：既惸独而不群。

199 畏立辟以危身。《楚辞·卜居》：宁正言不讳，以危身乎？

199 曾烦毒以迷或兮。《楚辞·哀时命》：独便悁而烦毒。又《九辩》：中瞀乱兮迷惑。

199 俗迁渝而事化兮，泯规矩之员方。《楚辞·离骚》：固时俗之工

---

① 《文选》六臣注引《楚辞》"结深兰之亭亭"，不见今本《楚辞》。

巧兮，偭规矩而改错。

199 斥西施而弗御兮。《楚辞》刘向《九叹·思古》：西施斥于北宫兮。

199 惟天地之无穷兮，何遭遇之无常。《楚辞·远游》：惟天地之无穷兮，哀人生之长勤。

199 不抑操而苟容兮，譬临河而无航。《楚辞·九章·惜诵》：昔余梦登天兮，魂中道而无杭。

199 欲巧笑以干媚兮，非余心之所尝。《楚辞·九辩》：处浊世而显荣，非余心之所乐。

199 淹栖迟以恣欲兮，耀灵忽其西藏。《楚辞·九章·悲回风》：耀灵晔而西征。

199 恃己知而华予兮，鶗鴂鸣而不芳。《楚辞·九歌·山鬼》：岁既晏兮孰华予。又《离骚》：恐鶗鴂之先鸣兮，使夫百草为之不芳。

200 冀一年之三秀兮。《楚辞·九歌·山鬼》：采三秀于山间。

200 时亹亹而代序兮，畴可与乎比伉。咨姤嫭之难并兮，想依韩以流亡。《楚辞·九辩》：时亹亹而过中兮。又《离骚》：春与秋其代序。《悲回风》：恐天时之代序。又《远游》：羡韩众之得一。又《离骚》：宁溘死以流亡。

200 恐渐冉而无成兮。《楚辞》东方朔《七谏·沉江》：日渐冉而不自知兮。又《九辩》：蹇淹留而无成。

203 心犹豫而狐疑兮，即岐阯而擖情。《楚辞·离骚》：欲从灵氛之吉占兮，心犹豫而狐疑。又：就重华而陈词。①

203 历众山以周流兮。《楚辞·惜誓》：历众山而日远。又刘向《九

---

① 擖，《文选》作"胪"。擖情、胪情，与陈词同义。

叹·思古》：步周流于江畔。

203 雕鹗竞于贪婪兮。《楚辞·离骚》：众皆竞进以贪婪兮。

205 旦余沐于清源兮，晞余发于朝阳。《楚辞·远游》：朝濯发于阳谷兮，夕晞余身乎九阳。

206 漱飞泉之沥液兮，咀石菌之流英。《楚辞·远游》：吸飞泉之微液兮，怀琬琰之华英。

206 何道真之淳粹兮，去秽累而飘轻。《楚辞·离骚》：昔三后之淳粹兮。又《哀时命》：除秽累而反真。

206 噏青岑之玉醴兮，餐沆瀣以为粮。《楚辞·远游》：餐六气而饮沆瀣兮，漱正阳而食朝霞。

210 顣羁旅而无友兮。《楚辞·九辩》：廓落兮羁旅而无友。

211 绷朱鸟以承旗。《楚辞·离骚》：凤皇翼其承旂兮。

212 欻神化而蝉蜕兮，朋精粹而为徒。《楚辞》王褒《九怀·陶壅》：济江海兮，蝉蜕。又刘向《九叹·逢纷》：吸精粹而吐氛浊。

212 云台行乎中野。《楚辞》刘向《九叹·逢纷》：行中野而散之。

221 将北度而宣游。《楚辞》王褒《九怀·通路》：宣游兮列宿。

221 望寒门之绝垠兮，纵余继乎不周。《楚辞·远游》：逴绝垠乎寒门。又《离骚》：登阆风而绁马。又：路不周以左转兮。

224 增娉眼而蛾眉。《楚辞·大招》：娉目宜笑，娥眉曼只。

228 亘螭龙之飞梁。《楚辞·离骚》：麾蛟龙以梁津兮，诏西皇使涉予。

228 屑瑶蕊以为粮兮。《楚辞·离骚》：精琼靡以为粮。

229 涷雨沛其洒涂。《楚辞·九歌·大司命》：使涷雨兮洒尘。

230 仆夫俨其正策兮，八乘腾而超骧。《楚辞·远游》：撰余辔而正策兮。又：驾八龙之婉婉。又王褒《九怀·株昭》：步骤桂林兮超骧卷阿。

230 抚轸轪而还睊兮，心灼药其若汤。《楚辞·离骚》：忽临睨夫旧乡。又《悲回风》：心踊跃其若汤。又东方朔《七谏·自悲》：心沸热其若汤。（李善引作"心涫沸其若汤"。）

230 羡上都之赫戏兮。《楚辞·离骚》：陟陞皇之赫戏兮。

230 曳云旗之离离兮，鸣玉鸾之譻譻。《楚辞·离骚》：载云旗之委蛇。又：鸣玉鸾之啾啾。

230 猋回回其扬灵。《楚辞·离骚》：皇剡剡其扬灵。

230 叫帝阍使辟扉兮。《楚辞·离骚》：吾令帝阍开关兮。

230 凌惊雷之硠磕兮，弄狂电之淫裔。《楚辞》刘向《九叹·远游》：凌惊雷以轶骇电兮。

231 临旧乡之暗蔼。《楚辞·离骚》：忽临睨夫旧乡。

236 云霏霏兮绕余轮。《楚辞·九章·涉江》：云霏霏而承宇。

237 卷淫放之遐心。《楚辞·远游》：神要眇以淫放。

237 修初服之婆娑兮，长余佩之参参。《楚辞·离骚》：退将复修吾初服。又：长余佩之陆离。

237 苟中情之端直兮，莫吾知而不恧。《楚辞·九章·涉江》：苟余心其端直兮。又《离骚》：不吾知其亦已兮，苟余情其信芳。

239 愿得远度以自娱。《楚辞·远游》：欲度世以忘归兮。

《舞赋》：

257 击灵鼓兮吹参差。《楚辞·九歌·湘君》：吹参差兮谁思。

《羽猎赋》：

262 羲和奉辔，弭节西征。《楚辞·离骚》：吾令羲和弭节兮。

《定情赋》：

268 繁霜降兮草木零。《楚辞·离骚》：惟草木之零落兮。

《应间》:

279 阽身以徼幸。《楚辞·离骚》:阽余身而危死兮。

290 干进苟容。《楚辞·离骚》:既干进而务入兮。

《司徒吕公诔》:

323 驷牡超骧。《楚辞》王褒《九怀·株昭》:步骤桂林兮超骧卷阿。

(十)《国语》

《东京赋》:

94 乃救死于其颈。《国语·周语中》:单襄公曰:兵在其颈,不可久也。

94 而欣戴高祖。《国语·周语上》:祭公谋父曰:商王帝辛,大恶于民,庶民不忍,欣戴武王。

119 勤恤民隐,而除其眚。《国语·周语上》:祭公谋父曰:勤恤民隐而除其害也。

120 千品万官。《国语·楚语下》:观射父曰:百姓、千品、万官、亿丑、兆民。

135 农祥晨正,土膏脉起。《国语·周语上》:农祥晨正,日月底于天庙,土乃脉发。

137 日月会于龙狵,恤民事之劳疚。《国语·楚语下》:日月会于龙狵……国于是乎蒸尝。

161 山无槎枿。《国语·鲁语上》:山不槎蘖,泽不伐夭,鱼禁鲲鲕,兽长麑𪊲,鸟翼鷇卵,虫舍蚳蝝,藩庶物也,古之训也。

《南都赋》:

172 鸾鹔鹕雏翔其上。《国语·周语上》:周之兴也,鸑鷟鸣于岐山。

《思玄赋》:

212 王肆侈于汉庭兮。《国语·晋语一》:肆侈不违。

《应间》:

282 当少昊青阳之末,实或乱德,人神杂扰,不可方物,重黎又相颛顼而申理之,日月即次,则重黎之为也。《国语·楚语下》:楚观射父曰:及少皞之衰也,九黎乱德,民神杂糅,不可方物,夫人作享,家为巫史……颛顼受之,乃命南正重司天以属神,命火正黎司地以属民,使复旧常,无相侵渎。

《司徒吕公诔》:

323 克厌帝心。《国语·周语下》。

《大司农鲍德诔》:

331 既厌帝心。《国语·周语下》:克厌帝心。

(十一)《山海经》

《东京赋》:

148 囚耕父于清泠,溺女魃于神潢。《山海经·中山经》:丰山,神耕父处之,常游清泠之渊,出入有光。又《大荒北经》:有系昆之山……有人衣青衣,名曰黄帝女魃……所居不雨。

152 圉林氏之驺虞。《山海经·海内北经》:林氏国有珍兽,大若虎,五采毕具,尾长于身,名曰驺吾,乘之日行千里。按:虞、吾古音同。

152 鸣女床之鸾鸟,舞丹穴之凤皇。《山海经·西山经》:(女床之山)有鸟焉,其状如翟而五采,名曰鸾鸟,见即天下安宁。又《南山经》:(丹穴之山)有鸟焉,其状如鹄鸡,五采而文,名曰凤皇。首文曰德,翼文曰义,背文曰礼,膺文曰仁,腹文曰信。是鸟也,饮食自然,自歌自舞,见则天下安宁。

《南都赋》:

168 耕父扬光于清泠之渊。《山海经·中山经》:丰山……有神耕父处之,常游清泠之渊,出入有光,见则其国为败。

《思玄赋》：

211 超轩辕于西海兮，跨汪氏之龙鱼。《山海经·海外西经》：轩辕之国在此穷山之际，其不寿者八百岁。又：龙鱼，陵居，在其北，状如狸，在夭野北，其为鱼也，如鲤。（按：夭野即汪氏。）又：汪氏国在西海外，此国足龙鱼也。

224 出右密之暗野兮，不识蹊之所由。《山海经·西山经》：又西北四百二十里曰峚山……黄帝乃取峚山之玉荣而投之锺山之阳。按：峚、密古字通。

224 速烛龙令执炬兮，过锺山而中休。《山海经·大荒北经》：西北海之外，赤水之北，有章尾山，有神，人面蛇身而赤，直目正乘，其眠乃晦，其视乃明，不食不寝不息，风雨是谒。是烛九阴，是谓烛龙。又《海外北经》：钟山之神，名曰烛阴，视为昼，瞑为夜，吹为冬，呼为夏，不饮不食不息，息为风。身长千里，在无启东。其为物，人面蛇身赤色，在钟山下。按：郝懿行谓钟山即章尾山，烛龙又名烛阴。

224 瞰瑶谿之赤岸兮，吊祖江之见刘。《山海经·西山经》：锺山有子曰鼓，其状如人面而龙身。是与钦䲹杀葆江于昆仑之阳。帝乃戮之于锺山之东，曰瑶岸。按：葆江即祖江。

224 戴胜慭其既欢兮，又诮余之行迟。《山海经·西山经》：西王母，其状如人，豹尾虎齿，而善啸，蓬发戴胜，是司天之厉及五残。

后记

本书是在博士论文基础上增订而成，书成之际，略述所感。

陆机《文赋》形容文章的写作，"或操觚以率尔，或含毫而邈然"。在本书的草创过程中，对这两句话有着亲身的体验。时若万斛泉源，随地而涌，时若三旬得句，刻骨镂心。或妙手偶得，自然天成，或琢磨雕饰，屡改不惬，无意之中亲尝了性灵与苦吟二派的作风，真有与古人相视一笑，莫逆于心的兴味。

深感刘跃进先生的教诲。先生硕学谦冲，蔼然之风，使人如入春兰之室。每当问学，辄小扣则发大鸣，虚往而以实归。承先生厚意雅教，使我在学术道路上明确了方向，也得到了锻炼。先生的这份德惠将永铭心版。

杨晓斌先生是我硕士研究生导师，一直以来对我的学业颇加关怀。先生为真读书人，自己的成长得益于杨师的影响和扶持。此书定稿之际，西望长安，谨向杨师致以诚挚的感谢。

郑康成自述生平，感父母昆弟之恩德。我学业有成全赖亲人的支持，韶光十载，足迹千里，谨谢家人多年的爱护。感谢岳父岳母精心照料，董理家务，使我能全力治学，这份恩惠永志于心。妻子给了我许多鼓励，让我勇往直前。

此书成稿，藏于箧中，蒙河北大学文学院刘金柱院长盛情垂顾，得付梓行，谨表谢忱。感谢邵德沛编辑的细心校理，使书稿完善。

在社科院研究生院学习阶段中，同门赵建成、关小彬、周忠强、刘少帅诸师友给予的教益良多，深表谢意。尤其感谢白彬彬同学的热情相助。回想当年在社科院小院中的杨柳池畔初次相识，其情其景，如在昨日。今虽远隔，并志永好。

图书在版编目（CIP）数据

张衡作品研究/马燕鑫著.—北京：商务印书馆，2019
ISBN 978-7-100-16764-2

Ⅰ.①张… Ⅱ.①马… Ⅲ.①张衡（78-139）—古典文学研究 Ⅳ.①I206.342

中国版本图书馆 CIP 数据核字（2018）第 251777 号

河北省双一流建设资金（中国语言文学）
资助出版

权利保留，侵权必究。

张衡作品研究
马燕鑫 著

商 务 印 书 馆 出 版
（北京王府井大街36号 邮政编码100710）
商 务 印 书 馆 发 行
江苏凤凰数码印务有限公司印刷
ISBN 978-7-100-16764-2

2019年7月第1版	开本 880×1240 1/32
2019年7月第1次印刷	印张 11¾

定价：48.00元